FÖRSTA DELEN

Eventuella likheter med karaktärer, platser eller händelser är en ren tillfällighet.

Städerna och byarna är fiktiva men placerade i utvalda stater i USA. Miljöbeskrivningarna är i en blandning av fiktion och fakta.

© Johanna Eisene, 2024
Omslag, grafisk formgivning och sättning: Johanna Eisene
Förlag: BoD · Books on Demand, Stockholm, Sverige
Tryck: Libri Plureos GmbH, Hamburg, Tyskland

Första upplagan
ISBN: 978–91-8057-870-7

❋ ❋ ❋

Tack till vänner och familj – särskilt till Sophia som lyssnade, och lyssnade och lyssnade på Moonrose under våra pysselstunder. Och till Sandra, Gunilla och Sophie som varit fantastiska i sitt stöttande och peppande. ♡

Tack till Språkrådet, lektör Jenny Bäfving och alla testläsare som följt med på min och Moonrose utveckling.

Ni är alla guld värda och haft så bra tålamod med mig när jag kommit med frågor, behövt bolla lösningar eller bara velat läsa upp vad jag åstadkommit.

Särskilt tack till Marie Jenevall – korrekturläsare och språkvetare, som gjort ett fantastiskt redaktörsarbete och hjälpt mig att utvecklas som författare.

Vill även tacka min mamma – och bästa vän, som trodde på mig från dag ett och var mitt största fan.

R.I.P. Carina Bodin, 1964–2021

"Mamma, jag gjorde det!"

✧

Moonrose

Deras värld är vägen till min död

Johanna Eisene

KAPITEL 1

Den kalla novemberluften fyllde mina lungor medan jag stannade till och drog djupa andetag, flera gånger om tills det rusande blodet lugnades ner. In … ut. In … och ut. Vita, tunna små moln skapade jag. In. Ut. Känslan förblev kvar, jag kände den ända ner i maggropen och svalde ner magsyran som tog sig upp. Visst var känslan bekant, jag hade ofta känt obehag och känt mig förföljd. Men aldrig under den här vägen och … inte så här. Det brukade inte heller vara så här kallt i Alabama redan nu, den kalla perioden började vanligtvis i december och gav sig av i mars. Nu var det minusgrader till och med.

Längs ögonvrån blickade jag upp mot skyn. Den mörka, smygande dimridån längs himlen hade gjort sig kännbar förr. Både på dagar och på kvällar hade jag sett den. Och även om kvällarna denna årstid hade ett liknande mörker så kunde jag skilja dem ifrån varandra. Förutom att det såg ut som om dimman försökte sluka de ljusa delarna från kvällen, la den sig över allt annat ljus den kunde hitta i sin väg framåt eller så skapade den skräckinjagande skuggmönster.

Mina muskler spände sig, jag rös till och lät armarna pressa sig tätt mot kroppen, men det släppte bara in mer kyla som följd. Med slutna ögon sänkte jag axlarna och fyllde mina lungor med luft medan jag gned händerna mot varandra. Blodet cirkulerade snabbare och höjde min temperatur. Jag riktade blicken upp mot gatlyktan intill. Lyktan lyste inte lika starkt som den brukade. Ingen av lamporna hade samma sken som vanligt. I mitt steg framåt tog ett vibrerande och knäppande läte över, det påminde om när ett lysrör höll på att gå sönder. Olika nyanser av dova och ljusa sken om vartannat.

Trots att jag delade trottoaren med andra människor verkade jag vara den enda som uppmärksammade den mörka dimridån längs himlen, lampornas skrämmande läte och flackande sken. Som om jag var i en egen bubbla. Som om jag var lika osynlig som ridån och lampornas beteende. Allt annat runt omkring var diffust för mina ögon. Det spelade ingen roll hur hårt eller hur många gånger jag blinkade, allt utanför min bubbla var fortfarande suddigt efteråt. Kisande, sneglade jag upp mot lampan medan jag gick förbi. Den återfick sitt normala läge. Nästa lampa framför mig började blinka. Sakta vände jag mig mot den första igen, vibrerandet och knäppandet var tillbaka.

Jag pressade axlarna och nacken bakåt med blicken upp. Försiktigt tog jag mig närmare. En smäll hördes. Jag skrek och höll upp armarna över ansiktet för att skydda mig mot glassplittret som for ner framför mig. Det klingade till när glaset nådde marken. Med handen över bröstkorgen försökte jag lugna ner blodflödet som rusade mellan brösten. Andas in … och andas ut. Spänd i kroppen vände jag mig mot den andra lampan, den var normal igen. Magsyran var tillbaka i sin väg upp längs strupen, jag svalde hårt. Med blicken mot marken gick jag med snabba steg under alla lampors nu flackande sken.

Med ett tjut hoppade jag till när min mobil började ringa, bubblan jag var i sprack. Allt som varit diffust för mina ögon blev klart och jag motades bort av människor som gick in i mig medan fler Knight Rider-signaler kom ur min handväska. Visst följde jag serien när den gick, jag älskade bilen. Men så galen att jag ville ha något från serien som ringsignal var jag inte. Utan detta var ett spratt från vännerna efter att jag förlagt mobilen på en fest – för snart tre år sedan.

"Hej det är Annabelle", svarade jag hastigt och lutade mig mot husväggen. Aj. Ojämna tegelplattor skavde mot ryggen, jag fick böka runt för att undvika de vassa kanterna.

"Hey Abe. Det är Soey. Vad gör du?"

Ett ljust sken var det enda jag såg, det blev starkare.

"Hallå? Annabelle?"

Det starka ljuset tog all min fokus. Jag höjde armen framför ansiktet för att försöka skymma ljuset. En arm slöt sig runt min midja och en hand höll för min mun. Jag drogs i väg. I en snabb rörelse blev jag slängd in i en mörk gränd.

På alla fyra försökte jag resa mig upp men ramlade ihop. Hastigheten hade varit så snabb att allt snurrade i några sekunder. Det började lugna ner sig. På knä kände jag mig fram med händerna längs marken. Det var verkligen mörkt här. Jag stötte till min handväska som låg intill mig. I stället för att bära den över armen med väskans kortare handtag, trädde jag väskans långa axelrem över huvudet. Det gjorde ont, hela kroppen ömmade.

Mobilen låg i markrännan längs ena husväggen några meter bort, skärmen slocknade just som min blick nådde den. Soey måste ha lagt på. Jämrande ljud kom ur mig när jag reste mig upp och stapplade mig dit för att plocka upp den. En blöt hinna täckte displayen, den verkade fungera ändå. Jag drog fram Soeys nummer. Fast larmcentralen vore nog bättre att ringa, jag tryckte in numret.

En vägglykta tändes. Jag tittade upp. Mobilen for i full fart ner i rännan igen och det var bara toppen av mina tår som nådde marken. Med handen om min hals tryckte en mörk man med svarta kläder upp mig mot husets tegelvägg. Hans fingrar gick djupare och mitt huvud vinklades upp när jag var så nära väggen jag kunde. Med all kraft jag kunde åstadkomma pressade jag mina händer mot hans arm, försökte få honom att tappa greppet.

Hälarna slog i tegelväggen när jag sparkade med fötterna. Tårna kom inte ens i närheten av honom, mina ben gick knappt att böja. Han spottade ut något ur munnen och kramade åt min hals ännu mer. Syrebristen försvagade mina sinnen, den tycktes till och med ge mig hallucinationer eftersom mannens ögon lyste i mörka nyanser av orange och gult och ... en djup, spinnande morrning ekade ur hans strupe. Lätet blev grövre ju mer han andades på mig. Han flämtade och flåsade. Om det var på grund av upphetsning eller ansträngning varken ville eller kunde jag tyda, men andedräkten var besk och fylld med lukten av tuggtobak. Samma sort som min farfar alltid använde när han levde. Golden, Oliver Twist.

Mannen tog upp en stor kniv ur sin bakficka och höll den framför mitt ansikte. En till vägglykta tändes och bländade bladet, den var så blank att jag lyckades skymta en del av mig själv i all hast. Mössan höll på att åka av och mina blågråa ögon skimrade. Jag försökte blåsa bort de guldfärgade slingorna från mitt hår, de hade lossnat ur den inbakade flätan och fladdrade längs ansiktet.

Mannen pressade ovansidan av knivbladet under mitt ena öga. Det pep från mina stämband mellan kippningarna efter syre. Han la huvudet på sidan, blicken smalnade ihop med ett vagt leende medan han drog hårslingorna bakom mitt öra. Han drog sidan av knivbladet över mitt ansikte och längs mina ärr, lät den vassa undersidan vila vid halspulsådern. Den smalnande blicken övergick till en uppspänd och hans leende var så stort att varenda tand syntes. Tårar slingrade sig ner över mina kinder, jag knep ihop ögonen. Ett skorrande tjut pressades förbi mina spända läppar.

Ett jätteljust sken lös upp hela gränden och dolde oss i det, jag såg ingenting förutom skenet. Mannen släppte taget om min hals och jag föll ihop på marken. Jag lät armen täcka ögonen från ljuset som sakta tonades ner och försvann. Mannen var i slagsmål med andra som kommit hit. Bilderna framför mig var suddiga. Meningar uttalades, enbart som grumligt mummel i mina öron. Mannen försökte ta sig till mig, men med en armlängd ifrån min krage fick de andra honom att fly ut ur gränden medan de följde efter.

Snörvlande låg jag kvar på marken, kroppen skakade och jag var helt tom i huvudet, tänkte inte på någonting alls. Efter ett tag började jag snegla efter mobilen i alla fall. Den låg inom räckhåll. Utan att resa på mig sträckte jag mig efter den och torkade av displayen mot jackan.

Ett svagt, glittrande sken uppkom i ögonvrån, i mina tankar fick jag upp en vacker sommaräng full av harmoni. Det lilla skenet och vyn försvann men efterlämnade en känsla av trygghet. Rädslan och mina gråtande andetag lugnades ner. Pulsen och min hjärtrytm blev intakt. Jag förstod ingenting, inte varför eller hur?! Men nu när rädslan var borta fick jag ork att sätta mig på knä igen. Det tog ett tag till innan mina sinnen började återhämta sig. Det satt något på muren framför mig, men vad det var för något var för tidigt att se. Mobilen la jag ner i väskan och ställde mig upp. Oj, för snabbt. Allt omkring mig snurrade. Jag tog stöd mot väggen men böjdes till en hukande ställning, började hosta och hulka.

Det kändes lite bättre nu.

Min syn fick tillbaka sin skärpa i samband med att jag rätade på mig, och jag såg då den stora fågeln på muren. Det var en örn som la huvudet på sned när våra blickar möttes. Ett skriande hördes från skyn, det var ytterligare en örn! Örnar … i en gränd här i Alabama, den hade jag inte väntat mig. Nog för att det fanns många fåglar av olika arter som gillade vårt klimat. Men i en gränd … Örnen på muren skriade tillbaka mot den i skyn men med blicken fäst på mig innan den flaxade med vingarna och flög i väg. Storögt flämtade jag till och rättade till mössan. Jag tog upp astmamedicinen ur jackfickan och andades in en dos. Nässprejen fick också göra sitt medan jag letade fram mobilen ur handväskan.

Som sagt hade jag ingen aning om varför eller hur, trygg kände jag mig i alla fall och lyckades samla mig så pass mycket för att börja ta mig därifrån. En bit bort ifrån gränden stannade jag till för att ta några extra lugnande andetag. Medan jag svalde hårt tittade jag mot den mörka dimridån som lättades upp på himlen.

Ledmotivet till Knight Rider började dåna på nytt.

"Hallå ..." svarade jag med låg röst och började röra mig framåt.

"Hej Abe! Det är Soey igen. Du svarade inte, så jag la på. Vad hände?"

"Jag ... jag blev indragen i en gränd. Han ... försökte döda mig ..."

"Va?! Vad säger du? Var är du?!" utbrast hon. "Stanna där du är, jag kommer och hämtar dig!" tillade hon innan jag hann svara. "Jag fattar inte att just du ska råka ut för allt hela tiden. Det här är liksom inte första gången!"

Soey mumlade fram de sista orden medan jag hörde hur hon skramlade med nycklar och letade efter ett par skor.

"Soey, nej. Jag är okej! Jag behövde bara få säga det högt. Det känns bättre nu, och jag har inte så långt kvar. Men du får gärna hålla mig sällskap ett tag. Okej?"

"Är du säker, jag ska inte hämta dig?"

Jag hörde hur orolig hon var.

"Hjärtat, jag mår bra. Det är okej", sa jag med en ton som jag visste att hon skulle acceptera.

"Vill du berätta vad som hände?"

Jag suckade. "Det gick så fort. Jag var inte riktigt med och ... jag såg så dåligt."

"Men hur kom du undan, Annabelle? Och är du oskadd?"

"Lite öm och inga synliga skador så, men kanske psykiska! Ja, det återstår att se. Tur i oturen att det skedde i dag, med tanke på var jag är på väg menar jag." Jag skrattade.

"Annabelle! Det här är inte roligt!"

"Förlåt. Jag är nog fortfarande i chock. Det brister antagligen när jag kommer hem sedan. Precis som när jag höll på att bli överkörd av den stora traktorn förra vintern. Minns du det? Jag var normal efter olyckan ända tills jag var innanför ytterdörren. Jag grät och hyperventilerade i omgångar i flera timmar."

"Jo, jag minns. Jag satt vid din sida … Men hur kom du undan? Han är väl inte efter dig?!"

"Det kom några och tog bort honom. De slogs och sedan sprang alla i väg. Jag lämnades ensam kvar i gränden, för ingen kom tillbaka. Men jag kände mig bättre och gick ut. Sedan ringde du och nu … är jag här."

"Och du är säker på att du verkligen är okej?"

"Ja!" Jag suckade som i ett ursäktande.

Det var blandade känslor. Visst var jag okej, i alla fall fysiskt. Lite öm var jag fortfarande, men jag hade varit med om betydligt värre våld mot kroppen än så. Ge det en dag eller två så var kroppen som vanligt igen. Men den underliggande chocken fanns kvar. Även om rädslan försvann spårlöst ut med vinden, som om någon annan sugit upp den, så hade jag nyss blivit utsatt för ett mordförsök! Men, jag var okej.

"Ja ja. Jag får tro dina ord. Hur långt har du kommit? Är du framme snart?"

Hon var kort i tonen.

"Någon minut kvar till skogsgången. Härifrån ser jag korsningen före. Shit! Min mobil börjar pipa. Batteriet dör snart. Jag har laddaren i väskan, tror jag. Jag ringer så fort jag får i gång mobilen om den dör. Så att du vet."

En djup suck sprakade ifrån henne genom telefonen. "Okej, vi pratar så länge den håller då."

Soey ställde fler frågor om händelsen. Det kändes skönt att prata om den med henne, så jag lät henne leka detektiv.

Framme vid korsningen väntade jag på att få gå över, stoppljusen verkade inte fungera. På tok för lång tid för mitt tålamod hade jag stått där, så jag gick ut i vägen när jag inte såg någon bil. Soey hade jag kvar, tjatande på andra sidan luren. Samtalet bröts, jag fick dåligt samvete för att jag inte hade lyssnat så noga på det hon sa. Tankarna hade flödat i väg på allt annat, men med en död mobil var det svårt att ställa det till rätta.

Mobilen höll på att glida mellan mina fingrar när jag pressade ner den i behån. Som tur var lyckades jag få den på plats innan en olycka var framme. Min väska var överfull som vanligt, jag flyttade runt några föremål innan jag såg att laddaren var med, bra. En bil kom i rasande fart, jag såg den i ögonvrån och hann just vända upp blicken när föraren fick stopp på bilen. Bilen var så nära att jag kunde lägga ner händerna vilande på motorhuven.

Andas in … andas ut. In. Ut.

"Är du okej? Förlåt. Förlåt, förlåt!" ropade föraren medan han klev ut ur bilen och höll på att riva bort sitt mörka hår, som det såg ut. "Jag såg dig inte, förlåt! Min fru är i bilen och ska föda. Jag förstår inte hur jag kunde riskera så många liv nyss!" Han vankade fram och tillbaka med korta snabba steg, öppnade och stängde den bruna vindjackan.

Från bilen hördes ett högt ihållande skrik. En kvinna med långt svart hår och tajt grå klänning satt med benen uppe på instrumentbrädan. Hon hade rosa kanintofflor på fötterna, och hennes mun ändrades från putande till ett spänt öppet leende fram och tillbaka.

"STEEFAAANNOOO …"

"Gå, gå! Jag är okej, ingen skada skedd. Din fru behöver dig. Gå!"

Mannen ryckte till och återfick fattningen. "Gud välsigne dig, oss alla", utbrast han och kramade om mig.

Frun skrek på nytt. Stefano skyndade sig till bilen, rivstartade och körde i väg. Själv skyndade jag mig över gatan, muttrande att *Jag är okej* börjat bli ett på tok för vanligt uttryck hos mig.

KAPITEL 2

Skogsgångens början bestod av en cirkel av buskar och bänkar och med en fontän i mitten. Fontänen hade tre cirkulära våningar som blev fåglarnas samlingsplats. På grund av det hade man satt upp fågelholkar på de två träden i närheten och på granarna i början av skogsgången, samt gjort matstationer för fåglarna.

Tunna snöflingor balanserade längs grenarna och klädde fontänen. Bänkarna hade folk borstat av. Helt sjukt med snö. De år snön hade besökt oss var det i en ytterst liten mängd. Men jag klagade inte, för även om det mest var snö blandat med regn så värmde det upp känslan inför julen inom mig, den högtid som jag älskade mest. Lekfullt drog jag fingret i en bit snö på fontänen, tog upp lite till en boll mellan fingrarna. Det smälte direkt till en pöl med vatten i handflatan. Jag torkade av handen mot jackan.

Det var inte långt kvar, men jag ville ta den här möjligheten att hämta andan en stund. För på dagarna var det här stället småbarnsmammornas hak, om kvällarna var det alkisarnas, men just nu var det mitt. Ingen annan människa syntes till. Ihop med en lång ansträngande inandning la jag mig på rygg med knäna uppböjda på en av bänkarna och andades ut, likgiltig inför om jag blev blöt, och min stora luva fick agera kudde. Att ta igen mig och återfå kraft och mod innan den sista biten var verkligen något jag behövde. Bara att tänka på händelsen i gränden gjorde att magsyran kom tillbaka.

Mina andetag nådde inte ända ner i lungorna, jag svalde hårt med en harkling men flämtade till när jag tänkte på Stefano och hans fru. Vi alla måste haft änglavakt.

"Jag måste haft änglavakt för att ha överlevt hela vägen hit", utbrast jag med utsträckta armar och slöt sedan ögonen för att försöka vila i fem minuter.

Det blev knappt en minut, snarare tio sekunder. En gnutta ro var tydligen för mycket begärt för denna matta kropp och uppjagade sinne. Utanpå syntes det nog ingenting alls, inifrån kändes det som om själen försökte ta sig ut. Med hjälp av bänkens ryggstöd satte jag mig upp, tog fram vattenflaskan ur väskan och smuttade på vattnet. Smuttandet hjälpte mig att släppa taget om de inre spänningarna och jag kunde andas normalt igen, så att luften nådde ända ner i lungorna. Jag uppfylldes av värme och en känsla av att jag inte var ensam, fast en bra känsla, som om någon jag höll kär på andra sidan var här.

"Farmor?" sa jag tyst och tittade runt.

Ingenting hände. Känslan av kärlek var kvar inom mig och fyllde mig med positivitet, men känslan av att någon var här med mig, var borta. Ja, det var väl någon som ville kolla till mig lite bara, antog jag och bestämde mig för att inte fördjupa mig i det. Det räckte gott och väl med mina förföljare och obehaget som kom tillsammans med det.

"Nä! Rör på fläsket kvinna, du har en tid att passa", sa jag bestämt och reste på mig.

Jackans baksida var blöt men skulle torka snabbt, den här jackan brukade göra det. Min röda, figurnära dunjacka som slutade strax under rumpan och med fickor överallt. Jag älskade den! Med luvan på drog jag upp dragkedjan ända upp över hakan för att minska kylan.

Egentligen ville jag gå rakt fram genom skogsgången och hem i stället men tog till höger eftersom jag skulle till sjukhuset. Efter ett snabbt sneglande på klockan började jag småspringa sista biten för att inte bli sen.

Väl framme tittade jag upp mot skylten medan jag stampade med foten i väntan på den lite *för* sega och gnisslande dörren.

> **RoseCares läkarhus och psykologavdelning**

Det var en halvstor kvadratisk byggnad i fem våningar med en fint arrangerad innergård och två ingångar. Avdelningen jag skulle till låg på bottenplan, smidigt och skönt.

"Samma visa, varje gång", gäspade jag medan flåset fortfarande var intakt.

Andfådd satte jag mig på stolen innanför entrédörren och vände grimaserande bort blicken från dörren som lika segt slogs igen. Gnisslandet ilade i mina öron och fick min tunga att dra ihop sig.

"Det räcker tydligen med att kliva över tröskeln så är första gäspen där", mumlade jag ihop med en ny gäspning och försökte lugna ner andningen efter att ha sprungit.

Men jag visste att det inte bara var flåset som var orsaken till tröttheten i detta fall, utan det var det här förbannade sjukhuset. Jag hade aldrig förstått varför just den här avdelningen gjorde mig så trött. Ytan var stor och tapeterna ljusa. Till och med luften kändes ovanligt ren. I och för sig var det alltid samma trista plastdoft, blandat med receptionistens starka vaniljparfym – jag fick kväljningar varje gång. Det roliga var att bredvid henne på disken stod en skylt med stora bokstäver om att undvika parfym på grund av allergier.

En suck kom ur mig när jag ryckte på axlarna åt mina tankegångar.

"Ja ja", sa jag tyst och skakade på huvudet i ett försök att lura bort trötheten.

Jag försökte få på mig skoskydden. Som förväntat misslyckades jag och försökte på nytt. Eftersom jag var lika smidig som ett kassaskåp blev det ytterligare några försök. Som vanligt slutade det med att jag fick ta av mig skorna, på med skydden och sedan på med skorna igen. Och på ett sådant där ickesexigt sätt drog jag sedan av mig mössan och höll den i handen medan jag vilade ögonen några sekunder.

Med en stel kraftansträngning reste jag mig upp. "Det här är ju ett skämt, jag känner mig som en åttioåring!" flämtade jag när jag äntligen stod på benen och ryckte åt mig en nummerlapp från maskinen vid nästa dörr.

Strax efter kom en äldre kvinna med käpp genom entrén. Muttrande sneglade jag mot henne, hon satte på sig båda skoskydden utan problem. Mitt samvete blev ju inte bättre av att jag log brett inombords när hon bad mig om hjälp för att komma upp från stolen, jag var visst inte så gammal trots allt … bara lite sådär lätt likstel kanske.

Då damen även hade svårt att gå, hjälpte jag henne till ett av borden. En äldre man som satt vid bordet intill tittade surt på mig eftersom min handväska snuddade vid hans tidning. Jag nickade ursäktande. En kvinna som stod vid receptionen började skrika hysteriskt. Orden bytte av varandra helt utan sammanhang, uppenbarligen var hon missnöjd med något. Hon rörde sig allt närmare mig, som tack och lov räddades av pipet från skärmen i taket – det var min tur och jag gick fram till receptionsdisken.

Det var en ny, ung tjej. Hon hade glömt att sätta upp parfymskylten men doftade i alla fall inte mer än nytvättade kläder. Jag log lätt när jag drog in luft genom näsan.

"Hej, jag har en tid hos Lintuder. Halv sju, jag älskar att ni har börjat med kvällsöppet."

Jag räckte fram mitt körkort.

"Det är många som inte kommer loss på dagtid och avbokar i sista stund. Kvällsöppet tjänar både vi och våra patienter på."

Hon var kort i tonen och himlade med ögonen.

Ett svagt leende fick hon tillbaka av mig medan hon tog körkortet, jag hade mössan i samma hand och tappade greppet om den. Mössan var svart med silvriga, spräckliga linjer och numera dränkt av vintrig sörja från någon som inte visste vad skoskydd var. Stel som en sate fiskade jag upp den. Medan jag skakade av mössan och pulade ner den i den större jackfickan vände jag mig om för att lokalisera den skrikande kvinnan, som tystnat. Utanför fönstret till höger vankade hon gråtande fram och tillbaka. Det såg ut som om hon pratade i telefon, i alla fall de gånger hon höll sin mobil mot örat eller skrek i den. Oups, där slängde hon i väg telefonen i buskarna och tog upp en cigarett i stället.

"Det här stället blir ju galnare för varje gång."

"Ursäkta, sa du något?" frågade receptionisten medan hon blängde på dataskärmen.

Med höjda ögonbryn skakade jag på huvudet medan hon la upp mitt körkort på disken.

"Jag ser att du har frikort. Du kan sitta ner så kommer han strax."

Hon tittade inte ens upp mot mig, utan viftade med handen mot väntrummet medan jag hörde pipet igen och nästa nummer kom upp på skärmen.

Med tanke på hennes fräscha doft hade jag väntat mig ett vänligare ansikte. Jag fnös och höjde ögonbrynen på nytt innan jag hasade mig därifrån och nästan krockade med ett par som gick mot receptionen, men jag lyckades väja i sista stund och råkade i stället stöta till den äldre mannen. Han hade hämtat en kopp kaffe, som tur var spilldes inget ut. Med rosiga kinder gav jag honom en snabb ursäktande blick och rusade till toaletterna. Förutom att tömma blåsan gjorde jag mina vanliga rutiner som att smörja in ansiktet, ta nässprej, min astmamedicin och sedan en halstablett. Det fanns även en extra halstablett i behån, min hemliga gömma. Eller en kvinnas andra handväska, som man också kunde kalla det eftersom jag visste att jag inte var ensam där ute. Behån var ett perfekt förvaringsutrymme för mobilen, läppglans, lite pengar och kanske ett busskort. Min mobil hamnade nästan alltid där, trots min stora handväska och trots allas påpekande hur farligt det var med elektronik nära hjärtat, jag försökte ha det i åtanke emellanåt.

Sittande i väntrummet roffade jag åt mig bröllopstidningen, inte för att jag hade en fästman direkt, jag hade inte ens en pojkvän. Men jag älskade att drömma mig bort, både i det riktiga livet och till nya världar, och att peka ut en klänning och ring hörde till favoriterna. Det var för övrigt nästan därför jag var här. Förutom att ha analyserat min jobbiga uppväxt och bearbetat den nyliga förlusten av min älskade hund, pratade vi även om mina fantasier och min så kallade besatthet, som mina vänner så gärna kallade det, plus alla mina mobbare under åren. Men till skillnad från dem så uttryckte mina vänner det med kärlek åtminstone.

"Annabelle?"

Den frågande rösten var hes men lugn. Jag vände upp blicken för att lokalisera den.

"Japp, här är jag", sa jag glatt när jag hittat rätt och reste mig upp.

Hm, jag hade sett honom förut men kunde inte komma på när eller var.

"Peter Lintuder, det är jag som tagit över efter Mike", presenterade han sig med ett fast handslag.

Han fastnade med blicken mot mitt ansikte en stund. De flesta som såg mig för första gången brukade göra det, de måste få ta in ärren som täckte halva mitt ansikte och sträckte sig ner längs halsen. Vid det här laget var jag van vid att bli utstirrad, jag brydde mig knappt längre.

Lintuder flyttade blicken mot min, han log lätt och visade sedan vägen med en handgest. Nope, jag kunde fortfarande inte koppla vad jag kände igen honom från.

Ända sedan jag kom hit för första gången, år 2010, hade jag haft Mike Gab som min psykolog. Han kände mig utan och innan. Egentligen var det här bara ett rutinbesök, sådana som brukade äga rum varannan vecka. Nu kändes det som att börja om på nytt. Men jag antog att det var väntat, Mike hade gått två år över pensionsåldern vid vårt sista möte, så jag visste att det var en tidsfråga innan han skulle sluta. Så synd att gå miste om en sådan bra psykolog bara, för sådana som Mike Gab växte inte på träd.

"Välkommen, stig på."

Lintuder öppnade dörren till sitt arbetsrum – Mikes gamla. Här kände jag mig som hemma och hängde upp jackan på kroken vid dörren innan jag la mig raklång på den brunrutiga soffan. Otroligt skön men fy så ful.

Jag hade alltid älskat doften från alla riktiga blommor som Mike hade, till skillnad mot plastblommorna som stod uppradade lite här och där på avdelningen. Nöjt log jag när jag insåg att Lintuder tagit efter Mikes val av blommor i rummet, och var även tacksam att han inte bytt ut möblerna – trots den fula soffan.

"Du får ursäkta. Jag har lite hosta kvar från en förkylning", sa Lintuder medan han satte sig ner i skinnfåtöljen framför soffan.

Han harklade sig och bläddrade bland papper han lagt i knät.

"Till att börja med. Hur mår du, nu i dag i just denna stund?"

Frågan var nog seriös och skulle nog låta som om han verkligen undrade hur jag mådde. Och det gjorde han säkert också, men tonen var nonchalant och blicken hade han djupt ner bland papperna. Trovärdigt? Inte direkt. Men jag antog att han menade väl och svarade artigt ändå, på mitt eget lilla sätt.

"Jo vars, det är väl bra. Förutom att jag blev överfallen, indragen i en gränd på väg hit. Det var en nära-döden-upplevelse, särskilt med tanke på kniven han hade. Men jag kom därifrån med hjälp av andra som kom dit. Sedan höll jag på att bli överkörd i stället. Men nu är jag här, hel och allt. Så jag lever ju i alla fall."

Jag bet ihop och flinade brett.

Lintuder spände upp sina grågröna ögon. Jodå, nu hade jag hans uppmärksamhet i alla fall.

"Vad är det du säger? Vill du att jag ska ringa polisen? Är du oskadd?"

"Du kan vara lugn. Jag är van vid sådana här händelser, mer eller mindre. Tragiskt nog. Alltid är det något, en oförklarlig olycka eller ett överfall. Så länge skadan inte är fysisk repar jag mig ganska snabbt. Om jag ska vara ärlig, så vill jag inte prata om det. Om det är okej för dig? Jag vill gärna fortsätta mötet som det var tänkt från början."

Medan Lintuder betraktade mig djupt, från topp till tå och tillbaka, tänkte jag på mannen i gränden. De snabba rörelserna. Hans orangegula, lysande ögon och morrningarna som kom från honom. Om det var värt att nämna i detta fall? När jag ändå var här menade jag. Antagligen var det syrebristen som skapade dessa hallucinationer, och vid närmare eftertanke ville jag som sagt inte prata om det. Jag brukade aldrig prata om händelser som denna på mina möten här. Det blev mest Soey och mina andra vänner som jag la den tillfälliga bördan på. Det brukade vanligtvis räcka.

"Ja, jag kan inte se några fysiska skador på dig och du verkar psykiskt stabil. Borde vi inte ringa polisen trots allt? Med tanke på alla överfall den senaste tiden och alla försvinnanden! Du kanske har någon information som kan hjälpa polisen? Det kan ju ha varit samma gärningsman, Annabelle!"

Lintuders blick var spänd men sjönk medan han drog bort sin mörkblonda lugg från pannan. Nu kom jag på det, var jag hade sett honom förut! Det var från kvällstidningen jag läste förra veckan. Hans fru och dotter har varit försvunna sedan tretton år tillbaka! Tidningen tog upp alla gamla fall nu när en mängd liknande hade kommit upp. Det stod att han nyligen börjat arbeta igen efter år av sorg och eget sökande efter sin familj. Polisen letade först, och när de gav upp tog han över i hemlighet, men det hade bara dragit honom djupare in i sorgen och han insåg det innan han själv var bortom räddning. Stackars människa, och jag som tyckte att jag hade det tufft.

"Jag är ledsen. Jag minns knappt någonting. Jag har inget som kan hjälpa polisen", sa jag försiktigt och tittade ner på mina händer.

Tankarna hamnade på mannens ögon igen och på morrningarna. Vad jag kunde minnas så hade inget sådant kommit upp på nyheterna. Och signalementen på gärningsmännen hade syftat på både män och kvinnor, med olika nationaliteter. Det fanns inga samband alls.

"Okej. Jag antar att vi kan fortsätta som planerat", avbröt Lintuder mina tankar. "Men jag vill att du ska veta, Annabelle, att jag finns här för dig *om* du behöver prata." Ögonen var blängande påträngande.

Nickande mot honom började jag pilla med en av hårslingorna som lossnat ur flätan.

Lintuder harklade sig på nytt och drog fingret längs några rader i papperna han höll i. "Ja ... Jo, jag har läst din journal här hos oss. Mike gav mig även lite extra information utöver den. Men jag tänkte ... om du vill berätta lite mer om dig själv?"

Lintuder la ner papperna på bordet intill. Med ett försök till leende, tittade han på mig medan han fingrade på sin haka.

"Vadå? Berätta allt från början? Trots att du redan vet allt?" Jag suckade.

"Njae, inte riktigt på så sätt. Men jag vill gärna göra en egen bedömning av dig och vill använda ett test som grund att gå efter innan vi eventuellt tar det till nästa nivå." Han tog bort handen från sitt ansikte och pekade mot mig.

Han ställde sig upp. "Det är en ny sak vi börjat med här på avdelningen, Fråge-kameran har vi döpt den till. Den går ut på att jag lämnar dig ensam i rummet med en filmkamera. I knät får du en skål med frågor. Ta upp en lapp åt gången och besvara frågan så ärligt du kan. Vill du inte svara på frågan, går det bra att säga pass eller lägga undan lappen och ta en ny. Läs frågorna högt eller visa upp dem för kameran innan du besvarar dem. Alla som gör testet får femton minuter på sig. När testet är klart kan vi prata mer eller så får du gå. Jag kommer sedan granska inspelningen genom att titta på olika faktorer. Till exempel hur du rör och beter dig, vilka ord du använder och hur frågorna påverkar dig. Sedan hör jag av mig med min slutbedömning. Ingen annan än jag kommer att se inspelningen, och det här testet har gett väldigt bra resultat. Men det är helt upp till dig om du vill göra det eller inte."

Lintuder satte sig på kanten av sin fåtölj och tittade snällt men frågande på mig.

"Okej, jag går med på testet. Det ska bli kul att göra något annorlunda."

Lintuder reste sig upp och gick till rummets tre bokhyllor som alla stod längs ena väggen. De andra två väggarna var täckta av planscher och tavlor medan den tredje väggen, bakom skrivbordet, hade två stora fönster. Lintuder sträckte sig efter en blå skål från en av hyllorna i den vänstra bokhyllan och gav den till mig. Den bokhyllan var full med skålar i olika färger. Alla med en titel fasttejpad. De jag kunde läsa härifrån var skålar innehållande frågor om beroende, fobier, tvångstankar och olika känslor.

Jag vände på skålen jag fått: *Gott & Blandat – vem är jag?* stod det på tejpbiten.

KAPITEL 3

Lintuder tog fram ett stort stativ och ställde det framför soffan, han tog även ner en större videokamera som stod i samma bokhylla som frågeburkarna. Piggen på stativet ville inte fästa med underdelen på kameran, det skrapade till när den gled ur ännu en gång medan ett muttrande hördes från Lintuder. För att hålla fnittret inne knep jag ihop läpparna.

"Sådär! Kameran är på. Börja när du känner dig redo och stressa inte fram svaren. Utan ta fråga för fråga, så får vi se hur mycket du hinner med. Jag kommer tillbaka om femton minuter. Och du får gärna, eller det vore bra om du innan testet, börjar med att säga vilket år det är, var du befinner dig och så vidare. Det blir så mycket enklare att arkivera det då."

Jag nickade mot honom medan han gick ut.

En vindpust drog igenom rummet när dörren slogs igen, fönstret slog fram och tillbaka mot sin karm. Jag gick dit för att stänga eller låsa fast det. Den kalla och friska luften störde mig inte, men den starkt lysande gatubelysningen precis utanför gjorde det. Skenet började blinka och den bekanta obehagskänslan svepte förbi. Mina käkar spändes och jag rös till. Andas in ... andas ut. In, ut. Raskt drog jag för gardinen, fönstret låste jag fast i ett öppet läge eftersom jag ändå ville ha lite av kylan som gjorde det lättare för mig att andas.

Vänd mot kameran höjde jag bröstkorgen för att sedan sänka den i en tung utandning.

"Hej, hej." Jag vinkade mot kameran medan jag bet tag i underläppen och satte mig till rätta i soffan. "Okej, då ska vi se. Året är 2016. Vi befinner oss i slutet av november, strax utanför Willof, i Alabama – USA. Vi är i ett rum på RoseCares psykologavdelning. Psykolog är Peter Lintuder och patienten är jag, Annabelle Moonrose. Mer än så kan jag nog inte precisera."

Jag tittade ner mot skålen, skakade den en stund och studerade lapparna som åkte runt där inne.

"Okej, då kör vi då", sa jag bestämt med den första lappen i hand och bytte till skräddarställning.

> Vad är du rädd för?

"Vad jag är rädd för ... Jo, jag är rädd för mörker! Jag måste alltid ha en svagare lampa tänd när jag sover. Sedan är jag rädd för, eller fobi passar nog bättre, för humlor, bin, getingar och skalbaggar, men framför allt för spindlar! Lite pinsamt är det med tanke på min ålder." Jag himlade med ögonen mot kameran.

"Jag är lättskrämd också. Du skulle kunna säga *jag skrämmer dig om en minut* och även fast jag ser dig, så skulle jag bli vettskrämd!" Jag skrattade till men drog snabbt ihop munnen. "Jag är även rädd för att bli kidnappad och torterad, att hamna i en situation där jag måste kämpa för mitt liv. Det är alla skräck- och rysarfilmers fel! Jag kan titta på vampyrer som lemlästar folk, zombiesar och kriminalserier med lik utan problem. Men minnesbilder från att ha sett skräckfilmer jagar mig fortfarande! Sedan så ja, dessa olyckor och överfall jag varit med om bidrar ju en del till rädslan också. Jag är även livrädd för att dö, särskilt på ett plågsamt sätt. Att dö är nog min allra största rädsla överlag."

En glansig hinna la sig över mina ögon. Sorg kunde jag bearbeta men att dö själv, att sluta existera, var en tanke jag knappt kunde hantera, särskilt inte om döden nådde mig innan jag nått en hög ålder. Det var därför mina fantasier om egna världar oftast innefattade att jag var odödlig av något slag.

Nä, jag behövde tänka på något annat och la lappen åt sidan och tog en ny. Jag visade den för kameran.

> Vad heter du och hur gammal är du?

Med tårarna nedsvalda skrattade jag till. "Ja den var ju svår och jag sa det ju precis. Jag heter Annabelle. Annabelle Elisabeth Moonrose, för att vara korrekt. Jag är tjugonio, snart trettio. Satan vad åren rullar på."

Jag grävde fram en ny lapp och visade den för kameran.

> Hur var din uppväxt, hur är DU nu?

"Hrm. Den var knepig. Jag skulle kunna beskriva mig själv som en klassisk medelmåttsmänniska, kan man säga så? Min barndom var relativt lekfull, årliga semestrar inom landet och någon enstaka utlandsresa, mycket idrottande och ja perf... Eller, alltså. Till saken hör också att min pappa var alkoholist. Mamma försökte dölja det för mig. Hon vet nog inte än i dag hur mycket jag faktiskt förstod. Det blev många sömnlösa nätter då hon gömde spriten eller försökte slänga honom i säng. Minnena från de andra barnen som mobbade mig och talade bakom min rygg är svårglömda. Jag blev mobbad för att jag var lite annorlunda, sluten i min egen värld. Och det var alltid någon som hade sett min pappa vingla runt mitt på dagen, det hjälpte mig ju inte direkt. Mamma gav pappa ett ultimatum till slut, och nu har han varit nykter sedan jag var nitton. Men min största mobbare under skoltiden tycks inte bry sig om att min pappa är nykterist numera. Eller att den tiden var då och inte nu. Det visade sig nämligen att hon jobbade på firman där jag sedan fick mitt drömjobb. Det är hon som har sett till att folket vänder mig ryggen där.

Ibland händer det även att jag möter andra mobbare från förr ute, och en eller annan kommentar kläcker de alltid ur sig. Speciellt när de är flera. Möter jag någon av dem enskilt, ger de mig bara blickar som om de äcklas av mig."

Jag suckade. "Ja ja, även fast det kanske inte är så roligt att bli utstött, så är det tur att jag är stark som individ och inte tar åt mig alltför mycket, utan ser till att göra mitt jobb. Dessutom lyder inte alla kollegor hennes minsta vink. Utan det är mer som på skoltiden, hon har sitt lilla gäng. Och jag har ju alltid haft vänner också och så, vid sidan om. Ingen som direkt vågade stå upp mot mobbarna åt mig, men de fanns alltid där för mig efteråt. Och det är jag väldigt tacksam för, de har alla en guldfärgad plats i mitt hjärta. Det finns de som har eller har haft det ännu värre, de som är eller varit helt ensamma."

Det här var så typiskt mig, att hela tiden minimera besvären, att ständigt intala mig själv att många andra hade det värre. Att få det att låta normalt. Den hemska sanningen var väl att jag blivit van, ja, vid att bli behandlad på ett visst sätt. Vilket i sin tur var skrämmande.

Några sekunder hade gått när jag kom på mig själv sittande i tystnad, och jag tog genast upp tråden på frågan för att undvika tårarna som jag svalde ner på nytt.

"Min tonårsperiod, den var full av aktiviteter. Och jag var väl ingen värsting så, men ett och annat hyss och lite revolt mot de vuxna var jag nog allt skyldig till." Ett stelt skratt kom ur mig. "Men som så många andra var det bara en övergångsperiod och jag växte upp till en glad, kreativ, natur- och sporttokig kvinna trots allt. Jag gick ut med helt okej betyg och ett fortsatt brinnande intresse för djur, böcker och film", sa jag in i kameran och visade upp nästa lapp direkt.

> Jobbar du, studerar du eller gör du något annat?

"Gör något annat, som vadå? Ja, jag jobbar i alla fall. På en reklambyrå, mitt drömjobb som jag nämnde nyss." Jag vek upp lappen för nästa fråga.

> Hur ser du ut? Beskriv dig själv.

"Hur jag ser ut? Seriöst? Ni filmar mig ju", utbrast jag, vänd mot dörren.

Jag vände mig mot kameran igen. "Men okej. Jag är 162 centimeter lång. Ja, lång! Och jag har tydligen otroligt vackra blågråa ögon, där blicken oftast utstrålar sexighet. I alla fall om vi ska lyssna till komplimangerna jag fått i livet. För det mesta får jag höra att jag är så söt, eller sexig. Men tammefan aldrig vacker! Håret är kastanjebrunt, långt och tjockt. Och just nu *som ni ser*, är underhåret färgat svart och så är det guldblonda slingor tillsammans med den övre kastanjebruna delen. Nu för tiden har jag ju mina ärr som kännetecken också, och det är ju mindre kul. Nu har jag rätt så bra självkänsla ändå, men ärren gör livet lite tuffare ibland bara. Japp, men det är som det är. Och här som ni ser, är mina vilande muskler fulla med luft. Jag ska väcka dem till liv en vacker dag. Tio kilos övervikt, säger hälsodoktorn. Muffinsmage säger jag."

Jag ställde mig upp och slog händerna mot magen. "Idiotfråga", mumlade jag, drog av mig hårsnodden och rufsade ur den inbakade flätan. "Titta vad långt, ända ner till midjan går det", utbrast jag med ett brett flin och satte mig ner igen.

Tålamodet för testet började brista, jag slet upp ett helt gäng med lappar.

> Hur ser ditt sexliv ut?

"Meh. Vad är det för fråga? Pass!"

> Har du några drömmar/mål i livet?

"Pass, för den frågan behöver jag boka en hel timma för."
Jag började nynna i takt med att jag gick igenom lapparna.
"För tråkig. Nej, nej och nej."
Till slut hade jag skapat en hel hög med lappar bredvid mig.
"Vad är det för frågor egentligen?" Med kraft i handleden slängde jag några av lapparna jag höll i mot högen, de skyfflade undan några av de andra lapparna som föll till golvet.
"Vänta, de här två tar vi." Jag höll hårt i dem medan jag försiktigt la resten i högen.
Jag visade upp den första av dem.

> Var är du uppväxt och var bor du nu?

"Jag, mina nära och kära bor alla i Willof, i södra Alabama. Willof är en av Alabamas största städer och är uppdelad i fem områden – Dawnsee, Castleheat, New Telthcuz, Rudwan och Fatown Valley. Själv bor jag i New Telthcuz, men är uppvuxen i Dawnsee. Alabama har ju en del träsk men också mycket öppna landskap, jordbruk och fina skogar, vilket jag älskar! Bortsett från träsken och de läskiga alligatorerna. Jag gillar också alla fina byggnader som tillkommit under åren och att de valt att behålla de gamla kulturarven som finns här. En lantlig och lyxig stil i ett, helt klart min stil."
Jag visade upp den andra lappen.

> Har du några som står dig nära? Om ja, berätta gärna om dem.

"Öhm. Okej. Min bästa vän heter Soey Wender. En intelligent och vacker tjugonioåring. Vi är precis som syskon, hon och jag. Vi avslutar ofta varandras meningar, känner av hur den andra mår eller så mår vi likadant. Vi är ett, helt enkelt, och skulle göra precis allt för varandra."
Soey hade flyttat från Dawnsee året före mig, till Castleheat för att plugga vidare. Vi pratade i telefon flera gånger i veckan

men hade inte kunnat träffas lika ofta på tu man hand som innan, så jag saknade henne jättemycket.

Igen kom jag på mig själv sittande i tystnad men leende åt minnena som ploppade upp.

"Visst ja, vänta!" Jag sträckte mig efter handväskan, jag mindes att vi tagit ett gruppfotografi för några dagar sedan och letade fram det. Det låg hopvikt i handväskans sidofack. Försiktigt vek jag upp fotografiet och gick fram till kameran.

Jag höll fotot framför linsen med pekfingret över personen i mitten. "Där står jag." Jag pekade sedan på personen längst ut till höger. "Och det där är Soey. Det är många som tar oss för syskon. Vi har så liknande ansiktsform, mörkt hår och blågråa ögon. Det enda som skiljer är att jag färgar håret nu för tiden, längden, och så vikten då. Stor och liten kallar de oss för."

Jag skrattade till och pekade sedan på nästa person. "Här ser ni Ewelyn Siverts, min roliga och fumliga trettiotvååriga granne. Eller Sexy Lady, som hon själv alltid kallar sig. Hon är stormförtjust i sina rundare former. Visst passar hennes ljusbruna hår med de mörkbruna slingorna? Speciellt till de där gröna ögonen. Det var jag som fick henne att slinga håret efter månader av övertalning!"

Jag pekade på nästa person. "Här har vi Sonja Wassborn. Min glada tjugosexåriga kollega och nära vän. Nu är det nedsläppt, men hon har nästan alltid sitt ljusblonda hår uppsatt i en hästsvans. Och den där retsamma glimten i de där blåmelerade ögonen har hon på varje fotografi. Jag skämtar inte! Och precis som Ewelyn och jag, bor Sonja också i New Telthcuz. Fast på andra sidan, med sin sambo Jim och deras två småpojkar på tre och två år. Sonja och jag träffades på reklambyrån, där jag fick det lilla kontorsliknande båset intill hennes, och vi klickade direkt. Utan henne hade jag nog inte känt mig så trygg och bekväm på jobbet som jag gör nu."

Jag log och pekade sedan på de två blondinerna som stod på varsin sida om mig på fotografiet. "Sist men inte minst så har vi tvillingarna, Sam och Jen Malkin. Jag lärde känna dem i skolan. De gick i en klass över min, men våra klasser samarbetade ofta genom hela skoltiden. Mentorsklass kallade de det för. Ett tillfälligt projekt som lärarna ville prova på. Det var rätt kul faktiskt. Undra om de har fortsatt med det ..."

Ytterligare en gång kom jag på mig själv funderande i tystnad. Jobbig ovana att falla bort sådär, något som jag alltför ofta brukade göra. Medan tankarna kom tillbaka till nuet sneglade jag ner mot fotografiet.

"Tvillingarnas isblåa ögonfärg skimrar verkligen som ljus safir på det här kortet. Det brukar de i och för sig göra, men just här framhäver ljuset deras ögonfärg ännu mer. Vackert! Jen och Sam är enäggstvillingar. De är långa, och ibland överdrivet eleganta i sitt kroppsspråk båda två. De har även samma klädsmak och precis som Ewelyn har de ett stort intresse för mode och klär sig alltid efter det. För att vi andra ska kunna skilja dem åt, lockar Sam sitt hår medan Jen slingar sitt i olika nyanser av blont", sa jag medan jag pekade på dem igen. "Och de bor faktiskt ihop också, i en stor lägenhet mitt i stan, totalt ointresserade av förhållanden och familjeliv. De vill bara leva livet utan några begräsningar. Jag imponeras av deras tankesätt men suktar ändå mer efter ett liv med en partner och massa ungar. Eh, ja."

Jag snörpte på munnen i en fundering. "Soey är också singel, motvilligt, precis som jag. Och Ewelyn är nyskild och har sin fjortonåriga dotter varannan vecka. Ja, jag vet inte vad jag kan säga mer om mina vänner just nu."

Jag blev tyst. Fotografiet vek jag ihop och la tillbaka i handväskan, jag satte mig ner i soffan, vaggade lite fram och tillbaka, drog händerna längs med låren.

"Just det! Vi får inte glömma mina morföräldrar Ewa och Charles, min moster Maryanne med sin man Danh och deras två småbarn Vanja och Eric!"

Jag bytte till skräddarställning.

"Ihop med mina föräldrar har de en stor plats i mitt hjärta. Jag älskar att umgås med min familj och närmaste släkt. Vi brukar ses allesammans under en gemensam middag fyra gånger om året. Årstiden har vi som tema och ofta får vi sällskap av vår trevliga grannfamilj, Bowest. Soeys föräldrar, Anne och Adam, brukar också komma över på bjudningarna. Jag ville göra något liknande med mitt tjejgäng, så jag samordnade en söndagspromenad för några år sedan. Promenaden visade sig vara populär, för vi håller fast vid traditionen än i dag. Soey och tvillingarna var ju bekanta sedan tidigare, tack vare vår gemensamma skoltid. Och Ewelyn och Sonja bjöd jag in redan första omgången, så i dag är vi alla goda vänner. Dem av oss som kan, ses varje söndag, oftast på morgnarna, och så äter vi gemensam frukost efteråt. Men det händer att vi tar en eftermiddagspromenad också. Ja, och …"

Mer hann jag inte säga, jag avbröts av att Lintuder kom in i rummet.

"Sådär, då har femton minuter gått", sa han och stängde av kameran.

KAPITEL 4

"Gick det bra?" frågade Lintuder medan han började ta loss kameran från stativet.

Då jag var tvungen att stoppa meningen jag hade kvar i huvudet innan jag kunde svara, iakttog jag honom en stund. Innan Lintuder la tillbaka kameran i bokhyllan intill frågeburkarna, tog han ut minneskortet och la det på sitt skrivbord. Jag ryckte till av ett metallhamrande ljud och tittade mot stativets ben som låg raklånga längs golvet. Lintuder hade försökt pressa in stativet mellan frågeburks-bokhyllan och den bredare alltiallo-bokhyllan. På andra sidan om den, stod en likadan bokhylla som frågeburks-bokhyllan, men den innehöll endast böcker. Två gånger hoppade jag till av samma läte innan Lintuder kom på att han glömt dra åt spärren som höll ihop stativets ben. Han slöt ögonen i en utandning och nickade mot mig innan han gjorde ett nytt försök och lyckades ställa undan stativet ordentligt den här gången.

Egentligen var jag redo att besvara Lintuders fråga redan när han la upp kameran på hyllan, men jag tänkte vänta tills han var klar med allt.

Lintuder pustade ut och borstade av händerna mot varandra, han måste ha trott att jag inte hörde frågan eftersom han ställde den på nytt medan han satte sig i fåtöljen. I stället för att påpeka det gav jag honom det svar som jag redan hade tänkt ut.

"Jo vars. Jag är rädd för att jag svävade i väg för mycket i slutet. När mina vänner kom på tal. Det är så mycket lättare att prata om dem än om mig. Jag ville berätta allt på en och samma gång. Det var knappt att jag mindes frågan till slut."

"Det är ingen fara. Det är bra att du har talförmågan och att det finns något där inne att hämta." Han pekade mot mitt hjärta.

"Men jag förstår inte. Vad hade det här testet med min besatthet och fantasivärldar att göra?"

"Är det där lapparna du fick upp?" Han pekade på högen bredvid mig.

Jag nickade mot honom när han tog upp lapparna.

"Låt se ... På frågan *Vad är du rädd för?* Nämnde du överfallen du varit med om, eller olyckorna du ständigt råkar ut för?"

Jag skakade på huvudet. "Nej, inte på så sätt. Jag ville ju inte prata om olyckorna eller överfallen sa jag ju. De har inte skadat mig psykiskt mer än att de bidrar till min rädsla för tortyr och döden. Det är fantasierna och ansiktena jag vill ha bort, bort ur mitt liv. För gott! Allt det som får mig att tro att jag är galen." Jag slog ut med armen från kroppen.

Lintuder suckade lätt. "Ja. Okej, okej. Jag skulle komma till det. Enligt journalen har du inte fantiserat dig bort på flera veckor. Har du tänkt på vampyrer eller magiker den senaste veckan, eller sett dessa ansikten du ser ibland? Eller mörkret det står här att du sett, när såg du det senast?"

"Alltså, det här med mörkret. Förut såg jag det några gånger per år ungefär. Men nu det här året ..."

Jag tvekade. Ville jag verkligen berätta om mörkret den här gången? Om det jag såg och upplevde på vägen hit. Dimridån och de skrämmande lamporna? Vettefan. Det skulle antagligen leda till händelsen i gränden, och det ville jag inte prata om! Så i stället för att säga att mörkret gjort sig till känna ett flertal gånger i veckorna under de senaste månaderna, ljög jag.

"Nu det här året har jag inte sett något av mörkret alls. Ansiktena däremot, de ser jag ofta. Jag har inte sett dem på ett tag nu. Men ..."

På nytt avbröt jag mig själv. Det jag mindes var att ansiktena i gränden påminde om dessa ansikten jag sett hela tiden. Nu såg jag ju inte så bra där i gränden, men de få skymtar jag fick ... ja visst påminde de ändå lite om mina förföljare. Men det var inte heller något jag tänkte ta upp här och nu, jag var säkert helt ute och cyklade.

"Men, du är rädd för att de ska komma tillbaka?" avbröt Lintuder mina funderingar.

Utan att möta hans blick nickade jag som svar.

Lintuders ansiktsuttryck med det där finurliga leendet, skrek nästan ut att han genomskådat mina lögner. Men han verkade också förstå att jag inte ville prata om det och lät mörkret och ansiktena vara orört i mina tankar.

"Berätta hur en av dina besatthetsperioder är, Annabelle. Hur är det när det är som värst?"

Hans fråga fick mig att tänka tillbaka, så långt bort som till min barndom.

Sedan jag var liten hade jag alltid känt mig förföljd. Känslan hade vuxit alltmer för varje år som gått. Ibland kunde jag skymta olika människor, deras ansikten. De var flera stycken, men jag hade aldrig sett dem alla på samma gång. Jag visste inte om det var inbillning. Om det hörde till mina fantasier eller om de faktiskt fanns där ute. Den mörka dimman som slukade ljus var något som jag hade sett till och från sedan barnsben. Ja, sedan så långt bak jag kunde minnas. Men, den där dimman, den kunde ju ändå inte vara verklig. Eller hur? Utan det måste varit mer som ett tecken på min livliga fantasi? Men obehagskänslan, med den tillhörande knuten i magen som numera uppenbarade sig samtidigt som dessa mörka dimmoln, var något som tillkommit under det senaste året. Det fick mig att fundera ännu mer över om det verkligen var inbillning?!

Jag var också väldigt film- och bokintresserad, främst när det gällde vampyr- och magihistorier. Det var många som tog avstånd från mig eller kallade mig för knäpp och galen på grund av det. Det var ju flera som tyckte om samma saker, jag förstod aldrig varför endast jag blev mobbad för det. Å andra sidan underlättade inte min livliga fantasi eller besattheten av naturväsen, min mobbperiod i barn- och ungdomsåren. När jag märkte allt det negativa detta gav, slutade jag fråga alla andra om de såg samma saker som jag. Dessutom trodde jag även att min så kallade annorlundahet skulle avta. Tvärtom blev det allt värre med åren, jag såg och läste allt jag kom över som handlade om magi och naturväsen. Till slut hade jag insett att det inte var historierna i sig jag gillade. Utan när det gällde magikerna var det deras olika krafter och sättet de använde dem på som jag gillade. När det gällde vampyrerna var det deras olika utseenden och egenskaper jag gillade, men främst deras olika typer av huggtänder. Sättet de attackerade på och när de drack av sina offer. Till slut började jag hitta på egna historier, skapade mina egna fantasivärldar, jag och mina vänner var ofta de olika karaktärerna. *Ibland fantiserade jag faktiskt att jag skrev en bok om det.* Och det hade väl varit okej om jag fortfarande vore sexton år, då mitt intresse för magi och vampyrer tog sin början på riktigt. Återigen trodde jag att det skulle försvinna av sig själv. Att det var en fas jag skulle komma över med åldern. Det blev tvärtom här också, vid tjugotre års ålder hade det gått helt över styr och jag stängde alltmer ute verkligheten. Det var då jag bestämde mig för att kämpa mig tillbaka, det var då jag beslutade mig för att träffa Mike – min psykolog genom alla år. Och efter två års påtryckningar från honom, berättade jag till slut allt för mina närmaste vänner.

Då det stod i journalen antog jag att Lintuder kände till allt det där.

Långsamt pustade jag ut i ett andetag innan jag besvarade Lintuders fråga. "När det är som värst, tittar jag på alla filmer jag kommer över. Jag googlar på bilder och sluter mig i min egen värld. Jag får det inte ur huvudet. Värst är det med ansiktena."

"Är det samma ansikten, eller ..."

"Det är olika, men ändå samma. De är liksom, flera stycken. Som att de tillhör ett eget gäng eller nåt", avbröt jag honom.

"Och hur länge har detta pågått?"

"Jag trodde du hade läst min journal?" sa jag och höjde och sänkte mina axlar tillsammans med en suck.

"Jag vill bara höra dig själv säga det, Annabelle." Han gav mig ett lugnande leende.

I några få sekunder tittade jag på honom med hårt stängda läppar och nedsjunkna axlar med armarna vilande över knäna.

Blicken sjönk till mina händer, jag började pilla med fingrarna.

"Det jag kan minnas, är att det pågått ända sedan jag var sex år. Mina föräldrar trodde att det var fantasivänner jag hittade på. När jag sedan blev äldre, upp emot och över tonåren, och de fick reda på att jag blev mobbad, bad de mig att sluta låtsas. Att de andra barnen kanske skulle sluta reta mig då. Efter det samtalet med mina föräldrar slutade jag fråga alla andra om de såg eller upplevde samma saker som jag. Jag nämnde aldrig min fantasi eller besatthet igen. Hellre att det gnagde sönder mig inifrån än att alla andra fick någon att peka på och skratta åt. Visst, en liten del av mobbningen pågick än i dag. Men det hade aldrig varit så illa igen som det var i mina yngre år, innan jag slutade vara mig själv."

Jag hade vänt upp blicken mot Lintuder medan jag pratade, men vände bort den igen eftersom jag inte orkade med hans försök till förstående blick. Kanske var det äkta vara. I vanliga fall kunde jag läsa av människor direkt. I dag fanns dessvärre inte orken för det.

Jag mötte hans blick. "Jag vet, det låter hemskt, men det är sanningen. Det var inte förrän jag kom till Mike som jag tog upp det för första gången på riktigt. Sedan fick han mig att berätta för mina vänner. Soey visste såklart en del sedan innan. Hon visste att det aldrig hade avtagit. Soey var alltid en av dem som stod bakom mig under min mobbperiod och som finns där för mig i liknande situationer än i dag. Men Soey visste ju inte att allt som jag kände, tyckte och såg, var så pass allvarligt som det faktiskt var; om både min besatthet, fantasin och ansiktena, och mobbningen i sig. Jag pratade ju aldrig om det på det sättet då, som jag gör i dag. Jag minns att hon försökte ställa frågor, att hon ville hjälpa mig. Vi var ju så små och leken tog över. Ju äldre jag blev, desto mindre pratade jag om det. Jag överöste mina vänner, framför allt Soey, med killsnack och shoppande. Precis som en vanlig tonårstjej, men aningen överdrivet för att dölja allt det där andra. Men jag vet att hon alltid visste, att hon inte hade glömt. Hon väntade bara på att jag skulle bli redo."

Jag tystnade, kom på mig själv med att jag borde slappna av i käkarna och släppa ner axlarna. En storm, fylld av känslor, pågick i min kropp. En tår vaggade över tårkanalen, redo att falla och släppa ut de andra. Det här samtalet började bli för jobbigt. Lintuder verkade vara en bra psykolog, men han var inte Mike, jag hade hellre gått tillbaka till frågeburken.

"Hjälper det dig att prata med dina vänner om det?"

Det tog någon sekund innan jag kunde svara honom, jag bet fortfarande ihop för att hålla tårarna inne.

"Ja det gör det. De frågar mig ganska ofta hur jag mår och så. Det har aldrig varit svårt att prata med dem om det. Eller om något annat över huvud taget." Det var knappt att orden kom förbi mina sammanbitna tänder.

Med slutna ögon såg jag mina vänners ansikten framför mig. Jag lyckades hålla tillbaka tårarna och fick fram ett helhjärtat, ärligt leende. Tjejerna fick mig alltid att må bra. En tanke på dem räckte, sedan kunde jag inte sluta le. Deras ansikten var något som jag alltid letade fram ur minnet i mina jobbigaste stunder.

"Vännerna. Är det alltid, låt se nu …" Lintuder pausade och bläddrade i papperna. "Ewelyn, Sonja, Sam, Jen och Soey, läser jag här. Är det dem du pratar om?" Lintuder tog av sig glasögonen och la huvudet på sned.

"Ja. Soey är min bästa vän. De andra betyder otroligt mycket de med. Vi är ett sammansvetsat gäng." Snyftande, skrattade jag till.

"Med tanke på det jag nyss hört av dig och det jag läst i journalen, så är min bedömning att du får bättre hjälp från dina vänner än från mig i nuläget."

"Vadå?! Ett avslut? Får jag aldrig komma tillbaka??"

Stormen i min kropp kom tillbaka. Tårarna fylldes snabbt på och pressades bakom mina ögon för att komma ut, jag fick bita ihop för att hindra dem. Det var inte förrän nu som jag förstod hur mycket terapin betytt för mig, jag hade alltid kunnat komma hit om det var något. Den förbokade tiden som så länge funnits var min trygghet.

Han la märke till mina darrande läppar och glansiga ögon den här gången. "Förlåt, det var konstigt formulerat av mig. Det jag menar är att du behöver bryta dig ur bubblan du är i, att försöka leva på egen hand med nya trygghetspunkter. Som till exempel dina vänner. Vårt mål är att göra dig så självständig som möjligt och du har kommit så långt fram i din utveckling Annabelle. Jag vet att Mike också förde detta på tal, för två år sedan, men att du så gärna ville vara kvar. Och nu är det dags att ställa frågan igen." Lintuders blick mjuknade med de sista orden, han tog ett andetag och fortsatte övertala mig. "Din barndom och uppväxt, din hund som gick bort nyligen, såg jag i journalen att du och

Mike hade avslutat, men att samtal ibland kunde leda dit ändå. Men att det inte längre är något du behöver hjälp med att hantera. Och när det gäller dina fantasier och besatthet, är ett avslut det bästa beslutet för dig just nu – det sista steget då vi hanterat dessa via olika steg genom åren och det är dags för dig att bryta dig loss från oss som en trygghetspunkt och hitta en ny – eller flera – i ditt liv, utanför dessa lokaler. Det vi inte bearbetat är olyckorna och överfallen du varit med om. Men där säger du ifrån."

"Jag pratade inte ens med Mike om alla händelser jag varit med om. Jag har alltid haft mina föräldrar och vännerna att vända mig till i de lägena. Visst, någon gång pratade vi väl om det. Men det gav mig egentligen ingenting. Annorlunda är det med allt det andra. Sakerna som övriga inte riktigt förstår sig på. Sedan så gillar jag att komma hit och … bara prata. Det är skönt att få tala med någon utomstående. Det är svårt att släppa rutinerna, bekvämligheten i att komma hit. Men ja, jag förstår vad du menar och du har nog rätt. Jag måste ge mig själv en chans antar jag."

"Om det känns bättre kan vi boka ett återbesök om ett år. Du kan få komma hit en dag om året. Du kan även få en dubbeltid, så att vi hinner prata igenom det du behöver, om året som gått. Jag ger dig även numret till mitt arbetsrum. Du kommer kunna nå mig måndag till fredag mellan åtta och tio. Det står på visitkortet. Vad säger du?"

Lintuder putsade sina glasögon innan han satte på sig dem.

"Jag vet att det känns jobbigt för dig. Det är alltid svårt att bryta rutiner, särskilt rutiner som ligger inom trygghetszonen. I längden kommer det här bli bättre för dig. Hade jag inte varit säker på det hade jag aldrig föreslagit det här. Inte Mike heller. Viktigast är att du förstår att du alltid är välkommen här, Annabelle. Vill du inte sluta med samtalen tvingar jag dig så klart inte.

Jag vill bara förtydliga det. Men det är bra om du åtminstone försöker ett tag. Ser hur det går."

Lintuder tittade mig djupt in i ögonen.

"Mm, jag måste väl testa att stå på egna ben någon gång och jag har ju mina vänner som pelare där ute också."

Det var tufft, men med tankarna på mina stöttande vänner där ute ändrade jag inställning, för de hade aldrig svikit mig förr och skulle nog aldrig göra det heller.

"Jag tror vi är klara här i dag, Peter Lintuder."

Jag andades ut en suck av lättnad och drog mina fuktiga händer mot mina lår innan jag ställde mig upp. Visitkortet la jag intill mobilen i behån, det skulle få flytta till plånboken senare.

Lintuder följde mig till dörren. "Jag hör av mig med bedömningen från frågekameran, om jag vill boka in ett extra möte eller inte. Om inte annat hör vi av oss för en tidsbokning nästa år."

"Äsch, jag behöver ingen bedömning från den. Vi skippar det. Jag trodde faktiskt inte att det skulle kännas så här skönt med ett avslut. Visst är det skrämmande, men det känns också som att jag gör något bus. Eller ska göra något olagligt."

"Du gör revolt mot dig själv, vilket kan vara både stimulerande och främmande på samma gång. Så länge det är i ett gott syfte, är det alltid ett framsteg."

"Det har du nog rätt i. Tack så mycket, Peter. Jag ska inte störa dig längre." Jag la handen mot dörrhandtaget, jag var redo att möta världen på egna ben.

Men först …

"Oj, okej", sa Peter medan han la armarna om mig.

Jag hade överraskat honom med en kram.

"Det var så lite så", tillade han och klappade mig på ryggen.

"Förlåt, men det kändes så rätt. Jag hade velat ge Mike en också. Så den kramen var lika mycket till honom som till dig. Du får gärna hälsa honom det om du träffar honom."

"Det ska jag göra." Peter log brett medan jag tog på mig jackan och gick ut.

KAPITEL 5

Dagens datum: fredag den 13:e januari. Vilket betyder att vi nyligen haft ett hejdundrans firande då året övergick från 2016 till 2017. Och just nu befann jag mig på jobbet: G. Flowk Reklambyrå. Även kallad GF.

Med tom blick stirrade jag på dataskärmen, raderna började gå ihop och jag slog mest på tangentbordet för att lura de andra, och mig själv, att jag fick något gjort. Blicken fastnade på spegeln i mitt bås, på mitt hår. Jag drog fingrarna igenom det. Häromdagen spenderade jag två timmar hos frisören, förstärkte all färg och klippte upp det lite, men det var fortfarande nästan midjelångt. En längre snedlugg blev det också, det passade bra till mitt mer avlånga ansikte och täckte även lite av ärren.

Kisande vände jag blicken mot datorn, bytte från Excel till nätsidan jag hade uppe. Den visade topp tio av alla vampyrfilmer och serier genom tiderna. Twilight-sagan och Vampire Diaries delade första plats, något som jag kunde hålla med om, andra och tredje platsen kunde däremot diskuteras. Med en suck stängde jag ner sidan och fick upp nästa, jag hade helt glömt bort att jag googlat på häxmyteri i morse. Med en djup suck kryssade jag ner den sidan också.

Tillbakalutad i stolen grävde jag i handväskan. När jag äntligen funnit nässprejen som låg i sidofacket och inte bland skräpet i mittenfacket, där jag ägnade de flesta sekunderna av letandet, for tankarna till Lintuder. Borde jag ringa honom? Kunde jag vänta över helgen? Nässprejen var slut, jag kastade den och tog upp den andra i samma fack. Tankarna på Lintuder fick mig att googla söksidor för att hitta personer, men jag ändrade till vampyrtänder i sökrutan och sedan till bilder. Med rynkade ögonbryn bet jag tag i min underläpp efter att ha kollat igenom de första bilderna. Man hade kunnat tro att jag vore arg på datorn med tanke på hur hårt jag slog på bakåtpilen. När jag hamnat på en bra söksida letade jag fram Peter Lintuders hemnummer och adress.

"Bara utifall jag behöver få tag på honom utanför kontorstid", mumlade jag och skrev ner numret på en lapp.

Det här var första gången sedan mitt besök hos Lintuder som jag hade fått ett så kallat återfall. Jag funderade på om det berodde på att jag var så trött. Antagligen. För inga konstiga olyckor eller överfall hade jag varit med om på ett tag, och varken mörkret eller ansiktena hade gett sig till känna på länge.

Det var en stor lapp för enbart ett nummer och en adress, det prasslade högt när jag knögglade ihop den till en boll och kastade den i papperskorgen innan jag gick till fikarummet för att hämta en kopp kaffe. Företagets avdelning låg högst upp i en stor byggnad och hade till största del fönster som väggar. Kontorsbåsen var uppdelade i sektioner och därefter fanns det mötesrum, personalrum, fikarum och öppna sällskapsytor. Miss Flowk, vår chef, och några underchefer hade egna rum längst in på kontoret. Det var en lång korridor som skiljde oss åt.

Tillbaka i mitt lilla kontorsbås stängde jag ner allt som inte hade med jobbet att göra. En gäsp avbröt allt, hela halsmuskeln spände sig längs högra sidan. Långsamt masserade jag över muskeln och försökte vinkla halsen rätt, men en till gäsp letade sig fram och spände muskeln på nytt.

"Annabelle, det är fredag och klockan är nu över fyra. Gå hem du med!" sa Sonja som packade ihop för dagen.

"Jag ska. Jag måste bara få färdig analysrapporten innan fem. Miss Flowk går ju alltid förbi sitt kontor då, och det som ligger där tar hon med sig hem."

Jag lutade huvudet mot vänster axel och masserade muskeln för att få till rätt läge på nytt.

"Är det projektförslaget du sysslat med den senaste tiden?"

"Ja, det stämmer. Och jag har så lite kvar. Men det måste bli perfekt. Jag vill verkligen ha uppdraget!"

Äntligen, nu verkade muskeln vara normal igen.

"Som du har slitit och jobbat över den senaste tiden förtjänar du ett godkännande. Men vi ses i morgon, jag måste kila", sa Sonja medan hon spände hårsnodden ett sista varv runt sitt blonda hår i en hästsvans och rusade mot utgången.

Liksom jag, hade Sonja jobbat över de senaste dagarna. Hennes sambo, Jim, hade insisterat på att få hem henne i tid i dag. Enligt skvallret planerade han en romantisk middag med lite *fredagsmys*, han hade ordnat med barnvakt och allt. Så hennes entusiasm över att ta sig hem var rätt förståelig.

"Grattis igen, Annabelle, och trevlig helg!" ropade Viktor när han gick förbi mitt bås.

"Grattis i förskott!" tillade Maya och Lis som gjorde honom sällskap ut.

De tre, ihop med Sonja, hörde till dem som inte pratade skit bakom ryggen på mig. Nog hade jag mitt drömjobb, men att kollegorna skulle samspela så väl med djävulen visste jag inte. Det blev ju inte bättre när jag fick ärren direkt.

Jag tackade kollegorna med en nickning innan jag sjönk ner i min stol med blicken på skärmen och flätade ihop mitt hår. Det var min trettioårsdag i morgon. Hela dagen hade jag blivit gratulerad, jag fick till och med en tillgjord, finstämd sång på lunchen. Men eftersom det var fredag var det irriterande att bli avbruten hela tiden. Det var deadline på måndag, det sista jag ville var att sitta hemma med jobb under helgen. Min födelsedagshelg dessutom. Men hellre grattad än glömd. Tvillingarna fyllde trettio år i julas, på självaste julafton av alla dagar. Vi hade ordnat en överraskningsfest för dem, så jag hade på känn att hämnden var rätt så ljuv dessvärre. *Fyller man jämnt och hälften upp till sextio måste man slå på stort*, antydde de hela tiden. Så jag undrade hur det här skulle sluta ...

Äntligen fick jag till slutklämmen på analysen som färdigställde mitt projektförslag. Jag mötte Miss Flowk i gången. Hennes blonda hår låg stramt över huvudet, samlat i en knut. Den blåa byxdressen med ett smalt svart midjeskärp till, hörde till hennes favoriter. Den svarta korta kavajen hängde över hennes arm tillsammans med axelremmen till hennes väska. Miss Flowks ögonlock sjönk en aning medan hon satte handen mot midjan. Jag hade missat kontorstiden för inlämning av arbeten med cirka trettio sekunder. Hon gillade inte att man kom i sista stund. Men det måste ha varit min lyckodag. För i stället för att skälla ut mig, som jag hade räknat med, ryckte hon åt sig mappen och pressade den mellan armen och kroppen på den sida hon bar kavajen och sin väska. Hon sa ingenting. Det enda man hörde ifrån henne var en tung utandning och sedan ekot från klackarna som slog i golvet när hon lämnade salen. Jublande i mina tankar pustade jag ut och smårusade till mitt bås för att riva ner jackan och ta helg. Men jag hann inte långt förrän jag vände tillbaka och tog upp lappen ur papperskorgen.

"*Bara utifall*", viskade jag och gick med snabbspringande steg mot utgången igen.

✧

Väl hemma, avslutade jag mina försök att göra mig fin för en utekväll i innerstan. Två gånger hade jag påbörjat att göra mig i ordning, men trötthetent og över. Långsamt flätade jag ur håret och drog borsten en lång stund igenom det innan jag satte upp det i en lös, ojämn knut. Så jäklans skönt. Projektet hade hållit mig i gång, min hjärna hade varit i ett ständigt virrvarr, nu när det var klart släppte alla spänningar och övertidstimmarna tog ut sin rätt. Helt utmattad slog jag mig ner i soffan. Min älskade, gråa soffa med sina fluffiga gråa fotpallar. Att resa mig för att slå på teven var inte heller något jag hade ork för, jag lät musklerna slappna av och föll ihop till en liggande position. Sminkväskan bredvid tog mest stryk i fallet då den for i trägolvet, tur att den missade den ljusgråa mattan med tanke på pudersmulorna runt omkring. Inte ens till det fanns orken att sopa upp. Ögonlocken blev allt tyngre, det var omöjligt att öppna dem.

Nu var jag i drömmarnas värld. Två versioner av mig hade skapats. De var enade med varandra. Jag kunde känna hur den ena versionen av mig låg tungt vilande i soffan med huvudet liggande på den mörka kudden med färggranna fåglar. En ljusgrå filt låg under. Den andra versionen av mig stod framför och tittade på. Försiktigt böjde jag mig över min liggande kropp, dess tunga andetag motade bort mig. Nu stod jag längs träpelaren i ena hörnet, härifrån såg jag vardagsrummet i sin helhet. Blicken drogs till några av tavlorna jag målat och fotografier jag tagit. I den här drömmen verkade de dramatiska fotona och de målade änglabilderna få mest uppmärksamhet, så länge bilden hade en viss mystik i sig fastnade blicken på den. Klockan ovanför teven började ticka, något som den aldrig gjort förr. Tickandet blev stegvis högre, visarna for runt i en oändlig fart, flera varv, tills de stannade på klockslaget ett. Med tanke på mörkret utanför var det ett mitt i natten. Det ljusa trägolvet och pelarna utmed lägenhetens alla hörn började knarra och konturerna av de ljusa väggarna mörknade. Nu var lägenheten täckt av dimma.

En kall och mjukt svepande vind for längs min liggande kropp, huden fick knottror och håret på armarna reste sig på min stående version. Vindpusten som drog förbi förde blicken mot min liggande kropp igen, den del av håret som inte var bunden till knuten svävade i luften. Auran runt min liggande kropp lyste så starkt att den versionen av mig stängdes in i en sorts skinande bubbla. Allt annat runt omkring var mörkt och skrämmande.

En kvinna uppenbarade sig! Bredvid min stående version. Hon fick form med hjälp av glittrande och skimrande sandkorn, i en blandning av lila, silver och guld. Det såg ut som sand eller som små korn i alla fall, det kunde vara små kristaller också. Med henne kom det även en rosdoft, rummet doftade precis som om det vore fullt med vita rosor. Inte röda, rosa eller gula. Utan vita. Och hur jag visste det, det hade jag ingen aning om.

Den glittrande kvinnan var vacker, och hon hade en krona i guld, formad i krusidullmönster, med röda pärlor och två röda band baktill, runt sitt huvud. Det långa, blonda håret delvis svävade omkring henne, precis som den bruna mantelliknande kappan hon bar över axlarna. En skinande guldklämma över hennes bröst höll ihop den och dolde det mesta av den gröna klänningen under. Hennes ljusbruna ögon var uppspärrade, de glänste men såg sorgsna och vilsna ut. Hennes blick slappnade av när hon såg min sovande kropp, hon log lätt medan hon gick fram till den och strök mig över håret.

"Främmande minnen ska visa och hjälpa dig. När cirkeln är sluten kan ni fortsätta fram."

"Du är vårt enda hopp – den utvalda, snälla hjälp oss."

Kvinnan viskade till min kropp. Orden blev svagare, jag kunde inte höra den sista meningen medan hon pussade pannan på min sovande kropp. Kvinnan började blöda! Det rann blod överallt på henne. Fy, min tunga drog ihop sig. Jag backade ett steg, ändå sträckte jag mig efter henne – en vit ros uppenbarade sig i min hand. Det började rinna blod ifrån rosen, ner mellan mina fingrar. Blodet var varmt och tjockt i sina slingrande vägar utmed handen. Det fortsatte längs armen, planade ut och droppade ner på golvet. Jag andades in doften av järn, metall. Rosen och allt blod försvann spårlöst. Kort därefter löstes kvinnan upp till sandkornen, en virvlande vind tog plats i rummet och fångade upp dem. Det blåste och snurrade så mycket att det blev svårt att se.

Vinden med de färgglada kornen centrerade sig som hårdast över min liggande kropp, i min stående version började jag få svårt att andas, det kändes som om något pressades mot bröstkorgen. Det ljusa skyddet omkring min liggande kropp vibrerade kraftigt. Skyddet exploderade! De guldsilvriga kornen tynade bort medan en tryckvåg slog igenom min stående version. De lila sandkornen sipprade ner över den liggande versionen av mig. Kornen försvann *in* i mig!

Med ett ryck vaknade jag till.

Kippande efter luft for jag upp ur soffan. Rummet gungade så mycket att jag fick greppa tag om bordskanten på vardagsrumsbordet tills snurrandet avtog. Bordskivan var i marmor, det svalkade skönt mot händerna. Kanske kunde jag vila ena sidan av ansiktet där en stund – ja, det lät skönt. Just som jag skulle vila huvudet mot bordet började luften bli för tjock för att ta sig nerför strupen. Jag sträckte mig efter medicinen på det svarta hyllplanet under marmorskivan. Medan jag andades in en dos tittade jag ut genom fönstret och klockan på väggen, en minut över ett var hon. Jaha, grattis till mig själv då, för exakt på detta klockslag, för trettio år sedan, föddes jag.

"14:e januari, 1987, klockan 01:01. Kusligt exakt. Grattis!" svamlade jag och reste mig för att gå mot köket.

Ögonen sved, kisande gnuggade jag mig om dem. Väggarna fick stötta mig, mina ben var som kokt spagetti. I spegelbilderna jag gick förbi såg det ut som om min ögonfärg lyste ... i lila ...

"Okej, det där tänker jag låtsas som om jag aldrig såg", viskade jag efter den tredje reflektionen eftersom jag inte förstod ett skvatt av vad som försiggick.

Och varför doftade min lägenhet rosor? Jag hade inte en enda ros här inne, eller var det mig som doften kom ifrån? Lutande mot köksbänken drog jag näsan över båda armarna, som mycket riktigt utsöndrade en rosdoft, men det gjorde även rummet – jag var för trött för att tyda vad som var den egentliga källan och kände dessutom hur jag blev sugen på te. Jag fyllde upp min coola vattenkokare, jag älskade att den var genomskinlig och ändrade färg efter temperatur.

Jag hade precis satt mig ner vid en av de fyra stolarna tillhörande köksbordet, när jag kom på att jag glömt sätta i sladden till vattenkokaren.

Stolarna och bordet var en gåva från min farmor, som i sin tur hade ärvt dem av sin mor. De var unika på två sätt. Ett av dem var att de var gjorda av urgamla ekar en storm hade ner, för flera hundra år sedan. Jag tyckte det var coolt och hade varit noga med att berätta det för alla nya som satt sig ner på stolarna vid bordet.

Halvt blundande reste jag mig för att sätta i sladden. Men en yrselattack hann trycka ner mig, med hjälp av nålar kändes det som. Gång på gång högg det till i huvudet, som kändes allt tyngre. De kastruller och köksredskap jag hade framme började vibrera, mina vita kökslådor öppnades och stängdes, de grå gardinerna med vita blommönster nertill fladdrade. Mönstren såg ... levande ut, som om de rörde sig längs tyget, och vattnet i kokaren började koka, utan att sladden ens var i. Vattenkokaren skiftade från grönt till rött direkt och hoppade över de två mellanstegen som skulle varit i blått och rosa. Och i reflektionen från fönstret såg mina ögon ut att lysa i lila igen.

Yrseln och allt oväsen i köket började avta, och blommönstren rörde sig inte längre.

Jag vilade mitt tunga huvud i händerna. "Vad händer? Vad. Händer?" sa jag och började bita på en nagel. "Hur är det ens möjligt? Hände det här eller har jag blivit galen nu?"

Tankarna fortsatte till drömmen jag haft. Den glittrande kvinnan, rosen, blod och andnöd. Tankarna fastnade på de meningar jag hade hört från kvinnan. *Främmande minnen ska visa och hjälpa dig. När cirkeln är sluten kan ni fortsätta fram.* Vad menade hon med det?! Ingen aning om vad det betydde. Äsch, det kanske inte ens hade någon betydelse, en konstig dröm var det bara. Det var bara en dröm och det i köket måste ha sin förklaring eller så inbillade jag mig bara allt. Ja, så måste det vara.

"Så var och är det", sa jag och slog händerna mot låren.

En ny känsla omfamnade mig, jag log och sänkte mina spända axlar. Mitt huvud kändes inte lika tungt längre. Det var som om jag svävade. Helskumt. Avslappnat tittade jag upp och rakt in i väggen. Hur sjukt det än lät så hade lugnet övertaget om mig, som om den omfamnade mig i ett lyckorus, det kändes som om jag hamnade i någon sorts trans. Stearinljusen jag hade på ekbordet tändes! Stolen for i golvet när jag reste mig i panik, i farten bort därifrån slängde jag ljusen i vasken och sprang bums i säng för att lägga täcket över huvudet. Är det inget jag ser, är det inget som sker – något som jag försökte intala mig själv ibland.

På tok för omtumlad för att kunna tänka klart somnade jag om av ren utmattning.

Usch, jag var ännu helt oförstående inför nattens händelser.

"Rosdoften är i alla fall borta", sa jag med slutna ögon. Trötthetens tyngd låg över dem.

Jag satt på sängkanten, med ena ögat slutet spände jag upp det andra som gick igen sekunden senare. Provade med nästa öga, det var likadant där. Ihop med en gäspning blinkade jag några gånger, nu kunde jag i alla fall hålla ögonen öppna och musklerna i mina armar väcktes alltmer till liv medan jag satt där och väntade på att hjärnan och resten av kroppen skulle vakna.

Tillräckligt vaken för att stå någorlunda upprätt hasade jag mig mot köket och bad om att inga brännmärken från ljusen skulle finnas på ekbordet, för då kanske inget av det under gårdagen faktiskt hade hänt. Men vette katten vad som vore bäst. En galning eller oförklarliga händelser?

"Något däremellan kanske", mumlade jag som svar till mina tankar medan jag skrapade bort stearin med tumnageln.

Det var inte mycket stearin och kunde lika gärna varit där sedan innan, och inga brännmärken fanns det heller.

"Ja, antingen stannar du kvar i din förnekelsevärld Annabelle eller så tar du dig an detta mysterium som den äkta Sherlock Holmes du vill vara", sa jag teatraliskt och vevade runt med armarna och sjönk därefter ner på närmsta stol, strök händerna längs symbolerna runt bordskanten.

Det var den andra anledningen till att de var unika, i alla fall bordet. Symbolerna alltså, där alla var olika men hade en tunn ring runt sig. Det gick även urkarvade mönster längs bordsbenen, och de tillhörande stolarna var minst lika fina. Men fy så obekväma, en dyna var ett måste. Farmor hade berättat för mig att en av symbolerna kring bordskanten var urkarvad av hennes mor, och en annan symbol av farmors mormor och så vidare. Farmor hade själv karvat ur symbolen jag drog handen över nu. Linjerna skapade en liten fågel som flög över trädtoppar. Farmor kände sig alltid så fri när hon var i skogen.

När jag ärvde bordet med de tillhörande stolarna fanns en symbolfri yta på bordet, på ena kortsidans ena hörn. Det sista min farmor sa till mig innan hon avled var en ren viskning: *Den sista platsen är menad för dig.* De andra kring hennes dödsbädd stod oförstående, jag visste exakt vad hon menade. Så nu fick jag dåligt samvete över att jag inte karvat ur en symbol ännu. Hon dog 2005. Så det var ju ett tag sedan, men jag kunde ju aldrig bestämma mig för vad jag skulle göra för något.

"*Jag lovar, farmor, jag ska sätta bordets sista symbol. Snart. Jag lovar*", viskade jag med blicken upp mot taket.

Jag pussade mina fingrar som jag sedan la över hennes symbol.

"Men nu är det min födelsedag, så fokus på det! Inget ska få förstöra den", tillade jag med klarhet i rösten och kände mig sedan dum för att ha pratat högt med mig själv, något som jag alltför ofta brukade göra. Suck.

Hrm, skulle jag rota fram Lintuders hemnummer i väskan? På en lördag? Skulle jag verkligen sjunka så lågt? Återfallet på kontoret och det som hände under natten var det första som skett på två månader, men kanske det var lite väl extremt det som hände nu under natten. Nej, hade jag klarat mig så här långt, kunde jag allt klara mig lite till! Så jag sköt bort nattens händelser, för att försöka att inte tänka på dem igen.

KAPITEL 6

"Nej! Fan, inte igen", flämtade jag i en hög inandning när jag tittade i backspegeln – mina ögon lös upp i lila innan de sedan fick tillbaka sin blågråa färg. Ögonen hade skiftat till den lysande lila färgen nästan varje gång blicken mött en spegel eller en annan reflektion sedan jag vaknade, ja sedan händelsen i köket och den där konstiga drömmen. Men ögonen skiftade bara under en eller två, max tre, sekunder, och det hände tydligen inte varje gång blicken mötte en spegel eller reflektion, men tillräckligt ofta för att skrämma upp mig! Det borde inte hända över huvud taget. Och dessutom sved ögonen till varje gång och den där jäkla rosdoften kom alltid fram också. Jag visste inte om jag inbillade mig eller inte, men allt det där gjorde mig lite skakig och förvirrad. Och inte hade jag en psykolog att gå till heller, jag hade ju lovat att försöka själv.

För att undvika en bilolycka stängde jag av mobilen, och det trots att jag använde högtalarfunktionen. Det var enklast så och mobilen skulle ändå explodera snart av alla grattis-sms och samtal. Jag blinkade några gånger ihop med en harkling och skakade på huvudet för att kunna lägga fokus på körandet.

Planen var att fira mig hos mina föräldrar, det var dit jag var på väg, men det blev en omväg genom Willofs innerstad för att plocka upp lite släkt. Första stoppet blev i Fatown Valley, fem minuter väster om innerstan. Det var min moster med familj som bodde där. Ett perfekt val för småbarnsfamiljer som dem, eftersom det fanns så många dagis och skolor. Det var i och för sig endast kedjehus där, vilket blev lite trist i längden. Å andra sidan gränsade området till två fina parker, så det jämnade ut sig. Nästa stop blev i Rudwan, som låg på samma sträcka. Det var mina morföräldrar vi skulle plocka upp, och hade väntat på i nästan en kvart nu.

Det som fascinerade mig med det här området var att det var glest bebyggt med mycket skog, trots sitt nära läge till innerstaden. Femton minuter med bil tog det bara. Det fanns även en större livsmedelsbutik och en mindre mack. Området lockade många äldre människor och var även känt för sin fina badstrand, där hade jag ofta varit som liten.

Mina tankar på stranden avbröts – ett vredesutbrott var på väg att urarta bakom mig mellan Vanja och Eric. Deras föräldrar, Maryanne och Danh, stod utanför bilen. Maryanne var uppe i ett viktigt samtal med någon genom sin mobiltelefon, hennes ljuslila klänning slutade en bit över knäna och syntes under den längre jackan hon höll om sig. Danh stod lätt lutad mot motorhuven i sin svarta kostym med lila slips och glänsande svarta skor. Han hade en cigarett i handen och lapade i sig solen. Inte mycket till hjälp där inte. Jag vinklade backspegeln mot mina små kusiner, tittade på mig själv och dem. Inga lila ögon, tack och lov för det. I ett försök att vilseleda dem från bråket grimaserade jag åt dem. Deras ilskna tårar ändrades till skratt och de försökte ge mig spektakulära ansiktsuttryck tillbaka. Deras kiknande skratt var smittande. Vanja var åtta år och Eric sex år. Bådas hår var mörkbrunt och blev just nu i en enda röra eftersom de skakade på huvudena och spände upp sina blåa ögon mot varandra. De var väldigt lika Maryanne och Danh, men hon var lång och smal och han kort och bredare byggd. Det skulle bli kul att se hur barnen blev med denna mix. Eric var redan lång för sin ålder. Och nu var de två otroligt söta i sina finkläder. Vanja i ljusblå klänning med vit rosett i midjan och vita strumpbyxor och svarta skor. Eric i en svart kostym med ljusblå fluga fastsatt i skjortan och vita skor med kardborrband.

"Mormor, morfar!" ropade Vanja och Eric, med vinkande och utsträckta armar.

Danh släckte ciggen och gick för att hjälpa dem med väskorna, där de troligen hade sina ombyten eftersom de var klädda i vardaglig stil. Mormor i ljust men färggrant och morfar i naturens färger. För mig var det bara att byta ett par skor när vi var framme och av med ytterkläderna så var jag redo att mingla. Förvisso visste jag inte så mycket om temat mer än att Soey var med när jag shoppade kläder till festen och hon pekade på vad jag fick välja och inte fick ta. Det skulle bli kul att se hur de gjort!

Mormor och morfar var båda gråhåriga nu, men med tanke på deras unga utseende och fina drag, särskilt mormor med sina runda former, såg man var vår skönhet kom ifrån. Jag log åt tanken. Och åt morfar. Dessvärre blev han sjuk i cancer när han precis fyllt sextio. Han kämpade fortfarande med sjukdomen som han övervunnit två gånger men som envisades med att komma tillbaka. Man märkte att sjukdomen slitit hårt på hans motorik och muskler – att han mestadels kunde se så fräsch och kry ut var ett under. Båda två älskade blommor och natur, de tillbringade mycket av sin tid som pensionärer med det, mormor påstod att det var just naturlivet som höll honom på fötter.

"Välkomna! Får ni plats?" frågade jag när de trängde sig in i bilen, Abuss, som vi döpt den till.

Nog var bilen stor, den hade plats för åtta personer, men med två barnstolar kändes det som om mycket av utrymmet försvann. En sportigare bil var mer i min smak egentligen, men någon i familjen behövde äga en större variant. Marianne och Danh hade visserligen en stor också, men den var dessvärre väldigt gammal och låg på reparation. Dock gillade jag att kunna ha med mycket packning och lite folk utan krångel. Vid närmare eftertanke stretade jag nog aldrig emot särskilt mycket när lotten hamnade på mig.

Sakerna i framsätet föste jag ner så att morfar fick plats. Han såg väldigt trött ut i dag. Mormor, hon var i stället som ett friskt yrväder eller vad man nu skulle kunna kalla det. Hon var ovanligt pigg för sin ålder och älskade att ha många bollar i luften. Det höll henne alert, påstod hon. Självfallet tog hon på sig ansvaret för att roa barnen efter att ha sett till att allt var med i bilen. Och morfar, han älskade allt som hade med historia att göra, jag hade inte ens hunnit vrida om nyckeln förrän han var i ett intensivt samtal med Maryanne, som delade samma intresse. Danh som hade ett stort intresse för konst, försökte avbryta dem med att berätta om en vernissage han varit på. Men barnen tog över med hjälp av högljudd sång och med hjälp av dirigering från mormor. Mormor tog också ton och manade på oss andra i bilen.

Snöblandat regn la sig i, det splashade mot rutorna medan vi sjöng igenom ett helt gäng med barnlåtar. Skogen började bli glesare och husen tätare, det var inte långt kvar till mina föräldrars område där hustomterna låg tätt inpå varandra, även om många av tomterna var rätt stora. Det fanns även små och stora umgängesytor eller ytor av enbart natur. I Dawnsee, eller ja, i Willof generellt, fanns det även många kolonilotter, mina föräldrars område hade ett av de största. Och vid utkanten av mina föräldrars område fanns en pub och längre in ett populärt café med catering. Så många kom hit bara för att fika, gå i naturen, eller för sin kolonilott.

Lagom till att låten vi sjöng på var slut drog jag åt handbromsen på uppfarten till mina föräldrars hus. Medan jag väntade på att bilen skulle bli utrymd, upphörde snöregnet och solen kikade fram igen. Det glittrade när solstrålarna nådde de blöta tunna snöfläckarna. Om vädret på nyheterna stämde, så skulle det bli kallare till kvällen och ett lättare snöfall. Kisande upp mot solen passade jag på att njuta av värmen. Från ingenstans fylldes kroppen upp av kärlek och hopp om livet. Jag kände en sådan lycka. Det var precis som om någon jag höll kär slöt sina armar om mig. Jag fnittrade till och log upp mot solen. Under tiden lyssnade jag till ljuden som husväggarna inte kunde hålla inne. Hela släkten och alla som bodde på gatan måste varit bjudna, för att döma av ljuden och vyn mot fönstren var den ljusrosa enplansvillan på hundrasjuttio kvadratmeter full med folk. I och för sig borde jag ha haft mina föraningar med tanke på alla bilar utanför. Jag sa ju att jag kände på mig att tvillingarna hade något fuffens för sig – att hämnden var ljuv.

Jag kunde inte minnas senast jag träffade de första tio, tjugo personerna jag såg. Med ett spänt leende nickade jag mot dem medan jag tog av mig ytterkläderna.

"ANNABELLE!! GRATTIIIS!"

Storögd ryggade jag bakåt och snubblade pladask, rakt ner på rumpan över alla skor. Mitt hjärta slog snabbt och mina ögon sved till. Lamporna i hallen började blinka och rosdoften svepte förbi.

Det var Soey som vrålade, hon slingrade sig igenom folkmassorna fram till mig.

Hon skrattade högt. "Åh, Abe, gumman. Det var inte meningen att skrämma dig!" Hastigt sneglade hon upp mot taklampan. "Den där lampan behöver nog bytas ut." Hon slängde sitt mörkbruna hår över axeln och hjälpte mig upp. "Kom!" ropade hon efter att ha kramat om mig och tog min hand. Lamporna slutade blinka och jag kände ett lugn i kroppen och runt om mig.

"Ja vänta, jag måste bara byta till klackskorna du tvingade mig att köpa."

Soey log och lipade mot mig. Hon rättade till sin kopparbruna klänning och la det silvriga halsbandet centrerat mellan brösten.

"Så, klar och redo!" sa jag och slog ihop fötterna så att klackarna klickade mot varandra.

Soey tog min hand igen, förde mig in till allrummet, som var husets mittpunkt. Till höger om det var vardagsrummet, till vänster köket. I hallen fanns en toalett, tvättstuga och ett litet rum. Längre in fanns ett större badrum och två sovrum, vid vardagsrummet fanns det även ett till sovrum och ett separat sällskapsrum. Och vid allrummet var altandörren som ledde in till en stor inglasad yta och den stora trädgården utanför. Soey placerade mig i mitten av allrummet eftersom husets alla ytor var fulla av människor.

Framför mig stod mamma – så liten, rund och söt. Hon var så fin i sin ljuslila klänning och silverskor och silversmycken. Det mörka håret hade hon utsläppt men höll bort det från ansiktet med hjälp av ett ljuslila diadem. Hon gav mig en slängkyss, och hon fick en tillbaka. Intill henne stod pappa, han var lång – mycket längre än de andra. Han bar svart kostym med vit skjorta under. I bröstfickan var det en ljuslila servett och flugan runt hans hals var ljuslila. Han hade även en svart hatt på sig. Topparna på hans blonda hår spretade fram lite varstans under hatten. Pappa log lekfullt mot mig och jag kunde inte låta bli att fnittra. Till höger om mina föräldrar stod mitt tjejgäng, jag vinkade åt dem. De ropade grattis och gav mig slängkyssar de med. Jen gjorde tummen upp för min klänning och drog sedan händerna längs sin egen rosa klänning, hon hade guldsmycken till och visade upp dem. Sam snurrade runt för att visa sin blåa klänning med vita pärlor, och hon hade passande nog pärlsmycken till. Deras blonda hår var i fina uppsättningar, Sam hade några lockar lösa hängande i olika längder. Ewelyn och Sonja neg artigt medan de höll upp sina klänningar. Ewelyn i rött och Sonja i grått, båda med långa tunna halsband i guld till. Mina vänner hade pratat ihop sig eftersom klänningarna liknade varandra och för att de hade matchade klackskor i silver och guld, likadana skor som jag just satt på mig.

Soey var ju som sagt med när jag köpte den mörklila festblåsan jag trätt över kroppen. Hon insisterade på denna, trots att jag ville ha den andra, och nu förstod jag varför. Alla gäster var fint uppklädda. Kvinnorna i en liknande stil som jag och männen bar frack eller kostym, vissa av dem hade, precis som pappa, skojat till det med hatt. Soey hade även plockat fram de smycken hon tyckte att jag skulle ha till klänningen. Halsband och armband i guld och silver tillsammans. Liknande som de andras. Det var bara Sam ur vårt gäng som stack ut lite med sina pärlor, men det passade henne – och festen. Det var som om festen gick i bal- eller askungetema. Blicken gick över såväl tak som golv, bord och fönster. Med tanke på dekorationerna var jag nog inte så illa ute i mitt funderande trots allt. Och det mesta var i guld, silver och vitt.

"OKEJ! OKEJ! KAN ALLA VARA LITE TYSTA?" Soey viftade med händerna. "Tackar och bockar. Som ni ser har födelsedagsbarnet äntligen anlänt! Så vad passar väl bättre än lite skönstämd sång? På tre! Ett, två, tre. JA MÅ HON LEVA ..." började Soey och fick de andra att hänga på.

Mina kinder kokade. Jag blev alltid så lätt generad, vilket var jättejobbigt. Ögonen sved till och lamporna började blinka i det här rummet också. Och jag kände av rosdoften igen! Det här var så konstigt.

Jag kunde inte vända upp blicken förrän det sista hurrat var ur världen och tvingade fram ett leende för att inte verka oförskämd. Äntligen skingrade sig folksamlingen, jag pustade ut och strax efter lugnade lamporna ner sig.

"Annabelle!" utbrast en på tok för utsmyckad kvinna i en chockrosa klänning, tätt bakom henne stod en betydligt äldre man i frack med ett likgiltigt ansiktsuttryck och hög svart hatt.

När våra blickar möttes log han så brett att jag trodde att hans ansikte skulle gå itu, och jäklar vilket hårt handslag han skakade min hand med. Med varenda ansiktsmuskel spänd vände jag mig mot Soey, rörde på fingrarna för att försäkra mig om att de fortfarande var hela. Mina vänner fnittrade åt mig i bakgrunden medan de själva minglade runt. Kvinnan la sina händer på mina axlar, jag blev tvungen att vända tillbaka blicken mot dem. Mannen, han hade samma likgiltiga uttryck igen. Rolig kille ...

Kvinnan flyttade händerna upp till mina kinder. "Stackars lilla flicka. Din mor berättade om incidenten." Hon strök handen över mina ärr.

Hon log brett och nöp tag i kinderna. "Tänk så fort åren går, senast jag höll i dina kinder var du fem, och då gallskrek du." Hon skrattade. "Tjugofem år har det gått och nu får vi äntligen träffa dig igen", fortsatte hon, hennes ögon blev alldeles glansiga.

Själv hade jag inte den blekaste aning om vilka de var, jag mumlade fram ett svar och visade ett halvdant leende.

"Grattis Annabelle! Verkligen en trevlig tillställning det här, men ni bör nog se över elen i huset", sa en mansröst bakom mig, vilket avbröt samtalet med paret, som då vek av.

När jag vände mig om såg jag att det var Andrew, pappas barndomsvän, jag välkomnade honom med en kram. Han var riktigt stilig i kostym, en mörkblå sådan. Det passade bra till hans slanka kropp, mörka ögon och mörka hår. Och eftersom jag visste hur obekväm han var i snofsiga kläder log jag brett och gjorde okejtecken med fingrarna. Vi hann prata en bra stund tills vi blev avbrutna. Denna gång av ett yngre par med fyra barn i släptåg, det var grannarna längst bort på gatan.

Var jag än försökte fly i huset kom någon för att gratulera mig och kallprat. Det var knappt att jag fick tid åt mina föräldrar. Fast kul hade jag och dagen blev snabbt till kväll. En enorm eloge till min mamma, som med hjälp av Mira (närmsta grannvännen), fixade ihop en trerätters buffé till alla gäster. Resten av kvällen bestod av presentutdelning, tårta och tal. Tårtorna var supercoola för övrigt. Den ena var formad så att den skulle likna mig som nyfödd, den andra var ett stort hjärta, täckt med ätbara fotografier! Och jag hade önskat mig en ny systemkamera, men eftersom ingen visste vilken modell jag ville ha, bestod de flesta presenterna av pengar i färgglada kuvert.

Medan festen flöt på tackade tjejerna och jag för oss vid tiotiden på kvällen för fortsatt firande bland klubbarna i innerstan. Vi behöll klänningarna på men hade bytt till mer passande skor, och Sam och Jen hade ändrat frisyrer mer passande för klubbande. Sam bytte även pärlorna mot enklare smycken.

Vi satt i taxin på väg in. Mamma och pappa skulle köra hem min bil och på vägen dit, skjutsa hem mormor och morfar och Maryanne med familj. Tack och bock för det. Och mycket riktigt var kvällen kyligare än vanligt. Snöfallet hade börjat för flera timmar sedan, precis som nyheterna hade gått ut med.

Med tre utav alla de pengakuvert jag hade fått, nertryckta i min *lilla* partyväska, försökte jag övertala dem att få betala färden. Pinsamt nog ägde jag inga små väskor, de rymde aldrig allt jag ville pressa ner. Mina vänner tryckte in sedlarna jag tagit fram i munnen på mig för att få tyst på mina insisterande ord så att de själva kunde betala resan sedan när vi var framme. Muttrande tog jag upp min lilla runda spegel för att kolla till sminket. Högljutt andades jag in – mina ögon sved till och lös upp i lila igen, tillsammans med en svag bris av vit rosdoft. Ingen aning om hur jag visste att det var vita rosor. Det bara kom till mig. Jag tittade bort och tittade i spegeln igen, ögonen skimrade till i lila innan de blev normala. Jag tittade bort och in i spegeln igen, ögonen skimrade till i lila på nytt. Ewelyn råkade lägga en väldigt hög rap, den avbröt tankarna på mina ögon och rosdoften. Jag la ner spegeln i väskan och tittade upp mot tjejerna. Ewelyn satte om sitt ljusbruna hår och rättade till sina stora byst. Vår Bob Marley-kopia till taxichaufför skrattade nästan livet ur sig. Fnittrande skakade hon på huvudet och två av hennes mörkbruna slingor lossnade, hon virade fingrarna runt dem. Efter det bestod taxituren av högljudda skratt och livliga diskussioner med vår chaufför. Det visade sig att han var komiker vid sidan av taxiyrket, vi lovade att komma på hans uppträdande någon kväll.

"Annabelle?! Han vill att du ska komma", sa Sonja efter att ha betalat resan och förde sitt blonda hår över axlarna, som faktiskt var utsläppt den här gången, och det hände inte ofta.

Försiktigt, i mina knähöga mörkbruna vinterpartyskor med bred men hög klack, trippade jag fram mot förarsidan för att inte halka. Det hade i alla fall slutat snöa, vilket var skönt eftersom vi hade en bit att gå.

Taxichauffören tryckte ner rutan på nytt när han såg mig komma.

"Ah, du vackra kvinna. Du kom. Jag visste inte om din vän hörde mig fråga efter dig. Jag vill bara gratulera på din födelsedag igen. Här, ta det här kortet och ring mig så fort du behöver åka någonstans. Hälsa dina vänner det också. Nu måste jag kila, ny körning på g! Glöm inte att kolla på min show!" sa han leende, tryckte upp rutan och åkte i väg.

"JAG FICK HANS ... TAXINUMMER, TJEJER!" Snabbt tog jag fnissande handen för munnen för att tysta ner mig själv och fortsatte att svälja ner luftbubblan som hade letat sig upp längs strupen. "Han gillade oss så mycket att han ville bli vår privata chaufför. Jag tror vi får rabatt också!" tillade jag tystare och aningen långsammare, men fortfarande exalterat eftersom jag sjöng ut vissa av orden och med armrörelser flygande hej vilt = alkoholen i min kropp började nog göra sig hörd.

Jag fnittrade igen, de andra också.

Vi la in numret i våra telefoner och tog en sista titt i spegeln innan vi banade fram längs gatorna. Inga lilalysande ögon denna gång i alla fall.

Började jag bli galen?

KAPITEL 7

Det tunna snölagret sprakade under våra klackar och det reflekterade mysigt från alla lampor. Det passade bra till det dova ekot från alla andra festglada människor runt omkring. Men den vackra mystiken försvann vartefter vi kom längre in i staden och folkmängden ökade. Det var också då jag uppmärksammade den obekväma stämningen. Grova rösthöjningar. Kvävd gråt. Rappa men tunga, hårda steg. Magklumpen kom tillbaka och fick min magsyra att stiga. I tysthet framkallade jag låtsas-rapar. Det hjälpte, men tog inte bort det faktum att det stod par, gäng eller främmande människor lite här och där och bråkade med varandra. Lamporna var dovare i närheten av dessa människor. Den disiga dimridån jag sett tidigare låg över dem och mörka skuggor höll sig i närheten, slingrande längs stolpar, väggarna och marken.

Hasande fram kom jag på efterkälken, jag tittade runt och sedan mot mitt tjejgäng. De vände sina blickar mot ett högljutt gräl vi gick förbi, men skakade bara på huvudena och fortsatte med sina samtal. Det dova ljuset, den mörka dimridån och skuggorna verkade de inte uppmärksamma. Och antingen såg de inte att det var fler bråk runt omkring eller så brydde de sig inte. Jag rös till och drog åt min svarta kappa. Det lugnade ner sig när vi vek av till en annan gata, bort från folkmassorna.

Ett killgäng korsade vår väg.

"Tja, brudar! Hur är läget här då?" sa den som verkade leda gänget, med hög röst och utsträckta armar.

Hans blonda hår var kammat åt sidan, han plattade till det medan han log med ena mungipan upp mot kinden. Resten av gänget omringade oss med liknande miner.

Den större av dem la sin arm runt mina axlar. Han luktade svett och tonårsparfym, trots att han troligtvis var i vår ålder.

Han gick runt så att han stod framför mig och pussade mig på kinden. "Oj. Jag ... jag såg dem inte först. Men de är riktigt heta, det klär dig. Det är som om du bär på ett mysterium", flåsade han och drog fingrarna över mina ärr i ansiktet och längs med halsen.

Slingor från hans bruna hår doppat i vax klibbade sig fast i mitt ansikte när han pussade mig igen, över ärren denna gång.

"LÄGG AV!" Jag tryckte bort honom med armen och torkade bort känslan av hans pussar och hårvaxkladd från kinderna.

Killarna skrattade åt oss.

"Äh kom igen va. Lite kärlek har väl ingen dött av", sa en annan av dem och omfamnade Sonja.

Hon grep tag om hans blonda hår och drog till så att han släppte taget och sedan gav hon honom en redig lavett. Smällen ekade i gången där vi stod och efterlämnade ett rött märke över hans kind. Han förde käken från sida till sida innan han sammanbitet tog ett steg fram mot henne. En annan i deras gäng slog till honom mot armen, menat som att låta det vara. Med ihopdragen blick ryckte han på överläppen och blängde mot henne. Sonja la armarna i kors, spände upp sina ögon och fnös åt honom. Hon vek upp händerna och tog ett litet kliv fram. Han backade med handflatorna riktade mot henne.

Blickarna vändes mot mig och den större killen i deras gäng. Han hade ställt sig bakom mig och lagt armarna om min midja.

"Fan va snygg du är asså", sa han.

Jag bände mig ur hans famn och vände mig om. "Du rör mig inte igen! Fattar du det?" Den här gången puttade jag bort honom med båda händerna mot hans bröstkorg.

De andra killarna skrattade vid sidan om.

"Ni får ursäkta honom. Han blir så jäkla kärleksfull när han dricker. Men seriöst, brudar. Ni är riktigt heta, och bitska", sa killen som verkade leda gänget och blinkade till med ena ögat mot Sonja och sneglade sedan mot mig. "Vi gillart! Så ska ni inte hänga på oss då?" fortsatte han leende, man såg tungspetsen mellan hans tänder.

Nog var han riktigt snygg, med håret på sidan sådär, charmig utstrålning, snygg klädstil och med glimten i ögat. Han och resten av gänget var nog vana vid att få som de ville. Men inte den här gången.

"Tack, men nej", sa Jen och Sam i kör och gick med raka ryggar och putande läppar därifrån.

Sonja fnös och himlade med ögonen åt killarna innan hon följde efter tvillingarna.

"Men kom igen då! Var inte såna mesar!" utbrast en av killarna flängande med armarna.

"Bättre lycka nästa gång!" ropade Ewelyn, retsamt rättade hon till bysten och gick sedan efter tvillingarna och Sonja.

Killarna stod kvar, ropande och gestikulerande i ett försök att övertala oss. Soey hade börjat gå mot de andra när hon såg att jag fortfarande stod kvar. Samma kille hade omfamnat mig, igen! Han höll ett hårt grepp om min midja. De andra killarna uppmuntrade honom. Jag blev rasande, kokade nästan inombords. Min andning blev snabbare och tyngre. Ögonen började svida och den vita rosdoften kom tillbaka. Det satte mig ur spel och jag försvann bort en aning. Instinktivt sträckte jag ut min hand och fångade upp en … bloddroppe. Den sjönk in i handen och försvann. Men alltså, vad hände egentligen? Ögonen, rosdoften och nu bloddroppar? Okej att det hände saker i drömmar, men i verkligheten?! Eller började jag bli sinnessjuk?

Killen som höll om mig trodde att jag blev upphetsad. Han försökte kyssa mig – jag bet honom i läppen så att han började blöda, vred mig ur hans famn och sparkade honom i skrevet.

"DITT ÄCKLIGA MISSFOSTER!" skrek han och spottade mot mig.

Dova smällar hördes i luften över oss, precis som från åska.

"Ööh, kolla! Hennes ögon lyser ju för fan", utbrast en av dem och pekade på mig.

"Vad är du för ett jävla monster", slängde en annan av dem ur sig.

Killarna skrek på mig medan de kollade upp mot himlen som mullrade. De undrade vad jag höll på med, de sa att jag var galen och slängde ett flertal glåpord efter mig.

Mullret dånade högt ovanför oss medan mina tänder blev alltmer sammanbitna.

"Stick hem till din farsa … FRANKENSTEIN!" skrek en av dem.

"Äsch, han är säkert en avdankad alkoholist. Titta bara på henne, det säger ju allt. Morsan är säkert knarkare", sa en annan av dem kaxigt.

Han skrattade sedan. *De alla skrattade.*

Vinden blev starkare, det kändes som om jag var i ett attackläge, redo att gå till anfall. Min mamma var den underbaraste människan på Jorden och min pappa var nykter alkoholist sedan, ja nu hade det ju gått ett år till, så sedan elva år tillbaka! Han slutade dricka den 10 januari – första årsdagen efter farmors död. Usch, det var bland det värsta jag visste när människor uttalade sig om saker de inte hade en susning om! Just som jag skulle koka över kände jag hur en arm tog tag i mig.

"Kom Annabelle, vi går. Bry dig inte om vad de där nollorna säger. De är inte värda att slösa energi på. Kom nu."

Det var Soey som drog bort mig. Hennes mörkbruna hår fladdrade framför våra ansikten. Soey drog håret bakom öronen och hennes blågråa ögon mötte mina, och hon behövde inte säga något mer. I samma stund slutade mina ögon svida och mullret över oss försvann och vinden lugnades ner. Sakta återgick min sinnesstämning till det normala.

Medan vi gick i kapp de andra tog killgänget av mot ett annat håll och allt blev som vanligt igen. Soey nämnde ingenting om mina ögon ändrat färg eller inte, hon kanske inte hann se något innan de ändrades tillbaka. Frågan var om de verkligen ändrades eller om det hade något att göra med när mina ögon mötte vissa ljus eller så. De sved ju också. Det här var så konstigt.

"Vilka jobbiga killar!" utbrast Sam, när Soey och jag kommit i kapp dem.

"Vägra fatta ett nej liksom", sa Jen, blickande mot Sam.

Hon nickade instämmande tillbaka.

"Snygg käftsmäll förresten Sonja!" jublade Ewelyn och kramade om henne bakifrån.

"Det var instinktivt och mer en örfil än en käftsmäll. Ett fint rött märke fick han i alla fall från min fina handflata", fnittrade Sonja medan hon drog några slingor av sitt blonda hår mellan fingrarna.

"Lavett heter det, och Abe skapade ju blodvite på en av de andra killarna", sa Soey.

"Bla, bla och blaa. Miss Viktigpetter och Ordpolis", sa Ewelyn och lipade mot Soey.

Hon log tillgjort tillbaka.

"Är du okej?" frågade Sonja mig med tanke på det som hände, och för att jag antagligen såg lika frånvarande ut som jag kände mig.

Jag mötte hennes blick med ett trött leende. "Mm, förlåt. Jag tänkte på lite annat bara. Som vanligt. Men jag är okej", sa jag och försökte låta bli att tänka på känslan jag just haft inom mig och på mullret, rosdoften, blodet och de lila svidande ögonen.

"Om du tänker på killgänget, han som höll på med dig och grejer, så ska du veta att vi står bakom dig om vi möter dem på nytt", sa Ewelyn med indragna läppar och slog ihop nävarna.

"Du har oss alla på din sida", sa Sonja och slog ihop sina nävar.

Soey ställde sig bredvid med ett sammanbitet leende och gjorde likadant.

Skrattande, rullade jag med ögonen åt dem för att sedan svälja ner den stora klumpen av obehag följt av ett stelt, osäkert leende.

Tvillingarna uppmärksammade att vi hade stannat upp.

"Vad sysslar ni med?" utbrast Jen mot oss.

"Ja, kom igen! Det ligger två bra nattklubbar på nästa gata!" tillade Sam.

"Kom nu era söta dårnickar", skrattade jag och bröt mig igenom deras led för att gå till tvillingarna. Jag svalde igen, hårt, och harklade mig därefter.

Nä, dags att skaka av sig obehaget och händelsen med killgänget, i alla fall för i kväll. Det fanns fler dagar om året att grubbla på. Med slutna ögon stannade jag till lite snabbt, ruskade på hela kroppen och försökte pusta ut känslan. I de fortsatta stegen framåt öppnade jag ögonen och ryckte på axlarna. En aning bättre kändes det i alla fall.

Jag kunde inte låta bli att skratta vid synen jag mötte: Jen stampade med foten och Sam pekade mot klockan på handleden, sedan ställde de sig med huvudet på sned och en hand vilande mot midjan, båda två. Till och med deras blonda hår agerade likadant när de vinklade huvudet sådär, det la sig snyggt vilande över deras axlar. Och denna kväll fick deras isblåa ögonfärg en magisk lyster. Tvillingarna såg övernaturligt vackra ut. Men oavsett lyster, så var detta beteende så typiskt dem, och de var heller aldrig medvetna om att de poserade likadant. Det var liksom inte första gången mina ögon mötte denna syn eller liknande när det gällde de där två. Och det tog inte många sekunder förrän jag hörde Soeys, Ewelyns och Sonjas fnittrande och raska steg bakom mig som hade uppmärksammat detsamma. Det roligaste var alltid tvillingarnas förvånade miner efteråt, eftersom de aldrig förstod vad det var vi skrattade åt.

Lättsamt suckade jag ut det sista ur ett ansträngt skratt och gav mig in i mina vänners pågående samtal om designers och deras märkesväskor. Vi hade gått förbi en drös med olika gatukök, det kändes som om oset hade etsat sig fast i kläderna när vi väl hamnat på den gata som tvillingarna syftat på. Mitt hår var utsläppt den här gången men fixerat med hårnålar, jag greppade tag om en hårslinga och rynkade åt korvdoften. Killens svettdoft kunde jag även ana på mina kläder. Det fick mig att tänka på rosdoften, som hade varit väldigt passande nu i stället. Sonja tog upp sin parfym ur handväskan. Hon dränkte sig själv med den innan hon lånade ut den till mig. Jag sprutade ut lite framför mig och dansade igenom doften som landade i mitt hår och på mina kläder.

"Är det någon av er som känt av en rosdoft lite då och då under ja, de senaste dagarna eller timmarna kanske?" frågade jag under min parfymdans.

Tjejerna skrattade och ryckte på axlarna åt mig som svar medan jag gav tillbaka parfymen till Sonja. Ingen av dem verkade förstå vad jag menade, så jag frågade i stället om de uppmärksammat den mörka, disiga dimman och de mörka skuggorna som smög sig på. Det hade de inte heller. Men att det hade blivit mer bråk i Willof och sämre stämning runt om i världen generellt, höll de med om. Särskilt nu efter all terror och andra hemska saker som hänt runt om i världen. Och att den ökande mängden av överfall och försvinnanden här i USA var skrämmande oroväckande. Men allt det där andra, det hade de tydligen inte uppmärksammat alls. Inte ens gatlyktornas försvagade sken. Det fick mig att fundera över om jag verkligen började bli galen, på riktigt? Om det bara var jag som såg det där mörkret som slukade ljuset och som skapade irritation i sin väg framåt?

Vi gick förbi en av lyxkrogarna längs denna gata, vakterna vinkade in oss. De kände Jen och Sam, som alltid passat in utmärkt i Willofs innerstad. En stad som på dagen var fylld med shoppande och lunchande ungdomar på alla caféer, restauranger och butiker. Om kvällarna öppnades dörrarna till klubbarna, medan gågatorna och parkerna ofta lyste upp som i en film. Och eftersom Jen ägde en smyckesbutik och Sam hittade framtidens modeller, var staden perfekt för dem. Ewelyn var den enda av oss som gått lite mot strömmen, så att säga, efter skolan. Hon hade alltid haft tycke för äldre människor och stormtrivdes som sköterska på New Telthcuzs ålderdomshem. Och Soey, hon var den bittra av oss. Nej då, men hon studerade till advokat. Så man borde kanske säga att hon var den mest pålästa av oss egentligen.

"Ska ni inte in hit i kväll då, tjejer?" ropade den ena vakten.

Den andra vakten knäppte loss entrérepet på den andra sidan av den långa kön. Tjejerna tittade på mig som hade det sista ordet, kvällen till ära. Flörtande nickade jag mot entrén och vi trängde oss före. Det festglada folket i kön började väsnas – de blev inte glada.

"*Heej* Jimpa", sa Sam.

Hon var lugn och drog ut på orden medan hon förde sin hand över Jimpas bröstkorg och den andra handen över sina lockar, sneglande mot Kenneth, den andra vakten.

"Jag ser att du har klippt dig, snygging där", sa Jen till Kenneth.

Hon blinkade med ögat och la på sitt charmigaste leende, Sam gjorde likadant.

"Japp, i går. Det är bara att gå in, välkomna", sa han och blinkade tillbaka, han kunde inte sluta le.

Det var allt bra med kontakter ibland, vi slapp till och med betala inträde och garderob. Med tvillingarna i släptåg kom man in var som helst. Inte för att jag utnyttjade dem. Det var bara en av fördelarna med att ha dem som vänner. De flesta invånarna i Willof, och säkert de flesta i närliggande städer också, visste att tvillingarna inte var intresserade av förhållanden. Trots det försökte många få till dejter med dem. Det var nog utstrålningen, charmen tvillingarna hade över sig som gjorde att man inte kunde motstå dem. Något var det i alla fall, för inga fiender hade de. Inte ens catfights eller svartsjukedraman, vilket var lite konstigt i och för sig, med tanke på den uppmärksamhet de alltid fick.

Vi hade äntligen lyckats mangla oss in till klubbens hjärtpunkt – dansgolvet. Klubben hade två våningar, dånande av r'n'b-musik. Det stank champagne, tobak och parfym blandat med svett överallt. Den klassiska festodören. Vi höll oss på dansgolvet tills klockan blev halv fyra på natten. Då drog jag och Ewelyn oss hemåt, resten ville stanna kvar till stängning.

Eftersom New Telthcuz låg tjugofem minuter öster om innerstan med bil, diskuterade vi om vi skulle promenera hem eller inte. Vi ringde vår taxichaufför, som turligt nog var ledig. Klokt val för våra sönderdansade fötter.

Resan hem blev precis lika rolig som ditresan. Ewelyn var den som betalade när vi var framme, trots mina nya övertalningsförsök. Och vi fick hundra kronor i rabatt! Nu stod jag vid bänkarna utanför vår port. Ewelyn orkade inte gå en meter till med klackarna, nu direkt skulle de av, insisterade hon. Lätt snubblande och fnissande satte jag mig intill henne och tittade upp mot min lägenhet på sjunde våningen. Hennes såg man från den andra sidan av byggnaden eftersom hennes lägenhet låg mittemot min. Turligt nog fick jag rätt sida, eftersom min utsikt från köksfönstret och balkongen var en lönneksallé som sträckte sig ända bort till en park som hade en liten damm i mitten. Ewelyn hade mest bilvägen och byggnader som utsikt. Men hennes lägenhet var större, en fyra, medan min bara var en mindre tvåa med en liten smal dusch tätt intill toan. Men köket var snyggt, med mysig balkong, och vardagsrummet och mitt sovrum var stort. Och jag hade faktiskt en walk-in-closet och ett litet förråd. Alltid något. Sonja, som bodde på andra sidan av New Telthcuz, hade en stor femma med takterrass och lite sjöutsikt men såg mest skog. Jag var så avundsjuk på hennes lägenhet, men älskade min ändå, framför allt min utsikt. Det var rätt fint här över lag, med många små parker som gränsade till andra områden. Men mest var området känt för sitt stora vattenland: Joeis Playwather.

"Är du klar någon gång i dag eller?" frågade jag Ewelyn när tankarna kom tillbaka till nuet.

"Jag trodde vi tittade på stjärnorna?" fick jag som svar.

"Ja, det blir fint väder i morgon. Kom nu så går vi, och vi tar hissen! Hurtiga kan vi vara en annan dag", sa jag och drog upp henne.

Ewelyn ramlade ut ur hissen, men hon skrattade som tur var.

"Hur gick det? Jag behöver väl inte plåstra om dig som vanligt?" skrattade jag och hjälpte henne upp. "Och har du nycklarna nu?" Jag fnittrade till.

Det var så vi lärt känna varandra, efter alla gånger hon spenderat tid på min soffa i väntan på låssmed och alla gånger jag fått plåstra om henne.

"Japp." Ewelyn visade upp nyckelknippan medan hon drog handflatan mot knät. "Det är lugnt, jag har köpt plåster", flinade hon och kladdade bort blodet från handen mot väggen bakom henne.

När vi kramats god natt måste jag erkänna att det var enormt svårt att hitta nyckelhålet. Likaså att få av mig skorna när jag väl var inne. Timman senare hade jag lyckats byta om till sovkläder och somnat likt en marionettdocka där trådarna klippts av.

Med facit i hand, hade det blivit en hellyckad kväll. Man fyllde bara trettio en gång i livet.

KAPITEL 8

Dagen efter.

Ledmotivet till Knight Rider spelades om och om igen under min sköna kudde som varje natt formades helt perfekt efter mitt huvud.

"Annabelle, är du där?" hörde jag en ekande, svag och bekant röst fråga.

Utan att öppna ögonen hade jag dragit ut mobilen under kudden och hade nu min hand över den. Jag hade inte riktigt vaknat ännu och visste inte om jag stängt av väckarklockan eller svarat på ett samtal. Hade jag ens ställt klockan på mobilen? Och nej, min alarm- och ringsignal var inte densamma, turligt nog. Men jag var som sagt inte riktigt vaken ännu.

"Hallå? Lever du eller? Jorden anropar Annabelle."

Den bekanta rösten började låta irriterad, den växlade snabbt över till ett högt nynnande. Om det inte varit så falskt hade jag antagligen somnat om av melodin. Nu var jag nästintill klarvaken. Eller ja, ögonen kisade lätt ut mot fönstret i sovrummet, det enda av utsikten jag kunde se liggande var en klarblå himmel. Kroppen, den var kvar i sitt viloläge men hjärnverksamheten hade i alla fall börjat vakna till liv och hjälpte mig att hitta talförmågan.

"Soey, är det du? Varför ringer du nu? Eller hur mycket är klockan förresten?" Jag reste mig upp.

"Ja, det är jag. Jag mötte nyss upp Ewelyn och de andra. Ewelyn påstår sig ha ringt på din dörrklocka och telefon i över tjugo minuter, utan att få kontakt med dig! Hon trodde ju till slut att du hade gått hit utan henne. Så hon mötte oss här, utan dig!"

Jag tittade på mobilen, i en mängd av missade samtal stod Ewelyn för mer än hälften.

"Skyll inte på gårdagen. Vi var alla ute sent!" sa Sonja med höjd röst när hon tagit luren från Soey.

"Förstår du inte, vi blir oroliga för dig. Jag var nära att sparka in dörren", sa Ewelyn upprört när hon hade ryckt åt sig luren från Sonja.

"Annabelle, skynda dig hit nu, vår söndagspromenad är knappast en nyhet och du är sen! Det var ju så länge sedan vi alla kunde komma. Så vi väntar på dig nu när vi vet att du fortfarande lever. Och som svar på din tidigare fråga är klockan två, så skynda dig! Kan jag få tillbaka min mobil nu, tack?" hörde jag Soey säga en bit från telefonen.

"Hej, Abe. Vi ses snart!" var det sista jag hörde innan samtalet bröts.

Det var tvillingarna Sam och Jen, jag hatade det, men de älskade sitt eget smeknamn på mig. På grund av dem gick jag hela skoltiden enbart kallad Abe. Nu brukade det vanligtvis bli mer varierande, vilket var skönt och tacksamt.

Medan de kastade runt Soeys telefon och turades om att tjata på mig, hade jag lyckats få på mig understället och letat rätt på min rödsvarta träningsoverall. Därefter borstade jag tänderna, men dessförinnan tog jag mina mediciner och nässprej. Av alla beroenden man kunde ha i världen var mina Coca-Cola, choklad och nässprej. En gång förkyld, alltid förkyld tydligen. Förbannade näsa. Tillsammans med astman gjorde en liten förkylning att jag kände mig nästintill döende. Men i dag var det sviterna från gårdagen som spökade, en känsla jag också gärna var utan.

Så fort jag var klar med allt det andra, gjorde jag mig några mackor och konstaterade att det var dags att besöka snabbköpet.

Uäh, det var så äckligt att borsta tänderna innan frukost. Allt smakade tandkräm och fick rubbad konsistens. Jag spottade ut det sista av mackan och ställde in de andra jag hade gjort i kylen efter att ha plastat in dem.

Magklumpen kom tillbaka, mina axlar kändes som bly och håret reste sig på mina armar. Långsamt stängde jag kylsskåpsdörren och vände mig om mot fönstret. Inget var där. Jag gick närmare. Blicken drogs till trädet utanför. Marken kring trädet såg ut att vara täckt av olja eller något liknande. Utan att flytta blicken sträckte jag handen mellan de två vita krukorna med rosa blommor som stod på ekbordet. En kikare stod emellan dem, den använde jag ofta för att spana på fåglar och ekorrar i träden. Jag tittade igenom kikaren och drog efter andan, den tjocka skuggliknande sörjan började klättra upp för stammen och ut längs grenarna. De förbipasserande människorna märkte ingenting! Ett ungt kärlekspar närmade sig trädet. De skrattade och jagade varandra. Killen stannade till, fångade upp tjejen och drog henne intill sig under trädes lägsta grenar där han sedan drog undan hennes blonda hår från ansiktet och kysste henne. Sörjans trådar hängde ner från en av grenarna över dem. Delar från topparna lossnade och landade på hennes hals. Dropparna splittrades till tunna trådar och tog sig ner runt hennes kropp och upp längs ansiktet. Hon märkte det aldrig, inte han heller. Killen fortsatte att kyssa och krama om henne, hon skrattade kärleksfullt med honom tillbaka. Vänta, nu backade hon och motade bort honom. Hon slog till honom, drog av hans mössa och kastade den på honom. Hon började skrika elaka ord. Den stackars killen stod helt oförstående med händerna om sitt bruna hår och försökte sedan få henne att lugna ner sig och försäkra de förbipasserande att han inte gjort någonting fel.

En fågel föll ner från trädet rakt på dem. Tjejen skrek till och hoppade åt sidan, det verkade ha upplöst utbrottet hon var fast i, och jag kunde inte se sörjan på henne längre. Tjejen kollade omkring sig och det såg ut som om hon bad killen om ursäkt, hon kramade om honom. Till slut slöt han armarna om henne. De kollade mot fågeln, tog sig till den. Det var nog en hackspett, den hade ljusare färger än dem jag brukade se, men om jag mindes rätt från fågelboken här intill så hörde den till hackspettssläktet. I vilket fall så var den numera tyvärr död, täckt av blod och ... mörk sörja.

Tjejen tog upp en sjal ur sin handväska, torkade bort blodet från fågeln med den. Den mörka sörjan verkade de fortfarande inte kunna se. Oj, sörjan var visst kvar på tjejen, den kom fram under kläderna och blev synlig på hennes bara delar, *i alla fall för mig*. Hon puttade omkull sin kille där de satt på huk vid fågeln, skrek på honom igen. Ett starkt sken kom från himlen. När det nådde de mörka trådarna på tjejen smulades de sönder, resten av den mörka sörjan tog sig snabbt ner ifrån trädet och försvann ner i marken.

Mumlande för mig själv över vad jag nyss hade sett vände jag mig om men vände snabbt tillbaka mot fönstret igen. Tjejen lindade in fågeln i sin sjal och la fågeln mot trädets rötter. Killen var på väg i rask takt därifrån, tjejen ropade efter honom medan hon torkade sina händer med servetter. Hon tog upp sin handväska och sprang efter.

Ojoj, hoppas det löste sig mellan dem. För enligt mig var det INTE hennes eller hans fel över huvud taget, utan ett konstigt mörker som bara jag tycks se. Japp. Stående vid fönstret fastnade jag med tom blick och snurrade på en bit hår mellan mina fingrar, toppen av hårslingan blöttes av mina läppar när jag började gnaga på den. I flera minuter, full av oroliga tankar, stod jag där innan jag insåg vad jag höll på med och spottade genast ut håret. Med handflatan plattade jag ut den blöta spetsen mot kroppen och gick mot vasken för att fortsätta med det jag höll på med. Jag kanske inte började bli galen, jag var det redan! Det var en av tankarna som nyss malt runt i mitt huvud.

Vattenflaskan var fylld och jag tuggade frenetiskt i mig två Alvedon. Jag kunde inte svälja tabletter, hade aldrig kunnat och skulle troligen aldrig lyckas med det heller. Som vanligt kollade jag att inga onödiga laddningssladdar satt i, att spisen och tekniken var avstängd och att inga ljus eller lampor var tända. Sedan passade jag på att lägga ner ett till äpple i ryggan. Det var så typiskt mig, att alltid ha frukt, godisbitar och en vattenflaska redo vart jag än gick.

Jag skulle just stänga av radion när de gick ut med en ny efterlysning. Den fjärde på två veckor. Den här gången var det en fjortonårig tjej som skickats ut för att köpa mjölk men aldrig kom tillbaka. Det hände skumma grejer i världen nu. Särskilt här i USA, och Kanada. För att inte tala om mina hallucinationer. Om det nu var det? Vad skulle det annars vara?

"Bäst att ha ögon i nacken hädanefter", sa jag och stängde av radion. "I alla fall med min otur här i livet", mumlade jag och rotade fram lägenhetsnyckeln för att sedan gå.

Medan jag gick mot hållplatsen flätade jag in håret i en sidofläta. Bussen kom, jag sprang allt vad jag kunde men missade den. Busschauffören såg mig komma springande, men nej, att vänta fem sekunder till hade han tydligen inte tid med! Mina ögon sved när jag kisade upp mot himlen för att se var den förbannade solen tog vägen. Den hade bytts ut mot tjocka, mörka moln. En liten pojke som gick förbi med sin mamma blev rädd och pekade upp mot molnen. Han var tydligen rädd för blixten och frågade sin mamma om det skulle börja åska. Själv försökte jag lokalisera vinden med mitt finger, för att kolla var molnen kunde komma ifrån, om det var ett oväder på väg. Det fanns ingen vind över huvud taget. Ironiskt nog lättade molnen upp samtidigt som att mina suckande och flämtande andetag lugnades ner. Till och med svidandet i ögonen försvann. Kunde svidandet vara stressrelaterat? Grubblande började jag gå mot parken.

Rosdoften svepte förbi.

"Men. Nej! Va fan är det här?" gestikulerade jag upp mot himlen och stampade till med foten.

Då skvätte det till fyra gånger. En gång i min handflata och upp mot flätan, och tre gånger på marken vid mina fötter. Men det var inget regn. Det var bloddroppar, som försvann så fort min blick nådde dem.

"Meh, va?!" suckade jag med handen om pannan och tittade mig runt omkring.

Förvirrad över dessa konstigheter vände jag mig med sjunkna ögonbryn mot det lilla caféet över gatan. Det fick mig på helt andra tankar eftersom jag såg min spegelbild i deras fönster. Med hjälp av den gnistrande snön jämte solens strålar, som nu var tillbaka, såg det nästan ut som om jag var i himlen. Utstyrseln kunde varit bättre vald för en dag i himlen dock. Vanligtvis klädde jag mig mest i en blandning mellan rock, sport och glamour – åt det elegantare hållet. Men jag hade inga problem med att visa mig i träningskläder – jag älskade mjukisbyxor. Detsamma gällde sminkningen, jag kunde gå osminkad utan problem men tyckte att det var roligt att klä upp mig. Särskilt att välja ut passande smycken eller sota ögonen med mörka och glittriga produkter.

Usch, den här flätan kunde jag göra bättre. Jag drog av mig mössan, den var svart och mönstrad med rosor i rött och silver. Jag la den under armen och släppte ut mitt hår, drog fingrarna igenom det. En lätt vindpust, var den nu kom ifrån, greppade tag om håret. Jag älskade verkligen hur ljuset framhävde nyanserna i det, hur bra det svarta och kastanjebruna smälte samman och de guldblonda slingorna som utgjorde det lilla extra. Min blick drogs mer till höger, jag såg inte bara mig i fönsterrutan längre utan nu också två unga killar som fikade på caféet. De nickade åt mig när de såg att jag upptäckt dem. Så pinsamt. Hur mycket av min självuppskattning hade de sett? Min blick bytte snabbt riktning medan jag flätade ihop håret och satte på mig mössan. Försiktigt kikade jag in igen, killarna var inne i ett samtal och hade förhoppningsvis redan glömt bort min show nyss.

Lattesuget slog till, men riskera att möta deras blickar igen? Njaa. Äsch, för den delen fanns det ingen tid för det när tjejerna väntade på en. Särskilt inte när man redan var en hel timma försenad. Mina axlar sjönk ihop och mungiporna åkte ner med putande läppar när jag andades in doften av kaffe och nybakta kardemummabullar, jag hann till och med se när expediten tog ut plåten ur ugnen innan jag vände om. ÅÅH!

> Hej, missade bussen ...
> Har börjat gå mot er.
> Håll ut, jag kommer snart! Puss.

Sms:et skickade jag till Jen medan jag började gå mot parken, hon hade nästan alltid luren i handen.

Hur kom det sig att jag kunnat sova så tungt i nio timmar egentligen? Att jag inte vaknat av allt oväsen? Gårdagen hade ju varit lång med allt födelsedagsfirande i och för sig. Låt se nu, jag kom hem vid halv fem och kom i säng strax innan sextiden. Jag vaknade till runt sjutiden, med en liknande andnöd som senast. Då hade jag drömt igen, om människor på en slottsborg den här gången. Och den där kristallsandkorns-kvinnan kom tillbaka i en snabb dröm efteråt och rabblade samma mening igen. Så sjukt!

Lite yr hade jag vaknat till men somnat om så fort andningen lugnats ner. Så det var inte så allvarligt, i alla fall inte jämfört med natten innan. Men i vilket fall så kunde ju inte det där vara orsaken till att jag legat så utslagen, och jag kände mig fortfarande väldigt trött.

Tankarna fortsatte och jag mindes mer om natten till min födelsedag – den drömmen och händelserna efter den. Tyst skrattade jag till när jag mindes att jag hade vaknat på det exakta klockslaget för min födelse. Vad var oddsen för det?

Hela lördagen hade varit fylld av så mycket god mat och dryck, aktiviteter och skratt att jag aldrig reflekterade över det så noga, hur jag egentligen mådde under tiden. När jag tänkte tillbaka mindes jag mina lilalysande ögon ... Ja, jag hade inte sett några lila ögon i dag i alla fall, än så länge. Firandet hos mina föräldrar, där spårade ju lamporna ur till och från. Mina föräldrar och gästerna diskuterade elfel, även jag. Men ingen la märke till detaljen att lamporna började blinka varje gång jag kom in i rummet, eller när något hände med mig, och slutade efter att jag lugnats ner eller när jag lämnat rummet. Det var ju lite konstigt i och för sig, men det var säkert bara ett sammanträffande. Titt som tätt gnuggade händerna mina svidande ögon också. Fast jag försökte mest spänna upp ögonen och blinka hårt och mycket. För det hjälpte också och så slapp jag smeta ut sminket.

Det hade varit så mycket runt omkring, jag mindes att jag känt mig förvirrad för stunden, jag sa hej till den ena ihop med ett hej då till den andra, jag hann nog inte ens prata med en tredjedel av gästerna. Kul, men rörigt var det. Lampan i vardagsrumstaket löpte amok tills den sprack. Vad gjorde jag då, nu igen? Ja visst ja, jag hade fått ett av mina kända skrattfall. Äsch, allt måste ha en naturlig, eller i alla fall en någorlunda logisk förklaring. Men den återkommande rosdoften var också konstig, och bloddropparna och hallucinationerna ... Men just doften, den hade bland annat kommit varje gång mina ögon svidit till. Ett minne av raseri kom över mig. Det var ju på väg till klubben, när vi mötte killgänget. Att mina ögon även sved till lite där, i den situationen. Shit vad konstigt, jag behövde kanske gå till en optiker? Eller borde jag ringa Lintuder ändå?

KAPITEL 9

Samtidigt i parken

"När skickade hon sms:et till dig, Jen?" suckade Sam medan hon pillade på sina örhängen.

"För tjugo minuter sedan. Hon borde komma snart."

"Varför tog hon inte bara bilen när hon redan var sen? Hon missar ju alltid bussarna!"

"Sluta gnäll, Ewelyn, hon gjorde rätt som inte tog bilen. Ni hörde ju alla hur trött hon var. Dessutom ska man inte köra dagen efter man varit ute. Ingen av oss tog ju bilen eller hur?"

"Vid lagens namn, Soey. Har du predikat klart nu?" skrattade Sonja och kom bärande på kaffemuggar i en kartongbricka. "En latte var till the twins. En cappucino till Soey, en till Ewelyn och hederligt svart kaffe till mig."

"Jag som trodde att du bara skulle låna toaletten där borta", sa Sam och puttade till henne med armbågen.

"Jo, men jag tycker vi förtjänar en varm dryck i väntan på vår vän. Vi kunde faktiskt ha lämnat henne i sticket. Ta ert kaffe och njut nu i stället. Jag bjuder på denna runda", sa Sonja och knuffade tillbaka. "Just det, jag köpte bullar också", tillade hon och kastade en påse till Soey som fick äran att dela ut dem.

"Åh, minimuffins!" utbrast Sam. "Så gott!"

Ewelyn skrattade medan Jen himlade med ögonen åt Sam.

Tjejerna satte sig ner på en av bänkarna som stod uppradade mellan stora lönnekar. De drack sitt kaffe, mumsade på de söta muffinsen och njöt av det tunna, gnistrande snölagret och den varma dagssolen. De var alla klädda i olika träningskläder med matchande mössor, vantar och träningsskor.

"I dag är det exakt fem år sedan Annabelle kom till oss och bad om hjälp. Det var verkligen starkt av henne. Att berätta om mörkret och ansiktena, ja allt hon ser, och sina knasiga världar med övernaturliga väsen", sa Sonja efter att ha funderat en stund.

"Tror ni att vi har lyckats? Att föra henne tillbaka till verkligheten efter varje gång hon fallit bort?" undrade Ewelyn medan hon sträckte på sig och studsade lätt på stället för att dra upp byxorna som höll på att åka ner.

"Jo, men det tror jag. Senast jag och Jen pratade med henne om det, hade hon inte fantiserat sig bort på veckor. Månader tror jag till och med. Hon verkade mycket bättre. Hon kunde fokusera på sitt riktiga liv igen", sa Sam.

Jen nickade medhållande: "Ja det stämmer. Och inget mer har ju hänt sedan överfallet i gränden som hon berättade om."

"Ja jäklar vilken läskig upplevelse", sa Sam.

"Jag hade aldrig kunnat hanterat det lika bra som Abe", sa Jen.

"Nä, eller hur! Ett under att hon lever. Så läskigt", flikade Sonja in. "Det är ju inte första gången något sådant här händer heller. Bara glad över att det gått så pass bra varje gång. Det kunde gått illa för både mig och Abe, ja för oss alla egentligen med killgänget i går också. Jag slog till honom på dumdristig kaxighet, bara tur att hans polare stoppade honom från att ge tillbaka."

"Mmm, verkligen. Vi hade tur att de inte tog det till en högre nivå. Och vad gäller Annabelle får vi snart börja passa henne, se till att hon aldrig är ensam ifall dessa saker fortsätter", sa Ewelyn.

"Jo det är klart. Abe har varit med om för många händelser än vad en människa egentligen kan klara av. Det är skönt att inget mer har hänt sedan överfallet och att besattheten om det övernaturliga och fantasierna avtagit. Vad vi vet i alla fall. Men ..." sa Soey. Hennes avlånga ansikte stelnade medan de blågråa ögonen stirrade blint.

"Är det något speciellt du tänker på?" frågade Sonja, som uppmärksammade Soeys glansiga blick.

"Ja. Jag tror faktiskt att det har börjat igen. Eller jag vet inte. Men märkte ni inte hur hon betedde sig i går? Det kanske bara var jag som tänkte på det. Frågorna om mörkret ... rosdoften. Och hon gick ju från att vara helt ouppmärksam till fullt koncentrerad, hela tiden. Såg ni inte hur hon reagerade när killgänget inte ville ge med sig? Det var som om hon blev en annan person. Det svartnade ju nästan för henne." Soey hade en stark oro i sin röst. Hon suckade. "Hur som helst ville jag inte förstöra hennes kväll, så jag tog aldrig upp det med er, eller med henne."

Soeys mungipor åkte ner, hon sjönk ihop i kroppen. Det var som om hela hennes värld hade rasat samman. Soey skulle göra allt för att få sin bästa vän att bli bra igen. Hon skulle praktiskt taget hoppa framför ett tåg för henne. Med den otur som Annabelle haft i livet när det gällde olyckor, behövde hon en skyddsängel eller två. Som tur var hade hon fem, och hon var allas deras skyddsängel.

Tankarna snurrade runt i Soeys huvud.

"Ryck upp dig, vännen. Vi får helt enkelt prata med Annabelle igen när hon kommer. Fråga hur hon mår. Hon vet att vi alltid finns där för henne, speciellt du, Soey. Hon öppnar sig nog. Bara vi frågar", sa Ewelyn.

Soey nickade mot henne.

Tjejerna vände huvudena upp mot himlen så att solen värmde deras rosenröda kinder. De hade slutat prata med varandra och njöt av ljuden som omringade dem. Löpares tunga andningar, skor som stöttes, knastrande mot snön och grusgången. Några hundars skall, skratt från några barn som lekte tafatt och ljud från vinden som greppade tag om träden. Allt i samklang med två gulsparvars vackra vintersång.

KAPITEL 10

Rädd för att den frusna grusgången skulle avslöja mig smög jag så tyst jag kunde, jag förberedde mig på att slå ihop händerna och skrämma dem.
 SMACK! *"HEJ*, tjejer!"
 Jag vek mig av skratt och pekade på dem. "Ni skulle ha sett era miner!" utbrast jag och slog händerna mot låren och pekade på dem igen, det fick mig att skratta ännu mer.
 "FAAN TA DIG, ABE!" skrek tvillingarna med blickar som smalnade eftersom de hade lyckats spilla ut sitt kaffe i snön.
 Ewelyn hade studsat upp från bänken och höll ett hårt grepp om sin mugg för att inte tappa den. Sonja flämtade chockat och Soey skakade på huvudet. "Du var bara tvungen, eller hur?" suckade hon.
 "Ja, förlåt, förlåt. Jag kunde inte låta bli", lyckades jag få ur mig mellan skratten.
 Man såg tydligt att tjejerna var minst lika slitna som jag efter gårdagen, vilket nog var den största anledningen till att min skrämselattack blev så himla lyckad, jag skrattade fortfarande inombords. Väl samlad bad jag helhjärtat om ursäkt för att jag skrämt dem, och för min försening, men jag hade fortfarande svårt att sudda bort det breda flinet.

"Jaha, vilken slinga ska vi välja?" frågade Soey och gned sina händer i vantarna mot varandra.

"Vad sägs om den västra? Den är lång, men så mysig med all tät skog omkring sig. Har vi tur kanske bågskytteklubben tränar. Rätt coolt att se dem skjuta på måltavlorna", sa Sam.

Alla instämde och vi började gå längs den västra leden.

Vädret var helt okej, solen kikade fram och gick i moln om vartannat. Det hade inte regnat på hela dagen och vi skulle antagligen ha gått klart leden lagom till solnedgången. Än så länge var solen uppe och lekte med allt som kunde reflekteras. Vindens kyla var rysande skön tillsammans med solens värme och pulsens ökande tempo. Två ridande poliser travade om oss och vi fick förklara vägen för några turister. Det första de sa var att de var från Sverige. Vilket de egentligen inte hade behövt göra med tanke på de blågula tröjorna med texten *Vi är från Sverige*, skriven på engelska.

Vi gick förbi en äng där Willofs stadslag i rugby tränade intervaller.

"Yeah! Kör på bara, killar. Det ser bra ut. Go Willof!" jublade Ewelyn, medan vi andra ökade farten.

Hon var snabbt i kapp oss som hade stannat upp. "Äh, kom igen. Så farligt var det väl ändå inte? Slappna av lite."

Hon hämtade andan med böjd rygg och stöttade upp sig själv med händerna mot knäna.

"Vi är vana vid det här laget, Ewelyn. Kör ditt race så kör vi vårt", svarade jag retsamt tillsammans med de andras fnissande medan vi började gå igen.

Ewelyn skakade på huvudet åt oss och rätade på sig för att kunna hänga på i våra steg framåt. Vi gick en bra stund efter det i tystnad. Vi tog in naturen och allt som hände runt omkring, alla dofter och ljud. Det var mycket skog omkring oss, men också öppna områden, vissa tomma och andra med utegym eller andra föremål, och vackra planteringar lite här och var. Det var många hästkastanjeträd och kameliablommor. Den fina naturen gav mig en lugnande känsla som fick mig att le. Tills Soey avbröt den genom att stanna upp hela tiden. Hon suckade och rörde på munnen men utan att säga något. Hon började mumla och ökade tempot.

Jag gick ifatt henne. "Vad är det Soey? Jag ser på dig att du försöker säga något?"

Soey tvekade en stund, började pilla med sitt hår. "Jag … Vi alla undrar hur du mår, Annabelle? Vi vet att du gjort framsteg. Men gårdagen, den gick inte att undvika att se. Du var inte dig själv. Har det börjat igen, fantasierna? Eller ser du ansiktena – mörkret, mer än vanligt?" frågade Soey medan hon tog upp en gren från marken och skalade av den.

De andra gick jämsides med oss nu.

"Jag har inte fantiserat mig bort på månader! Det enda jag gjort är typ … att kolla lite bilder på jobbet och läst om häxor, men det är allt!"

Jag tvekade. Hade de stöttat mig utan att döma mig en gång, kunde de göra det en gång till.

"Men däremot är jag redo att berätta vad som hände i fredags, ja på jobbet. Och vad som hände natten till min födelsedag, under den dagen och kvällen. Och vad som hände natten till i dag …"

Jag berättade om allt som jag upplevt och om det lilla återfallet på jobbet. De tog det ganska bra. De såg lite frågande ut. Men det var klart, vad skulle man tro egentligen? Huvudsaken var att de lyssnade och det gjorde de allihop.

"Jag vet inte om det kanske är någon typ av återfall jag börjar få. Men det är skönt att få berätta. Att ni vet."

Jag kunde inte möta deras blickar utan fokuserade på mina skor som stötte i marken under stegen framåt.

"Det är klart att vi finns här för dig, Annabelle. Och måste vi börja om från noll så gör vi det!" sa Sonja med utsträckta armar som om hon tänkte krama om oss alla.

Det fick mig att titta upp, jag log lätt och fnittrade med de andra.

"Jag tror att det blir lättast för oss att hjälpa dig om du inte håller inne med något. Utan berättar minsta lilla ting du upplever. Även om det är något så litet som rosdoften, dina svidande ögon eller det där konstiga mörkret, drömmar eller andra händelser", sa Jen och la armarna i kors.

"Ja, instämmer", sa de andra i kör.

Det lättade upp Jens humör så att hon slappnade av.

"Och vi säger till om vi också ser att dina ögon ändrar färg, då får vi i alla fall veta att du inte är galen. Ja, om vi andra också ser det", sa Jen.

De andra blängde på henne.

"Vadå, det stämmer ju. Frågan blir ju i stället då, varför de ändrar färg. Om det beror på något typ av ljus? Eller kanske vilken kryptonit hon käkat", tillade Jen och fnittrade till, gestikulerande med händerna som fick hennes armband att slå mot varandra i ett skramlande ljud.

De skakade på huvudena åt henne, jag också även om jag i mitt inre hade liknande funderingar.

"Men vad hände natten till i dag då?" frågade Ewelyn, som hade uppmärksammat mina ord.

"Det var inget speciellt så. Jag hade en sådan verklig dröm bara, om människor på en slottsgång. Jag berättade ju att jag vaknat upp med andnöd och yrsel natten innan?"

De nickade nyfiket mot mig.

Jag tog ett djupt andetag och fortsatte: "Jag vaknade upp på exakt samma sätt den här natten. Bara det att jag mindes drömmen väldigt bra den här gången. Den stämmer inte in med det lilla jag minns från första drömmen. Om det ens var en dröm ...

Men den här, det var ändå något helt annat. På en egen nivå. Jag minns nästan allt, i typ detalj."

"Vad drömde du?" frågade Soey.

"Ja, berätta. Fortsätt", sa de andra ivrigt.

"Okej, kom vi sätter oss där." Jag pekade mot en mindre läktare på andra sidan ängen vi stannat vid.

Bågskytteklubben var på plats och tränade, till Sams förtjusning. Jag tog upp några frusna kameliablommor som hade flugit in under läktaren från trädet bakom så att jag hade någonting att pilla med.

"Jag tror att det var en annan tidsepok eller om det var en sagovärld kanske. Det var i alla fall gamla, sagolika kläder och byggnader. Vi var på ett slott tror jag."

"Vadå vi? Var du med i drömmen som dig själv?" avbröt Sam.

"Nej. Det var mer som om jag såg allt från ovan, som om jag vakade över dem. Jag kände deras närvaro, kom så nära att jag kunde röra vid dem. Jag hörde deras röster, men bara vagt. Jag kunde tydligt se deras gester och ansiktsuttryck men jag såg aldrig mig själv, och de varken såg eller hörde mig."

"Vilka är de, som du berättar om?" frågade Jen.

"Först var de två stycken. En kille och en tjej. Jag tror de var syskon, för de var så lika varandra. Kvinnan bar någon sorts krona, så hon måste varit en prinsessa eller en drottning kanske. Oh! Det var samma kvinna som i min förra dröm. Och hon uppenbarade sig i slutet när jag drömde om annat. Hon rabblade upp meningar igen, samma meningar som första gången jag drömde om henne. Rosdoften känns också bekant i den här drömmen. Men varför drömmer jag om henne i så fall?"

Tjejerna skakade på huvudena, tittade på varandra och på mig.

Jag fortsatte: "Ja, hur som helst, tillbaka till drömmen på slottsgången. Det var natt och stjärnklar himmel och månen var röd. De stod på en av slottets öppna gångar. Kvinnan sa något till mannen som blev upprörd. De enda orden jag lyckades uppfatta var *den utvalda* och *profetian*. Sedan föll kvinnan ihop och drömmen blev dimmig. När drömmen klarnade upp igen var det en till man där, med en krona på huvudet. Antagligen kvinnans man, en prins eller en kung. Men något var så fel i bilden jag såg. Kvinnan låg livlös i den hysteriskt gråtande broderns famn. Jag kände att han hade en sådan ilska inom sig. Och vid sidan om dem stod den andra mannen. Han sa ingenting utan tittade bara på den döda kroppen. Han såg obehagligt nöjd ut, samtidigt rann det en tår längs hans kind."

Jag suckade lätt och sjönk ihop med kroppen "En sjukt skum känsla hade jag där och då i alla fall. Ja, men medan männen sedan stirrade på varandra slet sig kvinnans själ från hennes kropp, som sedan spreds med vinden. Själen såg ut som små pixlar, i lila, silver och guld. Och sedan kunde jag se männens auror!"

Exalterad flängde jag ut med armarna, men blev snabbt neutral igen.

"Tror jag i alla fall ... Om så var fallet, så var broderns i massor av färger. Den andra mannens också, men den var mörkare och hade som ett distäcke över sig. Mer såg jag inte, för jag försvann bort ifrån dem och hamnade i mitt sovrum! Jag sov fortfarande, men i drömmen var jag vaken och tittade mot mitten av rummet där den där kvinnan materialiserades, av de där kristallsandkornen. Hon var suddig och det låg vita, blödande rosor omkring henne på golvet. Hon viskade mot mig, först: *Snälla, hjälp oss.* Sedan: *Främmande minnen ska visa och hjälpa dig. När cirkeln är sluten kan ni fortsätta fram.*"

Jag började pilla med mitt hår eftersom kameliablommorna trasats sönder.

"Det är så sjukt. Jag fattar ingenting av dessa drömmar. Och det lät som om hon grät också, sedan *poff* så var hon och rosorna borta och jag vaknade upp med andnöd och yrsel igen. Jag somnade om så fort andningen lugnats ner och jag drömde inget mer efter det."

"Shit. Vad. Sjukt. Undra vad hon kan symbolisera, vad meningarna betyder och vad drömmen på gången betyder?! Vad är det du bearbetar egentligen Annabelle?" skrattade Sonja, hennes blåmelerade ögon hade ett lyster när de kisande mötte solen som gick i moln strax efter. Hon började bita på naglarna.

Med tungspetsen mellan mina tänder log jag blängande mot henne.

Ewelyn slog till Sonjas fingrar medan hon la fram sin teori. "Kanske att du söker efter din prins charmig, men kommer att dö innan du lyckas?"

"Tack för den, Ewelyn!" flämtade jag.

Tjejerna fortsatte att spåna kring drömmen. Ingen slutsats verkade mer logisk än den andra, men jag lät dem hållas. I tystnad lyssnade jag halvt till deras teorier medan tankarna irrade kring allt och ingenting.

KAPITEL 11

Vi gick längs ängen mot leden, jag gick före, fortfarande sluten i mina tankar om drömmarna. De andra stannade till, de ville se om bågskytteklubbens stjärna lyckades sätta ytterligare en pil i måltavlans mitt.

"ANNABELLE – AKTA!!" hörde jag Soey skrika följt av ett gemensamt skrik från de andra tjejerna. Jag vände mig om för att se vad det var frågan om och fick syn på pilen som kom emot mig, rakt i brösthöjd.

Allt gick snabbt efter det. Mina reaktioner var för långsamma. Med en smäll låg jag på marken, någon hade knuffat omkull mig.

Flera gånger fram och tillbaka slog jag lätt med händerna över bröstkorgen medan jag öppnade ögonen. Jag kunde inte känna någon smärta, jag kunde inte känna någon pil. Var jag död? Nej, jag levde. På alla fyra reste jag mig upp. En man låg framför mig, med en pil i sitt bröst. Smällen jag kände. Det var han som knuffade bort mig. Han tog pilen i stället för mig – han räddade mig! Jag kröp fram till honom. I ögonvrån såg jag hur tjejerna sprang mot oss.

Mannen var helt klädd i svart och hade en luva täckt över huvudet. Jag satt vid hans sida men på grund av solen kunde jag inte se hans ansikte, dessutom hade han svarta solglasögon på sig.

"TA UT PILEN! DU MÅSTE TA UT PILEN! Jag kan inte röra mig så länge den sitter kvar."

Storögt tittade jag på honom som om han vore galen innan jag försiktigt förde mina händer mot pilen i hans bröst. Ögonen började svida, jag slöt dem sakta men hårt några gånger, i förhoppning om att tårvätskan skulle lindra. Vinden gav ifrån sig ett svagt tjut och frusna löv virvlade omkring oss. Hade jag inte vetat bättre hade jag trott att det var jag som orsakade alla konstigheter. Rosdoften kom fram igen, sådär lätt svepande förbi från ingenstans. Hu, jag rös till.

Mannen jämrade sig. Han försökte lyfta på sina armar och ben och ta sig upp från marken, men han kunde knappt böja på någon led i kroppen.

"Snälla, ta ut den. Ta ut pilen." Det lät som om han höll andan när han pratade, orden var tysta och pressades fram.

"Nej! Pilen träffade dig i hjärtat! Jag har ingen aning om hur du fortfarande lever, men jag vet att du kommer förblöda om jag tar ut den. Jag ringer efter hjälp!" Jag snubblade på orden medan jag försökte stoppa blodflödet som sipprade ut. "Du måste ha fler än en skyddsängel vid din sida", mumlade jag och försökte lirka upp min telefon ur den tajta träningsjackfickan.

Chocken jag var i gjorde mig alldeles darrig, jag tappade mobilen när jag väl fick tag på den.

"TA UT PILEN! NU!"

Hans tonlägesförändring gjorde att jag ryggade bakåt med ett lätt skrik. Men det fick mig också att haja till. Jag tappade fokuseringen på mobilen och tittade frågande på honom. Dammet, eller snarare diset, dimman som omringade oss tillsammans med de virvlande löven, *trodde* jag kom från fuktigheten i träden. Jag gnuggade mig i ögonen för att försäkra mig om att jag verkligen såg rätt.

"Det ... det ryker om dig! Brinner du eller vad är det frågan om?" Mina ögon spändes upp, blicken flackade runt medan jag kollade efter mobilen och försökte leta var någonstans röken kom ifrån samtidigt som vinden blev allt hårdare runt om oss.

I panik pressade jag händerna på de olika ställena där det rök, för att försöka kväva elden jag varken såg eller kände. Om det ens fanns en eld, jag förstod ingenting?! Två tjejer kom till platsen, också svartklädda, med luvor och mörka solglasögon. I chock föll jag bakåt, lutade mig med händerna i gräset medan en av tjejerna drog ut pilen. Tillsammans drog de upp mannen på fötter. Jag tittade upp mot dem. Solen gick för ett kort ögonblick i moln, jag kunde inte se tjejernas ansikten, men nu kunde jag skymta en del av hans. Av ren instinkt sträckte jag mig efter honom och fick tag i hans tröjärm, jag ville se honom på nära håll. Med ett ryck föll han ner på knä framför mig. Solglasögonen gled ner till hans nästipp och jag såg då, först en till synes mörkt röd nyans i hans ögon. Det måste ha varit något som reflekterade, för sekunden efter såg jag rätt in i hans kastanjebruna ögon. En våg av känslor for igenom mig, det kändes som om han hade tagit en bit av min själ och jag en bit av hans. Det kändes som om vi alltid hade känt varandra samtidigt som jag inte hade någon aning om vem han var.

"Tack", lyckades jag viskande få ur mig medan de två tjejerna lyfte upp honom.

Med ansiktet mot marken föll jag omkull eftersom jag blev knuffad igen, men jag hann aldrig uppfatta vem av dem som gjorde det. Vinden lugnades ner. När jag reste mig upp var de försvunna. Det växte en enorm tomhet inom mig, det kändes som om jag skulle slitas itu. *Vem var han*? Och vart tog de vägen?

Allt var egentligen över på några sekunder, medan det hade skett som i slowmotion i mitt huvud. För en kort stund kände jag mig helt ensam där jag satt på knä.

"Annabelle! Annabelle, hur gick det?!" ekade det från mina vänner som nyss hunnit fram.

Min tomma och glansiga blick var fast på mina blodiga händer. Tankarna for i väg om hur det hade gått om pilen träffat mig, att jag lika gärna kunde ha legat död, här och nu. Molnen sprack upp och ett sken bländade och slöt sig om mig. Det kittlade längs ryggraden och upp över min bröstkorg. Ett främmande lugn la sig över mig. Ett lugn som inte kom ifrån mig själv. Det fick mig att tänka tillbaka på överfallet i gränden, där jag blev lugnad på ett liknande sätt. Jag tittade mot skyn och runt om ängen efter svar, jag fann inget men lät lugnet omfamna mig och tog in att jag var utom fara, då slutade även mina ögon att svida.

Jag tittade upp mot mina skärrade vänner som omringat mig.

"Annabelle! Vi såg en man. Han var inte från klubben, han tog en båge, gjorde någonting med en av pilarna, vände sig mot dig och sköt av! Mannen som räddade dig kom från ingenstans. Vet du vem han var? Och vilka var de andra två och vart tog de vägen?"

Mina vänner var utom sig av oro medan de kollade efter mannen som skjutit pilen. Men nästan ingen var kvar på ängen förutom vi. De från bågskytteklubben hade redan börjat röra sig därifrån och verkade inte ha uppmärksammat vad som hänt eller allvaret i det. De kanske trodde att vi skojade med varandra till och med. Vem vet. Någon reaktion från dem fick vi inte i alla fall.

Hans ansikte ... "Jag har sett honom förut. Mannen som räddade mig, jag har sett honom flera gånger!"

"Vadå, vem är han?" utbrast de i mun på varandra.

"Ni vet att jag ända sedan barnsben känt mig förföljd och ibland skymtat några ansikten?"

De nickade mot mig.

"Mannen som just räddade mig, han bar ett av de där ansiktena."

"Annabelle", suckade Soey, hon sträckte sig efter mig.

Jag ryggade undan. "Nej! Jag är hundra procent säker. Under alla dessa år som jag trott att det var inbillningar."

"Du menar att det är några som på riktigt, typ förföljt dig hela tiden, gumman?" undrade Sam.

"Du har sagt att de följt dig så länge du kan minnas och i dag var första gången någon av dem gav sig till känna?" frågade Sonja.

"Ja, varför just nu, i dag?" invände Jen.

Ewelyn blandade sig i. "Kanske för att hon höll på att dö. Jag menar, hon tror ju att de alltid följt henne. Som om de höll koll på henne eller något. Vakade över henne. De har ju aldrig riktigt visat sig helt för henne eller skadat henne. Hade de velat Annabelle illa hade de väl inte väntat i typ tjugo, trettio år."

"Jamen alla andra gånger hon råkat illa ut då. Hur vet vi att det inte är de som legat bakom alla hennes olyckor?" sa Soey. Hon satte sig ner bredvid mig.

"Ja, om de ens existerar. Vi kan aldrig veta säkert. Jag såg säkert fel", invände jag suckande och lutade mig mot Soey med huvudet vilande på hennes axel.

Även om jag kände mig säker från början så hade jag börjat tveka om jag verkligen kände igen hans ansikte.

Mina tankar flög iväg och hamnade på några av olyckorna jag varit med om.

Under hela min uppväxt hade jag varit ganska olycksbenägen, men ändå hade jag alltid haft sådan tur att någon mer uppmärksam eller vänlig själ varit på plats varje gång, tack och lov! Som när jag höll på att ramla ner på spåret, då hann en tjej precis ta tag i mig. En man räddade mig från att drunkna – ja, det fanns massvis av liknande händelser i min uppväxt. Fem av dem var riktigt allvarliga. När jag var tio år blev jag påkörd av en buss. Tragisk trafikolycka enligt de flesta, men vad ingen av de inblandade förstod var hur jag från att hoppa hage på parkeringen hamnade mitt ute i vägen när bussen kom ut ur kurvan. Eller som sjuttonåring, då jag nästan blev misshandlad till döds. Ingen i det skyldiga gänget visste varför de gett sig på mig eller varför de gått på någon över huvud taget. För fyra år sedan på en söndagspromenad med tjejerna, blev jag attackerad av tre hundar som kom från tomma intet. Ägarna syntes aldrig till. När hundarna skulle gå mot min strupe gnydde allihop till och sprang sin väg. Polisen som ringts till platsen hittade dem aldrig. Hur skumt som helst. Det var den händelsen som mina fula ärr kom ifrån. Hundarna bet mig i benen, armarna och buken. Kläderna dolde ju de flesta av ärren i alla fall, de skarpaste ärren från deras klor kunde varken läkarna eller jag göra någonting åt. Fem ärr, där de tre mittersta var mest synliga och gick över mitt högra öga och ner längs kinden och halsen. Läkarna sa att jag skulle vara tacksam som klarade synen, något som jag försökte intala mig själv varje gång jag mötte min spegelbild. Den senaste händelsen var ju det som hände i gränden, men nu kom jag just på att vi måste lägga till denna pil-incident till samlingen också, suck.

Men den obehagligaste olyckan av alla, det var min andra olycka med vatten: Det var en sen kväll och det stormade ute. Soey kom och hämtade mig efter att jag fått problem med bilen. Bromsarna fungerade inte, jag hade haft tur och lyckats väja ut mot kanten. På väg till närmsta jourverkstad fick Soey sladd och vi for genom räcket så att vi landade i sjön. Soey körde inte ens fort och räcket borde ha stoppat oss – men där satt vi, inlåsta i hennes bil eftersom dörrarna hade gått i baklås. Vi hade slagit i huvudet båda två och Soey förlorade medvetandet till och från medan vattnet steg i takt med att vi sjönk. Vi lyckades aldrig krossa rutorna på bilen. Jag var fortfarande klar i huvudet när vi var helt under vatten och Soey vaknade till. Fylld av egen panik försökte jag lugna ner henne, men vi hade nått den punkt där vi kände att det var dags, att vår tid var över och vi tog varandras händer. Soey slutade andas först, jag såg min bästa vän dö mitt framför ögonen på mig. Samtidigt bytte vatten alltmer ut syret i mina lungor. Jag höll precis på att förlora medvetandet när jag hörde en dov smäll, tätt följt av ett knakande och en lätt tryckutjämning. Bakrutan på bilen hade krossats! Det var kämpigt, men jag lyckades ta mig ut och upp till ytan och drog ett enda djupt andetag och tog mig ner igen för att hämta upp Soey. Jag visste att jag bara hade en chans att få upp henne, men att det ändå kunde vara för sent.

Jag hade precis lagt henne intill vägen när jag såg lyktorna på en bil och sprang ut för att stoppa den. Det var en barnfamilj, barnen tryckte sig mot rutan i bilen medan pappan ringde efter ambulans och mamman stod vid min sida, redo att byta av mig som kämpade med hjärt- och lungräddning. Soey vaknade i samma stund som ambulanspersonalen tog över. Efter den kvällen var vårt band starkare än någonsin och jag blev kallad hjälte. Själv hänvisade jag till Moder natur och tackade för hennes hjälp. För det var på grund av stormen som trädet fälldes och landade rakt på bakrutan, så att vi fick vår väg ut.

"Ja, en sak är i alla fall säker", utbrast Soey, vilket förde mig tillbaka till nuet. "Glöm att vi lämnar dig ensam efter det här! Borde vi inte ringa polisen förresten?" tillade hon.

"Nej, vi ringer inte polisen, eller någon. Jag är okej och ni kan inte vara med mig dygnet runt. Ni har alla era egna liv att sköta", svarade jag dem och mötte deras oroande blickar.

"Jag kommer i alla fall ringa dig oftare", sa Soey och lutade sitt huvud mot mitt.

"Samma här", sa Jen och Sam.

De la sina händer på mina axlar.

"Jag kan vaka över dig hemma", sa Ewelyn.

"Och jag på jobbet!" utbrast Sonja.

"Ja, ja. Låt gå", svarade jag dem irriterat medan Soey och jag reste på oss. Jag försökte sedan övertyga dem om att jag var okej och att vi skulle lämna det där nu. Ingen annan var kvar på platsen så inget kunde göras åt saken direkt heller så att, ja ...

Vi slutförde vår promenad tystare än vanligt. Alla funderade vi nog över händelsen men låtsades som att ingenting hade hänt.

KAPITEL 12

Klockan var halv åtta på morgonen, och måndag på det dessutom. Halvt sovande satt jag i mitt bås på jobbet suckande åt värmen här inne. Men jag var på tok för trött för att ta av mig min svarta kofta till jeansen och linnet, till och med min färgglada halsduk som mamma gjort åt mig satt fortfarande slarvigt lindad om halsen. Den var i alla fall tunn och i siden, så det gjorde väl inte så mycket egentligen. Antagligen med en trött och ful grimas slet jag av mig hårsnodden för att sätta om hästsvansen. Aj, nej. Hårsnodden hade trasslat in sig. Aj! Den gick sönder och snärtade fingrarna. Typiskt, så himla typiskt!

"Jag. Hatar. Verkligen. Måndagar", suckade jag och sjönk ner med slutna ögon i stolen.

"*Psst, bossen kommer*", viskade Sonja i ett försök att göra mig uppmärksam, hon kastade över en hårsnodd.

Sonja hade ju i stort sett alltid sitt blonda hår uppsatt i hästsvans och var alltid redo med snoddar överallt. Det borde jag nog egentligen också vara, med tanke på mitt långa hår. Att jag aldrig lärde mig … Med hängande ögonlock sneglade jag mot henne och nickade tacksamt, och aningen irriterat – varför kunde inte hon se lika trött och sliten ut som jag? Sonja hade i alla fall vett och ork att svalka sig. Hennes gråa kavaj hängde över den vita avskärmningsväggen mellan våra bås. Vi använde alltid den väggen som klädhängare i stället för krokarna på väggen bakom oss. Varför visste jag inte, för snyggt var det inte.

Inte en fena hade jag rört sedan jag kom in vid sjutiden. Jag satte mig rak i ryggen. Det började snurra omkring mig, jag greppade tag om bordskanten som stöd. Ljudet från miss Flowks klackar närmade sig. Med ena handen låtsades jag leta efter ett papper bland högarna på bordet för att verka sysselsatt, samtidigt som jag försökte hålla mig kvar på stolen.

Vår boss, som vi oftast kallade henne, var en riktig medelåldersbitch som ständigt var på oss. Utseendemässigt hade hon två stilar: Under vår och sommar bar hon svart kjol till knäna och tunna stilrena blusar. Under höst och vinter var det heldress med sexiga urringningar som gällde och korta kavajer över. Allt i toppfina märken. Inget fel med det egentligen, hon bar verkligen upp kläderna men hela hon bländade av rikedom. Det var antagligen det som jag störde mig på, och hennes taskiga attityd. Men, hon var bra på det hon gjorde och vi var faktiskt ett riktigt framgångsrikt företag. Så länge man presterade enligt hennes krav behandlade hon en som om man var hennes privata anställda, men klantade man sig, ja då fick hela företaget veta hut. När hon verkligen skällde ut någon, gjorde hon det på ett sådant sätt att det kändes som om man själv hade gjort något fel, fastän det var personen snett bakom eller bredvid som var den skyldige.

Klackljudet från hennes skor var nära nu. Jag började svettas ytterligare av nervositet, jag var ju så jäklans trött. Bara hon inte skulle stanna och fråga något.

"Hej Annabelle."

Fan. Fan. Fan. Dataskärmen började flacka, den eldrivna pennvässaren och min minifläkt gick i gång. Till och med den vita rosdoften kom på besök igen. Och som pricken över i:t, sved mina ögon till! Mina händer for lite överallt medan jag försökte få ordning på kaoset i mitt bås, snurrandet i mitt huvud var i alla fall borta. Jag stannade upp i några sekunder när blicken mötte spegeln i mitt bås – ögonen lös i lila men ändrades snabbt tillbaka till min blågråa färg. Nej, jag skakade på huvudet och blinkade hårt innan jag sedan fortsatte att få ordning på kaoset.

"Hej, miss Flowk. Ursäkta", sa jag och började plocka upp papperna som fläkten blåst ner medan jag tittade mot henne.

Hon hade en grön byxdress i dag, med smalt skärp och svarta klackar. Ett guldhalsband med en glittrande droppe låg perfekt mellan hennes bröst väl synligt i den kanske lite för stora urringningen.

"Jag tittade igenom ditt projektförslag i fredags och skickade det vidare i helgen. Jag har suttit i telefon nu med din nya uppdragsgivare. De har överlagt ditt förslag och är tydligen nöjda. Projektet är ditt. Du kan ta hjälp av Sonja med allt det praktiska", sa miss Flowk med sitt likgiltiga tonläge.

"Va? Tack! Jag ska ge tvåhundra procent för att det här ska bli perfekt!"

"Det räknar jag med, Annabelle. Jag vill inte mista ännu en kund ..." Miss Flowk lirkade in en av sina blonda hårslingor i den hårt bundna knuten medan hon med sjunkande ögonbryn och spänt stängda läppar, sneglade mot Jens – två bås bredvid.

Jens vände bort ansiktet så fort att hans svarta rockiga hår täckte halva ögonen och solglasögonen han hade på huvudet flög av, glaset sprack när de for i golvet. Jens rörde inte en min, jag tror att han höll andan till och med. Gina, som vår chef heter i förnamn, gick vidare mot nästa avdelning. Jens pustade ut, han var en av de yngsta på avdelningen och relativt ny men hade ändå hamnat i trubbel mest av oss alla.

"Jo, Annabelle?"

"Ja, miss Flowk?" Nu var det jag som höll andan.

I ögonvrån såg jag hur Jens satt på helspänn igen och alla de andra också, men han var verkligen livrädd för henne. Hans blick brände nästan hål på mig.

"Gratulerar i efterskott. Jag ber min sekreterare köpa en tårta på lunchen. Själv är jag borta på möte hela eftermiddagen men jag hoppas den ska smaka", sa hon medan hon fortsatte sin kontrollgenomgång. Jag tror vi alla pustade ut redan efter "gratulerar" ...

"Annabelle, du är inte klok! Vad höll du på med i ditt bås egentligen? Och du ser, du behöver inte frukta henne. Hon gillar ju dig! Så länge du presterar bra såklart", skrattade Sonja.

"Jag har ingen aning om vad som hände. Jag blev så nervös när hon närmade sig och sedan började allt som var eldrivet att spåra ur." Att ögonen sved och lös upp igen tänkte jag hålla för mig själv.

"Det måste vara en sladd som ligger i kläm. Min skrivbordslampa började också spåra ur i samma veva som dina grejer. Komiskt att det hände just när miss Flowk kom."

"Mm ...Vet du om det är någon som har nya blommor i sitt bås förresten?" avbröt jag henne medan jag försökte sortera alla papper.

"Blommor ... Nej, inte vad jag vet." Sonja drog åt hästsvansen och skapade volym upptill på huvudet medan hon sneglade runt bland alla bås. "Rosdoften du berättade om, är det den du menar? Kände du den igen?"

Jag mumlade fram ett svar medan jag la de sista papperna rätt. Något droppade på papperna så att jag tappade dem. Medan jag plockade ihop alla papper på nytt sneglade jag upp mot taket och tittade sedan på de mörka fläckarna på papperna. Det var i alla fall ingen fuktskada i taket, så var fasiken kom dem ifrån? Lillfingret råkade dra sig över den ena fläcken, jag duttade fingret mot tungspetsen. Det var ... blod.

"Hon kanske har hemska vålnader efter sig!" hörde jag Jens säga medan jag skakade på papperna och torkade fingret över mina byxor.

Blodet försvann och papperna var som nya igen, vilket fick mig att börja fundera igen: Om jag hade blivit galen?! På riktigt. Inget spånande den här gången, jag kanske behövde mediciner.

Tankarna bytte riktning, till Jens hotfulla tonläge. Det var tydligt att han tagit illa vid sig efter Miss Flowks kommentar, nu satt han och tjurmuttrade över sina spruckna solglasögon.

"Det måste vara alla företagets föredettingar som hon sparkat", utbrast Charlotte medan hon plockade upp några av papperna som tagit sig till henne.

Hon reste sig och gick mot mig. Det röda, långa och vågiga håret flängde i takt med hennes snabba steg. Inte för att hon hade bråttom, utan var man kort så blev stegen oftast många. Med ett brett leende som framhävde alla fräknar räckte hon mig papperna.

Charlotte var en av dem som jobbat längst på företaget och orädd för att säga vad hon tyckte, men hon väntade i alla fall med kommentaren tills miss Flowk var utom syn- och hörhåll. Så alla hade vi nog en viss respekt för damen i fråga, trots allt.

Timmarna fram till lunch började Sonja och jag klura på mitt projekt. Jag vände mig om, sneglande mot Jennifer, min mobbare genom alla år. Hon satt några bås bakom mig. Jag störde mig på att hon var så vacker. Hon och hennes gäng hade samma stil som miss Flowk. Det var nog inte ett hårstrå som låg fel i den där eleganta pagefrisyren med en perfekt nyans av mörkare brunt. Åh, vad jag hatade henne. Nej, nu ska vi inte falla ner till samma nivå som dem. Behärska dig kvinna! Det kändes i alla fall bättre när jag fick kännedom om att just Jennifer hade gjort ett projektförslag åt samma företag. Hon var inte det minsta glad över att ha förlorat mot mig. Jag kunde inte låta bli att le innan jag vände mig om mot Sonja som försökte få kontakt med mig.

Projektförslaget jag vann, gällde David Crobbers företagskedja. Han stod som grundare av ett dussintal herrbutiker för kostymer och parfymer, och nu var det min uppgift att marknadsföra honom och hans produkter. Aldrig tidigare hade jag fått ett liknande uppdrag, och det här var min chans att stiga i rang, visa vad jag gick för. Gillade han det vi gjorde skulle han skriva på ett treårskontrakt med företaget, med mig och mitt eget team i ledningen! Så med ivern att komma i gång fick vi ovanligt mycket gjort innan våra kurrande magar tog över.

"Hur kommer det sig att du är så trött i dag då? Du borde ju fått en rejäl sockerkick vid det här laget av all tårta du tryckt i dig. För att inte tala om alla koppar kaffe jag sett dig hämta i dag!" fnittrade Sonja medan vi packade ihop våra saker för dagen.

"Jag hade den där drömmen om kvinnan med de två männen på slottsgången igen. Exakt samma som tidigare, med detaljer och allt. Till och med den delen när jag fortsatt sovande, såg mig själv sovande och sedan såg kvinnan som materialiserades och samma meningar som maldes på. Det sjuka var att jag vaknade en minut över ett igen också, som på natten till min födelsedag, med andnöd och allt!"

"Men så skumt! Vi måste ta reda på vad drömmen vill säga dig. Har du hunnit berätta för någon annan om det?"

"Ja. Soey ringde och kollade läget i morse. Ewelyn kom in på tidigt morgonkaffe. Hon var så snäll som skjutsade mig hit och lämnade in min bil på service åt mig."

"Just det! Jim ska hämta upp mig i dag, vi ska kolla på ett nytt köksbord och några saker till barnen. Vi kan köra hem dig om du vill?"

"Tack, Sonja, men jag går hellre. Jag behöver en nypa frisk luft. Dessutom blir det en omväg för er att skjutsa hem mig."

"Det gör inget, jag blir bara glad om du kommer hem säkert. Och vill du verkligen gå ute i kylan i en timma?"

"Tack återigen, men nej. Kylan är inget problem och jag kan inte vara rädd för minsta lilla promenadväg för några händelser och fantasier. Är det verkligen någon som är efter mig där ute så har de varit det länge nog utan att vilja visa sig. Så varför skulle de göra det nu? Om de ens existerar ..."

Som sagt hade jag börjat tveka om det var så att mannen som räddade mitt liv i går verkligen var ett av mina förföljares ansikten. Det kunde helt enkelt vara en ren slump att de var lika, jag hade aldrig fått en riktigt bra skymt av något av ansiktena. Men känslan av vår beröring, den kunde jag inte få ut ur huvudet. Dessutom ville jag ju ta reda på vem han var, jag måste ju tacka honom. Lite konstigt var det väl ändå att bara sticka i väg sådär, efter ett sådant hjältedåd?

Jim var framme och Sonja gav upp sina försök att få med mig i bilen. Det skulle bli riktigt skönt att promenera hem i dag.

KAPITEL 13

Även fast jag bara hade tio minuters promenad kvar hem bestämde jag mig för att öka takten. Nynnande på melodier trasslade jag ur sladden och satte i hörlurarna till min mp3-spelare. Balladerna var inte särskilt hjälpsamma, jag behövde något glatt, så jag skiftade till en snabbare låt och ökade farten på mina steg. Dessvärre hann jag inte långt förrän det blev en tvärnit. Typiskt, någon hade släckt ner varannan lampa i skogsgången jag skulle gå. Den var mörkare än vanligt och solen hade redan gått ner. Kanske skulle jag gå utefter bilvägen i stället? Det skulle betyda ytterligare femton minuters promenad.

Bänkarna som stod längs halvcirkeln av buskar innan skogsgången var fullsatta av alkisar. Det var nästan så att jag ville fråga om de skulle i väg på fest. Beslutsångesten över vilken väg jag skulle ta fick mig att nagga på min underläpp medan tre av de manliga alkisarna försökte få kontakt med mig. Nej! Det fick bli skogsgången som planerat, det skulle säkert vara en massa motionärer och hundägare ute. Och jag hade rätt, nästan omedelbart möttes jag av en familj med tre små barn som rastade sina sju hundvalpar. Det var schäfervalpar, jag var tvungen att unna mig en stunds gosande. Valparna fick mig att tänka tillbaka på mina tidigare stora blandrashundar: Kajsa och Wilma, och på min skogskatt Mimmi. Arton år blev hon. Min första hund var en familjehund som kom in familjen när jag var sju år gammal, medan Wilma blev min egen, jag köpte henne som valp tre månader efter att Kajsa gick bort, tretton år gammal. Jag byggde upp en fantastisk relation till båda två, men Wilma hade varit mitt allt. Det var drygt ett halvår sedan hon dog, nio år gammal. Hon blev skrämd av hemmagjorda raketer som ett ungdomsgäng sköt mot oss under en kvällspromenad och hon sprang sin väg. Timman senare hittades hon överkörd på stora vägen. Hon dog direkt. Saknaden av henne var fortfarande väldigt stark, vilket gjorde alla djurmöten, särskilt med hundar, extra känslosamma.

Det kändes som om någon kramade om mig och sedan försökte hjälpa mig upp med mjuka, lätta rörelser. Men det blev tvärstopp och känslan försvann. En av valparna hade bitit sig fast i mitt långa hår. Det gjorde inte särskilt ont, jag skrattade mest medan mamman i familjen försökte få grepp om nosen. Valpen sprang slalom mellan hennes armar, och mitt hår tovades in ytterligare mellan de vassa tänderna. Under tiden höll jag i håret i den mån jag kunde. Till slut fick hon tag om valpen och fick loss mig. En bestämd mansröst röt till, jag vände mig om och såg pappan irra runt efter barnen och resten av valparna. Mamman bad flera gånger om ursäkt. Jag sa att det var lugnt. Slutligen accepterade hon det och vi sa hejdå. Hela kroppen log inombords, jag längtade så efter egna barn, en egen familj. Fylld av glädje fortsatte jag att röra mig hemåt. Jag vände mig om och såg barnen springa runt med valparna tätt efter sig och föräldrarna därefter.

Jag satte i hörlurarna medan jag sparkade till några kottar på marken och tog mig framåt. En bit in på gången kom en otäck känsla krypande längs ryggraden, av att någon var bakom mig. Illamåendet och magklumpen gjorde mig sällskap. Gång efter gång vände jag mig om, men det var aldrig någon där. En stavgångare gick om mig, jag hoppade till och tog handen över munnen för att tysta ner mitt skrik. Musiken stängde jag av för att inte bli överraskad än en gång. I stället skrämde skogens läten upp mig. Grenar knäcktes och jag såg skuggor från samma plats som ljuden kom ifrån. Skuggorna kom närmare. Mitt hjärta slog hårt. Lampan jag stannade till vid dolde skuggorna, jag hörde att ljuden var precis framför mig. Fram ur skogen, ut på gången kom det ... fyra ungdomar, skrattande åt något internt skämt eller bus. Fint, inte nog med att jag var galen, nu började jag bli paranoid också ...

Himlande med ögonen åt mig själv drog jag en djup suck fylld av frisk luft och vände mig om för att fortsätta sista biten hem.

"Aah, shit vad du skräms, arma människa!" utbrast jag medan jag flämtande föll omkull.

Jag hade vänt mig om rätt in i famnen på ett långt kraftpaket, som från ingenstans stått bakom mig.

"*Heej*, Annabelle." Orden släpades fram av den mörka rösten. Han hjälpte mig upp.

"Öhm. Hej? Förlåt, men känner jag dig? Jag ser inte särskilt bra i det här ljuset."

"*Neej*, men du har kanske *sett* mig förut ..."

"Philip! Sluta skräm henne!" sa en argsint kvinnoröst i mörkret.

Det enda jag kunde se var mannens konturer, rösterna kände jag inte igen. Pulsen hade en slutspurt tätt under min hud, det började klia överallt och jag blev alldeles kallsvettig. Tankarna for till mannen i gränden, om det kunde vara han? Hade han sökt upp mig på nytt och nu tagit andra till hjälp?! Min blick blev spänd och smalnade i mitt försök att urskilja vilka andra som var i närheten. Svaret fick mig att backa några steg. Ut från skogen kom det nio personer till! De stannade intill den andra mannen, så jag kunde inte riktigt se dem heller. Hjärtslagen var återigen hårda och min andning blev nästan hyper. Jag tänkte springa därifrån, men jag var omringad innan jag ens hunnit ta ett steg i en annan riktning.

Den starka vinden gjorde sig påmind i samspel med min rädsla, och lamporna hade börjat flacka. Det här började bli lite för skumt. Och ögonen sved till igen.

"Vad vill ni? Är det pengar ni vill ha? HÄR!" utbrast jag medan jag gnuggade mig om ögonen.

Med fumliga rörelser tog jag av mig musikspelaren, letade fram mobilen och tog av mig handväskan och la allt på marken framför dem. Skärrad höll jag upp händerna i luften som om de hotade mig med vapen. De gjorde ingenting, de bara stod där och tittade på mig. Varför gick de inte därifrån med mina saker eller attackerade mig om de nu skulle det? Det här var sinnessjukt, jag pallade inte mycket mer, det kändes som om jag skulle svimma när som helst!

En ur gruppen bröt cirkeln och tog upp mina saker från marken. I mina tankar bad jag att de skulle gå. Jag måste sett ut som ett förrymt psykfall i cirkelns mitt, med händerna i luften, huvudet nedböjt och uppspärrade ögon för att inte missa någon attack. Adrenalinet flödade genom mig, som tunga men mjuka slag.

Mannen som tagit upp mina saker kom emot mig. Trots att vinden hade lugnats ner en aning var den ett enda virrvarr. Mannen höjde sin blick mot vinden och blundade, sakta vred han på huvudet fram och tillbaka och upp och ner som om vinden smekte honom. Ett mjukt leende kom fram och han öppnade ögonen och fortsatte gå emot mig, men med en blick som om han visste något som jag inte gjorde.

"Ett steg närmare och jag skriker. Tro mig, skrika kan jag!"

Jag fick panik när han närmade sig och det där var det enda jag fick ur mig.

"Äsch, det är ingen inom räckhåll som kan höra dig. Skrik hur mycket du vill!" hojtade kraftpaketet spydigt.

"Philip, nu får du ge dig!" sa en annan kvinnoröst ur cirkeln.

Hon lät riktigt arg på rösten.

"Jaha, och hur kan du vara så säker på det? Det kom några ungdomar ut från skogen för ett tag sedan och de var helt obemärkta innan dess!" utbrast jag till svar.

Adrenalinet började göra mig kaxig, men det var det enda som kunde hålla mig på fötter, så jag fick fortsätta att köra med en dryg attityd.

"Tro mig, jag vet", svarade kraftpaketet, som jag nu visste tilltalades Philip.

"Här, ta hennes saker Jane, och ge dem till henne när det är din tur", sa mannen som tagit upp dem från marken.

En kvinna ur cirkeln gjorde som han sa. Mannen fortsatte gå mot mig, de andra stod blickstilla och tittade på. Nästintill som statyer, så stilla var de. Det var riktigt obehagligt. Det kom rök ur min näsa och mun och ur mannen som gick emot mig, men inte ur de andra. Vad sysslade de med, höll de andan eller? Och vadå din tur? Skulle de turas om att ge sig på mig eller? Fast då skulle hon väl inte ge tillbaka mina saker ...

Mina funderingar avbröts av en hög, bestämd men samtidigt lugn stämma.

"Hej, Annabelle. Mitt namn är Eadwig – Eadwig Thybird. Jag förstår att du är rädd. Men vi vill dig inget illa", sa han och drog av sina gråa vantar och sträckte mig sin hand för att hälsa.

Min puls hade lugnats ner en aning, men den var fortfarande hård och mina ögon kunde ännu inte slappna av. Trots det ville min hjärna veta mer och fick hjälp av adrenalinet i min kropp som gjorde mig allt modigare, i alla fall ytligt sett, och jag vågade stå rakryggad. Vinden gjorde sig fortfarande hörbar, men lamporna hade i alla fall slutat flacka. Med det i åtanke tog jag tveksamt hans hand och nickade.

KAPITEL 14

Eadwig var lång och smal med blont, kort hår och ljusbruna ögon. Ett tunt lager skägg ramade in hans ansikte. Han var klädd i mörka byxor, stadiga kängor och bar en senapsgul kappa i ull och hade en grå halsduk om halsen, och så de gråa vantarna till. Över hans axel hängde en mörkbrun sidoväska, den såg ut att vara av skinn och som om den hade några år på nacken. Men vad kunde han vara … runt trettio, fyrtio år kanske? Det slog mig att hans utseende var identiskt med den ena mannen i min dröm på slottsgången. Han som var så lik den döda kvinnan, hon som även materialiserades i mina andra drömmar. Men det var inget som jag tänkte kläcka ur mig i en situation som denna.

Blicken drogs mot fyra andra personer som mannen vid namn Eadwig vinkat fram till mig ur cirkeln.

"Det här är syskonen Philip och Elizabeth Blakefree och deras partner, Mary Eastwing och Marc Fredrick", sa Eadwig och pekade på dem när han uttalade deras namn.

Philip var kraftpaketet jag gick in i, så stor som han var. Systern var också muskulös, hon såg stark och farlig ut. Deras brunsvarta ögon var skrämmande och släppte aldrig min blick medan de sakta vinklade huvudena från ena sidan till den andra, fram och tillbaka. Deras hår var svart, hans var snaggat på sidorna i häftiga mönster, resten av det kortklippta håret var kammat bakåt. Hennes hår var klippt som en längre bob och luggen var format som ett brett v. Hon såg skitläskig ut!

Blicken flyttade sig till Marc som höll i Elizabeths hand. Oj, vad lång och smal han var. Och han verkade inte veta vad en borste var med tanke på det bruna, rufsiga håret. Det var knappt att jag såg de ljusblåa ögonen eftersom håret delvis vilade över pannan och ögonen. Mary, Philips flickvän, var jättekort jämte Marc men bara något kortare än jag. Hon såg galen ut med sitt halvlånga, stripiga och ljusorangea hår och snudd på limegröna ögon. Hon skrämde mig nästan lika mycket som Elizabeth.

Eftersom jag inte visste vad de förväntade sig av mig log jag stelt när de gick tillbaka till sina platser i cirkeln.

Eadwig vinkade in två andra.

"Annabelle, det här är Jane och Richard Frostlil."

De höll varandra i handen, jag antog att de också var ett par. Hon var kvinnan som tog mina saker. Hon gick till mig och mötte min blick – vilka vackra mossgröna ögon. Och hennes blick var så förstående, den fick mig att mjukna och slappna av i kroppen. Jane gav mig mina saker, vinden lyfte de olika etapperna i hennes bruna hår som låg som en böj in mot ansiktet. Varsamt kollade jag in Richard. Jag tryckte väskan och mp3-spelaren med ena handen mot kroppen och pressade in mobilen i behån med den andra medan Jane gick tillbaka mot honom.

Han hade också brunt hår, i en ljusare nyans. Det var långt och uppsatt i en slarvig knut mitt på huvudet, han hade även ett storvuxet, vältrimmat skägg. Och hans ögon var bruna.

Det lyste stor mystik över dem alla, men det var något speciellt med Richard och Jane, som om de hade levt flera liv, flera gånger om. Det lyste respekt om dem. Det kändes som om jag borde ... dyrka dem. Lätt berörd log jag mot dem, de gick tillbaka till sina platser i cirkeln och tre andra kom mot mig.

"Och det här är James Buckley, Lynne Malt och Christopher Summers", sa Eadwig och pekade på dem.

Jaha, okej. Tydligen ett till par: James och Lynne, som höll varandra om midjan. De var båda mörkt blåögda med blont, tjockt hår och med flätor. De såg ut som sportfånar, riktiga friluftsmänniskor med tanke på deras kroppar och val av kläder.

Blicken vändes mot Christopher, den sista av de nio. Hans kropp såg lika vältränad ut som sportfånarnas, fast hästlängder ifrån syskonen Blakefrees trimmade kroppar. Jag hade alltid haft svårt att avläsa åldrar men skulle tippa att de alla var mellan sjutton och tjugofem år gamla, någon kanske var närmare trettio också, Eadwig lite äldre. Äsch, vettefan. Jag fokuserade mer på Christopher. Han bar mycket snyggare kläder än de andra, i mitt tycke. Slitna jeans, en ljusare tröja eller linne och en kort, ljus och tunn jacka med spännen och knappar lite här och där. Han var nog ett huvud längre än jag. Snedbena, ojämna hårlängder men inte längre än till en bit under öronen. Hans ögon var kastanjebruna precis som håret och precis som på mannen ... på ängen i söndags.

Mina tankar gick ihop med varandra och ökade i tempo medan jag reflekterade över ansiktena jag nyss sett. Min blick smalnade och jag drog en hård suck när det stod klart för mig. Nu var jag rasande och adrenalinet var fortfarande kvar och hjälpte till.

Det mullrade i skyn tillsammans med mitt raseri.

Jag fokuserade på de andra.

"Det är ni ... Det har alltid varit ni ..." mumlade jag tyst.

"Jag känner igen er, allihop!" utbrast jag och förde blicken mot dem som stod i en cirkel runt om mig igen. Jag stannade till vid Christopher. "Och du! Det var du som räddade mig från pilen i går, eller hur?" Jag pekade på honom. "Hur gjorde du och varför? Eller den viktigaste frågan av allt, varför har ni förföljt mig i hela mitt liv utan att ge er till känna och i stället låtit mig tro att jag varit sinnessjuk?!!"

Jag tittade mot dem alla, fram och tillbaka, medan jag höjde rösten.

"Vad är det ni vill?! Och varför visar ni er just nu?"

De stod lika obehagligt stilla som tidigare. Förbannade statyer. Andas in ... andas ut. In ... ut. Ivern i mig taggades ner. Ovädret likaså. Nästa fråga kom ur mig försiktigare.

"För det är väl ni, eller hur? Visst har jag rätt, jag är inte galen?" Jag darrade på orden.

Ilskan kom tillbaka efter en tillbakablick i mitt huvud. "Låg ni bakom händelsen i gränden förresten?!"

Tårar pressade sig mot tårkanalen, och jag höll tillbaka dem allt vad jag kunde. Det sista jag ville var att visa mig svag, jag hade ju ingen aning om vad jag stod inför och visste inte heller om jag klarade denna intensitet från känslorna som så lätt bytte av varandra. Och shit vad kallt det skulle vara då. Att de inte frös, det var ju nollgradigt i dag, och de hade ju klätt sig efter våren i stället för vintern allihop. Förutom Eadwig då, som var mer klädd efter vädret. Full med blandade känslor la jag armarna om mig, vred mig från sida till sida och drog fötterna längs marken i väntan på deras reaktion efter mitt utbrott.

"Annabelle. Som jag sa tidigare, vill vi att du ska veta att ingen av oss vill eller någonsin har velat dig något illa", började Eadwig förklara.

Han väntade någon sekund så att jag kunde ta in budskapet att jag inte var i någon fara. När han såg att min kroppshållning gick från försvarsposition till en mer lugnare och lyhörd position fortsatte han.

"Mycket riktigt stämmer din teori. Vi började följa dig strax efter din födelse, men det var omöjligt för oss att gömma oss helt vid varje tillfälle, det är de gångerna du råkat skymta någon av oss. Vi ber om ursäkt för våra uppkommande ansikten då och då, tanken var att du aldrig skulle veta av oss över huvud taget förrän det var dags, och det är det nu."

"Så det är ni … och har varit det hela tiden. Ansiktena jag sett – alla är hos psykologen … som bortkastat." Jag viskade fram orden, mer för mig själv än för dem.

Eadwig suckade lätt. "Det är bättre om vi fortsätter det här hos oss, då kan jag visa dig i stället."

"Glöm det! Du berättar allting, nu direkt!" avbröt jag så bestämt jag kunde med min darrande röst.

"Okej. Jag gör det så kortfattat som möjligt, för tillfället. Det kommer vara mycket att ta in, så du måste lyssna på det jag kommer att säga."

Redan när de omringade mig hade jag börjat kolla efter kameror i skogen, det måste vara någon som drev med mig … men jag tänkte inte försöka fly härifrån förrän jag fått min förklaring.

"Aha. Okej, kör på. Jag lyssnar", sa jag med armarna i kors.

Eadwig började berätta. "Man kan säga att en del av det började år 1786, den 14:e januari, 01:01. Det exakta årtalet, datumet och klockslaget då min syster Eriah, drottning av alla naturväsen, blev mördad. Hon blev mördad av sin man, min bästa vän, Agdusth, kung av alla naturväsen. 201 år senare, på samma datum och klockslag, föddes du Annabelle. Men vi kommer tillbaka till det senare."

"201 år?! Kungligheter och naturväsen?! Men lägg ner, vad är det här för skit?! Var har ni gömt kamerorna? Tror du verkligen att jag ska tro på det du har att säga? Är det mina vänner som ligger bakom det här? Det är de, eller hur?"

Träden knakade nästan i takt med mina ord. Vad hade jag för otalt med Moder natur egentligen? Det kunde inte sammanträffa så här ironiskt perfekt som det hade gjort den senaste tiden, plus att den vita rosdoften hade börjat smyga sig på igen. För att inte tala om irritationen i ögonen. Vid stod precis intill en snäv kurva där många löpare och cyklister krockat med varandra, och sedan en vecka tillbaka var en spegel placerad där. I den såg jag hur mina ögon lös, i lila, vilket fick mig att vilja krypa ihop gråtandes i fosterställning – mina läppar var så hårt sammanbitna att det gjorde ont.

KAPITEL 15

"Annabelle, snälla. Just nu är det enda viktiga att du lyssnar på vad jag, vad vi, har att berätta. Du kan ta ställning till det senare", sa Eadwig, som hade tagit sig närmare mig.

Hans lugna och bestämda blick fick mig att sänka garden. Jag svalde ner gråten och drog ett djupt andetag.

"Okej. Förlåt, jag ska lyssna." Jag lät armarna slappna av och började pilla med fingertopparna mot varandra.

Eadwig fortsatte: "Eriah var en väldigt mäktig magiker och hon skrev en profetia efter att ha förutspått sin egen död. Profetian löd bland annat, att en utvald skulle födas när världen var redo. Och en tid därefter skulle den utvalda slutligen ärva drottningens – min systers – gömda kraftfält. Men min syster var väldigt mån om det mänskliga livet, och valde att den utvalda inte skulle få tillgång till hennes krafter förrän den uppnått trettio år i livet. Så att den utvalda fick chansen att växa upp och leva ett sådant normalt liv som möjligt. Och enligt profetian hon uttalade, ska den utvalda även kunna åta sig kraften från all världens mäktigaste, döda magikers, kraftfält. För enbart med dem kan den utvalda fullborda sitt öde, som är att förinta Agdusth vår konung och mörkret runt omkring honom."

Eadwig suckade djupt. "Mitt uppdrag var att finna den utvalda, skydda personen tills den fått sina krafter och sedan bli dess läromästare. Och på sin hundrade födelsedag kommer den utvalda automatiskt att omvandlas till det naturväsen som alla i cirkeln runt omkring dig är. För enbart som det väsendet kan den utvalda bemästra det stora kraftfältet den är menad att ta över. Enbart en magiker skulle aldrig överleva sådana stora krafter. Och det väsen som mina vänner är, är egentligen motsatsen till alla magikers ståndpunkt. Man kan inte vara båda, utan enbart det ena eller det andra. Men en trollformel följs med profetian, och när den utvalda automatiskt omvandlas kommer det nya väsendet att accepteras med krafterna och bli en så kallad hybrid. *Men lyssna nu,* Annabelle: Det största problemet just nu, är att Agdusth allierar sig alltmer med mörker, det är inte bara vi naturväsen som står i farozonen längre utan nu även mänskligheten. Det är mörkret via Agdusth och hans allierade som står bakom försvinnandena och de flesta överfallen runt om i världen. Och det här är bara början, deras djävulskap känns av så starkt att man kan smaka på den. Med andra ord har vi inte den tid längre som profetian förutspår, att invänta den utvaldas hundra år som människa och magiker som lovats. Vi måste hitta en lösning för att omvandla den utvalda så snart som möjligt, men samtidigt behålla dess krafter. Lyckas vi med det måste vi sedan hitta det stora kraftfältet, och be för att du beviljas det, Annabelle."

Eadwig hade tittat på mig, försökt möta min blick. Antagligen för att se min reaktion när han bytte orden *den utvalda,* till det mer passande ordet *du,* följt av betoningen av mitt namn. Hela tiden hade jag lyssnat men tittat ner i marken, på mina händer och på mina skor, jag visste inte vad jag skulle tro. Visst hade jag på känn att jag skulle vara inblandad i historien på något vis. Att jag var en ledtråd eller hade något som de behövde. Men så fort jag hörde ordet *du,* vände jag upp mina skärrade blågråa ögon mot hans mjuka ljusbruna. Jag visste vad det här skulle leda till, vad de skulle säga härnäst: Att jag var den så kallade *utvalda* i hans fina fantasyberättelse.

Eadwig fortsatte tala med blicken nästan inristad i min. "Ja, Annabelle. Du är den utvalda. Jag besökte min systers minneslund varje år på den dagen hon dog, i väntan på ett tecken efter dig. Det hann gå 201 år och jag satt vid Eriahs minneslund som vanligt och tittade mot stenen jag ställt dit, som stod lutad mot de vita rosenbuskarna. Minutvisaren på mitt ur visade en minut över ett, mitt i natten. Som alltid lyfte jag upp stenen med min hälsning till henne och blickade upp mot skyn. Jag viskade att jag älskade och saknade henne, för att sedan kyssa stenen och ställa tillbaka den. Bara det att just den här gången kände jag av dig, att du kom till världen. Jag såg en svag skymt av ett spädbarn med en glänsande guldaura. Jag visste att barnet jag såg var den utvalda."

Eadwig hade tittat runt på oss alla under tiden han berättade men hade stannat en stund vid mig.

Han tittade ner på sina händer. "För att inte tala om blodstrimmorna som tog sin början den natten. De vita rosorna började blöda! Det har de gjort på exakt det datumet och klockslaget år efter år sedan du uppenbarades. Folket säger att det är ett tecken på att Eriah äntligen ska få sin upprättelse, medan nutidens forskare försöker hitta diverse förklaringar ..."

Eadwig flämtade tårögt, skakande på huvudet.

"Sedan den natten då du uppenbarades har jag sökt efter dig med hjälp av bilder som ständigt skapades i mitt huvud och med hjälp av mina vänner som du ser runt omkring dig."

Han pekade på de andra.

"Eriah hade gett oss namnet Sökarna innan hon dog och det har vi kallat oss i sökandet efter dig. Fram tills i dag har vi ständigt vakat över dig, skyddat dig från saker du inte ens visste fanns. Men då profetian inte var tillräckligt skyddad nådde den tyvärr Agdusth. Rykten säger att han trodde att det bara var nonsens, men att han sedan själv känt av din närvaro sedan dagen du föddes. Han visste då att profetian kunde vara sann. Vilket betyder att du är hans största hot, som måste förintas. Men Agdusth kunde inte se bilder som jag, bilder om var du kunde befinna dig. I stället skickade han ut span på oss och lyckades till slut lokalisera dig. Han lejde både människor och naturväsen för att antingen försöka skada dig, låta mörkret ta dig eller förinta dig helt. Vi har turats om att bevaka dig och hålla ett öga på mörkret, som hela tiden var oss och dig hack i häl. De flesta gångerna kunde vi förhindra det helt, andra gånger var skadan redan skedd. Men vi var alltid där i tid och räddade dig", berättade Eadwig.

Han tystnade en stund innan han tog till orda igen.

"Ett exempel är bussolyckan när du var liten, vi förintade magikern som kastade dig med hjälp av elementet luft ut i vägen. Vi hann aldrig stoppa bussen utan att dra till oss för mycket uppmärksamhet, men jag lyckades få i väg en trollformel över dig som skyddade dig från allvarliga skador. Jag förde över det värsta av smällen till Philip, som en länk. Jag visste att han skulle klara sig utan större problem och det var den snabbaste lösningen. Den andra bilolyckan, när du och din vän körde av vägen, det var en annan magiker som orsakade det. Hon förstörde dina bromsar, vilket skulle ha fått dig av vägen, i stället lyckades hon lägga sladd på din väns bil och skadegöra räcket så det inte kunde stoppa er. Det var Philip och Elizabeth som var på plats, Elizabeth tog hand om magikern och Philip slängde trädet mot rutan på bilen. De gav sig inte därifrån förrän de såg att ni båda, eller i alla fall du, var okej", förklarade Eadwig.

"Men ... va? Alla olyckor var egentligen mordförsök ... och det är ni som räddat mig varje gång?! Överfallet i gränden ... det var ni som tog bort honom? Och pilen ..."

Jag stod med halvt öppen mun, kände hur ögonen blev vattniga. Det här var för mycket information, jag visste inte hur jag skulle hantera det de sa. Eller inbillade jag mig alltihop ändå?

"Är ni verkligen hä…"

James avbröt mig, han hade lagt sina händer om mina axlar. Han nickade mot mig. "Vi är här, det är på riktigt, Annabelle. Och händelsen i gränden, det var en djurskiftare som lyckats smita sig förbi oss. Han hade via order från Agdusth skickats dit för att döda dig. Vi var alla där och hjälpte till eftersom han var så stor, och han hade hjälp av en magiker som låg gömd i gränden bredvid. Vi tog hand om båda."

James tog bort händerna från mina axlar och drog händerna över sitt blonda hår som låg kammat bakåt. Han fingrade längs de två tjocka flätorna på vardera sida av huvudet, precis ovanför öronen. Han log kaxigt mot Philip som slog ihop händerna som om han var redo för att slåss på nytt.

Min mun öppnades och stängdes, hackiga ut- och inandningar kom ur mig medan jag kollade på den som talade eller gestikulerade för stunden.

"Jag drog dig från spåret för några år sedan, efter att du blivit tillknuffad av en lejd resenär", sa Mary. "Och Eadwig stängde av motorn på traktorn som höll på att köra över dig på den där trånga vägen du var på. Ren tur att han var där med mig, jag hade tvingats avslöja mig annars!" tillade hon.

"Vi jagade bort hundarna som attackerade dig. Eller vi och vi. Eadwig gjorde det med magi, vi fick sedan fånga in dem så att han kunde ta bort mörkerförtrollningen från dem", sa Lynne och himlade med ögonen.

Jag drog min hand över ärren i ansiktet.

"Ja, fan, jag trodde jag skulle bli av med armen ett tag där", utbrast Philip sarkastiskt.

"De är alla i goda familjehem i dag", tillade Mary glatt mot mig och sänkte sedan huvudet med en pikande blick mot Philip och Lynne.

Stumt stirrade jag bara mot Mary när hon log mot mig och drog bort de delar av sitt stripiga ljusorangea hår som täckte ansiktet.

"Och ja, det var jag som tog pilen i ditt ställe. Mannen som sköt var en hybrid mellan en magiker och en varghund. Han såg sitt tillfälle, mixtrade med en pil med hjälp av magi, tog en båge och sköt av. Han var en av Agdusth bästa vänner och vi lyckades leta upp och förinta honom innan han skulle göra sitt nästa drag, eftersom han som sagt misslyckades med sitt första", förklarade Christopher.

De hade slutat prata, jag visste inte vad jag skulle säga, *eller tro*. Magiker. Djurskiftare. Och varghund – vad var det liksom?! Min förskräckta blick sökte ännu mer efter kameror medan jag ställde nästa fråga.

"Okej … jag antar att du är magiker, Eadwig, eftersom din syster var det, men vad är det för väsen ni andra är?"

Jag försökte låta så övertygande jag kunde, att jag trodde på vad han och de andra nyss hade sagt, men det vette katten om jag lyckades särskilt bra med.

"Ja, Annabelle, jag är magiker precis som min syster var och precis som DU nu är. Och mina vänner runt omkring dig, de är vampyrer."

Nu blev det mer än vad jag klarade av. Mullret kom tillbaka över oss, betydligt intensivare än tidigare, och vinden var där och hjälpte till. Till och med lamporna flackade igen och rosdoften var lika stark som om jag hållit en bukett under näsan. Det här kunde bara inte hända, inte mig! Det måste vara någon som drev med mig, för sådant här existerade inte. Det existerade enbart i andras och min egen fantasi, som jag kämpat med att övervinna, av hela min själ!

Sneglande upp i spegeln på mina lilalysande ögon som var tillbaka tryckte jag händerna över tinningarna. Frustrationen fick mig att tappa tålamodet helt.

"NEJ, NU RÄCKER DET! Var är ni någonstans? Vad är det här för ett jävla skämt?!"

Jag stampade på stället och drog mig i håret. Mina käkar var så spända att det gjorde ont och mina läppar darrade. Jag tittade ut mot skogen och på två lampor som sprack, väntade på att mina vänner skulle komma fram. Vem annars skulle driva med mig så här? Förutom min familj och psykologen var vännerna de enda som visste att mina fantasier och min besatthet fortfarande pågick efter barndomsåren då jag blev mobbad som mest. Det här hade jag svårt att ta in, att mina vänner kunde vara så här elaka, jag som öppnat mig så helhjärtat.

"KOM FRAM DÅ, ERA FEGISAR!" Ytterligare en lampa spräcktes.

Det kom aldrig någon ur skogen.

Mina kinder blev blöta, det gick inte att hålla tillbaka tårarna längre. Antingen hade mitt psyke spelat mig ett ordentligt spratt den här gången eller så hände faktiskt det här. Jag insåg att det senare alternativet blev alltmer realistiskt. Om man nu kunde säga så i denna stund? Allt var för verkligt för att det skulle kunna vara inbillning.

Ovädret och flackandet försvann som om det aldrig hade existerat. Jag satte mig ner på marken, snörvlande drog jag in ett andetag, ögonbrynen pressades mot näsroten när jag tittade mot duggregnet som verkade leka i samspel med mina tårar.

"Seriöst ...? SLUTA EFTERSPEGLA MINA KÄNSLOR, MODER NATUR!"

De andra tittade på mig med hängande mungipor men avslappnade, leende blickar. Aj ... Jag hade börjat göra tester som att nypa mig själv och förde blicken på omgivningen runt omkring för att försäkra mig om att det inte var en dröm eller inbillning. Och rosbuskarna som Eadwig nämnde vid Eriahs minneslund – kunde de ha något med min retligt påträngande rosdoft att göra? Luften jag andades in nådde inte ända ner i mina lungor, jag tog upp min astmamedicin ur jackfickan och letade fram nässprejen.

"Annabelle ..." Christopher var snabbt framför mig, han satte sig ner på huk och la mina händer i hans.

Eadwig sa något men jag hörde inte vad, alla lampor som nyss varit släckta tändes. Lamporna fick ett starkare sken, jag kunde se de andra som om det vore dag. Fortsatt snörvlande tittade jag runt ett varv, stannade med blicken mot Christopher som fortfarande satt framför mig. Hans ögon var inte längre kastanjebruna, ingen av dem hade sin gamla ögonfärg. Nu var ögonen röda, rostigt blodröda med en mörkare tunn och röd skuggning markerad över och under ögonen, precis vid fransraden. Allas ögon utom Eadwigs, hans ögonlinser lös i lila. Precis som mina hade sett ut den där skrämmande natten, och alla andra gånger efter det.

Christopher drog sina fingrar över mina händer. Hans hud kändes nästintill felfri och den var precis på gränsen mellan blek och skär. Huden såg ömtåligt vacker ut och var så len och mjuk när jag vidrörde den – det kom en pirrande känsla genom våra händer, den spred sig genom hela min kropp. Ett lugn la sig över mig samtidigt som att mina lilalysande ögon och duggregnet försvann.

Ett hest viskande *"tack"*, var det enda jag fick ur mig. Jag visste inte hur, men jag visste att det var *han* som gjorde mig lugn.

Christopher la huvudet lätt på sidan, hjälpte mig att torka bort tårarna. Han log brett mot mig – han hade huggtänder! Med en inandning ryggade jag bakåt, men kunde inte flytta blicken från tänderna. Det var tre huggtänder på vardera sidan om framtänderna. De längst bak var kortast, de i mitten var längst medan de främre huggtändernas spetsar gick snett ner mot framtänderna. Min hud knottrade sig, jag kände håret resa sig på armarna.

Den mörkröda markeringen runt hans ögon började avta, markeringen försvann helt men ögonlinserna förblev starkt, rostigt blodröda. Precis som de andra vampyrernas ögon runt omkring mig såg ut. Fy, vad otäckt. Men *så* fascinerande. Jag svalde hårt.

Christopher lutade sig mot mig och tog bort håret från mitt ansikte. Hela jag var spänd, mitt hjärta slog plågsamt hårt. Jag ryckte till när han började tala till mig.

"Annabelle, tänk efter så ska du se att allt faller på plats", sa han och hjälpte mig upp.

Christophers röst var lugn och förförande på något sätt. Rädd men nyfiken, okej, mest fascinerad, mötte jag hans blick för att lyssna på honom.

"Vi har följt dig i många år och även hört dig berätta för dina vänner. Vi vet om dina fantasier och din så kallade besatthet av magi och vampyrer. Allt det där beror på att du är den utvalda, din själ har alltid känt av det. Den har alltid omedvetet vetat om sitt öde, att en hybrid mellan magi och levande död ska skapas genom dig, trots sina starka olikheter. Därav ditt intensiva intresse för det övernaturliga och dina livliga fantasivärldar. Ansiktena du sett har du ju nu fått reda på, är vi. Alla konstigheter som hänt dig, från alla oförklarliga stormbyar till spräckta lampor efter det att du fyllt trettio, beror på att du inte vet vilka krafter du har eller hur du ska använda dem på bästa sätt. Än så länge har en liten del av krafterna frammanats av ditt humör, dina känslor", förklarade Christopher i ett så pass lugnt tonläge han kunde.

Jo, visst skulle det här förklara mycket, men jag kunde fortfarande inte ta in allt. Särskilt inte det faktum att det verkade vara på riktigt. Att magiker, vampyrer och … mörker, sådan ondska som man bara läste om eller såg på film, faktiskt existerade. Och vad mer fanns där ute?! Det här var för mycket på en och samma gång. Mina tankar pratade på alltmer osammanhängande.

"Ja… Jag måste hem nu", fick jag sluddrande ur mig, jag kunde inte fästa blicken någonstans.

Allt började bli disigt och ljuden ekade. Kroppen stapplade åt sidan och bakåt.

"Hon kommer svimma!" hörde jag någon säga.

KAPITEL 16

Solens sken hade lagt sig över mitt ansikte. Blicken smalnade när jag försökte öppna ögonen gång på gång men vande sig till slut. Jag var omtumlad, yr och svag. Och det tog ett tag innan jag förstod att jag inte var i min lägenhet, trots att de första oskarpa bilderna jag såg påminde om den. En hård, mörk tygsoffa låg jag på, i ett stort rum. Ett vardagsrum var det nog. Jag satte mig upp och stirrade med tung blick på det rektangulära glasbordet framför mig. Det stod ett vattenfyllt glas på det. Under bordet stod mina skor och bredvid låg mina ytterkläder. Några meter framför bordet var det en vit vägg med en stor teve på. Väggen gick inte hela vägen utan skapade en korridor med hjälp av väggen på andra sidan. Det såg ut att vara en dörr där, och ett rum utan dörr och en trappa som ledde upp till en övervåning längst in i korridoren. Sakta reste jag mig upp för att se mer av min omgivning. Till vänster om mig var en altandörr, till höger om mig var det ett långt bord med tillhörande stolar, men ytan var så stor att bordet kändes litet. Ytan bakom soffan var också stor. En vägg med tavlor och en stor spegel, ingången till köket som det såg ut på den andra sidan och så en korridor mellan dem, med tre dörrar och sedan ytterdörren. Såväl väggarna som golven var i ljusa färger, vilket öppnade upp rummet jag var i ännu mer, det skulle säkert eka om jag ropade. Några förvaring- och prydnadsmöbler fanns det förstås, och i högra hörnet stod det en mörk fåtölj med en större golvlampa och en hög blomväxt intill. Mer såg jag inte, inga lampor var tända och solens ljus nådde inte ända in i rummets hörn.

Misstänksamt tittade jag på glaset. Paranoid som jag var reste jag mig upp och gick till köket, jag hade trots allt vaknat upp alldeles ensam i ett främmande hus. Så lätt jag kunde smög jag över det ljusa trägolvet för att inte visa att jag var vaken, om nu någon var kvar i huset vill säga. För att slippa skramla med glasen drack jag vatten direkt ur kranen. Köket såg tomt och obebott ut. I mitten stod ett högt bord med barstolar och det var ovanligt lite redskap på alla bordsytor för att vara ett normalt kök. Fundersam stod jag vid vasken ett tag och försökte minnas gårdagen. Jag mindes mötet i gången och allt de sagt. De måste ha tagit mig hit efter att jag svimmat, det var den enda förklaringen jag kunde komma på.

Även om jag inte visste var jag var någonstans kände jag mig lugn, hur det nu var möjligt, och tog ett stort glas från ett av skåpen. Jag fyllde glaset med iskallt vatten. Det pep till i min behå följt av ett vibrerande. Med handen mot hjärtat hoppade jag till, vatten skvimpade ut ur glaset som följd. Jag mindes mobilen i min behå, det måste ha varit batteriet som dog. Suckande bytte jag hand för glaset och skakade bort vattnet som hade hamnat på den andra. Jag smög tillbaka till soffan för att kolla om min väska med laddaren och allt var där. Väskan var vid sidan om soffkanten, på den sidan jag vilat mitt huvud, och hade jag tur så skulle allt *det här* förhoppningsvis bara vara en dröm. Det var lite konstigt att jag inte drabbats av panik ännu, jag försökte till och med leta efter tecken på panik inom mig. En puls som arbetade sig upp eller ögon som inte kunde stängas och bara flackade runt. Jag hittade inga tecken alls, jag kände mig onormalt lugn.

Klockan på väggen visade tio på morgonen, och jag var väldigt försenad till jobbet! Hjärtat slog hårt och ökade takten, jag började må illa. Ja! Äntligen ett tecken på stress! Som konstigt nog avtog lika snabbt som det kom, som om någon hade stannat upp mig med handen mot mitt hjärta och lugnat ner det – jag tog ett långt, långsamt andetag. Lampan i högra hörnet tändes! Jag hoppade till, med ett tjut som följd den här gången, och skvätte ut vatten över den andra handen. Jag bytte hand för glaset och skakade på nytt av mig vatten.

Det var en av männen från gårkvällen som satt i fåtöljen. Eadwig, den så kallade magikern. Och hur jag kunnat missa honom tidigare förstod jag inte. Han satt med en tjock, gammal bok i famnen och såg väldigt trött ut. Det var någon som gick bakom mig, jag hoppade till igen men lyckades i alla fall behålla det vatten som var kvar i glaset den här gången. Det var Christopher som klivit fram ur skuggan från andra hörnet. Fan, jag insåg att gårdagen inte hade varit en dröm, jag misstänkte också att det var Christopher som gjorde mig lugn, vilket började bli irriterande, om han nu kunde tygla mitt humör hela tiden. Men min lättskrämdhet kunde han tydligen inte tygla. Nä, jag bestämde mig för att få rediga svar och förklaring på allt det här. Framför allt bestämde jag mig för att ge dem en chans, en chans att bevisa att deras historia verkligen var sann. Egentligen var det mest bevis för min egen skull jag behövde, för att få det bekräftat, att jag inte var galen.

"God morgon", sa Eadwig medan han gäspade och sträckte ut kroppen. "Det var inte meningen att skrämma dig, jag satt uppe och läste större delen av natten men var tvungen att ta igen lite sömn på morgontimmarna. Du svimmade i går kväll och har legat avsvimmad fram tills nu. Vi kunde inte ta hem dig i det skick du var och beslöt att ta dig hit."

Eadwig slog igen boken och reste sig upp, han gick till en samling böcker som låg staplade i tre högar på golvet, han la sin bok överst i den mellersta högen och tog en mindre bok från högsta högen.

Eadwig vände sig mot mig. "Vi bor visserligen i egna hus och gårdar i Washington, men när vi hittade dig här i Alabama hyrde vi ett stort hus gemensamt för att ha någonstans att vara när vi såg efter dig. Vi har alltid varit här bara några åt gången eftersom vi trivs bäst i vår hemmiljö. Men nu när det var dags att ge oss tillkänna bestämde vi att det vore bäst om alla var samlade. Så du befinner dig i vår hyrstuga, i närheten av ditt eget område, en bit bort längs skogen bara." Eadwig log mot mig och satte sig i fåtöljen igen.

"Vi har ringt och sjukanmält dig på ditt jobb också, så du behöver inte oroa dig för det", inflikade Christopher.

Jag vände mig om mot honom. "Är det du som behåller lugnet åt mig hela tiden?"

"Jag har hjälpt till att hålla dig lugn när det behövts." Han drog ut på orden.

Högljutt andades jag ut tillbaka. "Men jaha ... Hur fungerar det då? Eller, jag menar, hur är det ens möjligt? Och det är ganska frustrerande att känna att man borde ha panik till exempel men inte lyckas framkalla någon!"

Jag satte mig ner i soffan och spände ögonen i honom medan han satte sig bredvid mig.

"Var är de andra och kan jag ladda min mobil någonstans?" tillade jag och tog fram mobilen ur behån.

Sist jag såg Christopher dolde hans jacka mycket av kroppen. Nu när jackan inte var på, framhävdes hans fina kropp i de slitna jeansen och det tajta gråvita linnet han hade på sig.

Medan jag kollade in Christopher, och då menade jag verkligen *kollade in*, fastnade blicken till slut på hans pekande arm mot eluttaget till vänster. Det blev ett stelt leende medan jag ryckte åt mig handväskan. Med blossande kinder försökte jag rota fram laddaren, jag kunde naturligtvis inte hitta den trots att jag såg den i väskan alldeles nyss. I ögonvrån såg jag hur Christopher kollade in *mig* under tiden. Mina kinder blev ännu rödare. Andas in ... ut. Ja, jag fick grepp om laddaren! Hettan från mina kinder lättade (tack för det). Medan jag reste mig och gick för att fästa mobilen till eluttaget fortsatte Christopher att besvara mina frågor, med en sådan där lugn och, snudd på, överlägsen ton.

"Mary och Marc har börjat göra frukost åt dig och Eadwig. Philip och Elizabeth spanar ute, men de är här i närheten hela tiden", sa han.

Nickande mot honom satte jag mig ner i soffan och innan jag vänt upp blicken stod James, Lynne, Jane och Richard framför mig. Jag hörde dem aldrig komma och skrek till, igen ... Mary och Marc hade jag inte hört i köket för den delen heller, det var enormt frustrerande. För att inte tala om skrämmande!

Lynne och Jane hade bytt gårdagens klädsel till fina sommarklänningar i havets olika färger. Richard och James hade samma byxor som i går men hade bytt om till vanliga t-shirtar. De satte sig ner på golvet framför mig, trots det stora bordet intill. Eadwig satt kvar i fåtöljen, han rättade till sin senapsgula kappa som hängde bakom honom på ryggstödet och började sedan bläddra i boken. Det låg en bärbar dator vid sidan om fåtöljen, Eadwig tog upp den och la den i sitt knä och bytte fokus till boken igen.

Christopher fortsatte: "Vissa av oss har en så kallad *symb*. Det sägs att de som blir utan oftast har ett starkare band till det mänskliga i en. Att man nästan är mer människa än vampyr."

Han mötte min oförstående blick. "Symb är en förkortning för symbol, och med symbolen kommer en gåva. Något vi kan utöva, oftast något magiskt. Man har valt att kalla det för symb eftersom en symbol alltid framhävs tillsammans med gåvan. Alla med liknade symb har samma symbol. Vissa får dem utan vidare anledning, men de flesta symbs har skapats från någon egenskap vi hade som människa, som då utvecklats och blivit förstärkt.

Och symben förevigas alltid med en symboltatuering på insidan av ena handleden, en symbol i mörkrött och svart."

Christopher visade upp sitt mönster som var i tjocka och smala linjer, format i cirklar och spetsiga och trubbiga kanter.

"Jag var till exempel en väldigt känslosam kille som människa och brydde mig mer om hur andra hade det än om mig själv. Det förstärktes vid min omvandling, jag kan känna av och styra alla känslor och det med hjälp av adrenalinet och blodet i den kropp som jag styr. Det betyder även att jag kan använda det som vapen om det behövs, eftersom jag har kontroll över nerverna och blodflödet. Jag kan använda min symb flera meter ifrån den jag ska påverka, men den är som allra starkast vid beröring. Så min symboltatuering står då för känsla. Och en vampyr som har samma symbol har då också en symb som hör till känsla, men det den vampyren kan utöva behöver inte alls likna det som jag kan, om du förstår? Och ens symb kan man även utveckla med tiden. Det är upp till var och en hur mycket man tränar, brukar den och forskar i det helt enkelt."

Jag nickade.

"Lynne, hon var väldigt snabb som människa och efter omvandlingen är hon den snabbaste av oss", fortsatte Christopher. "Vi har aldrig mött någon som är snabbare än hon. Hon är en jäkel på att spåra också och hittar alltid rätt på något konstigt vis. Så Lynne har fått två symbs, vilket även syns på hennes symboltatueringar, eftersom hon fick två. En på varsin handled, grundsymbolen för snabbhet på den vänstra och grundsymbolen för sinnen på den högra."

"Japp, jag använder mitt luktsinne, fokuserar på målet och vips så är jag där", sa Lynne medan hon visade upp sina handleder.

Symbolerna var i spiralliknande mönster men också i tjocka och smala linjer med spetsiga och trubbiga kanter.

"Och när det gäller snabbheten så upptäckte jag den i min ensamhet, när jag var människa", tillade hon och fortsatte: "Jag växte upp i rika kretsar och fick inte sysselsätta mig med det som i dag kallas fört sport. För på den tiden var det bara männen som sysslade med det och oftast de med lägre rang. Rikemansfolket satsade i stället pengar på dem som ägnade sig åt de olika grenarna."

Lynne suckade och skakade lätt på huvudet medan hon drog fingrarna över sitt blonda hår och stramade åt de fyra smala flätorna genom hästsvansen, det var två ovanför öronen och två mitt på huvudet på varsin sida.

"Trots det ville jag bli en av dem, jag älskade att springa", sa Lynne och log drömmande. "För mig var det frihet eftersom jag var så instängd inom min familjs kretsar. Det var när jag utmanade mig själv en sommar som jag upptäckte min snabbhet. Jag sprang för mig själv genom det höga gräset på ängen, men jag kunde ju inte veta säkert förrän jag testat den jämte någon annan och på bar mark. Så jag klädde ut mig till en pojke och lyckades kvala mig in i löptävlingarna. Med min nya identitet vann jag tävling efter tävling. Till och med min pappa satsade pengar på mig och ett rykte om den nya pojken spred sig. James var den enda som visste att jag ljög, han genomskådade mig direkt. Men jag visste att min hemlighet var säker hos honom."

Lynnes ögon glittrade, de var skrämmande blodröda och vackra på samma gång. Man såg hur stolt hon var över sig själv. Jag blev imponerad av att hon hade försökt leva ut sina drömmar på det där sättet.

Mitt tankeförlopp stannade av när en sak gick upp för mig.

"Vänta. Vadå, så du och James kände varandra redan då?"

Lynne nickade. "Våra byar låg nära varandra. Vi lekte som små och när vi blev äldre sågs vi på den större marknaden mellan våra byar."

Hon såg generad ut, den spända munnen och blicken letade sig bort från min.

Lynne fortsatte: "Tävlingslyckan varade inte mer än några år eftersom mina kvinnliga former blev allt svårare att dölja och folket började ifrågasätta varför jag alltid sprang med något som täckte huvudet. Jag var ju tvungen att dölja mitt långa hår på något vis och tog det bästa jag hittade för varje gång. Det var allt från mössor, hattar, tröjor och sjalar till dukar. Du skulle sett min fars min när det avslöjades att pojken var jag. Mitt i ett lopp. Den blicken glömmer jag aldrig. Jag fick husarrest så fort jag tog ett snabbt steg efter det, och med det dog även mina löpardrömmar." Hon suckade och vände bort blicken.

Christopher tog över. "James symb kan man kalla en sorts illusion, det är i alla fall vad hans grundsymbol står för. Men James symb har en tragisk bakgrund eftersom han som fyrling miste sina tre bröder i tonåren. Efter omvandlingen kunde James framkalla tre kopior av sig själv, de fungerar på egen hand men styrs samtidigt av hans olika delar i hjärnan."

Lynne kramade om James som stirrade ut genom fönstret när Christopher berättade.

"Min symb är att jag kan se andar, spöken", utbrast Jane. "Det var inget jag kunde som människa, men jag var ganska nära döden ett flertal gånger under mina sista år som mänsklig, det kanske har med det att göra. Min symbol är sammansatt av två andra – symbolen för död och symbolen för sinnen. Du vet, *ett sjätte sinne.*" Hon skrattade till.

Sedan tog Richard över, vad jag antog var ett försök till att bryta den känsliga stämning som uppstått efter James symb-avslöjande.

"Det finns faktiskt ett namn för symboltatueringen som Jane har: Twin-symb. Och om man, som Lynne, har två symbs så kallas det duo-symb. Och även om det är ytterst ovanligt, förekommer det även de med trio-symb, fy-symb, fe-symb och se-symb.

Det vill säga tre, fyra, fem eller sex symboler. Maxdosen är i alla fall sex symboler med då tillhörande krafter."

"Wow, vad coolt. Men Richard, har du någon symboltatuering?"

"Jag har som Jane, en twin-symb. En sammansatt symboltatuering från två andra. Symbolen för illusion och symbolen för död. Om jag koncentrerar mig riktigt mycket kan jag få min själ att tillfälligt lämna min kropp och föra den var jag vill. Som en ande. Jag försöker lära mig att bli synlig och hörd i det tillståndet men har bara lyckats förmedla några ord och visat mig i några sekunder. Jane kan såklart se mig hela tiden när jag brukar min twin-symb", förklarade han och visade sin symboltatuering – två cirklar som satt ihop och inuti dem var det mönster i form av spiraler, virvlar, krusiduller, smala spetsar och linjer som bland annat bildade kors.

Christopher tog över. "Marys grundsymbol står för natur, då hennes symb är att hon har älvlika gröna fingrar, så att säga. Mary hade god hand med växter som människa, och i dag kan hon väcka döda växter och odlingar till liv och bygga upp fantastiska trädgårdar. Marc är den enda av oss som inte har en symb. Fast du verkar inte vara så mycket mer mänsklig än jag, eller hur, Marc?" ropade Christopher till honom.

Marc var ju i köket med Mary, han ställde sig lutande mot ena sidan vid ingången till vardagsrummet, blängde storögt mot Christopher skakande på huvudet och fnös till.

"Lika trevlig som vanligt märker jag …" suckade Christopher och fortsatte tala med blicken mot mig. "Marc var en riktig nörd som människa, en allvetare. Och efter omvandlingen har han blivit någon typ av geni, i allt verkar det som. Trots att han inte fått någon symbol. Så det bevisar ju att våra färdigheter eller egenskaper vi haft som människa förstärks en aning efter en omvandling."

Christopher skrattade och sneglade mot Marc, som smalnade med blicken innan han gick tillbaka in i köket till Mary.

"Elizabeth och Philips symboltatuering är densamma och står för skiftare!" utbrast Lynne. "De båda fick nämligen symben att förvandla sig till örnar! Det är så de brukar spana. De är ute som örnar nu."

Hon hade suttit avslappnat i skräddarställning med armarna gestikulerande och pillat med håret under tiden hon pratat. Nu satt hon spänt framåtlutad med uppspända ögon och indragna läppar.

Allt de sagt var helt sjukt. Galet. Men att förvandla sig till örnar ... otroligt. Mitt undermedvetna funderade fortfarande på om det här verkligen hände, men jag lät min besatthet och fantasi ha övertaget för nu och tillät mig själv att tro på det här, även om jag blev totalt överrumplad av allt de sa. Kanske var det sant, kanske var det inte, jag tänkte i alla fall låta det här fortgå och så fick vi se hur länge det skulle hålla ... japp.

Lynne kisade och höjde på ena mungipan när hon betraktade min reaktion.

"Örnar ... Vänta! Var de också med i gränden, fast som örnar?"

"Ja ... Elizabeth och Philip var i sina örngestalter i gränden", svarade Lynne mystiskt, varpå hon gav mig ett hånflin där hon lekte med tungan mot sina huggtänder.

"Ja, alltså vi får inte glömma alla våra gemensamma gåvor. När det gäller oss vampyrer", ropade Mary från köket, vilket fintade bort mina tankar på örnarna.

"Förutom vår snabbhet, styrka och extremt goda syn, hörsel och luktsinne kan alla vampyrer höra andra vampyrers tankar", fortsatte Mary. "Man lär sig med tiden att sätta upp en barriär och släppa in den man vill, när man vill. Vi kan all världens språk också, förutom dabel då till alla magikers fördel, eftersom dabel är deras andra språk. Däremot kan vi, precis som magikerna, se allas auror. Det finns en speciell för oss vampyrer. Vi väljer själva om och när vi vill se aurorna och inte. I början av omvandlingen till vampyr är vår aura svart och under processens gång ljusnar den alltmer. När omvandlingen är klar är auran lysande vit omringad av en mörkröd, disig skugga. Coolt va?"

Jag nickade mot Mary som kikade in vid ingången till vardagsrummet.

Hon fortsatte: "Vi kan även ta oss in i andras drömmar eller skapa egna. Det brukar vi roa oss med om vi har mycket dötid eller vilar en stund. Det är hur roligt som helst! Sedan kan vi använda tankekontroll på människor, men det gör vi bara när vi dricker från dem och om det är absolut nödvändigt i andra situationer." Mary avslutade med ett brett leende och vände dansande in mot köket.

Hennes leende gjorde att hon såg galen ut, ännu värre blev det när huggtänderna syntes, och det spelade ingen roll om hennes ögon var nästintill limegröna eller rostigt blodröda. Det var lika läskigt hur som.

De fick allt att låta så ... normalt ... Förvisso normalt för dem, men helt nytt för mig. Jag var inte säker på vad jag skulle svara på det de berättat, eller hur jag skulle lägga fram det jag själv ville ha sagt. Det enda jag kunde tänka på var hur lätt de talade med de där huggtänderna i mun. En annan hade ju pratat som om tungan vore svullen. En vanesak kanske. Vad jag sett hittills så hade de alla samma tandformning som jag såg i Christophers mun och det verkade som om de hade dessa tänder ute hela tiden. Med tanke på min besatthet av naturväsen och främst då vampyrer och magiker, hade jag svårt att lyssna med blicken mot deras. I stället sneglade jag hela tiden mot huggtänderna eller studerade den rostigt blodröda tonen på ögonen hos den som pratade för stunden. De var så fascinerande och skrämmande på samma gång.

Deras otåliga blickar på min oförklarliga tystnad fick mig till slut att öppna munnen och ta orden som de kom helt enkelt.

"Jag vet inte riktigt vad jag ska säga. Det är ofattbart allt ni berättar. Jag vill verkligen tro på er, jag försöker tro på er, men jag känner att jag behöver något sorts bevis. Med tanke på allt jag gått igenom. Jag menar, ni kanske kan ... Eller kan ni bita en människa utan att man omvandlas till en av er? Eller utan att, ni dödar en?"

Trots att deras utseenden skrämde vettet ur mig behövde jag få det bevisat på detta sätt.

"En omvandling går inte riktigt till via enbart ett bett från en vampyr utan det är en rätt intensiv handling", sa Richard. "Vissa vampyrer kan inte sluta dricka när de väl börjat. Men vi alla här har i alla fall inga problem med att dricka från en människa. Det gäller att styra sina instinkter rätt." Han pausade, drog ett andetag – antagligen en vana från att behöva passa in bland människor. "Du vill alltså att någon av oss ska bita dig för att bevisa våra rätta jag?" frågade han.

"Ja."

Det var det enda jag fick ur mig, nervös som jag var.

KAPITEL 17

"Jag kan göra det!" utbrast Lynne.

Hon stirrade mot mig, drog in luft genom näsan. Man hörde luften komma ut och hon spände käkarna.

"Nej, jag gör det!" sa Christopher bestämt till de andra, men främst till Lynne.

Hon fnös och vände irriterat bort blicken.

"Gör det ont? Kommer jag få ett fult sår eller ett ärr?" frågade jag Christopher.

Christopher slappnade av med blicken och var lugn på rösten. "Jag biter dig varsamt, så såret blir inte så fult, men det tar tid att läka och de är ofta smärtsamma. Ett ärr kommer att bildas, men jag kan även sluta igen såret direkt efter jag bitit dig genom att dra tungan över såret. Min saliv tillsammans med bakterierna på tungan läker ihop det. Och det är bara den som biter som kan läka igen sitt eget sår. Själva bettet känns ju, men smärtan försvinner så fort tänderna är igenom. Då blir det i stället en svidande känsla som till slut övergår i njutning när vampyrens saliv når offrets blodomlopp. Det sätter i gång en sorts upphetsning kan man säga. *Vi* känner självklart en extrem njutning redan från första början, när tänderna tränger igenom huden. Och alla människor, varelser i helhet, har ju sin egen doft. En liknelse finns med blodet. Det smakar i stort sett detsamma, men alla har sin egen lilla ingrediens som kan göra att vissa smakar betydligt godare än andra."

Christopher drog ihop läpparna i ett leende och blinkade med ena ögat. Ett dovt förstående skratt kom från de andra vampyrerna.

Det var en stor klump av rädsla jag svalde ner medan jag funderade en stund. Men jag behövde få det bevisat på detta sätt.

"Vi ställer oss framför spegeln där. Jag vill se när du biter mig i halsen, jag vill sedan att du läker igen såret och biter mig i handleden, men låter det vara. Som en påminnelse om att det ni säger är sant. Jag vill att du låter alla mina känslor som dyker upp vara ifred, Christopher", sa jag bestämt för att inte visa hur rädd jag egentligen var för smärtan och känslorna det här skulle orsaka.

Christopher nickade mot mig. "Okej, om det är det här som krävs."

Vi stod framför den stora spegeln som satt på väggen bakom tygsoffan. I spegeln såg jag hur Mary och Marc kom ut från köket med varsina brickor med lite av allt möjligt i frukostväg på. De ställde ner brickorna på glasbordet vid soffan och satte sig vid de andra på golvet i stället för vid det stora bordet. Kanske var det mysigare så? Som på picknick ... eller att alla kom närmare? Lite konstigt kändes det, men ja ja, ville de sitta så – så varför inte.

Marc hade inte gjort något större klädbyte från gårdagen. Mary hade följt Jane och Lynnes exempel med en lång och vacker, blommönstrad sommarklänning. Jag kände mig unken i mitt vita linne med en matfläck från lunchen i går och med mina jeans som jag använt tre dagar i rad. Tack och lov var min svarta kofta nytvättad och hade en doft av vilda bär.

Min förväntansfulla blick vandrade från min spegelbild till Christophers, han hade ställt sig bakom mig. Han drog undan mitt flerfärgade tjocka hår och tog av mig min kofta. Långsamt och lätt på hand drog han sina fingrar över mina ärr.

"Alla har vi en historia att berätta. Ett förflutet, en framtid och ett nu", viskade han mot mitt öra och förde fingrarna ner längs min hals.

Pulsen ökade, jag kände hjärtats explosiva slag.

"En liten bedövning", viskade han tillsammans med svaga utandningar och slickade sedan på samma ställe han just dragit sina fingrar.

Mjukt, med ytterst små rörelser, stod jag tryckt mot hans kropp. Tyst flämtade jag till. Stället Christopher slickat på började domna bort. Han drog sina läppar längs min hals, de vassa spetsarna från huggtänderna skrapades mot min hud och jag försvann bort från de andra som satt stirrande på golvet bakom oss. Det enda jag såg var Christopher som vidrörde mig, jag var som i en av mina fantasivärldar ... bara det, att denna gång tänkte jag låta det hållas.

Christopher särade på läpparna, jag kunde tydligt se hans huggtänder. Aj! Hur försiktig han än var gjorde det ont när tänderna trängde igenom huden. Christopher hade rätt i att smärtan snabbt gick över och i stället växlade till ett starkt svidande. Mina tänder pressades mot varandra medan jag drog in luft. Christophers ögon var heltäckande röda, som om mitt blod fyllde upp dem. Det rann blodstrimmor från hans mun, från mitt sår och ner längs min hals, jag fångade upp en med fingret precis när den skulle glida ner längs min urringning. Christopher drack fortfarande från min hals medan jag lät tungspetsen vidröra fingertoppen för att försäkra mig om att det verkligen var blod, och det var det ju såklart, men jag behövde all bekräftelse jag kunde få.

Svidandet upphörde. Mitt blod hade rysningar och visste inte riktigt var det skulle ta vägen. Hela kroppen, varenda muskel slappnade av. Men det här var ytterligare en känsla som bara varade i någon sekund, en känsla jag ville ha mer utav.

Med åtrå i min blick tittade jag upp på Christopher i spegeln för att få en förklaring. Han hade slutat dricka av mig. Hade det gått en hel minut ens? Och hans ögon var inte längre heltäckta av mitt blod, jag hann precis se när det sista rann ner. Hans rostigt blodröda ögonlinser var klarare, och ögonvitorna var så ljusa att de nästan var bländande.

Christopher log lätt med munnen stängd. Man såg på hans läppar att han druckit blod, *mitt blod*. Jag tittade på min hals. Ssh, det sved när jag rörde vid såren från hans tänder. Christopher tog bort mina fingrar, i spegeln såg jag hur han drog sin tunga över mitt sår som direkt läkte samman. Han tog min hand, sög av blodet från mina fingrar innan han drog bort blodet från sin mun. Christopher kanske kunde känna av mina känslor, men jag var så lättad att ingen av dem kunde läsa mina tankar eftersom jag höll inne de höga stönen som ekade i mitt huvud.

"Vill du fortfarande att jag ska bita dig i handleden?" frågade han och slängde snedluggen åt sidan genom att flänga till med huvudet, men utan att dra sin blodröda blick ifrån min. Hans mjuka leende fick mig att famla ett halvt steg bakåt.

Mina kinder värmdes upp, de blev ännu rödare när jag såg det i spegeln, jag insåg hur inne jag var i mina lustar när hans röst förde mig tillbaka. De andra dolde sina leenden i bakgrunden. Ingen aning om hur de tydde min genans, men det var inget att göra någonting åt. Det röda tonades ner medan jag som svar på Christophers fråga satte mig i soffan och sträckte ut den vänstra armen mot Lynne, nickande mot henne.

Stående med armarna i kors hade hon tittat mot annat medan Christopher drack av mig. Så fort hon förstod mitt erbjudande var blicken storögd mot mig.

"Jag vill att du gör det", sa jag snabbt, fortfarande upprymd efter känslorna från Christophers bett samtidigt som jag pressade ryggen mot soffkanten eftersom Lynne med vampyrfart satt sig framför mig.

Hennes iver efter blod skrämde mig, men jag ville se om det kändes likadant när någon annan bet, särskilt om det var en kvinnlig vampyr. Och bäst vore nog att låta Lynne få chansen, med tanke på de kommentarer hon fällt och det kroppsspråk hon visat.

Lynne flyttade sig så att hon satt mitt emot min utsträckta arm. Det pirrade till i hela kroppen när hon tog tag om den, justerade armen så att undersidan var riktad uppåt. Hon kollade mig snabbt i ögonen innan hon sedan slickade på stället där jag antog att hon tänkte bita och hon blottade sina huggtänder.

Lynne lyfte på huvudet. "Du sa förut, till Christopher, att bettet i armen inte skulle läkas ihop. Gäller det fortfarande? Det kommer bara bli några mindre hål som ärr om jag biter dig med försiktighet. Jag kan i och för sig bita dig med tänderna vi använder vid hot och vid jakt."

Med stängd mun och höjda ögonbryn kollade hon på mig, jag gjorde ett osäkert minspel men nickade till slut att det var okej.

Lynne särade på läpparna, huggtänderna hon hade ute blev längre ihop med att även munnen blev större! De bakersta kortare huggtänderna blev betydligt större nu än innan, de sträckte sig till och med längre än de andra huggtänderna! Framtänderna hade också skiftats till en synligt vassare form. De på underkäken hade inte blivit särskilt mycket större, men även de hade ändrats till en spetsigare variant där de fyra mittersta bara var spetsiga medan de två tänderna på yttersidorna av dem hade antagit en högre form. Snabbt försökte jag räkna ihop antalet huggtänder i hennes mun – sexton (!) stycken kom jag fram till om jag räknade rätt. Mitt hjärta slog dubbelslag, jag svalde ner en sur uppstötning. Lynne såg totalt livsfarlig ut och med den blodslängtan hon hade i ögonen funderade jag på att ta tillbaka mitt erbjudande. Jag hann bara dra till mig armen någon millimeter innan hon hade ett fast grepp om den med båda händerna och högg till. De där bakersta huggtänderna gick rakt igenom handleden! En liten del av spetsen på dem stack ut. Jag gapade stort medan jag studerade hela förloppet sneglande mot en liten pöl av blod som samlades i min handflata. De kunde ju slita sönder vem som helst med de här tänderna!!

Lynnes ögon var täckande röda, precis som Christophers hade sett ut, och det hade inte heller någon betydelse om det var en tjej eller kille som bet. Känslan var densamma från början till slut. Själva bettet gjorde ju såklart ondare med tänderna hon hade, utan deras bedövningsslick hade jag garanterat tuppat av. Och jag hade i och för sig känt lite mer åtrå till Christopher när han bet mig. Fast ... om jag inte blivit så rädd så hade jag nog haft sexlustar till henne med.

Lynne slutade dricka av mig, blodet rann ner från hennes ögon. Nu var de lika klarröda och bländande vita som Christophers. Huggtänderna hon hade ute blev kortare och längre i ett samspel med munnens rörelser. I öppet läge kunde hon låsa upp käken en aning, det var så munnen blev större, och höll hon den öppen så kunde hon göra tänderna ännu längre. Hon visade mig det just nu ...

Lynne ändrade tillbaka tandformningen till de mindre huggtänderna medan hon torkade sig om munnen. Hon flinade mot mig. Jane satte sig bredvid mig, hon gav Lynne några våtservetter att torka bort blodet med som runnit ner på golvet och längs hennes händer när hon höll i min arm. Försynt och lite försiktigt, som om hon var generad, slickade Jane i sig blodpölen i min handflata. Nynnande började hon sedan torka av min handled med kompresser. Jag sneglade mot såret innan hon la ett förband om det. Det brände ganska rejält.

KAPITEL 18

"Hur många typer av tänder har ni egentligen? Jag menar, Lynne sa att hon kunde använda tänderna ni har vid hot och jakt. Jag antyder bara att det antagligen finns fler?"
"Vi har fyra olika typer av tänder", började Marc förklara.
"FYRA?!" Jag tog ursäktande handen för munnen när jag såg Marcs min efter att ha avbrutit honom skrikande.
Marc skrattade till med en kaxig och nonchalant blick. "Ja, fyra. Bas, gift, jakt och hot, och tänderna vi har för att dölja våra huggtänder. Baständerna kanske du förstår, med tanke på namnet, är dem vi i stort sett alltid har ute. Gifttänderna är två tjocka och stora huggtänder som är fulla med gift. Vi använder dem bland annat vid omvandling av människa till vampyr. Tänderna Lynne använde sig av använder vi, ja, vid hot eller vid jakt. De är lättare att försvara sig med eller att *slita sönder offret* med."
Ihop med den kisande, blängande blicken mot mig och betoningen på orden var det uppenbart att Marc hade uppmärksammat min skräck under Lynnes bett. Jag fick tunghäfta och hukade mig inombords.
Marc fortsatte: "Och eftersom det här med tänder och allt är vårt sanna jag, har vi alltid tänderna ute tillsammans med likasinnade eller med dem som vet. Det händer lite *för* ofta, om du frågar mig, att vi måste smälta in bland människorna. Då kan vi

tillfälligt dra in våra huggtänder. Visst, de är en antydan till lite mer spetsigare tänder än vad ni människor har, men det funkar. Likaså att vi kan frammana ögonfärgen vi hade som människor. Det spelar ju ingen roll att du drar in tänderna om ögonen förblir blodröda och vice versa. Men som sagt är det fruktansvärt obehagligt eftersom det inte är våra rätta jag längre. I alla fall om du frågar mig", förklarade Marc med en dramatisk men likgiltig ton den här gången, medan han fingrade på sina naglar.

Alla hans naglar såg vassa ut, de andra vampyrernas också, men jag var inte beredd på att de kunde göra dem längre. Jag drog efter andan när Marcs ena tumnagel blev dubbelt så stor med sylvass spets. Han började karva ur smuts under sina andra naglar med den där tumnageln.

Allas blickar var vända mot mig, det gjorde mig obekväm. Min mage kurrade till, det fick de andra att brista ut i skratt. Ingen aning om varför. Muttrande ryckte jag åt mig en tallrik med havregrynsgröt, lingonsylt och mjölk från en av brickorna på glasbordet. Rörelsen var inte direkt hastig men tillräcklig för att några droppar mjölk skulle hamna på golvet. Min strumpa fick agera trasa medan jag norpade åt mig en leverpastejmacka och en kopp te. Eadwig hade redan tagit för sig av frukosten de dukat fram och satt bakåtlutad i sin fåtölj smått tuggande på en macka som han även doppade i sitt te. Han borstade bort några smulor från sin ljusgråa tröja.

Mitt humör lättades upp och jag skrattade till slut med dem, sneglande mot Christopher medan jag ställde undan tallriken och satte mig i skräddarställning. Han hade nog ett finger med i spelet när det gällde mitt ändrade humör. Jag medgav inombords att jag nog överdrivit en aning. Så jag accepterade mitt nya humör utan att ta reda på om det kom från mig själv eller inte och sträckte mig efter min tallrik med gröt medan jag sneglade på deras symboltatueringar på handlederna. Av det jag kunde se så bildade linjerna vackra och häftiga mönster. Precis som de jag redan sett, bestod dessa av bland annat cirklar i olika storlekar, tjocka och smala linjer som formade både spetsiga och trubbiga kanter, spiraler, virvlar och krusidullmönster. Alla hade också en stor tunn cirkel. Det mesta av mönstren verkade vara innanför den cirkeln, men en del linjer och mönster stack ut.

Jag försökte tugga ur och harklade mig. "Okej ... Jag tror er", mumlade jag tuggande. "Men ..." fortsatte jag och svalde den stora tuggan jag tagit. "Var håller Agdusth – var det så han hette – hus då?"

De tittade frågande på mig, vilket jag tyckte var konstigt.

Jag försökte på nytt. "Jag menar, gömmer han sig eller lever han öppet? Ni är ju så många, starka och mäktiga individer med gåvor, talanger, ja symbs som ni kallar det. Magi. Varför har ni inte försökt ta honom tillsammans? Det måste ju finnas liknande individer som skulle stå på er sida i strid, eller hur?"

Min fråga tycktes ha överrumplat dem eftersom de satt med tomma blickar, stilla som statyer. Allihop, till och med Eadwig. Själv tyckte jag att frågan var rätt så självklar. Men den obekväma tystnaden höll i sig så pass länge att jag till slut reste mig upp i en enda hastig rörelse.

"Jag ... jag ställer mig här borta bara, en stund. Ja ..." Jag pekade mot fönstret till höger och gick dit.

Eadwig var den som vaknade upp ur dvalan först och gjorde mig sällskap, jag sneglade mot ögonvrån när han kom mot mig. De andra rörde inte en min. Det var inte förrän Eadwig började tala som de vände deras blickar mot oss.

"I Nevada finns det en legend om en förbannelse kring staden New Wicfortville. En stad som på 1000-talet enbart var en by, fast en av de större byarna som tog betalt från de mindre. Då känd vid namnet Wicfort Valley. Förutom att staden var sagolikt vacker ska även byn ha varit platsen för naturväsendenas konung och drottning, där de styrde över all världens naturväsen."

Eadwig hade tittat på mig medan han berättade, men nu vände han blicken ut genom fönstret.

"Det sas att kungaparet var magiker. Förutom magiker var det även djurskiftare och vampyrer som bosatte sig i byn bland alla människor. Människor som alla var vetande om byns styre och övriga invånare. Enligt legenden hade kungaparet ett fantastiskt styre i många århundraden och försökte behålla byn i samma skick år efter år. Men med århundradena kom det alltmer utveckling. Byn blev större och moderniserades mer och mer. Till slut blev byn en av Nevadas mindre städer och pekades ut på kartan, i fjällkedjan Ruby Mountains. Men staden lever fortfarande på legenden, har kvar den magiska känslan och en del utav det sagolika utseendet. Och enligt legenderna ska även drottningen ha mördats under sent 1700-tal."

Eadwig suckade. "Det sägs att kungen vägrade lämna slottet efter det. Att han blev besatt av ondskan och av mörkret. Slottsborgen som kungaparet bodde i står fortfarande orörd kvar men med den nya modernare staden uppbyggd kring den. De flesta av invånarna går aldrig innanför murarna, och de håller avstånd från dem som kommer ut. Man har aldrig fått något riktigt hum om vem eller vilka som egentligen bott där under alla år. Om det är en släktgeneration eller inte. Enligt legenden säger folket att det är självaste kungen från förr som bor kvar sedan hans drottnings död. De säger också att han och staden är hemsökt av ondska och av mörker, vilket i sin tur har lockat många turister."

Eadwig suckade och skakade på huvudet. "Men det folket inte vet är att deras legend inte bara är ett förflutet, utan även till synes en framtid och ett nu. Legenden har gått i arv i generationer. Och det är inte många som vet att den faktiskt är sann. Och av dessa som vet, är det inte många som har den blekaste aning om hur mycket mörkare legenden egentligen är."

Eadwig pausade.

"Vi vet att legenden är sann och att han antagligen befinner sig i slottsborgen, som alltid har varit hans hem ..."

Eadwig tystnade. Man såg att han tänkte på något innan han tog till orda igen.

"Mörkret kan aldrig förintas för gott, Annabelle, utan bara tillfälligt eller försvagas och sättas ur spel. Det hittar alltid en anledning och ett sätt att komma tillbaka på. Och när mörkret fått sitt fäste i någon så kraftfull som Agdusth, är det nästintill omöjligt att göra uppror. Tro mig, vi har försökt. Ett flertal gånger. Men vi har alltid förlorat mer än hälften av våra egna vid varje strid. Det är tufft att erkänna, men vi hade inget annat val än att ge upp och i stället vänta på tecken om den utvalda. Att profetian skulle ske."

Eadwig vände sig mot mig. "Ju närmare i sökandet vi kom efter dig, desto mer kände jag hoppet om ljuset igen. Nu när vi nått den punkt där vi är i dag, är hoppet större än någonsin. Du är nyckeln, vårt vapen, Annabelle. Profetian måste fullföljas."

Det var knappt att jag hörde vad Eadwig sa i slutet eftersom orden så försiktigt lämnade hans mun. Trots den svaga tonen märkte jag den starka innebörden han försökte förmedla.

Mitt inre kände sig som en frustrerad tvååring, jag ville inte tänka mer på att jag var den så kallade utvalda. Inte nu i alla fall. Däremot fick jag genom hans ord och allt det de andra sagt, ihop med Christophers och Lynnes bett, sanningen bevisad för mig. Men jag ville veta mer, mer om deras värld, mer om dem, mer om mitt öde. Ja, allt som fanns att berätta. Trots de hårda knutarna i magen måste jag få reda på exakt hur jag var inblandad i det här och jag visste ju nu att jag var den utvalda, enligt dem. Men vad innebar begreppet *den utvalda*, som helhet egentligen? Det började rusa mellan brösten och min hjärna kokade över snart! Andas in ... andas ut. In ... och ut. En paus vore behövlig, att lägga tankarna på något annat ett tag.

Halv tolv var klockan. Lunchtid för många andra, jag passade på att ringa mamma och sedan till Soey för att tala om att jag levde. Men främst till Sonja, den stackaren som jag lämnat på jobbet med vårt stora projekt. Det var verkligen inte jag, att ljuga för dem så här, men vad skulle jag säga? Sanningen? Nej, inte än. Förr eller senare skulle jag antagligen säga som det var, men inte nu, jag måste själv få smälta allt och framför allt ta reda på mer. Min vita lögn blev att jag fått i mig något olämpligt under gårdagen och legat magsjuk under hela kvällen och i dag. Att det inte var någon idé att ringa eller att komma över eftersom jag inte orkade föra långa samtal eller ha besök. Alla tre tog det hela med ro och önskade mig väl, jag bad dem även vidarebefordra det till de övriga och att jag skulle höra av mig när jag mådde bättre. Med andra ord, när jag var redo att dela med mig av dessa galenskaper.

Under mina samtal hade jag gått fram och tillbaka i huset och satte mig nu till rätta i soffan när det sista var avklarat. Jag hade inte hunnit ladda batteriet särskilt mycket och satte mobilen i laddaren igen. När jag satt mig ner i soffan öppnade James ett fönster på båda sidorna av rummet. Två fantastiskt vackra örnar flög in och satte sig till rätta vid varsitt fönster – Elizabeth och Philip. De var så mycket vackrare som örnar än som vampyrer. Deras gula ögon som örnar skiftade i ljuset till skrikande rött. Med ett leende nickade jag mot dem, som svar visade de stolt upp sina stora vingar som i en hälsning.

Jag sänkte mina spända axlar tillsammans med en utandning.

"Okej, som ni kanske förstått, så börjar jag tro på er. Men jag vill höra er historia från allra första början och hela vägen, ända fram tills i dag. Jag vill veta allt! Och även om jag till viss del börjar tro på er, så behöver jag verkligen få det bekräftat, att jag inte är galen ..."

"Annabelle, att berätta vår livshistoria blir på tok för långdraget, jag tänker låta dig uppleva den", sa Eadwig medan han lämnade rummet.

Med de orden rusade pulsen igen.

KAPITEL 19

Jag var inte alls beredd på den stora skålen som Marc kom in med. Skålen var oval och såg ut att vara av stål, den var fylld med is och massvis av påsar fyllda med blod. En mikro plingade till, in i rummet kom sedan Jane med en porslinsskål. Även den fylld av påsar med blod. De såg ut som blodpåsarna som finns på sjukhus, så de var antagligen tagna därifrån. Richard la ut filtar och kuddar på golvet framför och intill soffan, Marc och Jane ställde skålarna med blodet i mitten av allt. Blodpåsarna hade ett kort, tjockt rör i mitten och ett smalare lite längre intill det tjocka, båda igentäppta med någon form av kork. Usch, det var antagligen utifrån dem som de drack av blodet.

"De föredrar olika temperaturer på blodet", förklarade Eadwig, som såg min förbryllade min när han kom in i rummet. "Här! Föredrar du rött eller vitt till oss mer mänskliga varelser? Ska de få unna sig lite gott i deras tycke borde väl vi också få göra det, eller hur, Annabelle?"

Eadwigs ljusbruna ögon sken upp ihop med ett leende medan han höll upp två olika viner mot mig. Lite väl tidigt att dricka kanske. Å andra sidan, under dessa omständigheter kunde jag nog göra ett undantag. Jag var ju redan sjukskriven resten av dagen och morgondagen. Nickande pekade jag mot det vita vinet som han sedan öppnade och hällde upp till oss båda. Eadwig hämtade även en varsin flaska läsk och en chipsskål till oss. Innan Eadwig satte ner allt på bordet höll han upp det för Mary.

"Sluta larva dig Eadwig. Du vet mycket väl att vi också kan äta av er mat och dricka allt som ni dricker." Mary vände sig mot mig. "Mycket av det smakar faktiskt väldigt gott. Det mättar inte direkt, utan stimulerar bara smaklökarna. *Plus att tänderna får något att bita i*", sa hon med lekfull ton.

Mary skiftade till sina mänskliga limegröna ögon medan hon sa den sista meningen och ändrade sedan tillbaka till de rostigt blodröda. Det fick henne att se ut som en galen häxa som flippat totalt. Vid närmare eftertanke så var nog hennes mänskliga ögonfärg obehagligare än den röda ... Mary fnittrade tyst i bakgrunden.

Lynne gav sig in i ordleken. "Och Annabelle, alkoholen fungerar precis lika bra för oss som för er människor, det krävs bara lite mer intag plus att vi nyktrar till betydligt snabbare. Men en regelbunden och lagom mängd med alkohol stimulerar faktisk vårt humör, våra mordinstinkter och vår hungrande törst. Dricker vi för mycket däremot, finns det nog risk för motsatsen", sa hon dramatiskt och skrattade.

"Är det okej att vi dricker blod framför dig förresten? Vi tänkte att det var lugnt, nu när du vet vad vi är och så. Plus att två av oss redan druckit från dig", undrade Mary.

"Ja, det är väl okej ... Jag var inte beredd på vad jag skulle få se bara. Ni kan vara precis som ni brukar. Det är jag som måste ta in allt nytt och vänja mig. Men tack för att du frågade." Och det var inte något som jag bara sa, utan jag menade det verkligen.

Med vinglaset i min hand satte jag mig till rätta i soffan. Chipsskålen la jag mellan mig och Eadwig som satt sig bredvid. Christopher satt på andra sidan om mig. Mary satte sig bredvid honom och Lynne hade tagit plats på soffkanten intill Mary, båda två sugande på en varsin påse kylt blod. De sög upp blodet genom det smalare, längre röret på påsen. Marc och James ryckte till sig några blodpåsar var, såväl varma som kalla, innan de satte sig tillrätta på varsin filt. Richard satte sig på en kudde på golvet mitt emot mig, han sträckte sig efter två påsar varmt blod och gav dem till Jane som lagt sig i hans knä. Richard tog en kall påse till sig själv och la sedan sin arm om Jane. Christopher var den enda som faktiskt hällde upp det blod han tagit i ett glas.

Eadwig vände sig mot mig. "Jag är på jakt efter en sak och hade tänkt fråga dig om detta, så det var verkligen passande att du själv föreslog att du skulle ta del av vår historia. När jag sa att jag skulle låta dig uppleva den, så syftade jag på att föra in dig i en minnesfärd där jag visar dig delar från vårt förflutna. Förhoppningsvis kan det även hjälpa mig att få svar på några saker. Eftersom du är den utvalda kan du vara nyckeln till mitt problem."

"Okej. Men ... visa, hur då?"

"Med magi såklart. Jag har brukat det i många århundraden och vet vad jag gör. Du har ingenting att vara rädd för. Man kan säga att det är som en dröm. Du kommer att vara där fast osedd. Hoppa från ett minne till ett annat. Du kommer att kunna känna av vissa dofter och så vidare, men det kan bli olika från minne till minne."

Christopher la sin hand över mitt lår, han måste ha känt av min rädsla eftersom han lugnade ner den med hjälp av sin ... Vad kallade de sina krafter för nu igen? Just det, symber! Han använde sin symb.

"Jag är här hela tiden", viskade han.

Jag blev alldeles varm i kroppen. Att ord från en man jag nyss träffat kan beröra en så starkt.

"Men nu när det gäller minnen från så många måste jag agera annorlunda för att det ska fungera", sa Eadwig.

Han funderade en stund.

Eadwig reste sig med ett ryck och gick i väg, vilket ledde till att vi alla kollade frågande efter honom. Minuten efter kom han tillbaka med en sotrostig skål med tre långa ben som han placerade på det större bordet, han hade ett tjockt ljus med sig också och ställde det under skålen. Eadwigs ögon lyste till i lila medan han gjorde en lätt handgest mot ljuset. Flämtande drog jag ett andetag när en låga reste sig. Spänd smuttade jag på vinet i väntan på vad som skulle ske härnäst.

Eadwig hämtade den tjocka boken från den mellersta högen av böcker.

"Kan ni droppa lite av ert blod i skålen är ni snälla", sa han medan han bläddrade i boken.

Jag stelnade till.

"Förutom du Annabelle, ditt blod behöver jag inte. Tror jag … ja, i alla fall inte än."

Jag pustade ut och lät musklerna mjukna, och önskade att han aldrig skulle behöva mitt blod – någonsin!

Elizabeth och Philip flög till skålen på Eadwigs förfrågan. De naggade upp ett sår i ena vingen, lät lite av sitt blod rinna ner innan de flög tillbaka till varsitt fönster. Förskräckt tittade jag upp mot Christopher som reste sig för att ställa sig med de andra som samlade sig runt skålen.

"Jag avstår", sa Marc med armarna i kors.

"Jag orkar inte dividera med dina bittra påhitt i dag, Marc. Du kan avstå. Du skapades ändå sist av oss alla och bidrar inte med så mycket i det här sammanhanget", suckade Eadwig utan att titta mot honom medan han letade efter en sida i boken.

De andra rev upp sina handleder med sina kloliknande naglar. Det klonkande och skvättande ljudet när blodet mötte skålens botten fick min tunga att trycka sig bak mot gommen. Jag fick kväljningar. Fy, jag tittade bort.

"Tack, det räcker." Eadwig vinkade bort dem.

Han ställde sig vid skålen medan de andra satte sig på sina platser. Hans ögon lös i lila medan han höll sin hand över skålen.

"Når deb pne yrr dyg geb. Når deb xy gerr jömjnorla. Når deb xy gerr lo. Når dela öbul xy."

Min blick gick från Eadwig till skålen, fram och tillbaka. Blodet började koka! Eadwig knöt handen och spände sedan snabbt ut den och det slutade koka. Det osade upp en röd rök, den flammade till och man hörde röster, svaga skratt, skrik, gråt och ett mumlande från mängder av olika människor. Eadwig andades in rök igenom näsan och blåste bort resten, han tog sedan upp skålen och drack av blodet. Rösterna försvann.

Eadwig gick till mig. "Är du redo?" frågade han medan hans ögon återfick sin normala ljusbruna färg.

"Vad gjorde du för något? Och vad betyder det du sa?" var det enda jag fick ur mig medan han satte sig ner bredvid mig.

"Jag länkade deras minnen med mig, via dabel, en magikers andra språk. Magin kan hanteras via alla språk, ditt modersmål. Men magi kommer alltid att vara som starkast på dabel och bör brukas därefter. Formeln jag sa betyder: *Låt mig bli ett med dig. Låt mig se ditt förflutna. Låt mig se ditt nu. Låt mina ögon dina minnen se.*"

Eadwig log mot mig. "Nu har jag allt jag behöver och kan styra och ställa själv när jag visar dig vår livshistoria. Jag kommer att visa den som i en sammanfattning med hjälp av alla våra minnen", förklarade han. "Ska vi börja?"

Eadwigs blick var kisande överlägsen medan han drog handen över sitt skägg.

Min kropp, mina tankar, min själ var full av ångest. Blicken sökte efter Christopher, han tog min hand och ångesten lugnades ner, men fjärilarna som legat i dvala i magen under flera år vaknade till liv. Jösses vad denna man gjorde mig nervös. Jag svalde hårt medan jag slutligen nickade mot Eadwig och tog en klunk av vinet.

"Ge mig din andra hand är du snäll, det blir vår länk och jag kommer att hålla i den hela tiden. Det blir också din påminnelse om nuet, vilken värld du hör hemma i. Vill du avsluta, oavsett anledning, räcker det med att släppa taget", förklarade Eadwig.

"Jag kommer att se allt som du ser, höra allt som du hör. Du kommer inte att se mig där vid din sida, i alla fall inte till fullo, men du kommer att kunna höra mig när jag talar till dig. Luta dig nu tillbaka och slut dina ögon så börjar vi."

"Men vänta, du sa att jag skulle vara nyckeln till något, vad menade du med det?"

"Det är bara en misstanke för nu, så vi tar den biten om jag har rätt, jag vet vad jag ska leta efter."

Eadwig höll fram sin hand på nytt medan hans ögon lös i lila. Nickande mot honom ställde jag undan vinglaset och la min hand i hans. Jag lutade mig tillbaka och slöt ögonen.

Den enda jag kunde höra var Eadwig, jag lyssnade till hans röst medan jag kände hur jag försvann längre och längre bort.

... "Vi börjar vid Mittle lake Valley, långt ner i Oregon. Ungefär tusen år tidigare, rättare sagt år 1001, var samma stad uppkallad Lake Valley, och var en av många mindre textil- och jaktbyar. För att behålla sitt tak över huvudet gav man bort stora köttstycken, textil och kläder till de större byarna. Som att betala skatt eller en hyra ungefär. Det enda som finns kvar av byn i dag dock, är närliggandet till den tätvuxna granskogen. Och *Richards minnen*, eftersom han föddes i byn under samma år. Men allt annat är moderniserat."

Trots att Eadwigs röst var som hypnotiserande släppte jag taget om hans hand.

"Vänta, sa du är 1001 och att Richard föddes samma år? I dag är det ju 2017 för sjutton! Hur gamla är ni egentligen?" utbrast jag så fort jag var tillbaka i nuet.

"Jane och Richard är äldst av oss alla, sedan är det Eadwig. Vi andra kommer från olika årtal och århundraden efter det. Låt minnena ta sin början så kommer du säkert få förklaringar på frågorna du kan tänkas ha", sa Christopher.

Han gav en blick till Eadwig att fortsätta.

Eadwig tog min hand och kollade på mig medan ögonen lös upp i lila. Jag nickade mot honom, slöt mina ögon och lutade mig tillbaka.

Jag försvann bort.

… Okej, jag stod vid utkanten av byn som Eadwig nämnde. Oj, jag var barfota. Mitt vita linne och mina jeans hade jag på mig men strumporna kom tydligen inte med. Förvisso älskade jag att vara barfota, minnet kanske kände av det …

Jag var för mig själv, som om Eadwig inte var där, men jag kände hans närvaro. Så fort jag fokuserade på nuet och på honom blev hans hand synlig i min och en svag bild av oss i soffan uppenbarade sig i miljön runt omkring. Så fort jag bytte fokus till det som Eadwig ville förmedla var det som om jag gick för mig själv, osedd för alla andra. Fascinerande. Så konstig känsla. Jag sa till mitt inre att inte vara rädd utan tillåta och ta in allt som skulle ske, oavsett hur konstigt eller obehagligt det här än kunde bli. Jag ville inte missa någonting och jag kände mig ändå rätt så trygg med Eadwigs beröring och att han kom fram om och när jag behövde det – att jag kunde bestämma det själv. Med de tankarna stängde jag ute resten och blickade ut mot vyn som Eadwig hade tagit mig till.

På en gräsplätt intill en lerig väg utanför byn stod jag, mitt bland kvinnor som bar på korgar med ull. Där fann jag en yngre version av Jane! Hon var klädd i en ljusblå klänning med ett mörkbrunt skärp runt midjan. Hon hade ett vitt flätat band runt huvudet och hennes bruna hår fläktade i vinden medan hon skakade ullplädar med en äldre kvinna. Det såg ut som om Jane tittade rakt på mig, jag vände mig om för att se vad hon tittade efter och fick syn på Richard! I sina yngre dagar. Han och andra män stod intill skogsgränsen, klädda i naturens färger, tröjor som gick ner över låren, smala byxor med tjocka skinnbitar och höga skor. De hade tjockare mantlar som täckte bröstkorgen och gick ner över ryggen. De bar på redskap, vapen och diverse packning. Richard hade redan här börjat spara ut på håret och hunnit skapa ett rejält stycke skägg. Han pillade på det medan han med sina glittrande bruna ögon utbytte långa blickar med Jane innan han och de andra männen försvann in i skogen. Jane tittade ner mot marken med sina mossgröna ögon medan hon leende famlade efter ny ull ur korgen.

Eadwigs röst började eka runt om mig. "Jane föddes fem år efter Richard och de blev goda vänner redan som små. Det var år 1023, när Richard skulle i väg på sin första femdagarsjakt utan sin far till hjälp, som de fann kärleken i varandra, sjutton och tjugotvå år gamla, de gifte sig två år senare, år 1025."

Eadwig tystnade. Bilden ändrades, jag stod i ett rum och på sängen satt Jane. Richard stod vid hennes sida.

Jane var blek, hennes hår var risigt och huden såg torr ut, som om hennes läppar skulle spricka vid minsta beröring. Hon hade stora sår på armarna och låren, gamla och nya ärr. Hon var så mager och hennes ögon var utan lyster och insjunkna, omringade av en grå nyans. Richard kramade om Jane, han tog av den vita sjalen som vilade över hennes axlar och klänning. Han försökte tala till henne. Hon stirrade blint in i väggen.

Det gick inte att höra vad Richard sa, i stället kom Eadwigs röst tillbaka.

"De var det perfekta paret, hjälpte alltid till så fort det behövdes. Men trots sina godhjärtade handlingar drabbades de gång på gång av sorg. I flera år försökte de få barn. Två missfall. Det tredje barnet, det dog sex timmar efter födseln. Åren rullade sedan på och Jane hade hamnat i en djup depression, hon var knappt kontaktbar längre. Richard hade hunnit bli trettiofem och Jane trettio år. Hennes tillstånd hade gått från att ha mist sin talförmåga till att börja skada sig själv. Trots det var Richard tvungen att lämna byn för månadens femdagarsjakt. Richard hade även hört talas om en medicinman som han skulle leta reda på samtidigt som jakten."

Eadwig tystnade – minnet höll mig kvar i samma rum.

Jane bytte blicken från väggen till direkt på Richard. Jane öppnade munnen som i ett försök att säga något, men lyckades inte. Hon försökte igen. Hennes mörka ögon fylldes av tårar. Richard tystade ner henne, han kysste henne och vände bort blicken. Tårar rann nerför hans kinder, och utan att titta på Jane gick han ut ur rummet.

Jag släppte Eadwigs hand så att jag kom tillbaka till nuet.

"Vänta, jag måste få snyta mig. Det här har ju blivit värsta snyfthistorien", sa jag – snörvlande skyndade jag mig mot hallen, där toaletten brukar vara.

"Första dörren till vänster, eller ja från ditt håll blir det ju tredje dörren till höger, det där är hur som helst tvättstuga och förråd och det där innan ett sött litet rum", ropade Mary åt mig.

Jag släppte taget om dörrhandtaget och nickade tacksamt mot henne. Hon log brett tillbaka.

Tillbaka med en stor näve servetter satte jag mig lutad mot Christopher. Förvånad över mitt beteende ryckte jag till men lutade mig mot honom igen, funderande över varför jag hade så lätt för honom och kunde bete mig som om vi känt varandra i flera år. För jag hade aldrig tidigare vågat luta mig sådär mot någon som jag nyss träffat. Och det var inte direkt medvetet heller, det bara hände, och när jag upptäckt vad jag nyss gjort blossade kinderna upp på nytt – jag kunde inte hjälpa det!

Kinderna blev rödare när Christopher tog tag i en bit av mitt hår och började fingra på det, eller snarare leka med det. Han sorterade de olika färgerna. Det svarta underhåret, den kastanjebruna originalfärgen och de guldblonda slingorna. Jag tyckte det var underligt att en man jag nyss träffat delade upp mitt hår, men jag ville att han aldrig skulle sluta vidröra det, eller mig.

Eadwig fyllde på våra vinglas, tack, nu kunde jag tänka på annat. Just det!

"Eadwig, varför var jag barfota i minnet?"

"Det är för att få så bra fäste som möjligt och kontakt med minnena och det också med hjälp av elementen, främst då jord. Det är bland annat kontakten med jord som gör att du kan närvara i våra minnen", förklarade Eadwig.

"Jaha, tack. Då förstår jag lite bättre. Jag trodde det berodde på något helt annat ..." Jag mumlade fram den sista meningen.

Jag blev tyst och tittade ner, sneglande mot de andra. De sög på sina motbjudande blodpåsar, i samma veva uppmärksammade jag att deras ögon inte var heltäckande röda när de drack från dem eller sådär starkt blodröda och bländade vita när de slutade, som Christopher och Lynnes ögon hade sett ut när de drack av mig. De kanske bara fick de där ögonen när de drack färskt blod, direkt från offret. Deras ögon i ett normalt läge verkade vara aningen uppspända också. Storleken ändrades såklart i samband med deras uttryck, men deras normala läge verkade faktiskt vara aningen större än mänskliga ögon. Coolt.

Med lilalysande ögon och utsträckt hand kollade Eadwig mot mig, jag nickade medhållande och greppade tag om den.

Jag försvann bort.

KAPITEL 20

... Eadwigs röst ekade medan han förde mig igenom en skog. Eller ekade och ekade, när Eadwig talade till mig i minnesfärden lät det som om han stod i ett tomt rum eller i en kyrka och talade. Det ökade dynamiken i det hela, jag gillade att lyssna på honom medan jag gick omkring i minnena.

"Richard och hans jaktlag hade varit ute i tre dagar när Richard vek av från sina vänner. I byn de passerat hade Richard frågat efter medicinmannen, en äldre dam hade sett honom ungefär fem mil nordväst vid bergen, för då mindre än ett dygn sedan."

Eadwig tystnade – vyn stannade upp.

Det var en kall sommarnatt, regnet slog i backen. Det tog ett tag innan jag hittade Richard, genomblöt och ihopkrupen under en gran. Han hade satt upp ett skydd av skinn med hjälp av granens grenar och tryckte sig under skyddet mot stammen. Inte en regndroppe landade på mig, antagligen för att jag bara besökte detta minne. Regnet slog ifrån mig som om jag vore en sten det landade mot medan jag plaskade med fötterna i det blöta underlaget. Inte ens fötterna blev blöta. Richard kramade ur sitt långa ljusbruna hår och det storvuxna skägget. Han tog sedan av sig så att han var barbröstad och i vita tunna byxor, från fötterna upp till höften. Han vred ur de höga skorna och ställde dem åt sidan. Sin stora mörka tröja och de bruna klädesplagg han hade till, hängde han på grenarna under sitt skydd. Ur sin skinnsäck tog han först ut en pläd, men den var för blöt för att ge någon värme och var för tung för att hänga på grenarna under skyddet. Richard bredde ut pläden på marken och tog ur en brun kappa från säcken. Kappan verkade någorlunda torr, han lät den vila över axlarna och runt kroppen. Han slumrade till medan regnet långsamt upphörde.

Det hade börjat ljusna när en större fågel satte sig på en gren vid Richard, skinndelen som vilade längs grenarna ramlade ner och Richard flög upp med ett ryck med skinndelen över huvudet. Det tog några sekunder innan han förstod vad som hänt och blev lugn. Han klädde på sig, vek ihop skinndelen och packade ihop sina saker, och började sedan gå längre in i skogen.

Jag följde efter honom.

Skogen blev glesare och vinden hårdare. Richard stannade och tittade upp mot berget framför honom. Han gick närmare, jag följde hans blick längs den branta stigen uppför berget. Högst upp fanns det ett hål som skymtade flammor i orange. Richard började ta sig uppför stigen, han kröp upp på alla fyra eftersom det var så brant, skrapade upp sår på både armar och knän.

Nu var vi inne i grottan.

Flammorna från den stora brasan framhävde Richards skugga medan han tog upp pläden ur skinnsäcken. Richard rev av en bit av pläden och lindade biten runt en lång och stadig pinne han tog upp ur högen bredvid brasan. Plädbiten skulle inte brinna länge och den var fortfarande lite blöt. Han tittade runt och upptäckte en träskål med något kladdigt i och doppade pinnen och plädbiten i det innan han tog hjälp av lågorna. Pläden fattade eld direkt. Försiktigt smög jag fram och testade att doppa fingret i kladdet. Det fastnade! Jag luktade på det – det var kåda.

Richard började röra sig inåt. Han ropade, men fick inget svar. Han var så pass långt in i grottan att inget från naturen utanför längre var hörbart. Det var bara doften från regn som vidrört sten som gjorde sig kännbar, blandat med fuktig rök. Det lät minnet mig känna i alla fall.

Richard ropade igen, fortfarande inget svar eller oväsen som bekräftade att någon annan var där. En skugga svepte förbi, jag drog efter andan. Richard tycktes inte ha märkt den, han hade snubblat till och riktade facklan mot marken. Där låg det en man, Richard satte sig på knä intill mannen och ruskade om honom. Mannen var död, kläderna var täckta av blod och han hade otäcka sår på båda sidorna av halsen. Richard hittade en säck som låg bredvid mannen och vände säcken upp och ner. Ut ramlade olika blommor, örter, kryddor och vätskor i några sorters bägare.

Richard tittade på den döda mannen. *"Jag misstänker dessvärre att du är medicinmannen jag söker. Du skulle vara min räddning, kära vän. Jag beklagar djupt ditt öde, men vad ska jag nu ta mig till?"* hörde jag Richard säga.

Richard satt på huk, vänd in mot gången och sträckte fram facklan i huvudhöjd. Framför honom låg det en till kropp. Det såg ut som ytterligare en kropp låg bakom den andra. Richard gick över kropparna. Jag följde efter honom. En, två, tre, fyra, fem kroppar. Alla lika blodiga och såriga på halsen.

Bilden ändrades, det var svart som natten och gången tog slut. I ögonvrån till höger skymtade jag flammor i orange, jag vände mig mot flammorna och såg att gången fortsatte några steg till. Gången ledde till en större, öppen markyta. Mitt i den cirkelformade ytan stod en ännu större brasa än den vid ingången. Röken letade sig ut genom ett hål högre upp, jag blev tvungen att lägga armen över ansiktet för att minska den hemska lukten. I brasan låg benbitar och kroppsdelar som brändes till aska och till vänster om brasan låg det tre män i hög. Med tanke på hur de såg ut och stank hade de legat där ett tag.

Richard stod som fastfrusen med blicken vänd till höger om brasan. Där stod det en ung man med fast och muskulös kropp. Den bara överkroppen var täckt av blod, och skinnbitarna han hade inlindat runt sin höft såg ut som om de inte hade blivit utbytta på flera år. Mannen hade inga skydd för fötterna, men förutom att de var smutsiga såg de helt oskadda ut. Förundrad höjde jag min blick till mannens brösthöjd och följde blodet på hans bröstkorg, upp mot halsen, längs hans breda käkar och mot munnen som blodet rann ut ifrån. Min oförstående blick höjdes ännu mer och fastnade vid hans ögon, hans sexiga ... blodröda ögon. Min blick blev som fastnålad mot hans. Det kändes som om jag såg *in* i honom, via hans ögon. Bakom den där rostigt mörkröda nyansen kändes det som om den unga mannen lät mig se hans själ. Han såg berest ut och som om han vore trött och glad på livet på samma gång. Hans själ såg och kändes så jäklans gammal, särskilt jämte hans unga kropp. Efter några blinkningar försvann jag bort ur den unga mannens inre. Richard stod lika förstenad som jag gjorde alldeles nyss, med sin blick djupt försjunken in i den unga mannens.

Den unga mannen la huvudet på sidan, han tog sig närmare Richard. *"Vilken syn och vilka tankar, du slitna man i dina trasiga, blöta kläder och skadade kropp. Men vem är jag att döma, titta så blodig jag är. Jag ber om ursäkt för det."*

Den unga mannen torkade sig om munnen. Richard vinglade till när han upptäckte huggtänderna i mannens mun (baständerna, som jag nu lärt mig att det heter). Mannen tog upp ett skynke av skinn som låg vid Richards fötter. Den unga mannen trädde det över huvudet, lät det vila över sina axlar och bröstkorg. Jag upptäckte hans mönstrade symboltatuering på insidan av handleden, mönster liknande en kompass och labyrint som lagts samman. Förutom att den var mörkröd och svart, var den även guld- och silverfärgad. Oj, vad nu? Ett lila sken uppenbarade sig framför mig, och en lila dörrkarm tog form ifrån det. Richard såg den inte. Det var som om vi hade stannat i tiden och alla dofter och ljud var borta. Smygande vågade jag mig närmare dörrkarmen, såg rakt igenom den. Vid sidan av dörrkarmen var brasans lågor frusna, genom dörrkarmen flammade och sprakade de.

En vind omfamnade min kropp, drog mig mot dörrkarmen och in igenom den.

"Hjäälp. Eadwig, vad händ…"

Mina ord kapades av, jag låg på rygg intill den flammande brasan. Vinden som dragit in mig försvann in i lågorna medan jag hastigt reste mig upp och hamnade i direkt ögonkontakt med den unga mannen.

"Välkommen."

"Va? Händer verkligen det här? Hur händer det? Ser du mig verkligen, här och nu? Har jag rest i tiden? Vad händer?" Mina ögon sved och jag kände av den vita rosdoften. Lågorna i brasan flammade synkroniserat ihop med mina hackiga inandningar och rusande puls.

"Jag är ett levande minne, placerat av Eriah. Ett minne som legat dolt och fryst i olika versioner i väntan på den utvalda. Jag är skapt för att ge dig information för framtiden: För att kunna kalla på det största kraftfältet behöver en ramsa sägas högt."

"Jaha, okej. Så hur låter ramsan då?" stammade jag fram. Shit, jag med mitt dåliga närminne.

Den unga mannen tittade mot de vilda lågorna jag verkade skapa. Han log lätt och tog till orda. "Eriah la en skyddad formel över kraftfältet innan sin död. Hon rev upp och isär den ur sitt minne och blåste ut den till de andra inom Sökarna. Gömd från mörkret i lut på den utvalda."

Han greppade tag om min arm, bet mig i handen och lät blodet rinna ner på en pinne karvad i olika symboliska mönster. Den unga mannen bet sig själv i handen, lät sitt blod droppa ner i mitt sår och på samma pinne. Vårt blod följde samman i de djupa skårorna medan han långsamt vred på pinnen. Inte en droppe kom på stengolvet, och likadana mönster som på pinnen uppenbarade sig runt min arm. Mönstren på pinnen var täckta av vårt blod, de på min arm försvann och han kastade pinnen i lågorna som förstorades och blev genomskinligt lila under några sekunder.

Den unga mannen vände sig mot mig, han slickade igen sitt bett i min hand.

"Ramsan du nu kan finna, tre meningar på åtta, sju och tio ord att minnas. Nyckeln till kraft du är, när cirkeln är sluten kan ni fortsätta fram till dess under minnen du bär", sa han medan vinden kom tillbaka och virade sig runt min midja.

"Nej! Va? Vänta. Är vi klara? Vad händer nu? Var ska jag bör..."

Mina ord bröts av på nytt, vinden hade slängt ut mig genom dörrkarmen tillbaka till sidan för minnet som fortfarande var fryst. Med så många frågor och panik i mina tankar låg jag på marken. Jag reste mig upp och såg hur den lila dörrkarmen bleknade och försvann. Det frusna minnet kom till liv medan jag försvann längre och längre därifrån.

Ögonlocken flög upp – jag var tillbaka i nuet. Jag ryckte till men slappnade snabbt av, kände ett lugn inom mig som spreds i hela kroppen. Ögonen som sved slutade och rosdoften kom och försvann.

"Annabelle! Tack och lov, du är oskadd", utbrast Eadwig och lutade sig mot soffryggen med handen vilande över sin panna.

"Ja, det var lite skumt det som hände. Allt gick jättefort, jag hann knappt tänka innan jag var ute därifrån och tillbaka hit. Men fort, ge mig papper och penna, jag ..."

Eadwig la sin hand över mitt lår. "Annabelle vad menar du, tillbaka ifrån var?"

"Men va? Du sa ju att du kunde se allt som jag såg?"

"Annabelle, du försvann. Du försvann ut ur minnet. Och sedan här hos oss lös dina ögon upp i lila, din magi fick lamporna att blinka, väggarna och möblerna började vibrera och en stark vind hördes utanför. Din hand började blöda, monster uppenbarade sig på din arm och sedan försvann de, och såret i din hand läkte ihop utan att vi behövde göra något. Och du satt orörd här, med oss, hela tiden utan att vi fick tillbaka dig hit till nuet", utbrast Eadwig.

"Och jag kunde inte nå dig heller, för att försöka hjälpa dig med min symb! Det var först nu när du kom tillbaka till nuet som jag nådde dig", tillade Christopher. Han såg faktiskt rätt skärrad ut, liksom de andra.

"Aha …" sa jag långdraget och bet tag i underläppen.

Eadwig spände sina ögon mot min förvirrade blick, pressade handen hårdare om mitt lår.

"Såå du såg aldrig den lila dörrkarmen jag drogs in igenom och allt som hände efter det…?" Jag hukade med ryggen och drog in läpparna.

"Vilken dörrkarm?!" utbrast Eadwig. "Berätta exakt vad som hände där inne, Annabelle."

"Okej. Förlåt, självklart. Jag trodde faktiskt att du såg allt med mig, Eadwig. Men snälla, ge mig en penna och något att skriva på, jag måste skriva ner en grej innan jag glömmer bort det!"

Eadwig slappnade av i kroppen, nickande mot Mary att ordna fram papper och penna. Eadwig var som en upprörd förälder där barnet hade råkat ut för något. Nu när han insåg att jag var okej och att jag inte visste att han var ovetande så var stämningen i rummet lugn igen.

> Tre meningar. På åtta, sju och tio ord. Tror jag …
> Jag är nyckeln (?) till kraft.
> När cirkeln är sluten kan ni fortsätta fram …
> till dess … under minnen du bär.

> *Skyddsformel. Kraftfält.*
> *Hon rev upp och isär den ur sitt minne*
> *och blåste ut den till de andra inom Sökarna?*
> *Gömd från mörkret i lut på den utvalda.*

Eadwig tog lappen ifrån mig. "Vem är *hon*?"

"Öm. Eriah, tyckte jag han sa."

"Sa vem?"

"Den där unga mannen, han i grottan. Alltså, en lila dörrkarm uppenbarade sig, minnet jag var i frystes och en vind drog in mig igenom dörrkarmen och där var den unga mannen och talade till mig. Till *mig*. Han …"

Eadwig tystade mig.

"Jag måste få se det här Annabelle, först då kommer jag kunna förstå det bättre. Händelsen är nu ett minne i dig, och jag tänker ge mig själv tillgång till det", sa Eadwig och tog min hand.

Hans ögonlinser lös upp i lila medan han mumlade på meningar på ett annat språk, antagligen dabel. Eadwig tog fram en liten kniv, högg eggen i toppen av mitt pekfinger. Han luktade på bloddroppen som täckte hålet, drog in doften igenom näsan innan han slöt läpparna om mitt finger, sög i sig bloddroppen och lite till. Eadwig blundade medan han höll mig i handen.

Det hade gått mer än två, tre minuter. Eadwig satt oförändrad, jag försökte men kunde inte få loss min hand ur hans.

"Nej, låt den vara kvar. Han behöver säkert den kontakten med dig", sa Christopher. Han hade lagt sin hand över våra.

"Du kan lita på Eadwig", sa Jane. "Låt det ta den tid det behöver. Han är säkert klar snart och har förklaringar på vad som skett."

Jag nickade mot henne, lutade mig tillbaka i soffan med tom blick ut mot vardagsrummet, sneglande mot de andra då och då. De satt stela som statyer, utan ett ord, utan ett andetag. De enda rörelserna kom ifrån mig själv och från Christophers fingrar som lockade in sig i mitt hår. Som en blyg flicka log jag inombords.

Eadwig öppnade ögonen, han släppte min hand.

"Otroligt, jag hade rätt", sa han. "Du är nyckeln, Annabelle, och minnesfärden kommer hjälpa oss att hitta kraftfältet som du måste ta över längre fram", fortsatte han.

Eadwig återberättade mitt minne för de andra.

Som jag ska ta över längre fram ... Ville jag ens veta vad jag hade framför mig?

Eadwig vände sig mot mig. "Några år efter min systers död hade jag en dröm om henne. I drömmen står vi på en av slottsgångarna tillhörande Slottsborgen, där vi en gång bodde tillsammans. Hon ber mig *att blicka bakåt och att i samband med att den utvalda får se och ta del av vår värld kommer nyckeln till kraft*. Jag har sedan den drömmen letat runt i olika minnen men utan resultat. I femtio år höll jag på, tills Jane och Richard fick mig att sluta – det kanske bara var en dröm och inget annat. Jag tänkte inte något mer på det, förrän din födelsedag ägde rum härom dagen och drömmen började igen. Först då fick meningen: *I samband med att den utvalda får se och ta del av vår värld kommer nyckeln till kraft*, en helt annan innebörd. Jag insåg att det kunde vara du, den utvalda, som skulle gå igenom minnena och leda oss till kraften. Och nu fick jag det bekräftat."

Eadwig suckade stort, år av ovetande blev äntligen till lättnad.

Skulle jag berätta om mina drömmar nu kanske, när Eadwig ändå nämnt sin syster och den där slottsborgen? Mina drömmar måste ju bara höra ihop med allt det här. Men jag hann bara yttra de första bokstäverna eftersom Eadwig började tala samtidigt.

"Jag vet hur vi ska fortsätta. Oj, förlåt ville du säga något?"

"Nej det är okej, fortsätt du ..." Jag vinkade med handen menat som att köra på.

"Okej ... ja. De här orden Annabelle ska leta efter. Mannen i grottan nämnde Sökarna i ramsan, och det är ju vi. Eriah har säkerligen placerat ut ord i alla våra minnen. Om vi behöver dig Marc, det får vi se och ta då. Men för nu så låter vi Annabelle följa vår minnesfärd, hon är den enda som kan se orden, och tolkar jag meningen: *När cirkeln är sluten kan ni fortsätta fram till dess under minnen du bär*, rätt så kommer minnesfärden fortgå tills alla ord är hittade."

"Kommer orden vara på dabel?" frågade jag. "Jag menar, jag vet inte ens om jag kommer minnas dem om de är på engelska. Mitt närminne är superuselt och ingen av er kommer ju se dem ... Vänta! Jag kommer inte försvinna igen va? Du kommer vara med mig hela tiden, fast osedd??"

"Jag kommer vara där och jag tror inte att du kommer försvinna igen. Men jag vet inte hur det här kommer arta sig och vad jag kommer att kunna se utav det och inte. Vi får ta det lite som det kommer. Och nu är vi mer beredda på att saker kan ske."

Mitt nickande var snabbt och stelt mot honom.

"Det kommer vara på dabel. Du kommer finna papper och penna i din byxficka under minnesfärden. Skriv ner orden du ser och de kommer föras över till en lapp här i nuet", förklarade Eadwig.

"Wooow ..." Mina andetag var högljudda. "Magi är verkligen toppen, att det ens existerar och att ni existerar är helt galet."

"Det här är bara början Annabelle ... Din värld, ditt liv kommer förändras alltmer från och med denna dag."

Med det minsta leendet i världshistorien svalde jag stort, jag gillade inte förändringar och behövde rutiner. Samtidigt insåg jag att det här skulle hända vare sig jag ville det eller inte och fick följa strömmen så bra jag kunde, jag måste bara komma ihåg att andas lite på vägen.

"Är vi alla överens om att fortsätta och fullfölja minnesfärden nu?" undrade Eadwig.

Alla nickade mot honom, även jag.

"Det kommer då troligtvis fungera på exakt samma sätt som innan, bara det att ord kommer uppenbara sig för dig eller ledtrådar om var i minnet du ska leta eller om du behöver utföra något för att hitta dem. Och vill du komma tillbaka till nuet är det bara att släppa taget om min hand", förklarade Eadwig.

"Redo?" Hans ögon lös upp i lila.

"Ja, jag är redo", sa jag och tog hans utsträckta hand.

Jag försvann bort.

... Eadwig tog mig tillbaka till grottan, till samma ställe där minnet hade tinats upp. Richard stod framför den unga mannen, lågorna från den stora brasan fladdrade och det knastrade och knäppte från träbitarna däri.

Den unga mannen tog ett steg närmare Richard. *"Så det var medicinmannen du sökte. Jag får beklaga hans död eftersom det inte var min mening. Han hade spårat mig i dagar och letade upp mig här i grottan för en stund sedan. Han ville studera mig, i stället gick han till attack när han såg mig dricka från de andra männen. Jag varnade honom innan, att aldrig gå emellan jägaren och dess byte. Hans död var instinktivt."*

Richard stod stilla, hans armar och händer darrade. *"Snälla, döda mig inte. Jag lovar att inte avslöja dig, låt mig gå. Jag måste hem till min fru, Jane"*, vädjade han.

Mannen skrattade lätt, långsamt cirkulerade han runt Richard medan han talade till honom. Det var inte på egen vilja, men jag följde med i rörelsen när den unga mannen gick runt Richard. Som när man såg genom en kamera som cirkulerade runt något. Ett ord uppenbarades! På väggen bakom honom. *DYG*. Jag tog handen i fickan, mycket riktigt, där fanns det papper och en penna. Jag slet upp dem och skrev ner ordet. Vi fortsatte runt och vid nästa hörn uppenbarades bokstaven *E* innan jag var tillbaka där jag stod från början.

Det kom inga fler bokstäver så jag antog att det bara skulle vara en bokstav och skrev ner den på lappen.

"Du slitna man, både kroppsligt och själsligt. Mista tre barn och nära att mista din käresta. Ja, jag kan läsa dina tankar, och konstigt nog känner jag en viss sympati för dig. Törsten den är redan släckt. Jag tänker inte festa på ditt blod. Jag tänker hjälpa dig. Jag ska göra dig till min jämlike, lära dig allt jag kan! Till slut, min nyfunna vän, kommer smärtan du bär att lämna dig. Kanske kan du till och med då hjälpa din Jane", sa den unga mannen till Richard.

Den unga mannen gick till attack! Jag flög bakåt minst en meter och mitt skrik förstärktes av grottans väggar. Med handen för munnen kollade jag på dem om de märkt mig. Som tur var nej, jag var fortsatt osynlig på alla sätt och vis i minnena.

Richard hann aldrig reagera när den unga mannen attackerade, det gick så fort. Mannen bet tag om Richards hals och drack stora klunkar av hans blod. Mannen tog emot Richard när han föll och sedan bet han honom igen. Mannen bet sig sedan i handleden och lät sitt blod droppa in i Richards mun. Richard växlade mellan att se livlös ut och få krampanfall och hans ljusbruna hår och skägg blev allt gråare. Richards ögon var hela tiden uppspärrade, visade smärta och skräck, men inte ett ljud kom ifrån honom. Richard krampade allt mindre och låg till slut helt stilla. Livsgnistan försvann ur hans uppspärrade bruna ögon, som slutligen slappnade av men förblev öppna.

Bilden ändrades, Richard hade blivit flyttad till en annan del av grottan.

Richard såg ... nyvaken ut och verkade förvirrad. Fy! För en gångs skull var jag glad över alla zombiefilmer och serier som kom hela tiden. De hade vant mig vid skrämmande och äckliga ansikten och kroppar. Richard såg ut som ett lik som börjat ruttna! Han verkade se dåligt, en tjock grå hinna täckte hans ögon.

Den unga mannen kom dit, släpandes på en äldre man som han kastade intill Richard. *"Här har du, du kan dricka av honom. Jag har bitit upp ett sår på hans hals. Han kommer dö snart av blodförlusten. Drick nu och fullborda omvandlingen till min jämlike."*

Den unga mannen puttade den äldre mannen med foten så att han rullade med såret närmare Richard. *"Skynda dig nu, INNAN HAN DÖR."*

Richard vågade inte protestera utan slöt sina ögon och drack. Blodet i den äldre mannen fick mer fart när Richard började dricka av honom, det Richard inte hann få in i sin mun rann från såret och ut längs marken. Bokstäver bildades, blodet formade två ord! *PNUGYR* och *FÖBR*. Orden höll på att försvinna och blodet gled ihop till små pölar, jag skrev ner orden på lappen så fort jag kunde.

Richard hade slutat dricka från den äldre mannen, och hans kropp hade börjat förändras markant, till den kropp och det utseende han hade i dag. Och om jag skulle gå efter Richards minspel och kroppsspråk under processens gång verkade omvandlingen innehålla en stor del av glädjerus, eufori. Men fy så mycket smärta också i snudd på tortyr, både innan och efter han vaknat upp.

KAPITEL 21

"Du är nu min jämlike och jag är din skapare, din herre. Du kan kalla mig vad du vill, men mitt namn är Sintz Hillfalk, och jag ska lära dig allt jag kan", sa den unga mannen till Richard.

"Sintz, min skapare. Mitt namn är Richard Frostlil … Vad är det jag har blivit? Finns det fler som vi?"

"Du och jag. Vi är vad folket kallar blodets och nattens demoner, eller det mer använda ordet; vampyrer. Vi är Jordens farligaste rovdjur och livnär oss som bäst på vårt ursprungsblod – människans. Jag har vandrat på denna jord i, tro det eller ej, över 10 000 år min vän, min bror, min son. Många som oss har jag mött. Men jag är en ensamvarg och stannar inte gärna en längre tid på en och samma plats eftersom världen inte är redo att möta och kännas vid oss ännu. Om den någonsin kommer att bli det."

Den unga mannen började vandra runt i grottan.

"Ensamt har det emellertid varit. Du Richard, min vän, min bror, är mitt första barn. Antagligen förblir du det enda. Tanken att skapa en jämlike har aldrig slagit mig förr. Med dig min son, min vän och bror var det annorlunda. Det var första gången under alla mina år som jag agerade via känslor och utan impuls. Det är ord värda att bära med dig."

Han stannade upp och tittade mot Richard. "Men du måste vara uppmärksam min vän, min bror och son. Det finns andra *naturväsen där ute. Älvor och magiker hör till de mest förekommande väsendena ihop med oss vampyrer. Även varghundar – styrda av månen och djurskiftare – styrda med hjälp av de fyra elementen. De är de två största väsendena i mångfald efter oss, därefter förekommer det en mängd av andra väsen, vissa mer synliga än andra och säkerligen några som vi ännu inte vet om. Världen är allt bra underlig ibland. Det finns även döds- och skyddsänglar, demoner – mörker och ljus. Du är nu levande död. Mörker kommer alltid att försöka finna ett sätt att ta över dig till dess sida. Det gäller att vara stark min vän, min bror, min son. Så att mörker inte tar dig."*

Bilden ändrades, jag färdades igenom en skog medan Eadwigs röst hördes runt om mig.

"Sintz lärde Richard att hantera sina nya egenskaper. Snabbheten, styrkan och de förstärkta sinnena. Sintz lärde Richard att jaga och hur man drack av människorna på bästa sätt. Sintz lärde honom allt han kunde och visste om allt annat i världen. Tre veckor senare var Richard redo att ge sig av på egen hand för att ta sig till Jane. Men Sintz gjorde det klart för Richard att om Richard lämnade honom kanske han aldrig mer skulle få träffa Sintz igen eftersom han ständigt reste runt, och även att det fanns en risk att Jane kanske inte längre var vid liv. Du ska veta Annabelle, att bandet mellan en vampyr och dess skapare är otroligt starkt. Vampyrer känner en stor kärlek och en nästintill överdriven lojalitet mot den som skapat dem. En skapares ord står alltid över sin vampyrs och bandet kommer för alltid att vara starkt. Men en skapare kan också välja att ge sin vampyr den fria viljan tillbaka. Sintz gjorde till slut det valet och släppte Richard fri. Ett beslut som vi alla vet tog honom väldigt hårt. Richard var hans enda bror, vän, första och kanske sista barn. Sintz sa det aldrig högt, men enligt Richard så talade Sintzs tankar ett rätt så tydligt språk. Men Jane var Richards allt och han begav sig kvällen därpå hem mot byn." Eadwig tystnade.

Ingen annan syntes till, jag var kvar i skogen så jag gick runt där i kvällens skymning, grubblande på alla naturväsen Sintz just nämnt i det tidigare minnet. Alla timmar jag lagt hos psykologen. Att jag trott, på riktigt, att jag varit sinnessjuk. Nu hade jag fått det ännu mer bekräftat att allt ... eller att till och med ännu mer än vad jag någonsin kunnat tro, faktiskt existerade. Mitt hjärta slog snabbare, luften blev för tjock för mina lungor. Ögonen sved till och den vita rosdoften var tillbaka. Vinden blev tätare, det rasslade bland grenarna. Jag kände mig så otroligt ensam. Löv, tunna grenar och barr lyfte från marken, följde vindens virvlande vägar. Min bröstkorg blev varm, värmen slingrade sig runt halsen och upp längs nacken så att den mjuknade – hjärtat slog i normal takt igen. *Christopher* ... nu kunde han nå mig med sin symb (tack). Ögonen slutade svida, rosdoften försvann och skogen blev lugn. Jag drog in ett andetag och andades långsamt ut det.

Skogen började bli glesare. Den delades upp av ett berg längre fram. Jag torkade bort tårarna som smugit sig ut och ställde mig rakryggad, jag var en stark kvinna och inte ett barn, jag skulle ta mig igenom det här! Och jag var inte ensam, jag hade mina vänner där ute som stöttepelare. Jag måste berätta för dem, men när rätt tid för det kom. De skulle förstå, de skulle lyssna och stötta. De skulle förstå ... Ögonen sved till, men jag kände Christophers symb som direkt lugnade ner mina överspända känslor. Hur mycket magikaos skapade jag i verkligheten denna gång? Och blev mitt kaos synligt i minnena eller inte? Sintz verkade ju kunna se att jag ändrade brasans lågor där i grottan. Förvisso var det ett aningen annorlunda minne ... men ändå ... hrm.

Medan tankarna malde på hade jag börjat gå till vänster om berget för att ta mig förbi det. Richard sprang om mig! Jag for omkull med en jäklans fart, men skadade mig som tur var inte.

Bilden ändrades, den förde mig närmare Richard som hade stannat upp.

Han stod blickstilla med huvudet sänkt och höll i stammen till en gran. Han kramade om stammen hårdare, små barkbitar lossnade. Det såg ut som ett svagt lila sken bakom en bit som var lös. Jag gick närmare. Jodå det var något där bakom. Richard stod fortfarande kvar, höll hårt i stammen och blundade. Vette katten vad han sysslade med, men jag tog i alla fall upp pennan och bände bort biten som var lös. Bokstaven L var bakom! Med hjälp av pennan skrapade jag i en rak linje under L:et. Ett O var bakom nästa! Förväntansfull fortsatte jag skrapa ren stammen tills inga fler bokstäver framhävdes, och jag hade nu ett till ord. Minnet började tyna bort, jag var på väg till ett annat minne. Jag skyndade mig att skriva ner ordet på lappen innan jag skulle glömma bort det. *LODYM*.

Bilden ändrades. Jag stod i byn som Richard och Jane bodde i. Richard stod också där. Vi stod på en bred gång av jord och grus med trähus på båda sidor om oss. Längre in i byn såg jag hus byggda i sten. Träd och buskar växte mellan några av husen och det stod redskap och korgar ute lite överallt i närheten av alla hus.

Ingen verkade se eller höra Richard. Männen från Richards jaktlag gick förbi honom, de stannade intill en äldre man.

"Har ni hittat honom? Har ni hittat min son?" utbrast den äldre mannen medan han greppade tag om dem, en och en.

En av männen från jaktlaget tog tag om hans armar. *"Nej, inget spår i kväll heller, herr Frostlil. Vi hade bestämt med Richard att mötas upp vid fjärde jaktstugan. Vi väntade i två dygn på honom innan vi var tvungna att själva vända hem. Vi har varit ute och letat spår i tre veckor nu utan resultat. Det är dags att avsluta sökandet. Vi har gjort det vi kunnat ... Och du, Michelle, Toms fru, berättade att Jane tagit det här väldigt hårt. Att Jane inte släppt in någon på flera dagar."*

Han släppte taget om den äldre mannen som hade börjat gråta och tröstades av de andra medan de gick längre in i byn och fortsatte samtalen om hur de skulle göra med Jane.

Bilden ändrades. Jag var tillbaka till Richard och granen han höll i.

Richard öppnade ögonen, han kliade sig på sin högra handled. Ett monster började titta fram på den. Richard verkade förvirrad, jag blev också förvirrad och släppte taget om Eadwigs hand för att komma tillbaka till nuet.

"Vad var det där? Jag fattar ingenting?" frågade jag Richard så fort min blick var tillbaka i vardagsrummet.

Richards röda ögon gick frågande från mina blågråa till Eadwigs ljusbruna där det lysande lila just tonats ner.

"Stunden efter att du lämnat Sintz och hittat Jane", svarade Eadwig hans blick.

Richard log mot mig. "Jaha. Oj. Ja, jag var så förvirrad då. Jag mindes vagt att Sintz nämnt något om symberna och om symboltatueringen man får till. Att symben kunde framhävas redan efter några timmar men också dröja i flera dagar eller veckor, och ibland till och med upp till tio år från det att du omvandlats. Att Sintz grundsymbol stod för telepati. Han kunde läsa andras tankar till exempel, inte bara vampyrers, som alla vampyrer kan, utan Sintz kunde läsa allas tankar. Så jag undrade om det där kunde vara en typ av symb, att lämna sin kropp sådär. För jag antar att det var det du syftade på?"

Jag nickade mot Richard.

Han drog handen över sitt skägg. "Jag hade inte fått någon symboltatuering, men kände att det stack på insidan av min högra handled i samband med detta. Men jag kunde inte tänka på det just då, för oavsett om det var sant det som nyss hade hänt eller inte så hade det fått mig att oroa mig ännu mer för Jane. Så jag skakade av mig tankarna och började springa mot byn igen. Och jag hade väl sprungit i en timma till när jag möttes av en blodsdoft. Efter ytterligare några hundra meter kunde jag koppla ihop blodet med dess ägare. Jag hade aldrig sprungit så fort som då, för blodsdoften jag kände så starkt, var Janes."

Richard avbröts av att Elizabeth flög in i rummet. Hon skiftade från örn till vampyr, även hon i en vacker sommarklänning, fastän vi var i januari. Philip flög också in och skiftade från örn till vampyr. Han hade i alla fall ingen sommarklänning på sig utan var klädd i gårdagens kläder. Lappen som kopierade orden jag skrev ner låg på glasbordet framför oss, vinddragen från deras vingar fläktade bort den. Elizabeth hann fånga upp lappen i sin skiftning till vampyr innan den var på väg ut ur fönstret. Eadwig spände upp ögonen mot dem medan hon la lappen på bordet. Hans pustande andetag blåste till den. Elizabeth blängde tillbaka mot honom och ställde det tjocka blockljuset som varit under den sotrostiga skålen på ena hörnet av lappen. Varför hade Eadwig en sådan oro över att lappen skulle försvinna, jag hade ju originalet i fickan? Men vad skumt, jag hittade varken en penna eller ett papper när jag kände efter ... De uppenbarades bara under minnena, coolt.

Elizabeth och Philip satte sig ner på golvet intill de andra, jag hann precis se deras symboltatueringar på insidan av ena handleden. De var exakt likadana till mönster och storlek. Det var spiraler, spetsiga kanter och linjer formade så att de liknade vingar och den tunna stora cirkeln som på de andra. Något hände! Insidan av min kropp drog mig längre in i mig själv.

"Annabelle, mår du bra?" frågade Eadwig.

"Jag vet inte, det känns som om jag försvinner bort ..." Allt blev suddigt.

"Det måste vara minnesfärden som drar henne tillbaka. Hon kan inte avsluta förrän alla ord är hittade", sa Eadwig.

"Om det är minnesfärden och inte du som tar med henne så bör du ta hennes hand innan hon försvinner, så du inte tappar bort henne!" utbrast Christopher. Han hade satt sig på huk framför mig med händerna om mitt svajande ansikte.

"Hä... taa min hand, Ead..." Tungan lät mig inte forma orden, och den utsträckta armen jag höll upp mot honom föll intill kroppen.

Eadwigs ögon lös upp i lila, han hann precis ta tag i min hand innan jag försvann bort.

... Bilden hade ändrats, jag var i Jane och Richards sovrum igen.

Sist jag var här var när Richard lämnade Jane för att gå på jakt och för att söka efter medicinmannen. Janes insjunkna ögon och spruckna läppar skulle jag inte glömma i första taget. Inte heller Richards tårar när han var tvungen att lämna henne. Nu i detta minne, några veckor senare när Richard kommit tillbaka, låg det röda sönderslitna tygrevor på trägolvet. Richard stod intill sänggaveln, stirrande mot väggen. Jag gick förbi honom för att kunna se det hans kropp skymde – Jane! Hon satt lutad mot väggen, knappt vid medvetande, armarna var täckta av färska sår omlindade med tyg. Den vita klänningen var sönderriven, hennes armar låg vilande i blodpölar och det låg en rostig kniv i hennes knä. Hennes bruna hår hade bleknat precis som hennes hud. Blodförlusten skulle snart ta hennes liv. Richard stod som förstenad. Han hade en hunger i sina ögon. Han svalde hårt. Med en vampyrs hastighet drog Richard upp Jane i sin famn. Han viskade i hennes öra att nu skulle allt bli bra, att han var där nu. Jane vände huvudet mot hans bröstkorg med blicken upp mot honom. Jag såg det i hennes ögon, Janes tillit till Richard. Även om den endast var ytterst liten, så såg jag Janes livsgnista tändas.

Richard höll Jane i famnen medan han tömde henne på nästan allt av det blod hon hade kvar i kroppen. Richards huggtänder drogs in, två andra kom fram. De var tjocka och långa. Richard bet henne på samma ställe med dem. Jane ryckte till som om hon hade fått en stöt, Richard tog ett hårdare tag om henne. Med samma tänder Richard hade ute bet han sig själv i armen och höll den över Janes mun, han la henne sedan i sängen och började packa om sin skinnsäck.

Jane skiftade, precis som jag hade sett Richard göra tidigare, mellan att krampa och se livlös ut. Till slut låg hon alldeles stilla, men till skillnad från Richard hann Jane sluta sina ögon innan hon blev helt livlös.

Richard hade just lagt fram en ny klänning, en ullkappa och ett par nya skinnskor åt Jane när hon vaknade, förvirrad av vad som pågick. Richard verkade inte bry sig ett dugg om att Jane såg ut som ett gråhårigt, ruttet lik … utan han förklarade lugnt och sansat vad som hade hänt. Att hon var tvungen att slutföra omvandlingen, men att de var tvungna att lämna byn först. Jane sa ingenting medan Richard hjälpte henne att byta om. Han bar henne sedan i famnen eftersom Janes kropp inte hängde med i hennes rörelser. Den tjocka hinnan över hennes ögon gjorde det nog inte lättare för henne att ta sig fram för den delen heller.

Bilden ändrades, minnet tog mig långt bort ifrån byn, ut i skogen.

Jane låg under en gran. Grenarna började röra sig. Oj, vänta – de formar ett ord! Fort slet jag upp pappret och pennan som var på plats så fort jag hamnat i minnena. *D…A… BE. DABE!* Bakom mig kom Richard tillbaka med en ung fåraherde. Grenarna upplöste ordet, barr och några kottar lossnade. Richard hade inte märkt grenarnas rörelser, men han kastade bort de kottar som hamnat på Jane och borstade bort barren. Richard bet upp ett sår på fåraherdens hals, bad Jane att dricka och fullborda sin omvandling.

"*Jag älskar dig och jag litar på dig*", sa Jane och helt utan rädsla i ögonen slöt hon sina läppar om såret på den unga fåraherdens hals. Nästan omgående började förvandlingen till den Jane som hon var i dag. En förvandling som liksom Richards väl synligt innehöll glädje, smärta, eufori och tortyr.

Länken mellan mig och Eadwig bröts.

Sakta kom jag tillbaka till nuet och såg Jane sitta på huk framför mig, med min hand i sin. Christopher satt vid sidan om mig igen.

"Förlåt att jag förde tillbaka dig utan förvarning, Eadwig har börjat låta oss se allt som du ser och jag vill förklara en sak. Och du kan vara lugn, Eadwig har mer kontroll nu och kan följa efter dig om du försvinner bort på egen hand", sa Jane.

Jag nickade mot henne. "Mm, okej, men vänta. Såg ni ordet som grenarna formade nyss?"

De skakade på huvudena.

"För när grenarna formade sig tillbaka ramlade barr och kottar ner … jag såg att du i minnet tog bort kottar och barr från Jane." Jag bet tag i sidan av underläppen och kollade mot Richard.

"Jag har inte direkt lagt detaljer på … "

Eadwig avbröt Richard. "Att han tog bort dem hade med det sanna minnet att göra och var inte samhörande med ordet. Mer ett sammanträffande. Det är bara du som ser orden Annabelle, och det som sker omkring det märker bara du. Vi ser allt du gör men inte orden och om något händer därtill", förklarade Eadwig.

"Okej, tack, jag förstår. Tror jag. Men när jag skapar magikaos då? Vid mötet med Sintz sa ni att jag skapade kaos här inne. Har det hänt igen, och kan det upptäckas i minnena? Jag har känt hur du lugnat ner mig med hjälp av din symb, Christopher. Tack."

Jag tittade först mot honom och sedan på dem alla.

"Det har blivit lite magikaos, som du kallar det, dessa gånger dina känslor tagit över", sa Christopher och drog på mungipan. De andra skrattade tyst.

"Men det gör inget, bry dig inte om det. Jag försöker lugna dig så gott jag kan när det sker", tillade han och log charmigt.

"Och vad gäller minnena så har jag faktiskt ingen aning", flikade Eadwig in. "Det kan nog utspela sig olika, minne för minne. Viktigast är att *du* förblir osedd."

Jag nickade mot honom och tittade sedan mot Jane.

"Förlåt Jane, det var inte meningen att ta ordet ifrån dig, vad ville du berätta?"

"Det är okej. Det rör sig om när Richard hittade mig, döende av blodförlust." Hon drog ut på de sista orden, rullande med ögonen, men suckade sedan. "Jag visste inte bättre på den tiden Annabelle. Jag var så egoistisk i mina handlingar. Richard fanns alltid där för mig, och det är ju tack vare honom som jag fortfarande är här i dag. Jag minns att min sorg efter våra missfall och det förlorade barnet hade slukat mig. Jag älskade Richard, mest av allt! Jag visste hur mycket jag sårade honom, hur mycket han försökte få mig att må bra. Men jag kunde ingenting göra, det blev som ett tvångsbeteende. Det värsta var när jag upptäckte att jag kunde släppa ut smärtan genom att skada mig själv. Jag visste ju inte då att det enda jag gjorde var att ytterligare försvaga mig själv och dra mig allt djupare in i sorgen."

Janes tonläge blev lägre och ögonen skiftade till hennes mänskliga mossgröna. Hon lät fingrarna följa de böjda topparna på hennes bruna hår och de rostigt röda vampyrögonen kom tillbaka.

"När Richard var ute på jakten, när han blev omvandlad, försökte jag ordna min tillvaro. Och det gick oväntat bra, med små framsteg hela tiden. Självklart hade jag mina upp- och nergångar. Jag insåg att det skulle bli tufft. Men jag ville inte ge upp! Jag ville vara så stark som möjligt när Richard skulle komma hem och att vi tillsammans kunde kämpa oss vidare med nya tag. Men när männen kom hem utan honom och veckorna gick utan ett enda spår, rasade all styrka jag byggt upp. Det gick så långt att jag beslutade mig för att ta mitt liv."

Jane tystnade, och trots styrkan jag såg att hon försökte bygga upp med sin raka hållning var hennes ögon så glansiga att jag själv nästan började gråta. Hon tittade ner mot golvet.

"Du, alla har vi ett förflutet", försökte jag trösta henne.

Jane pressade ihop läpparna medan hon klämde om mina händer.

"Jag vill bara att du ska förstå var i sinne och själ jag befann mig, men också hur egoistiskt mitt agerande var. Oavsett sorg eller de tragedier man upplever så måste man värna om det egna livet man har. Vi har bara ett, och att jag fått privilegiet att leva i all den evighet som ligger framför mig är något jag försöker uppskatta varje ny dag. Tankar jag vill att du ska bära med dig nu när du alltmer kommer djupare in i vår värld."

Jag nickade mot henne.

"Det var allt jag ville säga", tillade Jane. Hon gav mig ett svagt leende innan hon gick tillbaka till Richard.

KAPITEL 22

"Nu kommer dragningskraften igen, Eadwig, jag är på väg tillbaka. Jag blir inte lika groggy om du för mig bort i stället för minnesfärden själv", sa jag och kisade eftersom allt började bli suddigt. "Och jag vet inte om ni fattar hur coolt det här är, att få uppleva, se allt så här!" Jag gnuggade mig i ögonen.

"Glöm inte bort att det är en verklighet som du upplever. Det är deras minnen vi talar om här, som de själva upplevt. Såväl bra som dåliga", invände Marc, han fnös och satte armarna i kors.

"Förlåt", sa jag snabbt, jag tittade ner.

Mary suckade. "Du är ju bara för mycket ibland, låt henne vara exalterad för sjutton! Det skulle väl vem som helst vara i hennes situation."

En djup morrning kom från Marc.

Elizabeth slog till honom. "Lägg av! Jag älskar dig, men du måste börja tagga ner på dryghet någon jävla gång."

"Eadwig ... jag försvin..."

Eadwigs ögon lös upp i lila, han hann precis ta tag om min hand när jag försvann på nytt.

... Eadwigs röst hördes runt om mig medan han förde mig genom olika skogar och grottor.

"Oj, det där var nära du. Men som sagt så hittar jag dig om minnesfärden hinner före. Såvida du inte går igenom en magisk ingång som inte är skapt av mig igen!"

Hans skratt ekade i minnet jag gick runt i innan han fortsatte tala.

"Richard berättade mer detaljerat för Jane om vad som hade hänt och lärde henne allt som han själv visste. Omvandlingen hade redan gjort Jane så mycket bättre. Inte bara det att hon var starkare än någonsin, lätt som en fjäder och kunde springa med en sådan hastighet att hon knappt vidrörde marken – alla ytliga spår från hennes senaste tid var som bortblåsta. Ingen grå nyans kring ögonen, läpparna var fylliga och skära och alla ärr på kroppen, såväl gamla som nya, var inte längre synliga. Och eftersom de inte hade samma behov av sömn men inte kunde vistas ute i direkt solljus, tillbringade de dagarna i grottor eller i täta skogar. Janes twin-symb upptäckte de direkt, det började med att hon såg offrens själar stiga ur kropparna på dem som de dödade. De flesta försvann direkt över till Andra sidan, men vissa stannade kvar eftersom de inte var redo att gå vidare."

Eadwig tystnade. Bilden stannade upp. Det var vår och dagtid, och jag stod framför en stor grotta.

Vaksamt smög jag in och fann Jane i den, Richard stod bakom henne, båda enkelt klädda i jordnära färger. Jane pratade intensivt med en till synes väldigt oskarp man. Bilden av honom flammade hela tiden till. När jag tittade på Richard försvann mannen ur mitt synfält, han kom tillbaka när jag fokuserade på Jane. Mannen var en ande! Anden påstod sig ha blivit ihjälbiten av en björn och ville ha hjälp med att flytta sin kropp så att hans jaktlag kunde hitta honom. När kvällen kom hjälpte de anden. Jane förklarade för Richard att anden hade fått sin frid och gått vidare.

Eadwigs röst hördes. "Från den händelsen visste de att Jane kunde se andar på riktigt. Inte bara dem som de dödade, utan alla som dog i deras närhet eller kom till henne självmant.

Självklart var det jobbigt för Jane att se andarna efter att hon själv dödat. Vissa förföljde henne i flera dagar, veckor och månader i ren ilska. Till slut blev Jane själv så arg att hon lyckades stänga ute en ande som var efter henne. Jane började träna på det och lärde sig till slut att efter att hon sett en ande en första gång, kunde hon sedan stänga den ute tillfälligt eller för gott. Och efter att Jane börjat vänja sig vid sitt nya vampyrliv reste hon och Richard runt för att se sig om i världen."

Eadwig tystnade. Bilden ändrades. Jag for igenom olika länders skogar, byar och platser innan bilden stannade till längs en kust under en sen höstkväll.

Dimman lättade och jag såg stora skepp lägga till vid en strand. Ut från skeppen sprang det män och kvinnor, alla med rediga vapen. Många av männen hade långt hår och skägg och de flesta av kvinnorna såg lika stridsdugliga ut som männen. Det var vikingar, otroligt.

Skrik skar sig igenom minnet jag var i, jag fann Richard och Jane tillsammans med dem. De jagade dessa människor, dödade några av dem.

Jag hann aldrig smälta det jag såg innan bilden började ändras igen. Minnena tog mig till en indianby. Några av indianerna dansade runt en stor brasa. Det ekade från deras trummor mellan bergväggarna, ihop med deras sång.

Jag kunde inte se Richard och Jane, jag vände mig om i en cirkel. Två varv tog det innan jag upptäckte dem bland bergen ovanför byn, i skydd från kvällssolen. Sand och grus yrde från den torra marken när jag drog foten över den. Jag hostade till och kollade på den vissna växtligheten runt omkring.

Bilden ändrades. Nu var jag där uppe med dem.

"Jag är så fascinerad av dessa människor, Jane. Jag kan inte bruka dem som föda. Vi får leta vidare", sa Richard till henne.

"Det är okej, älskling. Jag vill ändå springa tillsammans med vildhästarna till skymningen."

"*Som alltid*", sa Richard och tittade med ett avslappnat leende och glansig blick ner mot indianbyn.

"*Så som du ser på folket med fjädrar där nere, ser jag på mina hästar. Jag ... fascineras av dem*", sa Jane.

Richard skrattade till. "*Kom, så jagar vi rätt på de andra ridande männen vi såg förut! De får bli vår föda i dag.*"

Bilden ändrades ihop med att de försvann från berget, Jane och Richard var på resande fot igen. Några andra vampyrer korsade deras väg, men det verkade inte bli mer än så. De färdades igen och var tillbaka inom Amerikas gränser.

Bilden stannade upp. Det var sommar, jag befann mig på en äng intill en skog. Jag hörde ett högt skrik, någon sprang fort förbi mig!

Den stora fullmånen lyste starkt och hjälpte mig att se i kvällens skymning. Personen stannade upp. Det var en kvinna, en vampyr. Hon tittade bakom sig, där det kom ett stort djur i rasande fart! Det såg ut som en sorts blandning mellan en vildvarg och en irländsk varghund, fast i dubbelt så stort format. De var gråsvarta med spetsiga öron och bred nos, men de hade inget skägg under nosen, som hundrasen. Och de hade som mest päls runt halsen och nerför bringan, längs ryggen och ut över svansen. Minnet zoomade in bestens huvud under några sekunder. Ögonen lyste i ljust orangegult med vita streck-stänk, pupillerna var inte svarta utan de avspeglade månens sken. Minnet zoomade ut medan morrningarna ekade längs ängen.

Vampyrkvinnan vände sig om för att fly, en likadan best kom från andra sidan och bet henne i benet.

En av bestarna sprang emot mig!

"Det är bara ett minne, det är bara ett minne! Du kommer inte att dö!!" Min röst var vibrerande hög och andningen snabb. Mina ögon sved och rosdoften var på plats.

Ena besten var vid vampyrkvinnan som låg i gräset, den andra stod framför mig. Vit ånga osade ur den stora munnen som öppnades och stängdes. Besten var så nära att ångan hann täcka mitt ansikte innan den tunnades ut. Bestens gråsvarta päls svävade och det slående ljudet från tänderna som stöttes mot varandra jagade upp min puls. Vinden ökade, den tjöt till och med. Andas in …. andas ut … In. Ut. Lätet tonades ner, allt ljud blev avsides, dovt. Besten spände sin blick i min. Ranam. Ranam. Ranam. Ordet skorrade i en loop i mina tankar. Besten vred på huvudet fram och tillbaka, med blicken fortsatt låst mot min. Ranam. Ra…

"Ranam", utbrast jag. "Det är ett nytt ord!" Med darrande händer lirkade jag upp pennan och lappen så fort jag kunde för att få det här ur världen och ta mig vidare.

RA … N … A … M. *RANAM*. Ljuden omkring kom tillbaka i sin fulla volym, besten backade ett steg och vände om mot vampyrkvinnan i gräset. Nu först kände jag av lugnet Christopher försökte föra över. Det var som om jag hade haft en vägg framför mig som han försökt pressa sin hand igenom, och när besten försvann bort ifrån mig så kände jag lugnet och beröringen från hans fingrar ovanför mina bröst.

Från skogen ut på ängen kom Rickard och Jane, de jagade i väg bestarna, slet ut deras hjärtan i farten. Bestarna chockade mig genom att skifta form till människor i samband med deras död.

Jane och Richard försökte ta hand om vampyrkvinnan som blivit biten. Hon hade hemska smärtor, blodådrorna hade blivit mörka och buktade ut, åderförändringarna spred sig stegvis från bettet ut längs hennes kropp.

Det hade gått några timmar när kvinnan, utan förvarning, slet sig från Richard och Jane. Hon tog sedan sitt liv genom att slita ut hjärtat från sin kropp.

Fort släppte jag Eadwigs hand – jag behövde få svar.

"Vad var det där för bjässar? Finns de också här, bland alla människor? Om de kan göra sådär mot en av er, vad kan de då utsätta oss människor för?" utbrast jag och märkte att jag darrade på rösten, jag var riktigt skärrad. Samtidigt tittade jag runt på de andra, som plockade upp saker från golvet och ställde möbler till rätta. Ojdå ...

Christopher använde sin symb och skickade lugnande energi på nytt. "Ta det lugnt så ska jag berätta." Han log mjukt medan han förde in ännu mer lugn i mig.

"Tack, det är rätt jobbigt att ha så känsliga känslor", sa jag tyst och skrattade åt min kommentar.

Jag sänkte mina spända axlar. "Men säg att ni såg besten som flåsade på mig?"

De alla vred långsamt på huvudet.

"Tyvärr inte. Det var enbart i en upplevelse för dig. Jag förstår om du blev skärrad", sa Eadwig.

"Skärrad ... jag blev livrädd!"

"De kallas för varghundar och är människor som ofrivilligt omvandlas vid varje fullmåne", började Christopher förklara.

"Som oss har de en övernaturlig styrka och snabbhet. De är jämbördiga med djurskiftare men de kan inte mäta sig med oss vampyrer, i alla fall inte om de är ensamma. Det spelar ingen roll hur snälla de är som människor, under fullmånen attackerar de allt som kommer i deras väg. De älskar att jaga vampyrer, de får en kick av att bita oss. Vår styrka och snabbhet omvandlas till en energiladdning till dem via bettet. Och deras saliv är deras vapen, det utsöndrar ett gift och orsakar en ihållande smärta, som hela tiden stiger och sprids utmed kroppen. Giftet försvinner inte ur offrets kropp förrän efter tre dygn. Och som du själv fick se, har de flesta som blivit drabbade inte styrkan nog att härda ut, utan de tar livet av sig. Har du överlevt de första timmarna återstår de sista tjugofyra av ihållande tortyr, längs hela kroppen. Det är även vanligt att man börjar hallucinera under de sista timmarna."

"Men fy, vad hemskt! Jag hoppas verkligen att ingen av er upplevt detta?" utbrast jag.

"Som tur är, nej. Det gäller att alltid vara uppmärksam och på sin vakt i närheten av varghundar. Även när de är i mänsklig form", sa Christopher. "Men giftet påverkar i alla fall inte människor och magiker, som båda i stället kan bli smittade av förbannelsen via ett bett. Men det är bara människor i åldern tjugo till sextio år och magiker som levt sina hundrafemtio år som blir smittade. De omvandlas vid första fullmåne efter bettet."

"Men vad händer med de människor som inte smittas? Upplever de samma smärta som ni naturväsen?" Jag började bli uppjagad och vände kroppen med ett ryck mot Christopher efter svar. "Vänta, levt sina hundrafemtio år? Eadwig är ju äldre än så", tillade jag förvirrad och vred huvudet från Christopher till Eadwig fram och tillbaka i väntan på vem som skulle svara mig först.

"Eadwig kan förklara deras konstiga åldrande senare", skrattade Christopher. "Och nej, det är bara naturväsen som känner av giftet på så sätt. Resten upplever nog smärtan som från ett större sår, och de som drabbas av förbannelsen har det nog hett om öronen vid formskiftningen ... hört att det ska vara som tortyr." Christopher drog in luft mellan tänderna som han bet ihop och höjde snabbt på ögonbrynen gestikulerande med händerna.

Han fortsatte: "Och på tal om ålder så avstannar varghundarna i sitt åldrande efter deras första fullmåne och får hundra extra år på det. Det syns via deras symboltatuering, på insidan av vänstra handen, vid tummen och ner över handleden. Den framhävs strax efter bettet i en blandning av vitt och svart, som symboliserar fullmånen och natten, och innehåller även siffror. En nedräkning som visar hur många dagar varghunden har kvar av förbannelsen, och livet ... Fast när det gäller magiker som blivit bitna, anger siffrorna enbart hur lång tid som magikern har kvar av förbannelsen. Magikerna dör alltså inte när dagarna är räknade utan de blir av med förbannelsen och lever på som vanligt. Men de förblir inte immuna och kan bli smittade igen."

"Visst sa ni att han i gränden var en varghund va?" avbröt jag Christopher igen.

"Han var en djurskiftare. Mannen på ängen, han var däremot en hybrid mellan en magiker och en varghund", sa Christopher.

"Javisst ja, förlåt." Jag tittade på mina händer, kände hur kinderna blev varma.

"Borde vi inte fortsätta minnesfärden i stället? Innan den drar in dig på egen hand", frågade Eadwig.

"Jo, det har du nog rätt i. Jag blev så fascinerad av varghundarna och kom av mig. Om jag ska vara ärlig så skrämmer de mig verkligen."

"Luta dig tillbaka och blunda nu, Annabelle, så ska du få se något som jag tror kan fascinera dig ..." sa Eadwig med lilalysande ögon och gav mig ett pillemariskt leende.

Fortfarande aningen rädd men också ännu mer nyfiken tog jag tag om hans utsträckta hand.

Jag försvann bort direkt.

KAPITEL 23

… Minnet tog mig tillbaka till ängen, jag stod vid den döda vampyrkvinnans sida och tittade på hjärtat som låg i hennes hand. Hon var blek och de spretande mörka ådrorna var borta och en ljusgrå hinna täckte hennes ögon. Richard och Jane stod en bit ifrån, Richard höll om Jane bakifrån och det såg ut som om de väntade på något medan de kollade på den döda vampyren. De båda drog in ett djupt andetag genom näsan. Det såg ut som om de njöt. En kärleksfull lättnad for igenom mig, jag kände en sådan lycka. En ljus och tjock, glittrande stråle tog sig ner från himlen och mot marken. Ner ifrån den kom en … ängel!

Jösses, hur mycket mer skulle jag behöva smälta?

Ängeln hade långt och skimrande, guldsilvrigt hår. Hon var barfota, hela hennes kropp utstrålade renlighet, som om hon vore resistent mot smuts. Hennes hud såg nästan ut att vara av porslin, och hon bar en vit, kort klänning som bars upp av små safirblå pärlor. Klänningen var omlindad med ett genomskinligt, grått tyg fastsatt med hjälp av små pärlor som också var safirblå. Hon hade likadana pärlor som ett band runt huvudet. De vita vingarna var stora, och en skinande aura omringade henne. Hennes naglar var långa och safirblå. Till och med ängelns ögon lös i safirblå färg. Men hennes ögonvitor … de var inte vita, utan till hälften guld och hälften silver. Otroligt – magiskt, hon var så jäklans vacker!

"Förutom att dödsänglarna ser ut som skönheter, doftar de så ljuvligt", viskade Richard till Jane.

"Skyddsänglarna också", sa hon och tittade upp mot Richard.

Richard nickade mot Jane och kysste henne. De vände tillbaka blickarna mot ängeln som omvandlade den döda vampyrkvinnas kropp till stoft i silver och guld. Hon lät stoftet spridas med vinden, sedan tog ängeln med sig vampyrkvinnas själ upp mot himlen. Det var nog det vackraste jag någonsin sett! Eadwig hade rätt, jag var förstummad, så fascinerad.

Bilden ändrades, det var sent 1900-tal, tror jag.

Det var dag, och jag stod intill Mary. Hon var klädd i ljusa vida långbyxor och ett färgglatt linne med blommönster på. Runda svarta solglasögon satt på huvudet, och vita skor med bred hög klack hade hon på fötterna. Hon stod under markisen till en kiosk och betraktade ett äldre par som gick förbi. Jag förstod inte det speciella med paret. Mitt fokus var mer på Mary, men när jag tittade mot paret igen, då såg jag dem! Änglarna! De var två stycken och de såg precis lika vackra ut som dödsängeln, förutom att deras klänningar och smycken skilde sig en aning från hennes. De här bar också korta, vita klänningar, men ihop med ett genomskinligt guldtyg fasthållet med hjälp av safirblå små pärlor, och ett tredelat halsband i guld höll upp klänningen. Det var en vit pärla mellan de tre bågarna runt halsen, och ett smyckeband i guld var trätt runt änglarnas huvuden. Men allt det andra hade de gemensamt med den andra ängeln. På nytt, jag var förstummad.

Mary flyttade blicken mot en liten flicka sittandes i barnvagn, det gick en likadan ängel intill flickans vagn. Det genomskinliga guldskynket runt ängelns klänning glittrade när solens sken nådde den och guldhalsbandet skimrade. Ängeln tittade mot Mary och la pekfingret över sin mun. Mary nickade tillbaka. På en bänk satt det några tonårsgrabbar med jeansjackor och svarta skinnjackor eller västar på sig, alla nedstänkta med färger och med en massa fastnålade pins. Deras hår stod antingen rakt upp eller täckte halva ansiktet och de hade massor av accessoarer och piercingar. Det stod en ängel till bakom en av killarna, hon diggade till musiken som kom ur deras kassettbandspelare. Av någon anledning drogs jag till vagnen igen. Jag log mot flickan som lekte med bokstäver som hängde från takskärmen i sittvagnen. Det var bara två bokstäver, ett *g* och ett *o*, kanske var det flickans initialer. Grabbarnas kassettband hakade upp sig – go, go, go, go, go, go, hördes det ifrån bandspelaren. Flickan i vagnen skrek till, min blick drogs genast dit. Hon verkade vilja ha min uppmärksamhet. Hon kollade rakt mot mig, jag kollade om någon stod bakom mig. Det gjorde det inte. Hon vinkade, jag tittade runt medan jag vinkade tillbaka. Flickan skrattade högljutt och studsade med rumpan upp och ner i vagnen, så hårt att hårspännet med en rosa katt på som höll upp hennes blonda lugg ramlade av. Den lilla flickan såg mig … precis som besten tidigare intrigerade med mig. Ingen annan i omgivningen tittade mot mig, särskilt inte mamman till barnet. G … O … go, go, go, go … kan det vara ett ord kanske? Inte det minsta säker var jag men skrev *GO* på lappen.

    Grabbarnas musik gick i följsamma ljudvågor igen, och mamman med flickan i vagnen närmade sig och gick förbi. Leende följde jag dem med blicken, vinkande åt flickan men hon såg mig inte längre utan lekte med spännet som hade landat i hennes knä. Solens sken blev starkare, med handen mot pannan som ett tak över ögonen tittade jag mot Mary som stod kvar under markisen. Hon drog in ett andetag genom näsan. Leende kisade hon med ögonen, det såg ut som om hon skulle gå till attack när som helst mot en av änglarna, men hon hejdade sig och försvann bort därifrån.

Min blick drogs till lappen, det var en bläckpenna med blått bläck jag använt, men orden var nu lila ... Betydde det att första meningen var klar då kanske?
Jag släppte Eadwigs hand för att bryta länken.

"WOW, änglar! Jag kan knappt tro det! Men vad är det för speciellt med deras doft egentligen? Och har alla ett sådant där långt och skimrande, guldsilvrigt hår?" utbrast jag sluddrande, jag var inte riktigt tillbaka i nuet ännu. "Och orden på min lapp har blivit lila, jag tror första meningen är klar."

"Orden blev lila här med, och korrekt antal är samlade för första meningen. Bra jobbat Annabelle, första meningen är klar!" sa Eadwig. "Och ja, alla änglar har den typen av hår. Eller ja, förutom åtta andra ..." fortsatte han.

Kroppen sprudlade av stolthet men även lättnad över att ha klarat första meningen. Glädjeruset i kroppen gjorde mig övermodig och speedad och fick mig att avbryta Eadwig.

"Men vadå, hur blir man en ängel då eller blir vi alla änglar när vi dör, kommer vi alla få guldsilvrigt hår?" Jag drog fingrarna igenom håret.

Det var egentligen inte meningen att avbryta Eadwig. Orden bara for ur mig medan han sa sin mening. Så i stället för att berätta om de där åtta andra, besvarade han mina nya frågor.

"Nej. Eller, det enda jag vet är att det bara är kvinnor som kan bli änglar. Det har något med den här modersinstinkten att göra som majoriteten av kvinnorna har. Och detta är något som du som kvinna själv kan välja när du dött och får då genomgå några prövningar inför det. Klarar du prövningarna omvandlas sedan din själ till en ängel. Men det finns faktiskt två män bland alla änglar: Tvillingarna Xander och Yander, det vill säga guds- och djävulsängeln. Det var bland annat dem jag täckte nämna i samband med de här åtta andra ... Jag tror att nästa minne kommer att presentera åtminstone en utav dem." Eadwig smalnade med blicken och log brett. "Men det här med doften, jag vet inte hur jag ska förklara det riktigt", tillade han.

"Jag kan svara på den frågan", inflikade Richard. Han vände sin blick mot mig. "Många inom vår värld kallar det för änglarnas blodlegend. Man har hört många rykten, men det har aldrig varit någon som riktigt vet om den faktiskt är sann. Ni andra borde också lyssna på det här, för vad jag kan minnas har jag nog aldrig berättat om legenden för er. I alla fall inte för er alla och antagligen inte hela", sa Richard och tittade ut över de andra.

"Spännande, det enda du varnat mig för är deras blod, att inte dricka av dem eftersom jag kan bli förstelnad. Men just grunden till det har jag aldrig fått höra", sa Elizabeth.

"Samma här", sa Mary och blev mer uppmärksam, liksom de andra.

Richard fortsatte: "Alla änglar har en och samma doft. En väldigt stark doft, som även en människa kan känna av ibland. Doften är ljuvlig, nästan smakrik, och får en att tänka på all tro, hopp och kärlek runt omkring en. Till och med mörkervarelser kan tillfälligt distraheras av doften. Men i och med att doften är ännu mer lockande för oss vampyrer, som dessutom alltid kan se dem, blev det allt vanligare att vampyrer försökte dricka av änglarna. Och de som lyckades kunde inte sluta. Inte ens änglarnas aurasken kunde stoppa dessa vampyrer. Doften och smaken blev för fängslande och ökade på drivkraften. Änglarna blev chanslösa. Vampyrerna bokstavligt talat sög ljuset ur ängeln, som då omvandlades till aska eller till stoft beroende på om det var en ängel i Himmelriket eller i Underjorden."

"Förlåt att jag avbryter, Richard. Men vad menar du med aura-sken?"

Jag sjönk ner med huvudet, generad över att hela tiden avbryta dem. Det var ohyfsat i mitt tycke, ändå kunde jag inte kontrollera det.

Richard gav mig en blick som sa att ingen skada var skedd, innan han svarade på min fråga.

"Änglarna har en symbol i båda deras handflator. Utifrån dem kan de sedan ta sken från sin starka aura, in igenom kroppen och ut via händerna mot det de siktar på. Det är oerhört bländande, skenet kan få en sådan styrka att det utsöndrar elektricitet och kan även kasta i väg föremålet som siktas på. Men som sagt, trots detta vapen blev änglarna chanslösa. Och detta fick änglarna att till slut binda både ljus och mörker ihop med sitt blod. Det gav blodet en otrolig intensitet, en styrka nog att tillfälligt förstena en vampyrs blod så att ängeln hinner fly. Dessvärre behövdes en sådan styrka i blodet att det blev dödligt för andra väsen och även människor och djur om de skulle få det i sig. Trots det var änglarna tvungna till denna handling för att skydda sin egen behövande art. De har varit skyddade mot vampyrerna under alla århundraden sedan dess. Sedan styrs ju självklart styrkan i blodet av hur gammal eller kraftfull vampyren i fråga är. Vad man har hört så är det ingen vampyr utan hjälp som legat kortare tid i dvalan än några år. Men det sägs att man kan ligga så länge som hundra år. Och med hjälp menar jag förstås mänskligt blod. Får vampyren i dvalan i sig mänskligt blod, oavsett hur länge den legat där, läker vampyren omedelbart. Det räcker med några droppar."

"Pax för att INTE bepröva deras blodlegend", avbröt Lynne med höjd hand och skrattade.

Jane drog ihop ögonbrynen med blicken spänd mot Lynne. Hon tystnade men fick en knuff av Mary som gjorde att de båda började fnittra.

Mary viskade till Lynne: *"Jag är så nyfiken på hur det kommer att se ut, vad som händer i kroppen. Vi får experimentera någon gång, hitta någon vi kan lura och ha en massa blodpåsar redo."*

Mary och Lynne sneglade sedan mot mig, som storögt ryggade undan eftersom jag hade hört allt.

Richard suckade och tittade mot Eadwig. Förstående nickade han tillbaka. Eadwigs ögonlinser lös upp i lila medan han vände sig mot Mary och Lynne. De båda tog sig om strupen, kämpande efter syre som de egentligen inte behövde.

"Okej, det räcker. De har fattat piken", sa Richard viftande med handen åt Eadwig, han slappnade av och vände leende bort blicken ifrån Mary och Lynne.

Med sura minspel la de armarna i kors och väste till.

"Jag var egentligen klar. Men det jag kan tillägga är att det inte är någon som riktigt vet, som sagt, om den här legenden verkligen är sann eller om det endast är ett simpelt påhitt, som ett kamouflage", sa Richard och ryckte på axlarna.

"Nå, ska vi fortsätta, Annabelle, innan minnesfärden drar in dig igen? Vi har ord kvar att hitta, som ska fylla två meningar! Och jag har fortfarande saker att visa som kan fascinera dig. Och det här du ska få se nu, kommer nog garanterat att göra det", sa Eadwig. "Men sedan vill jag att du vilar lite, innan vi fortsätter minnesfärden på nytt. Jag ska ordna så att du kan vila, kanske till och med sova ifrån minnesfärdens grepp en stund", tillade han.

Som svar sa jag ingenting men tog tag om Eadwigs hand medan hans ögon lös upp i lila.

Jag försvann bort direkt.

KAPITEL 24

... Bilden ändrades till långt bak i tiden. Det var natt och jag var tillbaka till Richard och hans skapare Sintz.

Den starka fullmånen lös upp de båda som satt längst ut, högst upp på ett berg kring en stor brasa. Under dem var det skog, till höger skymtade man en by och rakt fram såg man en sjö. De samtalade om något, när en mansängel uppenbarade sig och var på väg ner mot dem! Ängeln hade betydligt större vingar än dem jag såg i minnena innan, med flera lager av fjädrar i olika storlekar. Han var riktigt muskulös och barbröstad med tunna, ljust safirblåa byxor som slutade strax över vristerna. Han hade kort, tjockt, kolsvart hår med inslag av både silver och guld. Runt hans huvud satt en sagolik, ljust safirblå krona, och bröstkorgen pryddes av en tatuering. I mitten var det ett mönster i silver och guld. Ovanför var det ett annat mönster i ljusgrönt, brunt och mörkgrönt. Till höger var det ett i grått, vitt och ljusblått. Under ett i rött, orange och gult, och till vänster ett i ljusblått, svart och mörkblått. Alla mönster var unika men sammanlänkande och skapade en vacker tatuering i sin helhet.

Mansängeln landade intill brasan vid Richard och Sintz, som fortsatte att titta upp mot skyn. Jag följde deras blickar och såg att det var fyra änglar till som var på väg ner! De andra änglarna landade intill mansängeln som gick ner på ett knä framför Richard.

"Jag är gudsängeln Xander – härskare över Själsriket, Himmelriket och Andra sidan. Med mig har jag mina fyra änglagudinnor. De representerar det femte elementet ande och ett av Jordens fyra andra element var. Här bredvid mig står Amy, hon representerar jord. Intill henne står Cisz, som representerar luft. På min andra sida står Victoria. Hon representerar eld. Intill henne står Sikira, som representerar vatten. Själv representerar jag alla de fyra elementen, och det femte elementet, ande", sa mansängeln till Richard och reste på sig.

Det var knappt att jag kunde slita blicken från änglagudinnorna för att de var så vackra. Alla fyra hade långt och skimrande guldsilvrigt hår, där topparna såg ut att vara doppade i deras elements färger. Antog jag ... för Amys toppar var i ljus- och mörkgrönt och brunt. Cisz i ljusblått, vitt och grått. Victorias i rött, orange och gult och Sikiras i ljus- och mörkblått och svart. Deras färger var i samma uppdelning som gudsängeln Xanders tatuering. Så det måste ju vara elementens färger och måste då betyda att guld och silver symboliserar, ande.

Änglagudinnorna bar vita, tajta och långa tvådelade klänningar med ett genomskinligt guldtyg, fastsatt med hjälp av safirblå pärlor. De bar ett tunt safirblått pärlband trätt över och runt huvudet, med tre droppar framtill i deras elements färger. Änglagudinnorna hade lika stora och vackra vingar som gudsängeln. Och precis som de andra änglarna jag sett hade de guldsilvriga ögonvitor, lysande safirblåa ögon och naglar ihop med en vit skinande aura och den renliga porslinsliknande huden.

"Vi möts igen, gode kamrat", sa gudsängeln Xander, sneglande mot Sintz.

"Det har gått långt över 5 000 år Xander, sedan vi senast sågs ... Jag trodde aldrig att jag skulle få se dig igen. Du måste ha en särskild anledning att närvara denna stund", sa Sintz och betraktade gudsängeln Xander djupt.

Gudsängeln Xander vände blicken mot Richard. *"Vet du om att din skapare är en av de fem första vampyrerna?"*

Richard skakade förvånat på huvudet.

Gudsängel Xander fortsatte tala. *"En vampyr för varje element, som håller till längs sina elements väderstreck. Sintz, han skapades ihop med ande och kan därför alltid röra sig fritt"*, sa gudsängeln Xander.

Jaha, det förklarade varför Sintz symboltatuering inte enbart var svart och mörkröd, som på de andra vampyrerna med symbs. Silvret och guldet i hans symboltatuering symboliserade ande i honom!

Gudsängeln Xander fortsatte tala till Richard. *"Det var inte min skapares mening att skapa dessa väsen. Jorden höll på att gå under, min skapare gjorde allt i sin makt för att rädda den. Men allt har sitt pris. Min skapare lyckades lugna ner osämjan på Jorden och stoppade de ständigt återkommande stormarna och översvämningarna, jordbävningarna, bränderna och vulkanutbrotten som for som en våg runt Jorden. En våg utan stopp, men en våg som mestadels håller sig lugn nu efter att min skapare fått pli på den."*

Gudsängeln Xander vek in sina vingar mot ryggen och tittade in i brasans lågor.

"Men min skapare kunde inte rädda allt liv, så många människor, växter och djur gick åt. Av de som överlevde hamnade hoppet på att bygga upp världen igen. Men några dagar senare upptäckte min skapare de nya väsen som hade skapats via slumpmässigt utvalda människor, och andra väsen hade skapats ur helt tomma intet. Det var en bieffekt av den kraft som min skapare behövde använda för att vidmakthålla balansen för vågen av förödelse. Min skapare upptäckte att de olika väsendena antingen var styrda eller påverkade av Jordens element och vissa av solen eller av månen. Min skapare försökte använda den vetenskapen till att få det ogjort. Men deras existens kunde inte förintas utan att förstöra balansen av förödelsevågen som upprätthålls. Min skapare hade inget annat val än att välkomna dessa nya väsen, för att inte riskera allt liv på Jorden."

Gudsängeln Xander vände sig mot Richard. *"Men väsendena var inte det enda orosmoment som hade skapats. Ondskans handling är något som alltid har funnits med oss så längde det funnits liv. Denna ondska har funnits i olika individer som valt att ta steget till handling i olika grad. Det som hade skapats nu levde för eget bruk. Vi kan kalla det för Mörkret. Energifältet som min skapare blev tvungen att använda för att lugna ner förödelsevågen, la sig som en hinna över Jorden. En energi som tog sig upp i skyn och ner under jord."* Gudsängeln Xander förde blicken upp och ner medan han gestikulerade med armarna. *"Mörker och ljus skapades av den energin. Jag och min tvillingbror likaså, förlikade med en del var. Jag hade skapats tillsammans med ljus och min bror med mörker. Då min skapare inte kunde få allt detta ogjort, försökte min skapare i stället underlätta för mig att hjälpa till att vidmakthålla balansen mellan människorna och de nya väsendena och mellan mörker och ljus, medan min skapare själv fokuserade på förödelsevågen. Min skapare gav mig då änglagudinnorna, skapade de olika rikena och såg till att alla kvinnliga själar kunde välja en tid som ängel. Allt för att försöka hålla Jorden balanserad. Men ljus kan inte skapas utan mörker, liksom mörker inte kan skapas utan ljus. Så ihop med att jag fick mina änglagudinnor fick min tvillingbror – Djävulsängeln Yander – två djävillsänglar vid sin sida, Ame och Lia. Och när mina riken skapades fick även Yander och hans mörker ett rike under jord, Underjorden."*

Gudsängeln Xander blåste lätt mot brasan, snurrade sin hand mot elden som flammade upp.

"Precis som jag, representerar Yander de fyra elementen, och det femte elementet, ande. Hans djävillsänglar representerar båda ande, med två av de fyra elementen var", sa han och fällde ut sina vingar som i frustration och fällde in dem igen.

I flammorna frammanades en kopia av gudsängeln Xander. Det måste vara djävulsängeln, Yander. Han hade samma typ av hår och var också barbröstad och med likadana byxor, fast i en matt nyans av blå. Den sagolika kronan runt hans huvud var i samma matta nyans som byxorna. Precis som de andra änglarna hade han de lysande safirblåa ögonen, men hans ögonvitor ... de var svarta som natten. Och hans naglar var långa och spetsiga med askgrå färg. Han var barfota som alla de andra, men hans tånaglar var grå och formade som hemska klor. Över hans bröstkorg var det en liknande tatuering som på Gudsängeln Xander. Det var samma färger och ordning, men Yanders mönster var hårdare. Hans tatuering i helhet såg mer tuff än vacker ut.

Det fladdrade till i brasan, min blick drogs till hans vingar. Förutom att de påminde om fladdermöss var de riktigt stora, grå på insidan och svarta på utsidan. Och det måste vara de två djävillsänglarna Ame och Lia som kom gående bakom Yander och ställde sig intill honom. De hade samma färg på naglarna och ögonen som Yander och samma hemska kloliknande tånaglar – usch! Vingarna såg likadana ut, fast deras var svarta på insidan och grå på utsidan. De var klädda i svarta dräkter, mer sexigt än snyggt. Och precis som änglagudinnorna hade djävilsänglarna långt och skimrande guldsilvrigt hår, där topparna var doppade i deras elements färger. Men till skillnad från dem så hade Ame, Lia och Yander en askgrå aura runt sig. Men den smutsresistenta porslinshuden, den hade de allt. Det kändes konstigt, för det lyste ondska, mörker och djävulskap från de där tre, jag störde mig på att de såg lika fräscha ut som de andra.

Hypnotiserad av det jag såg hoppade jag till när gudsängeln Xander tog till orda.

"Ame representerar jord och luft och Lia representerar eld och vatten", sa han och viftade bort bilden av dem i flammorna med ena handen.

Röken som bildades då lågorna så intensivt flammade till, dansade i luften över eldens toppar. Ett ord bildades av röken! Snabbt tog jag upp pappret och pennan för att skriva ner det. *NUSQAM*. Första ordet på mening två, då var vi i gång igen!

Gudsängeln Xander tittade sammanbitet mot Richard. *"Just nu är Jorden balanserad mellan mörker och ljus. Men den kan inte vara det för alltid, små utbrott har redan skett men som vi själva kunnat reda ut. Det är en tidsfråga innan mörkret exploderar och förödelsevågen runt Jorden blir allt svårare att kontrollera. Vi har fått börja lägga mer fokus på förödelsevågen eftersom mörkret tyr sig allt närmare och vill rubba balansen, vilket i sin tur öppnar upp vägar utan sikt från ljus. Mörkret har legat på lut i lugn och ro för länge. Det väntar på något. Vi vet bara inte när, hur eller var. Jag berättar det här för dig Richard, eftersom jag känner av att ett öde vilar hos dig. Din framtid, dina handlingar kommer att vara avgörande för detta skede. Det behöver inte vara du själv som är nyckeln, utan någon eller några du mött eller kommer att möta. Men allas liv har sin egen prövning. En fri vilja. Vi får hoppas att du väljer de rätta vägarna för ditt öde. Vi kommer att göra allt vi kan för att behålla balansen till dess och hoppas att du kommer att finnas där med de dina vid din sida för att hjälpa oss när tiden väl är kommen."*

Det var gudsängeln Xanders sista ord.

Han bredde ut sina stora vingar och flög i väg. Änglagudinnorna nickade leende mot Richard och Sintz innan de flög efter. När de flög i väg lyckades jag se mönstren i deras handflator, en vit spiral med små stjärnor i silver och guld längs linjerna. Mitt minne gav mig en snabb tillbakablick från flammorna där Xander hade frammanat bilden av sin tvillingbror. I den hade jag sett Yanders handflator och djävillsänglarnas – Ames och Lias. De hade bara en svart spiral, som antagligen drog till sig mörkret från deras aura och säkert kunde användas som ett vapen på flera sätt. Fy, jag rös bara av att tänka på mörkret.

Richard och Sintz hade suttit tysta ett tag och jag hade bara stått där, med blicken förtrollad mot flammorna. Jag ryckte till när Richard började tala till Sintz. Mitt fokus byttes genast tillbaka till dem igen – då såg jag ett ord till! Det stod på bergsväggen intill dem. *MÖXR*. Snabbt skrev jag ner det.

"Du berättade att jag kunde se änglar tack vare våra magiska vampyrögon. Att jag själv kunde bestämma när jag ville se dem och inte, om de inte själva valde att visa sig eller antog mänsklig form. Men det här och att du är en av de första, det berättade du aldrig", sa Richard förbluffat, till Sintz.

"Jag hade på känn att du skulle få ta del utav det, förr eller senare. Där i grottan under vårt första möte kände jag direkt att du var tvungen att bli min son, min vän och min bror. Jag visste aldrig varför, men att det med tiden skulle visa sig, och här är vi nu. Jag hoppas att du kan förlåta mig. Jag borde ha berättat", sa Sintz.

Richard suckade men klappade honom på axeln medan de tittade upp mot den stjärnklara himlen.

"Kan du inte berätta om de olika rikena och om Xanders bror, om mörkret? Jag behöver veta mer, Sintz. Särskilt om det har med mitt öde att göra", sa Richard.

"Självklart min son, vän och bror. Men detta är en historia i sig. Vi jagar först, så lovar jag att berätta allt du vill veta vid soluppgången."

Richard nickade mot Sintz. Tillsammans hoppade de ner från berget och försvann i skogen under dem.

Jag släppte Eadwigs hand för att bryta länken.

Det var lika obehagligt varje gång att komma tillbaka till nuet. Nu hade jag även börjat må illa. En dimma täckte mina ögon medan jag hulkade fram en rap. Christophers hand mot mitt lår påminde mig om deras närvaro och fick mina kinder att rodna för att jag rapat framför dem. Men jag var tacksam över Christophers symb när han skickade över ännu mer lugn och stabiliserade mitt illamående ihop med det. Det pirrade under huden varje gång hans lugn tog sig in och följde blodflödet i min kropp.

"Här, drick lite", sa Jane medan hon räckte mig läskflaskan.

Det tog ytterligare några sekunder innan jag kunde se.

"Nej, jag behöver starkare grejor", sa jag och drack ur mitt vinglas så fort synen var tillbaka. "Jag mår bättre nu. Men det blir jobbigare att komma tillbaka från minnena."

"Varför släppte du?" frågade Eadwig.

Jag vände mig mot Richard. "Snälla, jag är så nyfiken. Berätta om de olika rikena!"

"Okej, men bara om du lovar att vila en stund sedan, innan Eadwig fortsätter minnesfärden", sa han leende men med bestämd blick.

Jag nickade mot honom.

"Det finns fem sektioner, fem riken", började Richard. "Först är det Underjorden som är grundplatsen för allt mörker och all ondska. Sedan är det Ingenmansland som är platsen för allt liv, Jorden som vi också kallar den. Sedan kommer Själsriket, en plats för själar som inte är redo att ta sig vidare. Oftast har själen något kvar på Jorden som den måste uträtta. Efter det kommer Himmelriket som är ett styrande, lärande och ett vackert väntande rike. Det är grundplatsen för ljuset och allt det goda. Där kan du även göra ett val om du vill födas om på nytt. Nästa plats är Andra sidan, ett rike skapt för varenda själ. För i Andra sidan kan du återskapa din egen värld, ta upp nya drömmar eller uppnå de gamla. Där kan du leva din egen värld ihop med alla de andras. Men du får inte något inträde dit förrän din själ är ren som det klaraste änglasken."

"Wow. Jag kan inte fatta att jag vet vad som kommer hända när man dör. Att den här informationen ens finns. Det är helt sjukt. Förlåt att jag avbröt dig, men var och varannan människa går ju runt i funderingar om vad som kommer hända när man dör. Ja, jag är helt fascinerad av det här."

Richard svalde ner den stora klunken han tog ifrån sin blodpåse.

"Ja visst, det är faktiskt skönt eller snarare en trygghet att veta vad som kommer ske om man någon gång skulle falla dit, trots mitt eviga liv. Det är väl medium, som är ett av de enklare väsendena bland oss – det vill säga människor med gåvor, som vet om vad som finns och sker."

"Vet medium om att ni existerar?!"

"Vissa ja, andra inte. Det finns även människor med gåvor att se övernaturliga ting. Men eftersom dessa människor så sällan kan bevisa det de vet, ser och upplever, så bildas ju många uppfattningar och olika sanningar, samt en jäkla massa påhitt. Men nu vet ju även du att det finns en existerande sanning bakom alla fasader." Richard log lekfullt.

Han fortsatte: "Men för att rikena ens ska kunna fungera finns änglarna, de fyller viktiga funktioner. Förutom de styrande änglarna, är det då Skyddsänglarna, Himmelrikets dödsänglar och även Underjordens dödsänglar som ser till att sektionerna hålls uppe."

"Jag har sett alla änglasorterna va? I minnesfärden?"

"Alla utom Underjordens dödsänglar."

"Jag kan inte fatta att jag sett dem ..."

"Du har fram till i går haft en skyddsängel vid din sida. Hon har hjälpt oss att hålla koll på dig vid de tillfällen vi inte kunnat och uppmärksammat oss när faror varit nära. Vi lät henne gå nu när vi gav oss till känna för dig."

"Va?! Du skämtar!"

"Nej, det är sant. Hon har som sagt kallat på oss när du varit i fara om vi inte varit där och försökt hjälpa dig under tiden. Och de gånger du känt värme, kärlek, lycka och hopp inom dig utan en riktig anledning, och såklart vid behov. När du sett vackra sken eller vyer, fått känslan av till exempel andlig närvaro, lätthet eller eufori, så har det antagligen varit din ängel du känt av. Hon och Christopher har samarbetat för att hålla dig så lugn och välmående som möjligt i kropp och själ, vilket inte har varit särskilt lätt med tanke på allt du råkat ut för ..."

Jag var för tagen av att ha haft en ängel vid min sida och kunde inte ge någon respons på det Richard nyss sa. Men om jag tänkte bakåt, så visst fanns det en del tillfällen där min skyddsängel gjort sig till känna genom åren – nu när jag visste vad jag skulle leta efter. Wow.

Richard fortsatte: "Skyddsänglarna är främst till för att skydda, bevaka och stötta såväl goda som onda människor och djur och även naturväsen. Bortsett från oss vampyrer, eftersom vi är levande döda. Skyddsänglarna hjälper även de själar som hamnat i Själsriket att lösa sina ouppklarade handlingar, så att de kan ta sig in till Himmelriket och sedan vidare in till Andra sidan. Dödsänglarnas främsta uppgift är att möta upp döda människors och djurens själar, och som du såg i minnesfärden tar de även hand om kroppen om det är ett väsen. Är det en människa eller ett djur, möter dödsängeln själen på vägen och har ofta med sig någon närstående till själen som redan gått vidare. Allt för att underlätta övergången från död till frid. Har människan eller djuret valt den mörka vägen däremot, dras själen direkt ner till Underjorden av deras dödsänglar. Detsamma gäller naturväsen, själen dras ner till Underjorden och i stället för att omvandla kroppen till stoft i silver och guld, omvandlas den till aska som sjunker ner i jorden. Himmelrikets dödsänglar har dessutom en lägre rang än skyddsänglarna, medan Underjordens dödsänglar är fallna änglar som blivit ett med mörkret. Och mörkret ..."

Richard suckade sorgset.

"Mörkret föds upp av onda, vilsna eller fallna själar och släpps ut för att skapa kaos och förödelse. De kan ta över vem som helst och anta en mänsklig eller animalisk skepnad. Men deras sanna natur är endast en skugga av mörker och av tjocka, smala, klibbiga och hala – eller torra och frasiga – kolsvarta trådar som livnär sig på ens rädsla, kött och blod."

Richard tystnade. Han ställde sig upp och började röra sig runt i rummet, han tittade ner på sina händer. Jag skulle just berätta om det konstiga mörkret jag sett när han började tala igen.

"Ljuset är i ständig kamp mot mörkret och försöker alltid leda människor, djur och väsen rätt. Men som vi sagt innan så kan mörkret aldrig förintas helt, för evigt. Det hittar alltid en ny anledning och ett nytt sätt att fullfölja sina verk på. Men mörkret kan försvagas, vissa skador och tillfälliga förintelser kan ta väldigt lång tid att läka i Underjorden, så lång tid som en människas levnadsår på Jorden. Vilket betyder att det alltid är värt att gå upp i strid mot mörkret, hålla det i schack och försöka behålla freden på Jorden och mellan våra sektioner. Men det mörkret har gjort nu, att de lyckats ta över en person med en sådan makt som Agdusth faktiskt har – det innebär att änglarna behöver oss lika mycket som vi kommer att behöva dem i denna strid", sa Richard. "Det får vara allt för nu. Resten får du upptäcka själv. Vila en stund nu, Annabelle, smält allt du fått se och höra. Du kommer aldrig att orka fortsätta minnesfärden annars", tillade han bestämt med handen vilande mot min axel.

Han såg min förbryllade min. "Är du okej?"

"Ja. Jo. Eller … Alltså, jag tror jag har sett mörkret."

"Det är omöjligt, Annabelle. Änglar kan se mörkret och vi vampyrer kan alltid se det också, precis som med allt annat som inte ska ses. Älvor, magiker, djurskiftare, varghundar och andra väsen kan förvisso också se mörkret om de triggar i gång sin inre magi, men människor … nej", avbröt Richard mig.

"Jo, jag har sett det!"

Jag berättade om de mörka, disiga molnen och skuggningarna, om den kladdiga sörjan som dödade fågeln och gjorde tjejen ursinnig. Och om mörkret jag sett runt andra människor och lamporna som tappat sin styrka. Att detta hade varit något jag uppmärksammat sedan jag var liten och hur det sakta hade ökat år efter år, för att sedan börjat urarta efter att jag fyllt trettio.

"Allt du säger tyder faktiskt på att det är mörkret du ser. Men hur och varför, är den stora frågan. Mörkret har alltid varit osett för människan", sa Jane fundersamt.

"Utvald. Det är för att hon är den utvalda. Och när hon fyllde år fick hon krafterna – profetian sattes i bruk. Mörkret kände av det. Därför uppenbarar det sig mer nu. Det känner sig antagligen hotat", mumlade Eadwig. "Jag ... Vi ... ville visa dig den här minnesfärden bland annat för att du skulle få en inblick, förstå exakt hur den här – din och vår värld tillsammans – egentligen är. Att det skulle underlätta. Så fascinerande att ödet låter människan i dig se, att så tidigt få förstå."

"Ursäkta – förstå?!"

Han tittade mot mig när jag höjde rösten.

"Jag hade ingen aning om vad det var jag såg, eftersom ingen annan verkade se det! Jag trodde ju att jag började bli galen, att det slagit slint på riktigt!"

Eadwig harklade sig. "Som sagt ber vi om ursäkt för din förvirrande uppväxt. Men att du kan se mörkret är ödets förtjänst och inget vi andra kan styra. Så det här får bli mer som ytterligare en bekräftelse. Du är den utvalda, Annabelle, och från det finns det ingen återvändo.

Richard tittade oroat på Eadwig. "En del av det hon berättade skedde under dagtid ..."

"Mörkret har vuxit sig starkare, jag är medveten om det och har strött älvstoft runt huset. Här inne är vi skyddade från mörkrets skugga", avbröt Eadwig honom. "Med det sagt är det dags för den utvalda att vila", tillade han och la sin hand över min innan han reste sig.

Christopher reste sig också. Han gick till Richard som räckte honom en av de varma blodpåsarna. Den måste blivit kall nu med tanke på den tid som gått. I stället för att vara den enda som hällde blodet i ett glas, började han suga i sig blodet från det längre röret från blodpåsen precis som de andra. Uäh, tungan rullade ihop sig och tryckte mot gommen. De där blodpåsarna äcklade mig verkligen, jag rynkade på näsan ihop med en rysning innan jag la mig raklång på soffan.

"Tack för allt ni delat med er av hittills."

Jag hörde hur jag svamlade fram orden, ögonlocken var redan tunga som cement. Minnesfärden hade gjort mig mer utmattad än jag trodde. Det var ingen idé att kämpa emot.

KAPITEL 25

Med ett ryck for jag upp ur soffan, konstaterande att vargen jag blev jagad av inte var riktig. Jag hade drömt flera drömmar i en – reflektioner utifrån allt jag fått se och som jag fått berättat för mig.

Klockan var snart fem på kvällen, jag var ensam i vardagsrummet men hörde röster runt om i huset. Trycket över urinblåsan påminde mig om hur kissnödig jag var. Jag hällde upp det sista av vinet i mitt glas och skyndade mig till toaletten medan jag flätade om håret. Efteråt gick jag ut på verandan för att ta frisk luft, men i stället möttes jag av en stark cigarrdoft.

"Jaha ja, så du är inte bara magiker, du röker också?" sa jag retsamt, men mest som ett konstaterande, och drog ena foten över marken med armarna i kors.

Sandalerna jag hade på mig var för stora, jag fick nypa tag med tårna för att inte tappa dem. Det stod ett helt gäng med skor vid altandörren och jag hade tagit de närmaste utan närmare eftertanke.

"Jag röker cigarr lite då och då. Jag fick smak för det för sju år sedan när jag var på en genomresa för att möta upp en god gammal vän", sa Eadwig medan han drog i sig det sista av cigarren och verkade avsluta en tanke han grubblat på.

"Jag störde dig väl inte här ute?"

Jag letade efter en stol att sitta på, men inga utemöbler stod framme och utsikten från verandan var inte mycket att hurra över. En fyrkantig gräsplätt i direkt anslutning till den täta skogen.

"Det är ingen fara, Annabelle. Jag tänkte mest tillbaka på tiden med min syster. Vi är snart vid den delen när Richard och Jane först träffade oss. Kom så går vi in igen."

"Ja, jag känner redan hur minnesfärden drar i mig."

"Den känner av att du är vaken. Jag har hållit en formel över dig medan du sov som dolde dig, men så fort du vaknade bröts den och du blev sökbar igen."

När vi kom in i vardagsrummet var de andra redan på plats. De satt på samma ställen som sist jag såg dem. Jag satte mig på min plats i soffan. Christopher greppade direkt tag om en hårslinga, som hamnat utanför flätningen, för att leka med den. I ögonvrån såg jag hur han log mot mig. Med blicken ner sneglade jag leende tillbaka och blev alldeles varm i kroppen. Med stora klunkar drack jag upp det sista ur mitt vinglas och vände mig mot Eadwig som satt sig ner på andra sidan om mig.

"Ska vi fortsätta", sa jag och kände hur hettan gav vika från mina kinder.

"Samma regler som sist."

"Ja, jag vet. Handen är länken, släpper jag den så kommer jag tillbaka hit, till nuet. Att jag kan känna av dofter och så vidare i de olika minnena. Att jag är där, fast ändå inte, plus att jag ska samla på ord som bara jag kan se", avbröt jag Eadwig med min hand utsträckt mot honom.

Eadwig log nickande men knöt min hand. "Innan jag för dig vidare ska jag göra ett snabbt återberättande från där vi slutade fram till minnet jag vill ta dig till."

Jag nickade mot honom.

Eadwig fortsatte: "När Richard och Jane hade levt för sig själva som vilddjur och överst i näringskedjan i sjuttiotvå år, började de sakna civilisationen något enormt. De ville så gärna bo i en by igen, men som de levde då fanns det inte en chans att lyckas med det. De kom fram till att de var tvungna att sluta döda människorna, i alla fall att ge det en chans och lära sig att kontrollera människornas tankar så att deras attacker glömdes bort, för att över huvud taget kunna bo med mänskligheten igen. Så de tränade upp sin tankekontroll, den intensiva törsten och hungern i närheten av olika byar. I början misslyckades de gång på gång, men de kom sedan på att om de drack oftare och från fler räckte det för att släcka törsten. Richard och Jane behövde aldrig tömma en människa helt på blod för sin egen vinning igen. Men vad de inte hade räknat med, var att de var betydligt lättretligare än någonsin, lusten att döda började krypa dem långt in under naglarna."

"Ja, jag tappade humöret först och vred nacken av en hjort som sprang förbi", utbrast Richard med blicken mot mig. "Äntligen släppte mordinstinkterna, och jag kände mig avslappnad och mer kontrollerad än tidigare. En känsla jag inte hade haft på länge. Jag sa åt Jane att göra detsamma, och det visade sig fungera lika bra för henne. Dygnen som gick drack vi oss mätta på människor och tog ut våra mordinstinkter på vilddjuren. Vi dödade djuren på det sätt som kändes bäst för stunden."

"Eftersom mördarinstinkten är väldigt stark är det oftast ingen trevlig syn med tanke på deras tillvägagångssätt", flikade Eadwig in himlande med ögonen och indragna läppar.

Richard skrattade till lite tyst. "Ja, jo det stämmer väl ... Men en kväll dödade Jane en stor kronhjort genom att tömma den på blod. Hon sa att det var stimulerande att bokstavligt talat suga livet ur den, det tog längre tid för den att dö än att bara vrida av nacken eller slita den itu. Det var som förr, då vi tömde människorna på blod. Skillnaden här, var att djurens blod inte var särskilt mättande, det var skönt för strupen men lyckades inte hålla våra förstärkta sinnen i skick eller släcka vår hungrande törst. Så vi stod fast vid att mänskligt blod var det enda alternativet för oss när det kom till födan. Men vi slapp i alla fall döda människorna när just den biten fungerade med djur."

Jane avbröt Richard. "Både jag och Richard är djurvänner, Annabelle, och alla de andra här också, men vi är trots allt inte människor längre utan rovdjur. Våra instinkter att döda kommer alltid att finnas med oss. När vi upptäckte att vi kunde välja mellan människan och ett vilddjur var valet självklart för oss. Vi tar aldrig ut våra behov på ett husdjur om du tror det, utan endast på vilddjur", förklarade hon, som antagligen hade sett hur min blick förändrats när djuren kom på tal.

Ångesten var tillbaka tillsammans med en gnutta rädsla. Magin inom mig lyckades jag i alla fall hålla i styr eftersom inga konstigheter dök upp. Men jag kände hur nära det var att känslorna började rinna över. Andas in. Andas ut. In. Ut. Stumt satt jag bara där, jag visste inte vad jag skulle svara, och jag var ju en sådan djurvän. Självfallet var det bra att de inte dödade människor längre, men det var rätt svårt för mig som människa att sätta mig in i deras situation och deras annorlunda val jämfört med vad vi människor behövde göra i livet.

"Fortsätt ni", sa Christopher, som fortfarande lekte med mitt hår. Han måste ha insett att jag inte skulle få ur mig något svar.

"Ja, det var ungefär allt jag tänkte på i alla fall. Jag är redo att skicka dig till minnet jag tänkt ut, om ni inte vill tillägga något mer", sa Eadwig och kollade mot Richard och Jane.

De skakade på huvudena som svar. Eadwigs ögon lös upp i lila medan han räckte mig sin hand. Så fort jag vidrörde den försvann jag bort.

… Eadwigs röst hördes runt om mig medan jag for igenom olika skogar och byar.

"År 1110 var Jane och Richard redo att leta rätt på sin första by att flytta in i som vampyrer. De befann sig inte längre i dåtidens Oregon, utan hade tagit sig till White river Valley, som i dag är en stad i sydvästra Nevada. När de kom dit var det en by vid namn Rivervalley. I dag finns det dessvärre inte mycket spår kvar av byn, förutom malörtväxterna som fortfarande blommar upp i staden, växter som vuxit mellan byns tätt byggda stugor redan då. Och det här, det var en jakt- och textilby, precis som deras gamla. Jane ville så gärna stanna, för bortom kullen sprang vildhästar vid skymningen. Och på andra sidan kullen, längs med berget, fanns det en mindre indianby till Richards förtjusning. De bestämde sig för att göra ett försök. De påstod sig vara vandrare och blev väldigt bra omhändertagna och snabbt en av dem i byn."

Eadwig tystnade. Bilden stannade upp, jag stod intill ett av husen i byn som Eadwig just berättat om.

Det var sommar och fullt av folk som gjorde lite av varje. Männen var klädda i långa tröjor som gick över låren. Några hade ytterligare ett plagg vilande över bröstkorgen, många med huva till. Vissa hade skärp om midjan, som bar upp olika redskap eller små väskor och påsar. På benen bar de tunna byxor, låga eller höga skor. De flesta kvinnor bar långärmade klänningar eller plagg i olika lager, och några av kvinnorna hade huvudbonader. På fötterna hade de höga skor med snören eller något som liknade dagens balettskor, fast i skinn.

Det var mer lera och jordytor än grus på marken, men lite gräs här och där i alla fall, och precis som Eadwig sa: mycket malörtsväxter. Mer runt de små stenhusen vid utkanten än på byns innergård.

Var höll Jane och Richard hus? Jag hörde hennes röst, jag vände mig om mot huset jag stod intill och kikade in genom fönstret. Där var de! Richard låg och vilade på en säng, iklädd en lång tröja och skinnplagg över axlarna och bröstkorgen, mörka byxor och ett rep runt midjan. Jane samtalade med en ande som stod intill Richard. Jane bar en jättefin orange klänning med mönster i guld nertill och längst ut på ärmarna.

Det knackade på deras dörr, Richard reste sig med vampyrfart och anden försvann.

"Kom in!" ropade Jane artigt.

Richard och Jane ändrade sina huggtänder till den mer döljande formationen och skiftade ögonfärg till deras förra, bruna och mossgröna färg.

Det var två unga kvinnor som kom för att prata symönster med Jane. Efter en stunds tjattrande vid bordet kom en fråga upp om varför Jane eller Richard aldrig var ute under dagen.

Jane vände sig mot Richard. *"Du eller jag?"*

Kvinnorna såg undrande på dem.

"Det är okej, jag gör det den här gången. Du gjorde det de två senaste gångerna, dessutom tog du hand om minnena på vår föda sist", sa Richard och satte sig ner vid bordet, mitt emot de två kvinnorna. Han spände blicken mot deras medan den rostigt röda ögonfärgen kom tillbaka. *"Ni brukar se oss ute dagtid, på vanliga ärenden och aktiviteter. Häromkvällen hörde jag er väninna fråga om mitt och Janes utseende. Men vi är precis som ni, det förekommer inga konstigheter här över huvud taget"*, sa Richard med en hypnotiserande ton.

"Har ni förstått?" frågade han dem och ändrade tillbaka ögonfärgen till den bruna tonen igen.

"Vi förstår, inga konstigheter", sa den ena kvinnan.

"Vi såg er ju ute häromdagen, så jag vet inte riktigt varför jag frågade. Förlåt oss", sa den andra.

"Ingen skada skedd", sa Jane leende.

Hon och kvinnorna fortsatte sedan med sitt medan Richard gick därifrån.

"AAH! Men jösses vad du skräms!" Jag blinkade frenetiskt och la handen över bröstkorgen medan pulsen lugnades ner.

Anden som varit inne i huset hade uppenbarat sig tätt intill mig. Det var en man, han log tillgjort mot mig och vred hackigt på huvudet hela tiden. Ren rappakalja kom ur hans mun. Han böjde sig närmare mig, jag stod kvar men lutade överkroppen bort ifrån honom. Han försvann, han kom tillbaka, flera gånger om. Han var som ett trasigt hologram. Med tanke på tidigare erfarenheter genom minnesfärden var jag redo med papper och penna om ett ord skulle dyka upp. Nu stod han tätt intill mig igen, han viskade i mitt öra. Till en början hörde jag bara sprakande susningar ifrån honom. Han försvann och kom tillbaka hela tiden. Slutligen kunde jag tyda att det var bokstäver han viskade varje gång. Jag skrev ner bokstav för bokstav. Han försvann igen. Jag tittade in genom fönstret mot Jane och Richard, anden visade sig intill Jane innan han försvann helt. Bokstäverna jag skrivit ner fick jag anta att de hade bildat ett ord. *GANNAM*.

Bilden ändrades, jag var nu inne i deras hus.

Vädret utanför skiftade mellan årstiderna – två gånger om.

Det måste betyda att det hade gått två år i byn, nu när bilden stannade upp.

Det var dagtid och det knackade på deras dörr igen. Den här gången var det ett ungt par med ett spädbarn. Jane och Richard ändrade ögonfärg till deras mänskliga och ändrade baständerna till den mer döljande formationen.

"*Naima, Thomas. Vad kan vi hjälpa er med?*" frågade Richard när de klev in med bestämda steg.

Trots sommarvärmen täckte deras klädsel hela deras kroppar upp till halsen. Naima drog av huvan till sin mörkbruna mantel, lät sitt blonda hår vila över axlarna. Undertill bar hon en grå klänning med vita mönster. Thomas drog handen genom sitt blonda hår för att få bort det från ansiktet. Han bar också en mörkbrun mantel och hade mörka tyger undertill.

"Vi vet vad ni är!" utbrast Thomas när Jane stängt dörren efter dem. *"Vi har vetat om det hela tiden. Men inte vågat avslöja det förrän nu"*, tillade han blängande med sina ljusblåa ögon.

"Och varför beslutade ni att berätta det nu?" frågade Richard med vaksam blick.

"Är ni inte rädda för oss?" frågade Jane medan hon drog handen över deras nyfödda son i Naimas famn.

"Nej, eller jo. Men vi har koll på er, är alltid på vår vakt. Vi vet att ni använder tankekontroll på byborna och människorna utanför. Att ni dricker blod av dem och att ni dödar vilddjuren. Som sagt, vi har haft koll på er. Samtidigt har vi sett att ni verkligen försöker passa in här. Och att ni inte har dödat någon sedan ni kom hit, gör att vi litar på er", sa Thomas.

"Vi läste av er aura kvällen ni kom och såg att ni var vampyrer. Vi valde att hålla en låg profil medan vi vakade över er. Som Thomas sa, känner vi att vi nu kan lita på er och då även avslöja vår hemlighet", sa Naima.

Hennes bruna ögon glittrade medan blicken smalnade. Hon log lätt. *"Vi är magiker"*, tillade hon.

"Så det är därför ni kan ta hand om människorna och djuren så bra när de blir sjuka", sa Jane imponerat. *"Dessutom förklarar det er färgglada aura"*, tillade hon leende och valde att ändra till sina bashuggtänder och de rostigt blodröda ögonen. Richard ändrade också tillbaka till sina.

Naima skrattade dovt medan Thomas svarade Jane.

"Vi använder magi en del. Rätt passande att kunna hantera magi som byns medicinmän."

Vänta, nu händer det något igen ... jag var kvar i huset, men årstiderna ändrades, precis som senast.

Eadwigs röst kom tillbaka runt om mig.

"Efter den kvällens möte förblev de väldigt goda vänner. Tre år senare, på samma datum som deras sons födelse, fick Naima och Thomas en liten flicka. Familjen var ofta över hos Richard

och Jane om dagarna eftersom Jane och Richard inte kunde vistas ute. Ofta fick Richard och Jane passa barnen medan Naima och Thomas behandlade någon i eller utanför byn. Men en höstkväll, år 1120, kom Naima och Thomas inrusande till Jane och Richard. De var upprörda, kom bärande på packning och med barnen i deras famn. Deras magikunskaper hade avslöjats! Byborna ansåg det som svartkonst. De och deras barn hade blivit dömda till döden! Barnen var bara var åtta och fem år gamla!"

Eadwig tystnade. Bilden stannade upp, minnet visade Naima och Thomas som stod med barnen och packning i Richards och Janes hus.

"*SNÄLLA, ni måste ta barnen! FLY, LÅNGT IFRÅN BYN! Se er INTE om!*" skrek Naima.

Hon räckte en stor säck åt Jane.

"*Allt som kan tänkas behövas finns i säcken. Även våra formelböcker som vi ger vidare till barnen. Och information om hur man använder magi på bästa sätt. Ni kommer veta när barnen är redo*", sa Thomas med gråten i halsen.

"*Snälla, ni är våra barns enda räddning*", grät Naima.

Det var ren hysteri, skällsord och vrålande ljud närmade sig huset. Richard och Jane packade snabbt ihop det nödvändigaste. Det blev ett gråtfyllt farväl när de räckte över barnen. Richards ögon var glansiga medan Janes kinder var täckta av blod.

Så vampyrer gråter blod. Det visste jag inte, att den teorin stämde.

Bilden ändrades, vi var nu en bit ifrån byn.

Richard och Jane sprang med vampyrfart utan att vända sig om. Trots avståndet kunde jag höra skriken när byborna hittade Naima och Thomas i huset.

Richard och Jane sprang hela natten, de stannade i en grotta när solen gick upp. Jane satte sig ner för att snegla mot soluppgången utan att bli bränd. Efter ett tag uppenbarade sig Naima och Thomas som andar, de grät och pratade med Jane. Hon var ju den enda som kunde se dem. I famnen hade Jane deras son, han hade sovit i några timmar och började nu vakna till.

"*Mamma och pappa är borta ... eller hur?*" frågade han sorgset.

"*Ja, Eadwig. Dina föräldrar är med änglarna nu. De är i Himmelriket och är snart på väg till Andra sidan, där de sedan kommer att vänta på er.*"

Hennes läppar darrade medan en ny blodtår gled ner över hennes kind.

"*Kommer ni ta hand om mig ... och om Eriah?*"

Eadwig kollade på sin lillasyster i Richards famn.

"*Vi kommer alltid att finnas här för er. Alltid, det har ni vårt ord på*", svarade Richard honom.

Han gav Eriah en lång puss på hennes panna och strök henne sedan över kinden medan han med glansig blick nickade mot Eadwig. Naima och Thomas nickade tacksamt mot Jane, cirkulerade runt dem och pussade sina barn innan de sedan försvann helt.

Jag släppte Eadwigs hand för att komma tillbaka till nuet.

KAPITEL 26

"Men vadå, var ena barnet du, Eadwig? Och paret de lärde känna, var det dina föräldrar?"
Eadwig nickade mot mig. "Jag och min lillasyster har känt Jane och Richard sedan vi var små och det var de som uppfostrade oss sedan den dagen. Min syster mindes knappt våra föräldrar eftersom hon var så liten. Men jag hade hunnit bygga upp en stark relation till dem, speciellt med min far."
Eadwig drog handen över kinden för att torka bort några tårar.
Han fortsatte: "Till en början var jag så arg och så ledsen. Jag förstod inte varför Jane och Richard aldrig trotsade mina föräldrars önskan och räddade dem. Men efter några år förstod jag och var i stället väldigt tacksam för att de följde deras önskan och framför allt för att de tog hand om oss och uppfostrade oss. Vi hade också varit döda då, om det inte vore för dem."
Eadwig kollade tacksamt mot Richard och Jane. De log kärleksfullt tillbaka mot honom.
"Richard och Jane reste först från plats till plats med oss", fortsatte Eadwig. "De insåg att vi behövde en bas att växa upp på och de byggde oss ett hus mitt i skogen, mellan dåtidens Oregon och Nevada. Huset låg mellan två andra mindre byar, så att vi kunde leka och behålla vår barndom så gott det gick tillsammans

med barnen där. Men jag hade inte fått veta något innan dagen vi flydde, om mina föräldrar eller att Jane och Richard var vampyrer. Eriah fick det förklarat vartefter hon förstod. Och allteftersom vi blev äldre fick vi veta mer. Vid tolv års ålder visste vi allt, vid tretton års ålder var våra krafter fullbordade och de lila tatueringssymbolerna trädde fram. Alla magiker har en, den lila färgen symboliserar magi. Tatueringen visar att man är magiker, helt enkelt, hur kraftfull man är och om man har en speciell – en egen kraft. Richard berättade att mina föräldrar alltid dolde sina tatueringar, men att några ur folket sedan skymtade dem en dag. Det skapade frågeställningar i byn och folket började spionera på mina föräldrar, det var så deras magikunskaper avslöjades."

"Men jag har ju ingen tatuering, varför har jag inte det?" avbröt jag Eadwig.

"Inte? I och för sig är du ju inte magiker från födseln. Eller, ödet valde ju dig när du föddes men du fick ju inte krafterna förrän nu. I sådana fall är min enda förklaring att den antagligen kommer fram ju längre in i profetian vi kommer. Om inte annat kan jag tänka mig att din symboltatuering kommer när du är fullt omvandlad till den hybrid som profetian förutspår", förklarade Eadwig.

Han såg aningen fundersam ut medan han drog handen över sitt blonda kortklippta hår. Själv blev jag just påmind om att jag skulle bli en hybrid ... jag ... en hybrid! Räckte det inte med att jag blivit en magiker?! Mina ögon började svida.

"Ja, men det verkar vara något som vi får se hur det blir med tiden", tillade Eadwig, vilket avstannade mina tankar som var på väg in i ångest och panik. Ögonen slutade svida.

Eadwig fortsatte: "Det visade sig att Eriah var sol- och månmagiker, hon kunde dra kraft från solen och månen, och göra fantastiska formler. Och Eriahs symboltatuering satt i olika mönster runt båda låren, min är mönstrad längs ryggraden. Eriah hade även en cirkel på insidan av ena handleden och en halvmåne på den andra, som visade hennes särskilda kraft, båda med vackra mönster runtom sig. Hon hade även fyra elementtatueringar i sin symboltatuering med olika mönster i varje elements färger, de visade att hon behärskade Jordens fyra element, för det gjorde hon minsann. Hon var en sådan duktig magiker, du anar inte. Jag saknar henne så."

Eadwig suckade och torkade bort tårar igen.

"Ja hur som helst började vi genast öva på vår magi med hjälp av dabelskrifterna vi hade ärvt av våra föräldrar. Vi hade ingen aning om att vi kunde språket förrän vi började läsa det. Men nu vet jag att magiker föds med dabel som ett andraspråk och att det träder fram alltmer i och med fullbordningen av ens krafter. Våra föräldrar hann inte berätta det bara ..."

Eadwig pausade, drog några andetag, antagligen för att samla sig.

"Eriah gjorde faktiskt sin första formel av sol- och månmagi på mig och Richard, en blandning av något hon hittade i skrifterna och från henne själv", sa Jane.

Eadwig nickade. "Det stämmer. Skrifterna är alltid skrivna i olika grunder – varianter – som man sedan kan vidareutveckla på miljontals olika sätt. Här ska du få se", sa han medan ögonen lös upp i lila, och han räckte mig sin hand.

Nyfiken på vad jag skulle få se tog jag hans hand och lutade mig tillbaka i soffan.

Jag försvann bort direkt.

... Det var dag och jag stod på en kulle intill ett hus, jag hörde skratt och tittade ner längs backen. Där fann jag Eadwig, som tonåring! Iklädd en lång, ljus tröja och svarta byxor jagade han en flicka i lila klänning, det måste vara Eriah! Hon sprang med en bok i ena handen och en skinnväska i den andra. Delar av det långa håret täckte boken och lindade sig om väskans rem. Hade jag inte vetat att hon var hans lillasyster hade jag tagit dem för tvillingar, för så lika var de. Det blonda håret, de ljusbruna ögonen och den långa smala kroppen. Och skinnväskan hon hade, den måste vara Eadwigs, för den var identisk med den han hade vid sid sida just nu.

Eriah tog ut en bok ur skinnväskan och slängde väskan mot Eadwig, som genast stannade upp för att borsta av den.

"Okej, du vinner! Men kan du inte berätta vad du tänker göra?" ropade Eadwig efter henne, alldeles andfådd.

"Nej, men du kommer att få se! Jag vet vad jag gör, du får tillbaka din bok så fort jag skapat formeln", skrattade hon och satte sig ner i skräddarställning, topparna av det långa håret la sig över gräset runt henne.

Eriah öppnade upp Eadwigs bok och la upp sin egen bredvid, hon bläddrade i båda medan hon skrev upp några rader i en tredje bok intill. Eadwig la sig ner bredvid henne och kisade upp mot solen under tiden. Vinden bytte sidor i de två böckerna som hon inte skrev i, texten i dem försvann. Vinden upphörde och både böckerna låg uppvikta med vita blanka sidor. Lila bokstäver uppenbarade sig i dem! Ett ord på varje sida, så fyra ord totalt. Jag skrev ner dem. GO. FÖM. GEL. WE. Orden på mitt papper blev lila, wow, andra meningen var klar. Vad fort det gick för den! Bara en mening kvar nu!

Bilden ändrades, Eriah satt kvar som sist när Eadwig kom och satte sig vid hennes sida, med sig hade han en korg full med mat och dryck.

"Tack, du är en god broder du. Men maten får vänta, jag är klar! Kom!"

De gick tillbaka till huset. Med magi öppnade Eriah dörrarna och ropade på Richard och Jane. Eriah ville att de skulle komma ut. Eadwig stod frågande bakom henne.

"Är du tokig? De brinner ju upp om de möter solens sken!"

"Lita på mig broder", sa hon när Richard och Jane stod vid dörrkarmen, skyddade från solstrålarna i husets skuggor.

"Hjälp mig Eadwig, att få dem att komma ut. Jag måste använda mig av solens energi", sa Eriah med sin lena röst, som var fylld av mystik. Eadwigs ögonlinser lös upp i lila medan han motvilligt viftade fram ett tjockt moln med sin hand. Han nickade mot Richard och Jane att komma ut, tveksamt ställde de sig under molnet. Till Eadwigs förtvivlan låste Eriah fast Richard och Jane med magi. Eriahs ögonlinser lös i lila. Halvmånen och cirkeln på hennes handleder lös också. Eriah sneglade upp mot molnet medan hon höll kvar Jane och Richard på stället. Molnet fick sprickor, och strålarna som trängde sig igenom brände Jane och Richards hud, det började ryka under deras kläder innan svarta glödande hål fläckvis uppenbarade sig. Eadwig var helt oförstående inför Eriahs handlingar.

Eriah ställde sig emellan Richard och Jane, hon lät sina händer vila längs deras nackar medan hon uttalade en formel.

"Hab pywenham geb xunyl arr rerra jmad. Xunyl rerra jmad dur gyr jömphogla. Ylgaxr yl dabeqym xud hab qal pmira yma palg. Renn gyxx äm le jöm annreg polgla renn wamall."

Solens strålar trängde sig igenom molnet alltmer för varje ord hon sa. Jane och Richard skrek av smärtan, men i stället för att börja brinna avtog deras skrikande och brännsåren började läka samman. Eriah blåste bort molnet, Jane och Richard stod för första gången sedan de blivit vampyrer under solens strålar, förvånade, men också skrattande och njutande. De borstade bort de sönderbrända smulorna från deras kläder och dansade på stället. I deras nacke hade en lila symbol vuxit fram, en stjärna från natten täckt med en cirkel som var till hälften ifylld, precis som en halvmåne. Cirkeln sträckte sig över stjärnans alla spetsar och en vackert mönstrad tatuering hade lagt sig runt symbolen.

Eadwig släppte min hand.

"Wow, vad betydde formeln?" frågade jag honom när jag kommit tillbaka till nuet.

Eadwig log brett. "Eriah hade som tack för deras handlingar gett dem dagen tillbaka!"

Han fortsatte sedan, med full inlevelse:

"Jag beviljar dig solen att titta fram. Solen titta fram mot det förbjudna. Endast en magiker som jag kan bryta era band. Till dess är ni för alltid bundna till varann."

"Wow", sa jag igen, det var det enda jag fick fram.

"Det är översättningen på formeln", tillade han.

"Vilket häftigt minne. Tack för att jag fick uppleva det. Men varför släppte du min hand?"

"Det här med åldern ... Du frågade om det förut och jag tänkte att jag kunde förklara det nu."

Jag nickade mot Eadwig att fortsätta.

"Vi hade läst i våra skrifter, Eriah och jag, att magiker blev hundra år gamla och därefter vid sin dödsbädd hade man valet att antingen somna in för gott eller göra en ritual som tog en tillbaka till en önskad ålder. Eftersom våra fosterföräldrar aldrig åldrades kändes det konstigt att bli äldre än dem, så vi försökte göra om formeln till rituelen, vilket vi också lyckades med. När jag fyllde trettiotre år och Eriah trettio, gjorde vi vår nya formritual tillsammans. Vi stoppade vårt åldrande helt från den dagen. Och hade vi gjort som vanligt, som man ska, hade vi sedan åldrats saktare i femtio år till för att sedan behöva göra rituelen igen. När det är gjort behöver man bara göra en ritual om man väljer att ... ja, dö. Konsekvenserna av att vi gjorde om formeln, var att vi måste utföra den varje år på dagen för vår födelse", förklarade Eadwig besvärat. "En fördel med att Eriah föddes på samma dag som jag var att vi alltid gjorde rituelen tillsammans år efter år ..."

"Hur går den till? Ritualen alltså?" frågade jag nyfiket och i ett försök att avleda honom bort från minnena av sin döda syster.

Eadwig harklade sig. "Den vanliga åldersritualen går till så att magikern tänder andens elementljus i en lugn sinnesstämning. Magikern offrar några droppar av sitt eget blod i lågan och smetar sedan lite av stearinet kring hjärtat. Inga ord behövs. Det här, det handlar mer om tankar och om själva känslan. Förvandlingen sker sedan under sömnens gång och magikern vaknar upp i sin nya betänkta ålder och kropp. Samma ritual görs om magikern väljer att somna in för gott. Då måste man tacka för sig på dabel medan man blåser ut ljuset, som då representerar slutet på ens liv. Vissa magiker uttalar även en utseendeformel åt sig själva med hjälp av älvstoft under sina första hundrafemtio år, som gör utseendet yngre även om kroppen fortsätter att åldras inifrån." Eadwig himlade med ögonen.

Han pekade mot mig. "Men ritualen jag måste göra däremot skiljer sig en aning från dessa. Förutom andens elementljus, tänder jag de fyra andra elementljusen i varje elements riktning."

"Vänta, förlåt. Men elementljus, vad är det för något?" avbröt jag.

"Ett elementljus är ett ljus som innehar kraften från ett av Jordens fem element: Jord, luft, eld, vatten och ande. Elementljuset skapas via en magiker som har ett eller flera element som sin egen kraft och då omvandlar ett lila ljus i bruk för ett av elementen. Varje element symboliseras med tre färger och när ett lila ljus omvandlas skapas det ett mönster i elementets färger. Mönstren kan vara olika men färgerna är alltid desamma. För jord är det mörkgrön, brun och ljusgrön. För luft är det ljusblå, vit och grå. För eld är det röd, orange och gul. För vatten är det ljusblå, svart och mörkblå. Och för det femte elementet, ande, är det guld och silver. Det enda elementet med två färger. Och den lila färgen förblir alltid kvar mer eller mindre i alla elementljus och symboliserar magin som helhet."

Eadwig tystnade eftersom jag pekade frågande mot honom.

"Men vänta … du sa att magiker som har ett element som en egen kraft endast kan göra elementljus, och i er åldersritual använder ni andens elementljus, men då måste ju magikern lyckas skaffa ett sådant ljus först ju, om nu inte denna behärskar anden som en egen kraft. Eller hur?"

"Alla magiker har kraft nog för att göra tre andeljus under sin existens. Det hör till själva åldersritualen att omvandla ett lila ljus till andens elementljus. Ett vid första gången och sedan ett nytt efter femtio år när ritualen måste göras igen och slutligen omvandla ytterligare ett ljus när man är redo att dö. Jag har några gömmor runt om i världen med elementljus undanstoppade. Eriah, som hade fyra av fem element som en egen kraft, hann göra några stycken under sin existens. Annars kan man köpa dem av magiker, en produkt de har väl gömd på sina lager. Vi magiker mediterar gärna och ofta i en cirkel av vanliga ljus eftersom vi kan absorbera lågornas energi, det gör oss starkare. Men att slå en cirkel av elementen eller endast låna lite kraft från ett av elementen eller från fler, det är något helt annat", sa Eadwig leende och gav mig en flörtande blinkning.

Eadwig rätade på sig, han drog in ett djupt andetag och suckade avslappnat ut det.

"Tillbaka till åldersritualen jag måste göra … När jag förberett elementljusen, offrar jag några droppar av mitt blod vid varje elements låga och i en skål blandat med älvstoft. Och så uttalar jag den här formeln."

"By deb derr new usf hab äm geb rmubyl arr rhäla."

"Och det betyder: Ge mig mitt liv och jag är dig trogen att tjäna."

"Wow, igen!" sa jag.

"Jag upprepar ritualen fem gånger för att sedan dricka ur skålen."

"Jag kan knappt bärga mig tills jag får lära mig att använda mina krafter, men påverkas det inte att du säger formlerna högt? Nu menar jag, du har ju sagt några, har det hänt något som jag inte märkt? Vänta, sa du älvstoft förresten?"

"Som svar på din magifråga så hände ingenting", sa Eadwig. "Magi handlar om känsla, ärlighet och hur man säger en formel. Vissa formler fungerar bara om de sägs på ett visst sätt. Andra formler behöver endast en lätt tanke för att sättas i bruk. Magiker kan uttala formler med inlevelse, precis som jag gjort här för er utan att någonting hände. För det första så hade jag inte gjort det som krävdes för formeln om du tänker efter, men även att jag inte menade orden när jag sa dem. För er lät det säkert som att jag försökte sätta formeln i bruk, men jag var helt tom inuti mig när jag sa orden. Och om jag hade sagt formlerna på riktigt hade mina magikerögon frammanats. Det gör de alltid, även om du bara tänder en lampa med magi så är de där", tillade han med ett hånflin.

"Älv..."

"Jo, jag hörde att du frågade om älvorna", avbröt Eadwig mig. "Till att börja med är älvorna de allra sötaste, vackraste och minsta naturväsendena i vår värld med deras femton centimeter till godo." Eadwig var lekfull i tonen medan han visade storleken med fingrarna.

Han bet ihop käkarna och stirrade på mig. "Trots det kan älvorna vara bland våra värsta fiender. De kan lysa upp lika starkt som en stjärna och skrämma bort mörker. Och förutom att de kan utsöndra ett skrik som knappt är hörbart för människan men bedövande för framför allt vampyrer, men också för djurskiftare och varghundar, är det deras stoft som är det största vapnet. Om stoftet sprutas in i en vampyr blir den tillfälligt förlamad och ibland även sövd beroende på mängden stoft och på hur kraftfull vampyren i fråga är. Varghundar och djurskiftare däremot, de däckar direkt vid intag av stoftet, dessutom fräter stoftet på varghundarnas och även vampyrernas hud. Man blandar oftast älvstoftet med vatten för att kunna injicera det eller hälla i det oralt. Vissa blandar det med smält silver för ökad effekt eftersom silvret påverkar både varghundar och vampyrer på liknande sätt som stoftet. Vi magiker å andra sidan brukar stoftet i många av våra formler. Det kan göra underverk och förstärker vår magi. Men det är inte alltid lika lätt att hitta älvorna varje gång, i och med att de är osynliga. De kan visa sig om de vill, annars är det bara vampyrerna som alltid kan se dem, precis som med allt annat som egentligen inte ska ses, tack vare deras magiska vampyrögon …"

Eadwig flämtade till och skakade på huvudet. Ett kort skratt kom sedan ur honom. "Men vi magiker vet vilka spår vi ska följa för att hitta älvorna och be dem visa sig. Vi följer stoftet som är svårare för dem att dölja än dem själva. Visst kan man ta stoftet som de lämnat efter sig, men det starkaste är det som älvan själv delar med sig av. Älvorna kan även anta mänsklig form och leva som människor. Det är rätt vanligt eftersom de ofta är jagade av mörker, som onda magiker till exempel."

"Vadå, så jag kan ha träffat på en älva när jag varit och handlat?"

"Nu håller de sig mest inomhus eller i närheten av naturen när de gestaltar sig som människor. Men ja, det är inte fullt omöjligt. Däremot är möjligheten betydligt större att du träffat på en människa som är till hälften älva", sa Eadwig.

"Va?"

"Så här är det. Alla älvor är honor och älvorna älskar och lever för grönskan. Grönområden som blomstrar ovanligt starkt och levande har antagligen haft en hjälpande hand från en älva eller fler. Och älvorna skapas då främst från blomskott och självaste modersblomman måste ha haft en älvas beröring för att det ska fungera. Och så länge älvan har sina fyra vingar i behåll lever den för evigt. Älvor i mänsklig skepnad kan också föröka sig och föder då alltid flickor, som blir till hälften älva med diverse egenskaper. Och dessa älvhybrider lever oftast bland vanliga människor och lever på precis som vanligt, bara det att de bär på en liten hemlighet", förklarade Eadwig och skrattade till.

"Jag vet inte om jag blev så mycket klokare av det där. Nu kan jag inte sluta spekulera över vilka som kan tänkas vara älvor bland alla underliga människor jag mött i livet. Bäst att du fortsätter Eadwig", sa jag skakande på huvudet åt mig själv.

Eadwig skrattade till igen. "Okej. Ja, jag var egentligen klar, men det senaste jag lärde mig av älvorna är att de kan läsa allas tankar, såväl människor som djur och naturväsen. De kan till och med föra en tyst dialog genom att föra över sina egna tankar, bilder och minnen till en annan."

Eadwig visade sig veta en hel del om älvor, men det var klart, kockar visste ju en hel del om sina ingredienser också så att ...

Jag tyckte det var jätteintressant att få reda på så mycket om andra naturväsen, om Eadwigs och de andras livshistoria. Egentligen behövde jag sträcka på mig igen, men bland det värsta jag visste var uppehåll i filmer eller böcker som var intressanta, jag svarade aldrig i telefon när jag kollade på film till exempel och jag kunde sträckläsa en bra bok i flera timmar. Så jag blev tyst och väntade på fortsättningen av minnesfärden från Eadwig. Jag kände hur minnena drog i mig, ville ha mig tillbaka. Bara en mening kvar!

KAPITEL 27

"Okej, klockan tickar på. Ska vi se till att börja avsluta den här minnesfärden nu och ordna den sista meningen?" Eadwig förde blicken runt i rummet och stannade när den nådde mig.

"Ja, jag kan nog inte avsluta det här utan att få höra eller se resten, även om det betyder att vi skulle bli uppe hela natten", skrattade jag.

"Så mycket är det inte kvar tills vi är där vi är i dag, och resten av orden borde komma upp i dessa minnen som är kvar i vår livshistoria", sa Eadwig lugnt. "Jag antar att jag knappast behöver ta om reglerna för dig", tillade han och sträckte mig sin hand medan hans ögon lös upp i lila.

Jag försvann bort så fort jag vidrörde den.

… Eadwig förde mig till en stor by. Wow, byn låg i en djup och lång dal med majestätiska berg och vacker natur omkring sig. Bilden stannade upp och lät mig gå runt bland folket på egen hand. Det verkade vara vår. Soligt men kallt och växtligheter som vaknat till liv. Folket bar liknande kläder som i minnena innan. Kläderna påminde om det man sett på teve och fått lära sig i skolan om medeltiden, vikingar och riddare, rika som fattiga. En mix av allt.

Minnet lät mig känna gruset och de små stenarna längs gångvägarna, det gjorde inte ont men jag kände av dem och kunde greppa de med tårna. Den här byn var mycket större än de andra Eadwig visat mig. Husen jag gick förbi var i både trä och sten och låg alla tätt inpå varandra, de hade grästak med lite mossa. Det var fullt med blommor runt om husen och längs gatorna, och om jag inte tog fel var det kvittrande blåsångare som flög runt. Det var en riktigt härlig stämning i byn, med olika sorters människor. Till höger om mig såg jag verandan till ett hus och skymtade en ... vampyr i skydd från solen! Det måste ha varit en vampyr med tanke på de röda ögonen. Förundrad vände jag mig åt andra hållet och såg en flicka som sprang in i en stor man. Mannen morrade till henne och hans ögon lyste till, sådär starkt orangegult, som på varghundarna jag sett i minnena innan. Eller nej, det var inte exakt likadana ögon som jag sett på varghundarna, men lös gjorde de. Den här mannens ögon hade en mörkare, varmare ton av orangegult och svarta pupiller, inte vita som på varghundarna. Så det var inte en varghund i alla fall ... Kunde det vara en djurskiftare? Vänta! Mannen i gränden när jag blev överfallen hade sådana där ögon och han var ju en djurskiftare!

Fundersam över vad jag sett fortsatte jag att gå längs byns gator.

Eadwigs röst gjorde sig hörd runt om mig. "År 1200, hade Eriah och jag bott med Richard och Jane i åttio år. Vi var väldigt beresta och hade nått fram till en stor by – byn med legenden jag berättade om tidigare. I dag är den som sagt en stad vid namn New Wicfortville, i Ruby Mountains i Nevada, och när vi kom dit kallades den för Wicfort Valley. Du har ju fått höra legendens vinkel, nu ger jag dig vinkeln om hur det var när vi först kom dit, innan legenden slog sin rot."

Eadwig pausade medan jag fortsatte framåt i byn. Jag rundade ett stenhus och plockade några blommor. Gröna grenar med gulgröna blad klättrade längs husväggen och vid marken växte de små blommorna i lila och blått. De luktade bär och viol, och var mysiga att pilla med. Vägen korsades framför mig. Till höger fortsatte de tätt byggda husen, till vänster blev de mer avlägsna och gick in mot skogen. Längs båda sidorna av vägen framåt stod fina träd och vackra buskar, och däremellan var det olika försäljningsstånd. Det såldes smide, tyger, redskap, bröd och annan förtäring. Längre fram skymtade jag höga torn och en mur.

Eadwig fortsatte prata till mig medan jag gick mot den stora byggnaden och kollade på allt längs sidorna av vägen.

"Wicfort Valley var en av de större byarna som tog emot betalning från de mindre textil- och jaktbyarna. Och längst in i byn fanns det en sagolik borg, bebodd av magiker av kungligt blod visade det sig. Det visade sig att hela byn var bebodd av naturväsen som djurskiftare, magiker och några enstaka vampyrer; som alltid hade en så kallad prövotid. Vampyrerna blev direkt förvisade från byn om de dödade inom området. Och trots att varghundarna oftast var snälla som människor var de förbjudna eftersom de var okontrollerbara vid fullmåne. Även fast de låste in sig själva eller kedjade fast sig var det alltid någon som kom undan och skadan blev ett faktum. Det fanns även många helt vanliga människor som också bodde där, fullt medvetna om byns styre och om den större delen av byns befolkning."

Ha! Där fick jag det bekräftat, att mannen som flickan sprang in i var en djurskiftare. Och det var nog inte medvetet, men det lät som om Eadwig berättade en spännande saga för små barn när han talade. Jag fnittrade till åt hans inlevelse medan han fortsatte att berätta.

"Min syster och jag blev som förälskade i byn, vi valde därför att stanna på heltid. Jane och Richard valde att inte stanna, de ville ge oss lite andrum men besökte oss med jämna mellanrum fast med åren alltmer sällan, det gick i vågor beroende på var de höll hus någonstans. Väl i byn, där tog det inte lång tid förrän

Eriah och byns prins – magikern Agdusth Litsloe, föll för varandra. Vi fick flytta in i deras slott och Agdusth och jag blev bästa vänner. Agdusth föddes år 1055, och han hade gjort en liknande åldersritual som oss och stannat sitt åldrande runt fyrtioårsåldern. Och tio år senare, i början på februari, beslutade Agdusths far Bog, att han var klar på Jorden. Tillsammans med sin fru, Agdusth mor Winh, utförde de ritualen som tog dem vidare in till nästa liv. Det gjorde Agdusth till kung över alla naturväsen i världen, eftersom det var det hans far var. Agdusth behövde en drottning. Han bad sin kärlek, min syster Eriah, samma dag om hennes hand. Hon tackade självklart ja."

Eadwig pausade, men hans röst var snabbt tillbaka.

"Dagarna därpå planerades bröllopet in i minsta detalj, det skulle infalla på samma kväll som den röda fullmånen visade sig. Men det var ingenting som stoppade oss eller gav oss någon oro. Tvärtom, det var unikt! Ceremonin skulle hållas när månen bytte ut solen och den röda färgen la sig över den."

Eadwigs röst tystnade, den hade hörts så mystiskt sagolikt runt om mig medan jag tog mig igenom byn. Det var nästan så att jag saknade hans berättarröst varje gång den försvann.

Bilden ändrades, jag var kvar i byn men befann mig innanför den stora muren – på slottsborgens öppna gård tillsammans med en stor folksamling.

Det var kväll, snön hade fallit och månen lyste otroligt starkt, fylld av en röd disig skuggning. I raden längst fram stod jag och kollade upp mot stenblocken framför mig en bit upp. Den och muren bar ett tunt lager snö. Förutom de små brinnande facklorna längs muren, omringade stora facklor stenblocket och skapade skuggor och vackra reflektioner. Det såg ut som en scen och på den stod det två troner i mitten med en varsin guldkrona vilande i deras säten. Till vänster om tronerna låg det två stängda kistor. En präst stod mellan kistorna och längst ut till höger stod en väldigt kraftig kvinna intill en man som satt vid ett stort musikinstrument, liknande en orgel.

Fram på stenblocken klev en muskulös man upp. Det måste vara Agdusth. Han såg exakt ut som den andra mannen i min dröm, den på slottsgången!

Agdusths mörkbruna hår låg som i vågor till axlarna. De mörkblåa ögonen lyste av lycka och godhet. Man kunde skymta hans lila symboltatuering under den vita tröjan som var snörad framtill i ett brett v. Tatueringen gick runt halsen, utmed axlarna och bröstkorgen. De mönstrade skinnbyxorna han bar var rätt coola. Över armen bar han en tjock brungrå mantel, men valde tydligen att inte ha den på sig. Jane var där! Hon och Eadwig ställde sig intill Agdusth. Nu tog han på sig manteln, som även hade ett undertyg som han knäppte igen med guldfärgade pärlor som träddes igenom små tygöglor, och kappan hölls ihop av ett guldspänne högst upp.

Eadwig nickade mot den kraftiga kvinnan, hon började sjunga i samspel med den ljuva musiken. Kvinnans röst var ljus och ekade mellan slottsborgens stenväggar medan personerna i mitten av folksamlingen, framför Agdusth, skapade en bred gång. Fram längs gången kom Eriah gående, och hon hade Richard vid sin sida!

Wow. Eriahs vita klänning i tjockt tyg var sagolik, dekorerad med kristallpärlor. De var placerade så att de små former hon hade framhävdes. Kragen, urringningen, ärmarna och klänningens nedre del var i fluffig vit päls och fjädrar. Gröna och bruna kvistar höll upp delar av hennes långa, blonda hår och de vita rosorna i håret tappade några av bladen medan hon gick. Hennes ljusa, bruna ögon glittrade av lycka när hon väl ställde sig intill Agdusth, med Jane på sin andra sida. Richard ställde sig bredvid Eadwig.

Prästen började tala. *"I dag är vi alla samlade för att föreviga trohetslöftena mellan Agdusth Litsloe och hans käresta Eriah Thybird, och även för att få närvara vid kröningen till er nya konung och drottning. Men också för att ta farväl av Agdusth mor Winh och hans far Bog. Jag vet hur mycket de betytt för er, för oss alla, under deras styre som varade under flera århundraden. Bog och Winh valde att gå vidare till nästa liv för två dagar sedan och överlämnade sina krafter till Agdusth vid deras bortgång. Å Agdusths och er andras vägnar har Richard och Jane samtalat med dödsänglarna, bett dem att vänta med att hämta in Winhs och Bogs själar fram till i kväll, till denna stund. Så att vi alla får en chans att ta farväl"*, sa prästen ut till folket.

Prästen öppnade upp kistorna, månens röddisiga sken la sig över dem. Folket drog efter andan – dödsänglarna valde att visa sig för denna annorlunda by. Gudsängeln Xander var med änglarna, han tog själv hand om kropparna medan dödsänglarna följde med själarna upp. Gudsängeln Xander hade omvandlat kropparna till guldsilvrigt stoft ihop med kistorna, deras kläder och allt. Folket följde stoftets väg som svepte sig över dem, bort med vinden. När stoftet var utom synhåll och änglarna var borta tystnade folkets gråt och äktenskapsceremonin mellan Agdusth och Eriah tog sin början. Efteråt bad prästen Agdusth och Eriah att sätta sig ner på tronerna medan två tronbärare sedan trädde på dem kronorna.

Agdusths krona var mönstrad och formad i två våningar av tjocka, ihåliga kvadrater som delades upp av tjocka, raka delar. Eriahs var mer som ett kronband som vilade mot pannan och slöt sig under håret, bundet med två röda långa band. Kronan hade stora och små krusidullmönster och utspridda mörkröda små stenar. Den hade även två spetsar ner på varsin sida, och mellan dem och runt kronans nedre del gick det ett mörkrött pärlband med en droppliknande pärla i mitten.

"Skåda och knäböj inför er och alla naturväsens nya konung och drottning, Agdusth och Eriah Litsloe-Thybird", utbrast prästen. *"Må de styra, bära dessa kronor varje dag och natt och leda oss i ljusets väg,*

i många århundraden framöver", tillade han mot det knäböjda folket som vilade sina händer mot sina hjärtan.

Bilden ändrades, minnena tog mig genom olika årstider och årtal. Eadwigs röst ekade i mitt huvud under tiden.

"Åren gick och medan omvärlden utvecklades med århundradena behöll vi vår by i det stuk den alltid hade varit i. Vi ville bevara det gamla från förr, med våra sagolika hus och trädgårdar. Tillsammans levde vi ett underbart liv med ett fantastiskt styre av Eriah och Agdusth, i hela 570 år. Tills den dagen ... då mörkret försökte finna sig en väg in i byn och in mot borgen. Vi lyckades bekämpa mörkret i några år, men Agdusth blev allt svagare. Han började släppa in mörkret i skymundan från oss andra. Jag märkte aldrig hur mycket mörkret hade lyckats påverka Agdusth. Eriah som var med honom nästan dygnet runt, märkte det omedelbart. Men hon valde att inte säga något, hon ville inte väcka någon oro för deras styre. Hon letade fram formler och använde sig av änglar och älvor för att försöka få i väg mörkret som hittat sig in i Agdusth, men förgäves. Sex år senare hade mörkret nästan slukat honom helt."

Eadwigs röst tystnade. Bilden stannade upp, jag stod inne i ett av slottsborgens rum och det var någon som låg i ett bad i ett rum intill.

Dörren var öppen, men jag vågade inte kika in. Vid sängen låg den mycket bekanta skinnväskan. Jag måste vara i Eadwigs rum. En lapp kom igenom dörrspringan bakom mig, den var uppochner, så jag kunde inte se vad det stod. Rastlös satte jag mig på sängkanten och väntade på att Eadwig skulle märka den. Ett lila sken la sig över lappen och formade bokstaven *E*. Det hände inget mer, så jag antog att det stod för ett eget ord och skrev ner det för säkerhets skull, kanske var det början på mening nummer tre. Så fort jag hade skrivit ner bokstaven blev baksidan på lappen vit igen.

Eadwig kom fram, inlindad i en pläd. Det var när han klädde på sig som han såg lappen, jag ställde mig bakom honom när han läste den.

> 13:e januari 1786.
> Möt mig när kvällen blir till midnatt,
> du finner mig på högra slottsgången.
> Kom ensam.
> Kärlek till dig,
> Eriah.

Bilden ändrades, det var natt och jag stod på en av slottsborgens öppna gångar.

Det var en stjärnklar himmel och riktigt kallt, jag blev tvungen att lägga armarna om mig. Även den här gången var månen röd. Förra gången var månen disigt röd, nu var den starkt blodröd.

Jag rös till.

Eriah kom gående, hon ställde sig i mitten av gången och tittade upp mot månen. Eriah bar sin krona och en tjockare mörkgrön klänning. Om sina axlar och armar bar hon ett mörkbrunt, skräddarsytt plagg med huva vilande längs ryggen, som hölls ihop med en guldklämma över klänningens urringning. *Det var så kvinnan såg ut i mina drömmar!* Hon tittade mot vänster, det var någon som kom uppför stentrappan. Det var Eadwig, också varmt klädd. Skinnbyxor med en brun, tjock tröja och en tjock skinnkappa med huva över axlarna.

Eriah tog Eadwigs händer när han kom fram till henne. Det var så kallt att vit dimma kom hur deras munnar när de talade. Eriah började prata minnen om deras tid med Jane och Richard, och om deras år där i byn. Eriah bad Eadwig att tacka Richard och Jane för allt de hade gjort för dem. Att hon älskade dem och honom. Eadwig började ifrågasätta vad hon höll på med. Hon bad honom att lyssna på det hon hade att säga utan att bli avbruten. Eriah sa att hon flera gånger förutspått sin egen död. Varje gång hände det på samma sätt, dag och tidpunkt. Eriah sa att hon hade sökt efter lösningar, en räddning för sin död, men vad hon än hittade så hade alla samma slutöde. Det fanns ingen räddning, det skulle ske nu i natt, sa hon – på den fjortonde dagen efter det nya årets början, en minut över ett på natten. *Min födelse! Fast 201 år tidigare …*

Eadwig blev helt utom sig och började ställa frågor. Eriah bad honom att fortsätta lyssna, det var viktigt att hon hann få allting sagt som hon behövde. Eriah berättade om mörkret som tagit över Agdusth, att hon försökt rädda honom, men utan resultat. Hon berättade även att i synen om hennes död hade hon sett den skyldige. Att det var Agdusth – Eadwigs bäste vän, hennes man och naturväsendets kung – som skulle ta hennes liv. Eriah såg att Eadwig blev chockad och rädd. Hon kramade om hans händer. Hon hade vetat om det här länge och hade hunnit förbereda sig mentalt. Hon var redo att möta sitt öde, men inte han. Eriah sa att det var viktigt att Agdusth inte fick reda på att Eadwig visste att Agdusth var den skyldige. Hon bad Eadwig att så snabbt som möjligt bege sig därifrån när det som skulle inträffa var över. Och att han skulle söka upp Richard och Jane. Eriah berättade att hon för några dagar sedan lagt en förtrollning över sig själv och sin död. Nu var det extra viktigt att Eadwig lyssnade noga, för hon skulle bara säga det en gång, hur framtiden och hennes formel löd.

"Med min död kommer en profetia att spridas med vinden. Med vinden släpper jag mina krafter lösa inom räckhåll för den utvalda. Den utvalda kommer att födas när världen är redo och tillräckligt stark. Det kan vara i morgon, om tusen år eller där emellan. Men den utvalda kommer inte att ta över mina krafter förrän den nått trettio år i livet, sin rätta mognadsfas. Den utvalda kommer leva sina resterande år som

magiker, för att sedan efter sitt hundrade år omvandlas till en vampyr. Med hjälp av formeln jag lagt, kommer den utvalda att behålla sina krafter och bli en hybrid. Som hybrid kan den utvalda överleva världens mäktigaste, döda magikers kraftfält som den utvalda måste ta över. Som hybrid, mellan magi och levande död, och med de mäktigaste och största kraftkällorna i styr, har den utvalda som störst chans att förinta mörkret och vår konung – den utvaldas öde."

Eriah suckade djupt. Hon tittade upp mot den röda månen. "Jag har sett en framtid där svåra tider är förevigade av mörker, men även en öppning för tider styrt med evigt ljus. Världen kommer att bli allt mörkare från och med efter denna natt, endast formeln jag lagt kan återigen ge ljuset kraft", sa hon tyst.

Eriah vände sig mot Eadwig. "Älskade bror. Ditt öde är att efter denna natt vänta in den utvalda. Ditt öde är att bli dess läromästare och att leda den utvalda rätt, på fler än bara ett sätt. Du kommer att märka och förstå när dagen väl är kommen. Då kommer du, med hjälp av våra fosterföräldrar och deras vänner, leta rätt på den utvalda och skydda den. Tillsammans är ni starkast, tillsammans blir ni Sökarna – sökarna efter den utvalda", sa Eriah.

Det var så mycket känsla i orden att mina ögon tårades.

Eriah började andas snabbare, hon svalde hårt och greppade tag om Eadwigs arm.

"Det är nära nu Eadwig, lova att göra som jag sagt! Du har varit en underbar bror och bästa vän. För alltid kommer jag att älska dig", tillade hon med panik i rösten.

Eriah drog ett djupt andetag och tog sig om magen, mellan hennes fingrar sipprade det ut blod. Hon flyttade händerna från magen till sin hals, som om hon blev strypt. Hon hyperventilerade och tog så långa andetag hon kunde när hon väl fick chansen. Eadwig försökte ta sig till henne, men Eriah höll upp någon form av osynlig barriär – han kunde inte nå fram. Eadwig bankade och slog, det enda han fick tillbaka var ekande vibrationer och man hörde Eriahs dova andetag på andra sidan. Hon släppte taget om sin hals, den hade fått en blå rand runt sig. Eriah svävade upp från marken. Rörelserna, klänningen och håret såg ut som om hon var under vatten. Hon sa ingenting utan tittade med tom blick på Eadwig. Med en duns föll hon ner på slottsgången. Eriah var genomblöt, trots det såg jag tårarna som rann längs hennes kinder. Hon tog ett djupt andetag och vände blicken upp mot himlen. Månens röda sken la sig över henne. Strax efter sattes hon i brand. Hennes kropp blev stel, kröktes och spändes ut, samtidigt såg det ut som om något pressade ner henne, som om hennes armar och ben var magnetiserade mot marken. Min syn hade varit tvungen att vänja sig vid de intensiva lågorna, men nu när jag kunde se tydligt igen såg jag att Eriahs kropp var orörd av elden, däremot blev hennes aura allt mörkare. Det var inte hennes kropp Agdusth tänt eld på, utan hennes själ!

Eriah öppnade munnen för att skrika, men ut kom inget ljud, man såg i hennes ögon att hennes sista stund i livet nu var kommen och att den var fruktansvärt plågsam. Eriah vände huvudet mot Eadwig och sträckte ut sin hand efter honom men ögonen förlorade alltmer liv – hennes arm for i marken och skyddsbarriären gav vika.

Eadwig var snabbt vid hennes sida. Hans högljudda gråt ekade i natten och ansiktet blänkte från alla tårar. Han tog Eriah till sin famn, strök och pussade hennes panna och huvud flera gånger om, vaggande fram och tillbaka. Eriahs död hade gått till exakt som hon förutspått och som hon berättat för honom strax innan, på slottsgången.

KAPITEL 28

Tagen av scenerna jag nyss fått uppleva försökte jag släppa Eadwigs hand för att komma tillbaka till nuet. Det gick inte, handen var som låst i Eadwigs och ögonlocken kändes fastlimmade.

Jag kunde höra de andras röster i rummet, jag tog i allt vad jag kunde för att öppna ögonen men studsade tillbaka, som om jag satt fast vid änden av en snodd. Min puls ökade och jag hörde att de andra var lika oförstående som jag. Eadwig försökte också bryta länken, men deras röster blev allt dovare, medan jag försvann längre och längre bort. Nu hörde jag dem inte längre. Christopher hann skicka över lugnande energi innan jag försvann helt.

... Sinnena bråkade med mig, en vind blåste hårt kring min kropp medan vyn var suddig och alla ljud runt omkring ekade. Jag fick anstränga mig för att kunna tyda något ur detta minne över huvud taget. Vinden var som en vägg, jag kämpade mig fram igenom den och för varje steg blev vyn skarpare och vinden lugnades ner och försvann. Jag stannade till. I panik hade jag stannat upp eftersom jag nu kunde se att jag stod i slottsborgens tronsal och såg Agdusth sittande i sin tron, rakt framför mig! Hjälp ... Jag var livrädd för att bli upptäckt, men insåg snabbt att jag nog rörde mig riskfritt, precis som i alla andra minnen. Men den kusligt udda stämningen kunde jag inte slita mig ifrån. Ett lugnande andetag var behövligt innan jag vågade mig några steg närmare.

Mörkret var där, det slingrade sig i form av skuggor, mörka trådar och frasiga rep både runt omkring och inom Agdusth. Det låg olika föremål på de två små men höga borden framför tronen. En docka, en skål med vatten och ... det såg ut som en samling blont hår, som han hade på ena bordet. På det andra låg det en klänning och ett stort svärd. Det fanns ett till bredare stenbord bredvid honom, druvor och en dryckesbägare stod på det. Ett lila sken började lysa från bägaren, jag förstod vad det måste betyda. Men hur nära vågade jag gå? Försiktigt smög jag från pelare till pelare, gömde mig bakom de stora föremålen i salen. Slutligen hamnade jag på andra sidan bordet. Ja, jag var nog osedd ... men vafan, hur säker kunde jag vara på det för varje nytt minne?

Agdusth reste på sig. Jag hukade mig i panik och hade omkull dryckesbägaren på golvet. Ögonen började svida och rosdoften kom fram, jag skapade säkerligen magikaos i den riktiga världen. Men något lugn från Christopher kände jag inte av än.

Agdusth vände sig om, kollade mot bordet en bra stund. En ny vind kom igenom de öppna fönstren och fläktade hans hår och gav liv i kläder, dukar och gardiner. Det måste vara jag, min rädsla, som skapade den. Inte ett andetag tog jag, utan var så stilla jag kunde och bad att mitt hjärta som slog smärtsamt hårt inte skulle avslöja mig. Vinden i rummet avtog i takt med att pulsen gick ner. Rosdoften försvann och ögonen slutade svida. Agdusth hörde eller kände något, det märkte jag, men att bägaren låg på golvet var inte synligt för hans sinne. Han gick närmare bordet. Jag knep ihop ögonen och drog in läpparna, jag kände vinddraget från hans hand när han fläktade den fram och tillbaka över bordet. Kisande började jag öppna ögonen. Agdusth tog några druvor som han kastade i luften innan han åt upp dem och gick till bordet med svärdet och klänningen. Jag la handen över hjärtat, med tårarna på väg, men samlade mig för att försiktigt ta upp bägaren. Innehållet låg på golvet, det lila skenet var kvar men nu centrerat i bägarens botten och bildade bokstäverna W och E, jag antog att de bildade ett ord. *WE*. Så fort jag kunde skrev jag upp det på lappen och hade hela tiden koll mot Agdusth, vars ögon nu lös i lila.

Han smekte svärdets blad med klänningen och uttalade en formel som mörkret viskade till honom.

"Qäll aw fyllyx xhän usf jöm dela falgnenbam wegamy."

Agdusth tog nytt grepp om svärdet, med kraft sköt han det ifrån sig från midjan och rakt fram, som om någon stod framför honom. Han höll den positionen en stund, vred och tryckte sedan svärdet ännu hårdare framför sig och drog det sakta tillbaka – klingan var täckt av blod. Agdusth lät blodet rinna ner på dockan och ner i skålen, han drog ut några strån från högen av hår. Tillbaka i sin tron satte han ner skålen i sitt knä och virade hårstråna hårt runt dockans hals. De lilalysande ögonlinserna tonades ner och växlade tillbaka till hans mörkblåa nyans.

Han släppte taget. *"Vad är det jag håller på med? Jag kan inte döda vår drottning, min egen fru! Jag älskar henne. Hon är ju ... min andra hälft"*, utbrast Agdusth när han för ett kort ögonblick måste ha fått tillbaka sitt förnuft.

Mörkrets skuggor var snabbt bakom Agdusth och virade sig hårdare runt om honom, så hårt att några av mörkrets trådar och frasiga rep skar igenom hans hud. Om jag inte tog fel, skymtade jag självaste djävulsängeln Yander i skuggorna. Att han var där och förstärkte makten hans mörker hade över Agdusth.

Mörkret viskade i Agdusth öra. *"Min kung, du måste fullfölja detta. Eriah vår drottning, är vårt styres största hot, hon måste förintas. Du har inget annat val, fortsätt och slutför formeln!"*

Rösten var skrämmande lik gudsängeln Xanders. Så mina skymfningar stämde. Det var Xanders tvillingbror, djävulsängeln Yander, som i egen hög person uppenbarade sig för Agdusth och förstärkte varje ord som mörkret viskade. Han hjälpte sitt mörker att fullfölja ordern det fått av honom: Att ta död på naturväsendenas drottning.

Mörkret hade återtagit makten och lösgjorde de hårdaste mörkertrådarna. Agdusths ögon lös upp i lila, han började uttala formeln igen, samtidigt som han höll ner dockan under vattnet i skålen. Han släppte sedan taget och sa: *"Pmällalgy xhän."*

Man hörde ekot från mörkrets och Yanders skratt, medan det för ett kort ögonblick lyste skam ur Agdusths ögon som var neutrala igen. Bilden av djävulsängeln Yander blev tydligare i skuggorna. Det måste varit denna svaghet, denna starka offergåva, han väntat på hos Agdusth och kunde nu låta sitt mörker sluka honom helt. Men jag kände att det var mer, mycket mer än så. Det var inte bara mörker som tagit över Agdusth, jag kände av djävulsängeln Yander inom honom, som om en bit av Yander nu levde i Agdusth. Det var alltså inte mörkret som blivit ett med Agdusth utan djävulsängeln, härskaren över mörkret, som blivit ett med Agdusth, naturväsendenas konung. Agdusth, han var numera djävulängelns inkarnation här på Jorden. Just i de tankarna lutade sig Agdusth bak i sin tron och skrattade njutningsfullt ihop med mörkrets skorrande stämma.

En vakt kom inrusande, med beskedet att konung Agdusths fru, drottning Eriah, hittats död i högra slottsgången. Smygande följde jag efter Agdusth som teatraliskt rusade ut ur salen upp till slottsgången, där han möttes av synen från sitt eget dåd. På stengolvet satt Eadwig kvar, med Eriah i sin famn. Eadwig hade svårt att kontrollera tårarna, men hans ansiktsuttryck ändrades markant när han såg Agdusth komma. Det såg ut som om Eadwig skulle slita honom itu.

Eriahs lena röst kom förbi med hjälp av vinden, viskande kring Eadwigs huvud.

"*Eadwig, min bror. Kom ihåg, du vet egentligen inte att det är Agdusth som ligger bakom min död. Du måste göra allt i din makt för att behålla självbehärskningen och ta dig därifrån, utan några misstankar från någon annan! Han är i mörkrets styre, du har ingen chans mot honom. Du måste leva, glöm inte det! Du är den enda som kan känna av och hitta den utvalda när profetian tar sin början. Utan dig Eadwig, kan världen aldrig få sin chans att finna ljuset i mörkret igen. Var stark, ha tålamod, ha hopp.*"

Eadwig började svälja ner ilskan med de viskande orden och tog sig an en annan roll. Med tårarna tillbakapressade och med dolda knutna nävar förklarade han för Agdusth hur han sett Eriah dö men inte kunnat göra något för att förhindra det. Att det måste vara någon som ville styret illa som gjort detta dåd, att de genast måste genomsöka slottet. Agdusth satte sig på andra sidan Eriah medan han beordrade sina män att söka igenom byn efter den skyldige.

Dödsänglarna kom, de valde att visa sig och gudsängeln Xander var med dem. Han stannade till framför Agdusth, rynkade sin panna och höll blicken fokuserad på honom en lång stund. Kunde Xander känna av Yander inom Agdusth?

"*Nej! Eller ...? Nej, det är omöjligt*", mumlade gudsängeln Xander för sig själv, skakade på huvudet och gick vidare till Eriahs kropp.

Eadwig hade svårt att släppa Eriah ifrån sig, han var inte redo att ta farväl. Dödsänglarna insisterade dock och lyckades till slut omvandla hennes kropp med kläder, krona och allt till guldsilvrigt stoft. Gudsängeln Xander använde sin aura, sitt ljus och elementen för att försöka hela Eriahs sargade själ medan han sakta förde upp henne mot Himmelriket. Bland Eriahs stoft som spreds med vinden kunde man även tyda andra substanser, de var lila och skimrade som små kristaller. De påminde om kornen i drömmen till min födelsedag, nästintill identiska. Kunde det vara samma? Agdusth uppmärksammade det aldrig, det var som om de lila kristallsandkornen lös upp enbart för Eadwig. Då förstod jag … lila symboliserade magi. Det måste ha varit Eriahs kraftfält som spreds tillsammans med hennes stoft i vinden, i väntan på sin nya bärare, den utvalda – på mig. Men vad nu? Nej, sluta! Jag började skratta och ryckte till i axlar, armar och om min höft, lätt sparkande med benen.

"Sluta kittla mig", sa jag med hopbitna tänder för att inte riskera att göra mig hörd.

Jag såg ingen runt om mig men kände vinden som fingrade på min kropp. Mitt hår flängde till bort från örat och en ljus och vänlig röst började prata ihop med vinden. Eriah! Det var hon, jag kände igen rösten, både från minnena här och från mina drömmar!

"*Ger*, *gel* och *gyl*, är ord du får av mig."

Meningen cirkulerade runt mig tillsammans med vinden.

"Men vänta, va? Okej."

Jag tog upp pennan och pappret. Ger …

"Som det låter eller? Och de andra orden, de låter ju likadant för böve…" Jag blev avbruten av att vinden formade orden i luften framför mig. "Aa … tack."

Jag skrev ner orden. GER. GEL. GYL. Och la lappen i fickan.

Vinden tryckte sig närmare min kropp. *"Tills vi möts igen"*, viskade Eriah i mitt öra.

Känslan av två läppar nådde min kind, de var svala och lämnade efter sig fukt i form av en putad mun. Vinden puffade till mitt hår och blev därefter alltmer avlägsen.

"Sökarnas enskilda förändringar fulländar den sista meningen", ropade Eriah ihop med vinden när hon for i väg.

"Jag tror på dig, den utvalda."

Det tystnade och jag kunde fokusera på minnet jag var i igen.

Kvar på slottsgången stod Eadwig och Agdusth. Den exakta bilden som i slutet av min dröm på slottsgången. Allt som jag hade fått se med Eriah, Eadwig och Agdusth här och nu stämde överens med just den drömmen, som jag nu insett inte var en dröm ...

De hade turligt nog inte märkt något av min upplevelse nyss, när jag kom tillbaka till minnet var Agdusth mitt i en mening där han försökte föra på tal att han skulle låta älvor sätta upp en minneslund för Eriah, så att alla hade något ställe att gå till och minnas henne. Eadwig svalde hårt och bet ihop käkarna. Han sa att han litade på att Agdusth skulle hitta den skyldige, men att han gärna ville resa till Jane och Richard. Han ville berätta om tragedin på egen hand och gärna så snart som möjligt.

Länken bröts – det var som om en blixt slog ner rakt framför mig. Hela rummet snurrade medan jag sakta och ryckigt kom tillbaka till nuet.

"Annabelle?! Är du okej?!" frågade Eadwig och ruskade om mig.

"Vad hände, varför kunde jag inte bryta länken och vems minnen var det jag såg?"

Händelsen hade gjort mig skärrad och alldeles utmattad, jag torkade bort tårarna som blötte ner mina kinder.

"Vi såg och kände samma saker som du", sa Eadwig.

"... även att jag hade ner bägaren? Att han nästan upptäckte mig – i minnet?!"

"Nej, när orden uppenbarar sig eller saker runtom dem sker, så ser vi dig typ låst i den vyn innan din upplevelse äger rum. Men vi märkte att något påverkade dig eftersom lamporna började flacka och en vind skapades här inne och även ute. Christopher försökte nå dig, men han var blockerad. Vi förstod sedan att du lyckats få ordning på känslorna i samband med att magikaoset lugnades ner här hos oss. Jag är ledsen att du behövde gå igenom det ensam, Annabelle, men glad över att minnet höll dig gömd eftersom detta minne inte var ett av våra. Jag tror det var Agdusths minne, och det var därför som Christopher inte kunde nå dig. Precis som när du var i grottan med Sintz så var det inget som direkt hörde till minnesfärden – minnen som jag valt ut för att visa dig. Du är den utvalda, länkad till profetian, till Eriahs död – och till Agdusth. Och när jag visade dig *mitt* minne av Eriahs död måste det ha fört in Agdusths minne också", förklarade Eadwig.

Han var tårögd och de andra i rummet såg lika skärrade ut som jag kände mig. Det måste ha varit tufft att se Eriahs död ur Agdusths vinkel.

"Vi visste att han tagits över av mörkret, men att det var så pass djupt att Yander lät Agdusth bli hans inkarnation på Jorden, det visste jag inte. En marionettdocka styrd av ondskans härskare ... Det här, det är inte bra", mumlade Eadwig för sig själv. "Men varför har han legat så lågt? Han hade kunnat förgöra oss alla för länge sedan. Det är något som försvagar honom. Men vad?"

Eadwig fortsatte att mumla på ett tag till. Han visste nog inte vad han pratade om riktigt, för nu fanns det inget sammanhang alls. Christopher verkade ha samma funderingar som jag, han lät sin hand vila på Eadwigs axel medan han använde sin symb för att lugna ner honom. Eadwig tystnade, han blinkade till några gånger och det såg ut som om han kom tillbaka till oss igen.

"Eadwig ... vad betyder formlerna som Agdusth sa?" frågade jag försiktigt. Jag visste inte om han var okej ännu eller inte.

Eadwig sa ingenting, det gick flera sekunder, jag tittade osäkert mot Christopher som stod intill honom.

Vi alla ryckte till av att Eadwig började tala.

"*Känn av hennes själ och för mina handlingar vidare*, var den första formeln. Den andra betyder *brännande själ.*"

Eadwig var spänd på rösten. Han svalde hårt.

"Men vad hände efter det på slottsgången då?" frågade jag, fortfarande lika försiktigt för att inte känslomässigt tränga mig på.

Eadwig tog ett djupt andetag för att samla sig.

"Jag gjorde som Eriah bad mig och begav mig dagarna därpå på jakt efter Richard och Jane. Agdusth eller någon annan väckte inga som helst misstankar. Men innan jag reste besökte jag minneslunden Agdusth låtit älvorna bygga åt henne. Älvorna hade gjort ett fantastiskt jobb då minneslunden bland annat var omringad av de vita rosenbuskarna som jag nämnt tidigare – Eriahs favoritblommor. Hon doftade alltid som rosor, just som de där vita. Det var ett av hennes många kännetecken. Men hur som helst så kom folket i byn till minneslunden, de la dit sina hälsningar inristade i stenar och träbitar. Smederna ställde dit smycken och vackra föremål som skulle symbolisera Eriah och hennes tid som drottning. När nyheten om Eriahs död tog spridning kom det sedan resande från hela världen för att ta farväl. Det visade hur älskad Eriah verkligen var, av alla."

"Förlåt Eadwig, men jag måste avbryta dig och säga det här nu", flikade jag in. "Händelsen på slottsgången ... Jag har delvis varit med om den. I en ständigt återkommande dröm, sedan jag fyllde trettio. Jag var osäker till en början, men efter att ha sett dessa minnen av Eriahs död blev jag helt säker. Och i en annan dröm, natten till min födelsedag och några gånger till också, gestaltades en kvinna som jag tycker är väldigt lik Eriah. Dessutom har jag känt av just doften av vita rosor sedan min födelsedag. Det måste ju höra ihop med din syster, med Eriah, eller hur?"

Jag förklarade mer om drömmarna, vad jag hade känt och vad som hade sagts i dem. Som förklaring fick jag att det berodde på min koppling till Eriah. Att hennes död hängde ihop med mig och att länken blev ännu starkare när jag fullbordades med hennes krafter. Att det antagligen var just det som hände vid första drömmen och att det var därför den andra drömmen började ta vid efter att jag fyllt år. Detsamma gällde rosdoften. När någon som stod en nära dog kunde man ofta känna av dess doft om anden närvarade. Med tanke på att jag hade Eriahs krafter inom mig tyckte inte Eadwig att det var så konstigt att hennes välkända doft kom fram ihop med magin. Så jag skulle väl egentligen vara glad över att det var rosor och ingenting annat ... Däremot förstod han inte varför ingen annan än jag kände doften, men att den blev förstärkt vid brukandet av magin var förståeligt, i och med att magin antagligen framhävde Eriah på något sätt. Men varken Eadwig eller någon av vampyrerna hade känt av rosdoften kring mig, vilket ändå var ett mysterium i sig.

"Nä nu måste vi fortsätta slutet av minnesfärden", sa Eadwig.

"Ja, instämmer", svarade jag snabbt.

"Men jag kommer att backa bandet lite. Jag kommer att ta dig till 1300-talet, rättare sagt", tillade han och tog tag om min hand medan hans ögon lös upp i lila.

Jag försvann bort direkt, men lite saktare den här gången.

... Bilden stannade till vid en tidig vår efter att jag korsat många glesbebyggda områden och gårdar. Jag stod vid ingången till en stor gård. Det var berg och mycket skog runt omkring gården. Den starka stall- och djurdoften var verkligen lockande. Medan jag gick in och runt på gården möttes jag av lösa höns, katter och hundar, och som underbart nog la märke till mig i minnet. Några av katterna var nyfikna och strök sig runt mina ben, hundarna var lekfulla och nosade på mina fingrar. Det gick ju inte att fortsätta gå, jag blev tvungen att stanna för lite gos. Med ett knä i marken klappade och omfamnade jag djuren, lät hundarna pussa mig. Någon visslade. Hundarna sprang mot ett litet trähus. Katterna blev rädda och tog avstånd, de rörde sig mot två stora stall. Bakom stallen såg man övervåningen på ett större stenhus. Dammet yrde efter hundarnas spring, men inte en fläck eller päls från djuren hade jag på mig. Ändå drog jag händerna över mina kläder medan jag fortsatte gå. De olika inhägnaderna på gården, som alla länkades samman till en större inhägnad, var till för hästar men också för getter, får och kor. Jane kom ridande från skogen in på gården! Hennes eleganta klänning med snörning hade samma bruna nyans som hästen, men vita mönster nertill och längs ärmarna på klänningen gjorde det lättare att skilja dem åt. Richard mötte upp henne, han tog av sig sin hatt och bugade lätt, också finklädd, vilket kändes konstigt eftersom jag var på en gård och inte i ett slott. Men det var nog deras gård jag hamnat på i alla fall, en finare sådan – helt klart.

Bilden ändrades, det hade gått en tid och nu fann jag Mary gående längs gården, helt blottad under solen denna vinterdag. Hon bar en grön långärmad klänning med en vit underklänning och höga bruna skor. Hårda band satt runt underarmarna och hon hade skärp om midjan. Underklänningen hade volanger nertill som stack fram och ut genom ärmarna och var vikta bakåt. Hon rättade till flikarna och borstade av den snö som hamnat på klänningen.

Mary försvann bakom ett av husen. Minnet lät mig känna av den lätta kylan men även den högt stående solen som värmde upp kinderna. Det var så skönt att jag slöt ögonen en stund med ansiktet riktat upp mot solen. När jag öppnade ögonen kom Mary tillbaka, bärande på några krukor som hon ställde undan i ett skjul längre bort.

Medan jag såg på gick det flera år till och årstiderna ändrades. Minnena stannade till på en molnig sommarkväll. Jag skymtade Lynne och James! Lättklädda kom de ut från det stora huset klängandes på varandra och försvann in i en lada där det förvarades hö. Utöver det, var det enda jag fick ta med mig från detta minne doften av gräs. Jag hoppades att minnesfärden inte skulle ta mig in i ladan ...

Årstiderna började skifta igen, tack och lov. Bilden hade ändrats, flera år hade gått och bilden stannade upp vid en sen höstkväll.

Nu såg jag Christopher komma gående. De tjocka byxorna var så korta att man såg de mörka strumporna som nästan gick upp till knäna, och jag kunde skymta en ljus tröja under den mörka kappan. Hans kastanjebruna hår yrde från vinddragen medan han bar på brädor in i skogen. Jag följde efter honom. Löv i höstens alla färger virvlade runt både honom och mig. Christopher la ner brädorna intill ett gäng andra som redan låg i en hög, det visade sig att han byggde på en stuga intill sjön några hundra meter från gården.

Bilden ändrades på nytt, jag var tillbaka på gården.

Årstiderna ändrades igen och stannade flera år senare upp vid en tidig vår. Förutom fågelkvitter hörde jag hovslag skrapande mot grusvägen. Jag vände mig om mot ingången till gården. Det var Eadwig som kom ridande, med packning baktill på hästen. Han hade mörk hatt, beige kappa och skinnväskan över axeln. De bruna skorna var leriga, men de vita strumporna som gick över hans mörkgula byxor såg rena ut.

Eadwigs röst hördes runt om mig. "Året var 1786, jag hade använt mig av olika formler på min resa för att söka rätt på Richard och Jane och hittade dem fyra månader efter Eriahs död, i dåtidens Washington, där de hade byggt sig en egen gård i staden, Perians Leaf. Vi hade brevväxlat en del men det var först nu, sextio år senare, som vi äntligen sågs igen. Jag fick ett varmt välkomnande av Richard, Jane och deras goda vänner Mary, Lynne, James och Christopher, som de hade stött på under olika omständigheter och omvandlat till deras jämlikar. Trots att de var glada över mitt spontana besök förstod de att något var fel. Jag gav dem det tråkiga beskedet om Eriahs död, vilket tog väldigt hårt på Jane och Richard. Jag förklarade exakt vad som hade hänt, allt jag visste och vad som behövde göras. För dem alla var

det självklart att hjälpa mig och jag flyttade in på deras gård i väntan på ett tecken gällande den utvalda. Under åren som gick stötte Richard, Jane och de andra på tre människor till under olika omständigheter, som också omvandlades till deras jämlikar – Elizabeth, Philip och Marc."
Eadwigs röst tystnade.
Länken bröts.

"Har du inte hittat några fler ord?" frågade Eadwig pekande mot lappen i vardagsrummet.
"Nej, inget mer har hänt sedan jag fick de sista tre orden."
"Nu avbröt jag bara minnesfärden här, men den har i stort sett gått mot sitt slut och det är fem ord kvar för att fullända sista meningen", sa Eadwig. "Berätta exakt vad som hände när du fick de senaste orden."
Jag berättade om vinden som förde Eriahs röst till mig, orden hon gav och meningarna hon sa.
"Sökarna ... *Sökarnas enskilda förändringar fulländar den sista meningen.* Vi är sökarna. Men enskilda förändringar ...?" Eadwig gick fram och tillbaka framför soffan.
"Kan det vara våra förändringar? Från människa till vampyr." Jane var svag på orden men fångade Eadwigs uppmärksamhet.
Han pekade på henne. "Där har vi det!" utbrast han.
Eadwig varvade med att slå pekfingret över sina läppar och föra det runt på oss i rummet.
"Vilka är kvar? Vi har fått se min del och Eriahs i våra olika förändringar. Kvar är då vampyrerna och där har vi sett Jane och Richards anledning till omvandling. Så kvar är ni andra, bortsett från Marc. Jag vet inte hur det är med dig Marc, du kom in senast samt att ditt blod inte är med i skålen jag drack." Eadwig tystnade.

Han gick fram och tillbaka igen. "Vi låter dig se hur de blev vampyrer, jag vet vilka minnen jag kan ta fram så får vi se om det fungerar!"

Eadwig satte sig ner bredvid mig. "Jag tycker att vi tar det i turordning och börjar då med år 1459", sa han med utsträckt hand medan ögonen lös upp i lila.

Jag gav honom en okejande nickning, slöt min hand om hans och försvann bort.

KAPITEL 29

… Det var vinterkväll. Den här gången slapp jag i alla fall känna av kylan i minnet, i stället började det klia i halsen och jag började hosta. En tjock, svart rök var framför mig. Hukande tog jag mig igenom röken och kunde se Richard och Jane vid sidan om den. Jag tog mig till dem och kunde då se det brinnande huset som röken kom ifrån, där inne hörde man en flicka skrika och hosta. Sot och aska hade lagt sig på min kropp, jag drog händerna över mitt vita linne för att kunna ta bort sotet från ansiktet med rena händer.

"Vi kan inte bara stå och titta på, Richard. Men elden … vet du hur den påverkar oss? Är den som solen tro?" undrade Jane, hon fläktade sig med sin platta hatt framför sig för att skingra röken en aning.

"Jag vet inte kära du, men jag går in", sa Richard och försvann med snabb hastighet.

Man hörde hur Richard hittade flickan, men jag förstod inte varför han så långsamt gick ut med lågorna snuddande mot hans hud. Hans byxor och den långärmade tröjan under västen hade fått flera brännhål. Han förklarade för Jane att hjärnan automatiskt lagt på ett slags skyddslager över huden så fort han vidrört eldens lågor. Han kände av lågornas intensiva värme och slag, men det var inget som kunde göra honom illa med skyddet på.

"Vi behöver aldrig mer hysa agg för elden som vi tidigare gjort", sa Richard medan han la ner flickan på marken. *"Bortsett ifrån att vi troligtvis blir nakna om vi stannar i elden för länge"*, tillade han och skrattade till, medan han borstade av glöd från sitt bruna vältrimmade skägg.

Flickan var ung, klädd i en matt blå klänning med snörning fram, djup urringning och vita ärmar. Hennes fötter var bara, hon måste ha tappat sina skor. Flickan var svårt skadad och sotig från all rök. Det var Mary! Hon var fortfarande vid liv, men det var knappt. Marys ljusorangea hår var nästan svart av allt sot, det fick hennes limegröna ögon att se lysande ut varje gång hon försökte öppna dem, men hon var alldeles för svag för att hålla ögonen öppna.

"Hon kommer inte överleva sina skador, Richard. Ska vi göra henne till en av oss?" vädjade Jane till honom medan hon strödde snö över Mary och torkade av sot med hjälp av snön och sin vita sjal hon hade om axlarna.

Han tittade på huset när det föll ihop, och drog bort sot från ansiktet med ärmen.

"Jane, hon är för ung och för skadad. Det är inte ens säkert att en omvandling kan hjälpa henne. Det är nog bäst om vi låter henne gå", sa Richard och vände sig om.

Hans ord kom för sent, Jane hade redan påbörjat omvandlingen.

Omvandlingen gick till på samma sätt som med Richard och Jane. Jag vände bort blicken när Mary började vrida sig i smärtor, få krampanfall och zombiefieras alltmer.

Min blick drogs till en av plankorna till huset, den låg under några andra. Askan hade svalnat och färgat snön svart, det knastrade under mina fötter när jag gick dit och lyfte av de andra plankorna. Ett lila ord på två bokstäver var inristat i plankan! Det fungerar, vi gör rätt! Som innan skrev jag ner ordet och hoppades att de i nuet också kunde se att vi gjort rätt. LO.

Eadwigs röst kom fram. "Bra jobbat Annabelle, jag ser ordet på lappen här med oss. Så vi fortsätter på denna väg."

Minnet drog mig närmare Mary som hade vaknat upp från omvandlingen och blev tilldelad en äldre dam att dricka ifrån.

Eadwigs röst kom tillbaka. "Richard och Jane lärde upp Mary och gav henne sedan ett val, att lämna eller att stanna med dem. Hon var tacksam för vad de hade gjort och valde att stanna. Hon var femton år den dagen och blir i år 573 år gammal."

Eadwigs röst tystnade en stund.

"Nu kan vi bege oss till år 1513", tillade han sedan och tystnade på nytt.

Bilden hade ändrats, nu var det en tidig sommarmorgon. Jag var i en skog med handen vilande mot en hemlocksgran. All smuts från minnet innan var borta både från min kropp och mina kläder. Skönt.

Denna sommarmorgon hade ett lugn i sig, jag njöt av doften från granens barr, av gräset under mina fötter och solen som värmde upp jorden medan jag pillade längs stammen. Någon hade ristat i den. Det var ett hjärta, flera streck och två namn – James och Lynne! Vid rötterna på andra sidan stammen fann jag dem liggande tätt intill varandra. De var bleka, hostade tyst och grät. Deras röster skorrade när de försökte tala till varandra. Deras vita kläder, hon i långärmad klänning, han i bred v-ringad tröja och pösiga byxor, fläktade vid de små vindarna som rörde sig längs marken och upp i granen. Deras blonda hår blänkte när solen la sig över det och flätorna båda brukade ha var urflätade och framhävde stora och små vågor.

"Vi får i alla fall dö tillsammans", viskade Lynne.

James svarade henne inte, han kunde inte, i stället tog han ett hårdare tag om hennes hand och sedan slöt de sina ögon helt utan hopp båda två. Så sorgligt.

Solens sken sträckte sig över dem igen, drog sedan förbi och stannade mot en buske. Just som jag vände bort blicken skimrade det till i lila. Okej, jag måste ju gå dit … Jag lyfte på grenarna och rörde om på marken men kunde inte se något, så jag reste mig upp, förde foten över och genom busken men såg fortfarande ingenting annorlunda. Ja ja, det kunde ha varit något, jag vände om för att gå mot James och Lynne.

"Aah!" Med magen före föll jag mot marken. "Aj!" Jag slet av öglan från tårna och drog upp resten av snöret ur marken. Det var någon sorts medaljong med ett stort träd på. Medaljongen skimrade till i lila men inget ord kom upp.

Jag ryckte på axlarna och pulade ner den i fickan. "Följer den med till nuet från minnet så gör den", sa jag till mig själv och reste mig upp och gick tillbaka till Lynne och James.

Där stod jag ett tag och började dra fingret runt hjärtat de ristat i stammen. Ett ord uppenbarades i mitten av det, jag skrev ner det direkt! *PÄM*.

Från ingenstans kom Richard. Jane kom sekunderna efter. Jösses, jag blev fortfarande förvånad över att jag var så pass osedd i minnena. Allt var så verkligt. Det var verkligt! Deras verklighet som jag fick ta del utav. Det här var så sjukt.

"Vad är det älskling?" frågade Jane, kikande över hans axel.

Richard drog in ett andetag genom näsan. *"Lungsjukdom … de är så nära döden att de varken ger ifrån sig några läten eller någon särskild stark doft som kunnat locka oss"*, suckade han sorgset.

"De vaknar upp, de är vid medvetande!" utbrast Jane, som hade satt sig ner på knä vid dem. Janes klänning med stor kjol bredde ut sig på marken.

"De hade ren tur att jag snubblade över dem", sa Richard.

"Nej älskling. Ödet gjorde det här", sa Jane och tittade upp mot Richard.

Han suckade, men nickade sedan mot henne.

Eadwigs röst kom fram. "Richard och Jane erbjöd dem sitt alternativ till döden, som de direkt accepterade. Richard och Jane tog dem sedan med sig till en skyddad plats från solen inför omvandlingen. Även de valde att stanna av tacksamhet. James var tjugofyra och Lynne var tjugo år den dagen, och i år blir de 528 respektive 524 år gamla."

Eadwig pausade en stund, jag studsade mellan olika minnen under tiden. Medaljongen i min ficka hängde fortfarande med. Intressant.

Han började tala igen. "Sedan kan vi ta år 1739, när de fann Christopher, tjugoåtta år gammal. Så i år firar han sitt 306:e år på Jorden."

Eadwigs röst tystnade helt.

Det nya minnet förde mig genom en by och ut på en väg under en kall och blåsig höstkväll, flera gånger fick jag ta bort håret från ansiktet. Ett tidningsblad omfamnade mitt ansikte. Jag greppade tag om det innan det hann flyga vidare. Ja, nästa ord! I bara två bokstäver igen, tydligen. De stod tvärs över sidan, jag skrev ner det på min lapp. *ÄM*.

"Det här var ju enkelt. Två kvar!"

Nej, vad hände där borta?! Det såg ut som att ett gäng misshandlade någon en bit bort. Det var Christopher! De bestal honom på värdesaker, och slog och sparkade honom. Två av männen högg honom flera gånger med knivar! Christophers ljusa kappa fläckades av blodet. De sparkade ner honom i diket intill vägen. Skrattande, rusade gänget därifrån. Diket var så djupt att ingen som passerade kunde se honom och Christopher verkade vara för svag för att ropa efter hjälp. Minnet tog mig närmare honom. Åh, hans kastanjebruna ögon var så vackra. Även om hans blick just nu visade rädsla och smärta, och det tjocka håret med den söta snedluggen var nerstänkt av hans eget blod så fladdrade fjärilarna i min mage. Med hela mitt hjärta ville jag sätta mig vid hans sida, dra min hand över hans huvud och säga att allt skulle bli bra, att han inte behövde vara rädd. Mitt steg mot honom stannade av, jag kunde inte gå närmare och vyn omkring mig bleknade.

Bilden ändrades, Lynne stod vid hans sida.

"Oj, du var då riktigt illa däran. Fast hade du inte blött så mycket hade jag nog inte känt av dig, jag var egentligen på jakt på andra sidan skogen", sa Lynne.

Hon satte sig ner bredvid honom *"Det är väl mitt överkänsliga doftsinne du ska tacka, antar jag. Vänta så ska jag hämta de andra, de vet vad vi ska göra"*, tillade hon och försvann.

Hon kom snabbt tillbaka med Jane, Richard, James och Mary i släptåg. Lynne var så pass mycket snabbare än dem att hon redan satt ner intill Christopher och pratade till honom innan resten hunnit fram.

James var den som nådde fram först till Lynne och Christopher. *"Finns det en chans? Kan vi rädda, omvandla honom?"* frågade han Richard, som kom sekunden efter.

"Han är värd en chans. Han kommer inte överleva sina skador, den saken är klar", sa Richard.

Han erbjöd sedan Christopher sitt alternativ till döden.

Christopher kunde inte prata längre, men han nickade skärrat som svar och Richard påbörjade hans omvandling direkt.

Bilden ändrades, jag for igenom en skog medan Eadwigs röst kom fram.

"I år fyller Elizabeth 141 och Philip 143. Medan de 1895 var nitton respektive tjugoett år gamla. De hade rymt hemifrån då deras far förgripit sig på henne och jagat i väg honom med gevär när han försökt försvara henne. Deras mor var redan för slagen för att orka bry sig, sorgligt nog."

Eadwig tystnade. Minnet tog mig till Elizabeth och Philip, som kämpade sig igenom en tät skog.

Det var en riktigt varm sommardag, även jag kände av hettan och fläktade mitt linne där jag försökte smyga strax efter dem men fick öka tempot hela tiden. Deras muskler gjorde dem breda, jag skulle knappast synas bakom dem om jag vore här på riktigt. Elizabeths smutsiga, stora klänning med plufsiga ärmar gjorde henne ännu bredare. Och den platta hatten hon höll i lyckades hela tiden blockera mitt synfält. Philips tröja, väst och långbyxor var också smutsiga men i alla fall mer enhetliga på honom. Och den höga hatten hade han på huvudet, så jag försökte hålla mig bakom honom för att kunna se något över huvud taget.

Det var sjukt obehagligt att röra sig barfota i detta minne eftersom fötterna kände av underlaget. Bara tanken på alla kryp som jag säkert klev på fick min tunga att dra ihop sig. Jag hukade mig inombords och rös till i stegen efter dem.

"*Wow, vampyrer! Jag sa ju att de fanns på riktigt, Elizabeth*", utbrast Philip och tog av sig hatten och skakade på huvudet så att hans svarta hår la sig bakåt (de snaggade sidorna med mönster hade han inte fixat än).

Han spände upp sina brunsvarta ögon mot Elizabeth och sneglade sedan mot Richard och Jane. De hade lyckats överrumpla Richard och Jane, som drack från en varsin hjort. Jane bar en elegant ljusblå klänning med mycket tyg över rumpan, hon hade sitt bruna hår uppsatt och höll i ett vitt litet paraply. Richards bruna hår gick till axlarna och var utsläppt under den höga hatten och hans skägg var fint i ordning. Inte ett blodstänk hade de på sina kläder. Richard bar också långbyxor, en tröja och väst över. Men Richards kläder såg elegantare ut, och med mer knappar och tillbehör på tygerna än Philips.

"*Jag trodde att de drack från människor och inte från djur! Och jag hade aldrig trott att jag skulle stöta på en under dagtid*", utbrast Elizabeth viskande och höll sig tätt bakom Philip.

Hon drog fingrarna längs kanterna av sitt korta, svarta hår för att hålla det på plats, bort från ansiktet, och kammade luggen som ett v mitt på pannan. Sedan satte hon på sig sin hatt medan hon liksom sin bror spände upp sina mörka ögon mot Richard och Jane.

"*Har man som vampyr bekantskap med magi kan man göra både det ena och det andra ... Och din teori stämmer mycket riktigt, flicka lilla.*

Djuren är endast till för att släcka vår hunger av att döda. Ni har tur att vi möts just i dag eftersom vi tog ut mycket av våra instinkter i går. Ni hade garanterat redan varit sönderslitna annars ... att störa oss i vår jakt, inte bra. Så ni borde nog vara på er vakt", sa Jane i ett försök att skrämma upp dem, men de fortsatte att gå mot dem.

"Är ni inte rädda?" frågade Richard, kisande med sina blodröda ögon mot dem, han spände sedan upp ögonen och morrade.

"Nej inte direkt, vi har varit med om en del. Vi är faktiskt på jakt efter Wicfort Valley, eftersom vi hört att byn är full av naturväsen. Ni råkar inte veta åt vilket håll vi ska?" frågade Philip kaxigt.

"Snälla, gör oss till vampyrer! Jag orkar inte vandra längre, jag vill inte leva ett mänskligt liv", grät Elizabeth hysteriskt och klängde sig fast i Janes ben.

Deras beteende ställde Richard och Jane mot väggen. Elizabeth hotade med att hon skulle ta livet av sig om de inte omvandlade henne. Philip tog efter och försökte också övertala Richard och Jane, inte i samma desperata grad som sin syster dock.

Den ivriga vädjan verkade dock fungera eftersom Richard och Jane till slut gav vika. De bad Elizabeth och Philip om extra tålamod eftersom de behövde vänta in kvällen först. Resten av dagen satt de ner i skogen och väntade spänt på skymningen då omvandlingen skulle ske. Jag satt där med dem, beskådade deras iver att få omvandlas medan jag höll koll på alla kryp och letade efter tecken efter nästa ord, det borde hända något snart.

I minnet hade vi varit här i timmar – för mig som besökte minnet hade jag ingen aning om hur lång tid det gått, men nog kändes det som timmar allt. Jag hade växlat mellan att sitta ner, stå och lyssna på deras samtal och att vandra omkring. Solen gick ner och det hade blivit kyligt, jag la armarna om mig och satte mig ner igen lutad mot ett träd. Då såg jag det, en bit bort ifrån dem. Ett lila sken!

Eadwig släppte min hand – jag kom tillbaka till nuet.

"NEJ, ta mig tillbaka!" utbrast jag, men jag behövde tydligen inte Eadwig eftersom minnet i minnesfärden drog mig tillbaka.

… Aningen vinglig på benen var jag tillbaka och kände Eadwigs hand om min i nuet, skönt att han var här med mig även om han inte kunde se eller uppleva samma saker som jag när det kom till orden. Skenet var kvar, jag sprang dit för att inte missa det. Men vad nu? Ju mer jag sprang, desto längre ifrån kom skenet. Jag försökte en sista gång. Skenet blev mindre.

"Lägg av! Jag orkar inte mer!" Hostande stod jag med böjd rygg med händerna över knäna.

Jag smalnade med blicken. "Kom hit! NU!"

Nämen, oj. Det kom. Det lila skenet var rakt framför mig. Det skimrade i luften i form av ett litet klot. Men det hände inget mer.

"Visa mig ordet! Öhm, tack …"

Klotet vibrerade tills det splittrades, lila linjer for i olika riktningar hej vilt.

Jag suckade och rynkade på näsan. "Samla er och forma ordet! Tack …"

Ha! Det fungerade. Linjerna blev lugnare i sina rörelser och rörde sig ihop som i ett samarbete, och ja här kom näst sista ordet! Fort som katten skrev jag ner det innan det försvann. *LÄMFYR*.

Jag släppte Eadwigs hand så jag kom tillbaka till nuet.

"Förlåt att jag höjde rösten åt dig Eadwig, men jag såg ett tecken om ordet just när du drog mig tillbaka. Vad ville du?"

Jag slappnade av i axlarna och log lätt mot honom medan jag kände i fickan efter medaljongen, som var borta. Tydligen följde den bara med längs minnena men inte tillbaka till nuet.

"Det är okej, Annabelle. Det är ett ord kvar, men jag vet bara inte vilket annat minne jag ska ta dig till eftersom det slutade med Elizabeth och Philip, för Marcs blod är inte med i skålen och han kom in så sent i våra liv att det inte är relevant. Det jag skulle säga var bara att Elizabeth och Philip också valde att stanna med Richard och Jane, i ren tacksamhet för deras handlingar. Och Christopher valde ju uppenbarligen det också", sa Eadwig och skrattade till. Han suckade. "Sedan gick det många år tills Marc blev en av oss, men först så hittade vi dig, Annabelle. Året hade hunnit bli 1987 och jag kom hem från Eriahs minneslund, sa åt alla att packa eftersom jag hade sett den utvalda födas. Jag hade sett dig och de första bilderna om var du kunde befinna dig, och för första gången sedan profetian spreds med vinden blev vi Sökarna som utlovats. Sökarna efter dig." Eadwig log lätt och la sin hand mot mitt knä.

En bokstav uppenbarades på väggen bakom honom.

Jag slog på Eadwigs hand. "Fortsätt berätta, fortsätt."

"Okej ..."

"Jag ser en bokstav på väggen bakom dig, den uppenbarades vagt när du pratade och blev starkare under tiden, så fortsätt."

De tittade mot väggen och sedan på varandra, jag visste att de inte såg den.

"Jag är inte galen, snälla fortsätt bara."

Eadwig nickade mot mig. Han fortsatte: "Det första året reste vi allihop, tills vi hade lyckats hitta dig. Därefter stannade vi, som vi sagt tidigare, några åt gången här i Alabama och bevakade dig. Resten av oss var hemma i Washington. Vi försökte byta av varandra var tredje månad, vi skulle trots allt bevaka dig i trettio år ... På väg till Washington, under sommaren 2009, hittade Elizabeth, Marc, i skogen. Han var då en nyomvandlad och förvirrad artonårig vampyr, som i år blir ynka tjugosex år gammal."

Eadwig tittade leende mot Marc. Han vände bort blicken.

"En till bokstav är synlig och ytterligare en på väg, fortsätt bara", utbrast jag viftande med handen mot Eadwig medan jag stirrade mot väggen.

Eadwig harklade till och blev allvarlig igen.

Han fortsatte: "Marc såg det aldrig komma, ingen hade förföljt eller ens pratat med honom innan det hände. Marc såg därför aldrig skymten av sin skapare, som bara lämnade honom där, med ett skadat offer att dricka ifrån innan Marc ens vaknat upp. Bloddoften hade lockat Marc så fort han öppnat ögonen. Han slöt sin mun kring såret utan att veta varför eller vad det innebar. Elizabeth tog med honom hem till vår gård, vi hjälpte honom att acceptera och hitta sig själv. Även han valde att stanna av tacksamhet. Men Marc vet fortfarande inte om hans band är brutet eller inte till sin skapare, eller vad syftet med hans omvandling egentligen var. Och ingen vet om han någonsin kommer få ett svar på det", förklarade Eadwig.

Han tittade nu sorgset på Marc, som fortfarande vände bort blicken. Marc spände käkarna, vilket framhävde hans mer kantiga ansikte. För ett kort ögonblick sneglade han mot Eadwig, mig och de andra medan hans ögon gick från rött till hans mänskliga ljusblå och tillbaka. Deras ögonfärg verkade ändras när de kom på djupet med sina känslor. Marcs bruna rufsiga hår hjälpte honom att gömma ansiktet medan han vände bort blicken på nytt.

"Fortsätt ..." nickade jag mot Eadwig och viftade med handen mot honom igen. "Förlåt, jag lyssnar verkligen, det gör jag, men det fungerar. Det sista ordet är snart klart, tror jag."

"Men jag vet inte vad jag ska säga mer", sa Eadwig.

Jane tog ett kliv framåt, med blicken mot mig. "Marc blev rätt omgående ett kärlekspar med Elizabeth. Tillsammans flyttade de in i ett mindre hus vid skogen i västra Sprucetain, i Perians Leaf", sa hon glatt. "Hjälpte det? Ska jag fortsätta?"

"Ja fortsätt, de sista bokstäverna blir mer synliga!"

Jane nickade, man såg att hon tänkte ut vad hon skulle säga.

"De andra paren bland oss fann också varandra relativt snabbt och skaffade eget boende i samma stad. Mary och Philip hittade ett mindre hus intill bergen i södra Oakblue. James och Lynne flyttade till en stor lyxvilla intill skogen i östra Sprucetain. Min och Richards gård, den ligger i norra Oakblue. Och bortom vår gård, genom skogen och ut längs Perians sjön, byggde Christopher ett hus att bo i. Han ville bo så nära oss och alla djur som möjligt, samtidigt som han hade nära till skog och sjö", tillade hon. "Och både Oakblue och Sprucetain ligger i Perians Leaf, i Washington", flikade hon snabbt in.

Det blev tyst i några sekunder. Ingen sa något, de sista bokstäverna var ännu inte helt tydliga. Jag nickade mot dem att fortsätta.

Jane fortsatte: "Som du säkert redan förstått är Richard, jag och Eadwig äldst här. Richard blir 1016, jag 1011 och Eadwig blir 905 år gammal i år. Och om du vill veta, så är jag skapare till Mary, Philip och James. Richard är skapare till mig då såklart och till Christopher, Lynne och Elizabeth. Vi har alla ett starkt band mellan oss, men det är som starkast mellan dem vi själva har skapat. När alla var färdiglärda, mogna nog och hade sitt under kontroll, släppte vi på tyglarna, gav dem deras fria vilja tillbaka och valet att stanna hos oss eller att gå. Men med åren har vi märkt att en skapares ord eller order ändå värdesätts högst, trots det brutna bandet. Man behöver inte längre lyda, men det tar emot att gå mot strömmen, så att säga. Vi tror att det beror på den starka lojaliteten som finns i bandet. Skaparnas blod cirkulerar ju trots allt i deras vampyrers blodomlopp under resten av vampyrens existens. Ja, jag vet inte om det finns något mer att berätta. Resten vet du ju, och här är vi nu i detta hus. Så jag antar att det förhoppningsvis är med dig vi ska utvidga vår historia, Annabelle."

"Yes! Jag ser hela ordet!" utbrast jag och skrev ner det direkt, på pappret här i nuet eftersom det andra pappret och pennan bara uppenbarades i minnena. *ORWANGA*.

Orden blev lila, den tredje sista meningen var klar.

"Vi gjorde det!" utbrast jag medan jag reste mig med händerna upp i luften och knutna nävar. Jag slog ihop händerna som om jag bad, pustade ut och tackade mig själv för att ha åstadkommit detta.

De gav mig fnittrande leenden tillbaka. Mina knän vek sig, kroppen följde efter och det blev svart för ögonen när jag mötte golvet.

... Som tur var gjorde jag inte illa mig. Mitt huvud verkade ligga i något mjukt. Någon av de andra måste ha hunnit reagera, dämpat mitt fall och fångat upp huvudet innan det slog i golvet. Men mitt hjärta slog hårt, jag såg ingenting och deras ord hamnade allt längre bort.

Nu kunde jag resa mig upp. Det var fortfarande mörkt, jag såg inga väggar eller golv men jag såg flammor längre fram. Jag gick mot dem. För varje meter jag kom närmare blev vyn klarare. Bakom och runt om mig var det mörkt, jag började känna doften av bränt trä, och sprakande, sprättande ljud nådde mig. Efter några steg till möttes jag av värme och jag kom till slut framför lågorna, den stora brasan i grottan där Richard mötte Sintz – där även jag mötte honom. På utsidan av en dörröppning stod jag. Allt var svart förutom vyn igenom öppningen där jag såg grottans och brasans alla färger. Jag gick in. Ingen var där. Lågorna levde ett väldans liv, jag backade för att inte bli bränd. Sintz kom! Han kom in från en annan gång släpandes på ... och fy, jag tog handen över munnen, kupade ryggen och försökte hindra kräkningen som nådde svalget. Med rätad rygg svalde jag stort, sneglande mot den tjocka mannen utan huvud och med avhuggna ben. Benen var inte av helt och hållet, de satt fast med slamsor och drogs med lite efter. Sintz hade huvudet i andra handen, han slängde kroppen i brasan och höll sedan upp huvudet med den blottade halsen över sin mun, fångade upp de blodrester som var kvar innan huvudet fick göra kroppen sällskap i lågorna. Det blod som inte föll i hans mun landade i hans bruna hår och längs hans breda käkar.

Jag kräktes, det kunde inte hjälpas. Sintz verkade höra min närvaro men såg mig inte då han kollade mot platsen där jag stod. Nyfiket la Sintz huvudet på sned. Han nickade för sig själv, torkade av blodet runt munnen och hämtade en skål som han fyllde med sitt blod och något pulver. Älvstoft kanske? Han doppade fingrarna i skålen, skvätte innehållet mot mitt håll – en lila dörrkarm framhävdes. Glöm att jag går in där! Fan alltså, jag måste nog. Mina käkar var spända och tänderna slog lätt mot varandra när jag tog klivet igenom dörrkarmen.

"Jag tyckte väl att det var du, den utvalda", sa Sintz så fort jag kommit in, och rättade till skynket av skinn han hade över axlarna och bröstkorgen.

Han försökte torka bort de färska blodstänken med händerna men kletade mest ut det över gammalt intorkat blod.

"V… vad, gör jag här?"

"Mmm, rovdjur jag är och länge har jag existerat. Men på de godas – ljusets sida jag står. Mig behöver du inte frukta, Annabelle – du utvalda", sa Sintz.

Han sträckte in handen i lågorna, tog fram den ristade träpinnen. Vårt blod var kvar på den. Sintz rörde pinnen runt i skålen och fläktade sedan pinnen mot mig. Det landade blodstänk på mitt ansikte, jag drog in läpparna och kisade med ögonen. När han slutade fläkta runt slappnade jag av igen.

Sintz gick fram till mig, höll upp skålen. "Drick", sa han.

Darrande, nickade jag snabbt medan han förde skålen mot min mun och vinklade den så att jag var tvungen att dricka för att inte bli täckt av blod. Han drack en klunk och slängde resten av blodet in i brasan. Lågorna blev större, flammade till och fräste. För några sekunder var lågorna genomskinligt lila innan de lugnade sig och blev orange och gula igen.

"Cirkeln är nu sluten, tillsammans fortsätter ni fram. Orden behöver läggas rätt, nyckel till meningar du hittat och snart igen har, men endast din guide kan yttra dem rätt", sa Sintz.

Han sträckte armen in i lågorna, när han tog ut den hade han medaljongen i sin hand! Han kastade den till mig, jag fångade den samtidigt som en vind slöt om kroppen och drog ut mig genom dörrkarmen. Den lila dörrkarmen försvann så fort jag var ute, vyn från grottan var borta. Allt var mörkt tills jag öppnade mina ögon i nuet.

Christophers huvud lutade sig över mitt, det var i hans knä min nacke vilade. Jag smackade med läpparna och grimaserade, blodsmaken hade övertaget om kräksmaken, men jag kände hur den låg där bak i svalget och lurade. Fy, jag måste sluta tänka på det.

"Hon är vaken!"

De andra kom inrusande på hans rop. Christopher hjälpte mig upp, medaljongen i min hand föll till golvet – den följde med till nuet!

KAPITEL 30

Två gånger om berättade jag om vad som hade hänt och sagts, och om medaljongen. För dem hade jag legat avsvimmad, och när jag kräktes hade de vänt på mig så att jag inte skulle kvävas eller kladda ner mina kläder. Vilket var tacksamt. De hade också sett min mun fyllas med blod och att jag svalde det. De var oroliga, men samtidigt hade de förstått att jag troligtvis hamnat i något sorts avslut med Sintz eftersom alla ord var hittade. Så de försökte behålla lugnet och avvakta. Eadwig hade försökt länka sig till mig för att se var jag tog vägen, men då det var utanför minnesfärden hade han inte tillträde, det enda han såg var mörker. Han hade skyndat sig till sina formelböcker efter hjälp om jag inte skulle ha vaknat upp inom närmaste timmen. Som tur var gjorde jag ju det.

"Tappa inte bort den där", sa Eadwig pekande på medaljongen. "Med tanke på hur du hittade den och att Sintz gav den till dig, kommer den säkerligen ha ett syfte snart eller längre fram. Jag måste börja reda ut orden du samlat och försöka lägga dem rätt." Han höjde på ögonbrynen.

Jag höll upp medaljongen i sitt band, det var av skinn tror jag och tunna trådar. Med kaxigt minspel visade jag hur jag la ner medaljongen i min handväska och drog igen dragkedjan. "Nöjd nu?"

"Så länge du inte blir av med *den där*", sa Eadwig och skrattade till medan han pekade på väskan. De andra skrattade med honom.

"Håll bara reda på den Annabelle, så löser det sig", flikade Christopher in.

Hans blick mötte min när han drog en hårslinga bakom mitt öra. Hans svaga leende blev större. Med en utandning log jag brett tillbaka och bet tag i min underläpp.

"Har du några frågor om det vi berättat, eller om oss kanske? Innan vi fokuserar på att ta oss framåt i det här", undrade Richard.

Oj, ja jag hade massvis med frågor ... men nej, jag behövde inte ta alla nu. De hade trots allt precis delat med sig av sin livshistoria. Det var som om jag nyss hade tittat klart på ett filmmaraton. Det var så det kändes i alla fall, jag var lite mosig i hjärnan. Men jag funderade en stund, för att välja ut några frågor jag verkligen ville ha svar på.

"Jo, Eriah utförde ju sol- och månmagi på dig och Jane. Jag undrar om ni andra också kan vistas i solen eller hur den påverkar er?" frågade jag med blicken mot Richard och tittade sedan ut över de andra.

"Jag kan också vistas i dagsljus, precis som Jane och Richard", utbrast Mary och rätade på sig med ett stort leende.

Jane fnittrade till. "Första gången hon följde med för att träffa Eriah, tjatade Mary till sig en benådning. James, Lynne och Christopher hann också träffa Eriah några gånger. Men varje gång var det så mycket runt omkring Eriah som drottning. De ville inte störa henne i sitt arbete med formler för egen vinning, de tänkte vänta på ett bättre tillfälle. Dessvärre blev hon som sagt mördad innan de hunnit fråga henne. Med Eriah dog den enda sol- och månmagi vi kände till." Jane suckade, hon lyfte lätt på axlarna.

"Vi som benådats solen kan vistas ute i den, men direkt solljus framhäver våra blodröda ögon, så vi har alltid solglasögon med svarta glas tillgängliga när vi är ute", förklarade Richard. "Är vi ute i direkt solljus för länge, alltså ett flertal timmar, får vi lätt brännskador, som blåsor och svullna muskler. För lång tid i solen försvagar även våra sinnen, som överhettning ungefär. De andra här, de tål tyvärr inte solen alls, precis som vi hade det innan vi benådats den. Först börjar huden ryka, sedan flagna och frätas sönder. Solen slår ut försvarssinnena och man kan inte slå på hudskyddslagret mot eld och inom några minuter självantänds man. Men solen kan inte rå på en vampyrs skelett, så när dödsänglarna kommer omvandlar de skelettet tillsammans med det som är kvar av kroppen för att föra det vidare." Richard gestikulerade med armarna upp och ner.

"Glasfönster skyddar en aning", sa James. "Det bränner och kan fräta lite, men vi börjar inte brinna av brutet ljus. Men vi får blåsor och trötta sinnen om solen ligger på för länge", tillade han och la armarna i kors.

"Och som örnar kan Philip och jag vistas ute dagtid utan problem!" utbrast Elizabeth och avbröt frågan jag tänkt ställa.

"Kan ni? Vad häftigt!" Glad för deras skull log jag mot dem.

"Det måste vara så skönt att ändå få uppleva solen även om det är som örnar", tillade jag och mindes att jag faktiskt sett dem i sina örngestalter i solen.

Philip nickade och log med ena sidan av munnen. Elizabeth sänkte sina axlar och log avslappnat medan hon nickade mot mig.

"Förlåt, men jag kom på två frågor till", sa jag till dem alla. "Ni sa tidigare att ni inte längre har samma behov av sömn som människan. Sover ni inte alls då? Och de klassiska svaga punkterna är ju trä och silver. Och en påle genom hjärtat för att ta död på *myternas odödliga vampyrer*. Stämmer det?"

Christopher hann ta till orda först. "Vi sover, eller rättare sagt vilar, beroende på våra symbs. En vampyr utan någon symb vilar nästan aldrig. En vampyr med en större, mer kraftfull symb måste vila allt från några timmar per vecka till några minuter eller timmar varje dag beroende på hur mycket man använt sig av den. Och när vi väl vilar så sover vi liksom aldrig. Utan, ja, vi *vilar* helt enkelt, men kan fortfarande drömma oss bort och så. Vi laddar om batterierna och låter tankarna flöda vilt eller besöker andras drömmar. Eller så skapar vi egna drömmar och skojar runt med varandra eftersom de kan bli väldigt verklighetstrogna ..."

Christopher sneglade finurligt mot James, något internt dem emellan tydligen.

Christopher fortsatte: "Som svar på din andra fråga kallar vi oss aldrig för odödliga, för det är vi inte. Vi kallar oss för levande döda. Vi är bara lite svårare att ta död på och det med hjälp av fördelarna vi fick genom att bemästra döden en gång tidigare, *då vi omvandlades*. Vårt skelett har nämligen en speciell hinna över sig som är starkare än det mesta annat i världen. Förutom oss vampyrer som kan bryta eller krossa det, är silver det enda vapen som med tillräcklig kraft kan ta sig igenom skelettet. Men skyddshinnan sträcker sig även i dubbla lager över ögonen, tänderna och naglarna och är som allra starkast där. Du kan till exempel avlossa ett pistolskott mot våra tänder, naglar eller ett öga och kulan skulle splittras, utan en enda repa på självaste målet! Inte ens silver rår på de delarna. Utan det är enbart dödsänglarna som kan förtära dessa delar till aska eller stoft ihop med resten av vårt skelett. Vår hud och våra mjukdelar däremot är sårbara för allt material. Föremål av trä eller silver orsakar störst skada, men vi självläker ju nästan direkt beroende på hur allvarlig den är. Är det en svår skada kan vi behöva inta blod för att påskynda läkningsprocessen. Och endast ett föremål av trä och silver som *tillsammans* sitter fast i hjärtat tar död på oss för gott", förklarade Christopher.

Han avbröts av Philip. "Däremot måste silvret nå hjärtat först. Silvret fryser ner hjärtat och blodflödet i vår kropp, det gör oss stela, försvagar oss och gör det lättare att spetsa hjärtat med träföremålet, som inte kan uppfylla sitt syfte om inte silvret redan är på plats. Träet självantänder sedan blodomloppet som är som utlagt krut när silvret har fryst det. Det förtär allt i sin väg till slutmålet som är det frusna hjärtat, där plågandet avslutas med en inre explosion. Själva kroppen brinner inte upp utan det är mer som om den mumifieras. Och sedan kommer dödsänglarna och gör sitt jobb", sa han med ett brett flin.

Christopher tog över. "Pilen jag tog i ditt ställe, där på ängen, den hade en silverspets och den träffade ju mitt hjärta. Det var därför jag skrek på dig att ta ut den, silvret gjorde så att jag inte kunde röra mig där jag låg blottad under solen."

"Men ... pilarna var ju i trä, alla bågskytteklubbens pilar är gjorda av trä. Så borde inte du ha dött då egentligen? Eftersom silvret nådde ditt hjärta först och sedan träpinnen, eller vad de nu kallar sina pildelar för", avbröt jag Christopher.

"Teoretiskt sett ja." Han tittade imponerat på mig. "Turligt nog var det bara en liten del av silverspetsen som snuddade hjärtat innan pilen fastnade, men den lilla delen räckte för att stelna mitt blodomlopp", tillade han.

Philip la sig i igen. "Vi dör ju även om man skiljer huvudet från våra kroppar eller sliter ur våra hjärtan, men det är ju inte så lätt precis. Sedan finns ju den där sägnen om att änglarnas blod förstenar vårt om vi dricker det. Och älvstoftet får vi inte glömma, ett livsfarligt vapen de där små söta jävlarna lämnar efter sig", skrattade han.

Lynne himlade med ögonen åt honom medan Elizabeth slog till honom över armen.

"Vadå? Det stämmer ju!" utbrast Philip till sitt försvar.

James och Christopher skrattade med honom, till och med Marc hade svårt att dölja leendet som smög sig fram.

Det var skönt att äntligen få förklaringar på allt som skett. Det enda jag var lite rädd för, var det som komma skulle, som man brukade säga. Trots minnesfärden så hade jag egentligen ingen aning om vad som väntade mig där ute. Eller vad *de* förväntade sig av mig, jag hade ju redan satts på prov då jag skulle finna orden, och det tog mer på mitt psyke än jag vågade erkänna ...

"Sista frågorna för nu", sa jag och rätade på mig. "Har jag liksom uppfattat det här rätt, att jag är en magiker som ärvt Eriahs krafter? Och du Eadwig ska bli min ... läromästare? Att jag ska bli en hybrid, mellan en magiker och en vampyr efter min ... hundrade födelsedag? Och vad är det ni förväntar er av mig nu i denna stund och vad är det som kommer att ske härnäst?"

Det var mina sista frågor, som jag verkligen behövde ett svar på, och egentligen nog borde ha börjat med. Men minnesfärden hade fått mig så fokuserad på deras värld och på min uppgift att finna orden att jag glömt bort *min* roll i det hela. Så nu när den biten var klar kom ångesten i fullt pådrag, mina ögon började svida och ja, rosdoften var där. I fönstret såg jag mina lilalysande ögon – jag kliade mig på armen och tuggade på min underläpp med blicken mot Eadwig, som gav suckande ljud ifrån sig.

Med rynkad panna och smalnad blick hade han stirrat på orden medan vi andra pratade. Hans suck lät irriterad medan han vek ihop lappen och la den i sin ficka.

"Jag behöver ett piggare sinne för att lösa det där ordpusslet, jag begriper mig inte på det. Det är som om det vore låst. Mitt medvetande kan inte flytta orden, de studsar tillbaka ... Så först måste jag lösa hur jag ska lösa det." Eadwig tog sig om pannan och tittade mot lamporna som blinkade.

Han hade vankat runt i rummet och gick nu mot mig, han slöt sina händer om mina kinder. "Ja, Annabelle. Du är en magiker, som ärvt min systers kraftfält. Hon valde inte dig, ödet gjorde det. Och du måste börja få kontroll över dina känslor, men jag förstår att magin inom dig tar över. Vi ska hjälpa dig på alla sätt vi kan." Han pussade mig på pannan. "Men till dess är det tur att vi har Christopher ..." tillade han och sneglade mot honom.

Christopher nickade förstående och jag kände en värme över bröstkorgen, och lugnet som kom ihop med det hjälpte mig att få stopp på lamporna.

Eadwig började gå runt i rummet igen medan han pratade.

"Jag lovade Eriah att stanna tills den utvalda fullbordat sitt öde. Jag kommer göra allt för att lära upp och hjälpa dig, Annabelle. Jag har hennes del av formlerna vi fick av våra föräldrar och de som hon skrivit själv. Delar jag tänkte ge vidare till dig. Ja, enligt profetian omvandlas du till denna hybrid efter din hundrade födelsedag. Men. Det vi försökt säga är att vi inte längre har tiden som utlovats dig. Vi kommer att omvandla dig så snart som möjligt, gärna innan veckans slut. Jag har redan börjat söka efter lösningar för att behålla dina krafter vid en omvandling, och jag tror att jag hittat en."

"Vänta! Vänta lite här nu va. Sa du kommer? Jag har alltså inget val, inget att säga till om här? Och innan veckans slut? Vad hände med de hundra åren??! Var det här bara en snäll gest eller? En manöver att låta mig bli blödig under er livshistoria och för att få alla orden till er?"

Eadwig stannade upp och höjde handen mot mig. "Vi borde kanske haft just den här delen av samtalet innan sökandet på orden tog sin början, ja kanske innan vi började minnesfärden till och med. Det var inte vår mening att det skulle dra ut på tiden och bli en sådan ... process, som det blev. Tanken var att visa dig en kort sammanfattning av vår livshistoria för att lättare kunna ta in dig i vår värld med allt vad det innebar. Men nu är det klart, och du gjorde en fantastisk insats och har redan börjat bevisa att du är den utvalda."

Eadwig tystnade tvärt, han hade gått omkring men stannade på stället med blicken bestämt på mig. "Vi ser helst att du själv väljer att gå med på det här. Men ja, vi kommer dessvärre behöva tvinga dig om du säger nej."

"Men jag har ju ett liv här, jag har nyss fått drömchansen på mitt drömjobb. Min familj, mina vänner! Ska jag bara lämna allt? Nej, jag tror inte det!" avbröt jag och började fläta om håret i ren irritation.

"Annabelle, jag vet att det här kommer att låta fel. Men det är för mycket som står på spel för att låta dig leva ditt *mänskliga* liv fullt ut. Vi alla här har på ett eller annat sätt offrat något under profetians gång. Du är den utvalda och nu är det *din tur* att offra något. Människor, djur och väsen har redan börjat utrotas. De som inte väljer mörkret, under styre av Agdusth, går förlorade. Jag är rädd att du inte har något val i den här frågan. Speciellt nu när vi fått veta att det är mycket värre än vad vi trott gällande Agdusth och mörkret inom honom ... att jag inte insett innan, för länge sedan hur det låg till. Jag borde känt av detta, redan vid Eriahs död. Något eller någon har dolt det, men varför ... Och han är svagare än vad han borde ... varför?!"

Christopher kom snabbt till undsättning när Eadwig började mumla och försvann in i sig själv. Man såg direkt när kraften i Christophers symb lugnade ner och hämtade tillbaka Eadwigs sinnesnärvaro.

Eadwig tog lugna, långa andetag medan han tacksamt tittade mot Christopher.

Eadwig vände blicken mot mig. "Vi kommer alltid att stå bakom dig och finnas för dig, men i gengäld behöver vi din uppoffring. Du är vår nya drottning, Annabelle. Det såg Eriah och ödet till. Som färdig hybrid med krafter du kan bemästra blir du vår fullbordade krigardrottning. Ödet att förinta vår kung ligger i dina händer, med vår hjälp. Tidigare har jag trott eller snarare hoppats på en räddning för Agdusth. Att vi skulle kunna ta död på mörkret inom honom ... Agdusth var en fantastisk människa i många århundraden innan detta tragiska hände. Det kan ingen ta ifrån honom. Men nu är det annorlunda. För att ens ha en chans att förinta mörkret, måste vi först ta död på dess härskares inkarnation – som är Agdusth. Så det vi väntar på nu, Annabelle, det är ditt accepterande, ditt svar. Ingen av oss vet hur lång tid det kommer att ta tills dagen kommer då du är redo att möta ditt öde. Det kan ta några dagar eller flera år. Men vi vet att ju längre vi väntar med att omvandla och träna dig, desto mer tid mister vi till Agdusth, som antagligen gör allt i sin makt för att ständigt växa sig allt ondskefullare och starkare. Det senaste vi hörde om honom är att han nu kidnappar ännu större folksamlingar och låter vampyrerna på sin sida tortera dem. Han tränar ny magi på dem, som försökskaniner, och några har han som slavar som ständigt byts ut eftersom han låtit döda dem i brist på nöjen. Han älskar den makt han har och gör precis vad som helst för att för alltid behålla den och sin krona. Men med dina egenskaper som färdig hybrid blir du den starkaste drottning som någonsin kommer att existera. Med denna kropp och egenskaper du kommer att få, sträcker sig ditt öde mycket längre än till enbart en drottning. Det enda som gäller nu är att göra dig till den okrossbara krigardrottning som profetian förutspår. En krigardrottning som för alltid ska strida för freden bland oss och för människornas säkerhet inom och utanför vårt rike."

Eadwig pausade. Han tog några djupa andetag för lugna ner sig själv igen.

"Vårt folk har tappat hoppet, och de flesta har gått över till Agdusths sida för att rädda sitt eget skinn. Ingen vågar erkänna att man tror på profetian, att man tror på och väljer ljuset i stället för mörker. Ge oss hoppet tillbaka, Annabelle. Vi, ditt nya folk, behöver dig. Snälla. Du är vårt sista hopp ..." avslutade Eadwig sitt tal till mig. Han var tårögd och bet samman sina käkar.

"... Drottning ... du, jag har inte ens vant mig vid tanken på att jag är magiker! Jag har lyssnat på precis allt ni sagt och försökt ta in allt som ni låtit mig se och det här med orden. Men jag har ingen aning om vad jag ger mig in på. Jag kan förstå att det är på tiden att något sker för er, men för mig går det för snabbt! Det har ju inte ens gått en hel dag sedan sanningen kom fram. Och ... jag kanske inte vill det här, jag trivdes rätt bra med tron att allt bara var i mitt huvud", sa jag förskräckt.

Jag tog mig om huvudet, drog ut slingor ur flätan jag nyss gjort och snurrade dem mellan fingrarna.

"Jag kan inte svara just nu, jag måste få tänka igenom det. Kan ni ge mig en dag eller två och sedan acceptera mitt svar, *oavsett* vad svaret blir?"

De tittade runt på varandra en stund. Jane sa till slut att jag fick tjugofyra timmar på mig från och med nu att *acceptera* detta. Med armarna i kors frågade jag varför jag bara fick ett dygn på mig. Som svar fick jag att de behövde planera och ringa hit folk inför omvandlingen, jag frågade vad de menade med folk och det var bland annat Eadwigs lösning på mitt magiproblem i samband med omvandlingen. Han hade de senaste dygnen haft kontakt med fyra kvinnliga magiker som gått med på att stå vid min sida som mina magisystrar. Enligt Eadwig behärskade jag Jordens fyra element – precis som Eriah hade gjort. Han hade hittat en formel som skulle kunna hålla tillbaka mina krafter när jag dog, i omvandlingen. Till den behövde han magiker från de fyra elementen. De kvinnliga magikerna Eadwig hittat behärskade alla ett av de fyra elementen var, som en extra kraft. Sedan behövde han deras hjälp för att lyckas finna det största kraftfältet jag skulle ta över som färdig hybrid. Och eftersom jag enligt dem även då omvandlas *innan* profetians förtrollning – innan mina hundra år som hade utlovats – måste de även finna en lösning för att jag skulle beviljas det stora kraftfältet.

Det var en jävla massa måsten här och tunga beslut som tvingades på mina axlar. Visserligen gillade jag verkligen deras livshistoria, men att själv hamna i den – och utan att få förbereda mig inför hybridrollen – det visste jag inte om jag var så särskilt förtjust i direkt. Det verkade ju bara handla om dagars förberedelse om jag förstått det rätt.

Nej, det här skrämde vettet ur mig. Vad skulle jag ta mig till, hur skulle jag göra? Den här ångesten och frustrationen inom mig gjorde att jag svor alltmer. Smärta, irritation, ångest och rädsla gjorde mig alltid ful i mun. Jäklar alltså! Jag tittade upp mot lamporna som spårade ur på nytt medan jag gnuggade mig i mina svidande ögon.

KAPITEL 31

Andas in ... andas ut ... Jag började bli alltmer irriterad och försökte lugna ner mig själv, och även vårda mina tankar och mitt språk. Eadwig fick mig att tänka på annat. Han sa att de glömde förklara tidigare, att när en magiker dog så spreds magikerns krafter till ett av de olika kraftfälten – kraftkällorna som man också kunde kalla dem – runt om i världen, medan kroppen omvandlades och själen togs om hand av dödsänglarna. Alla de största magikernas krafter samlades inom ett och samma kraftfält. De andra samlades till mindre kraftfält runt omkring. Det hände att magiker tog sig till de mindre för att låna extra kraft, men ingen kunde rå på det största kraftfältet utan att dö, *det som jag var menad att ta över*.

En magiker kunde också välja att ge bort sina krafter och det måste då ske i samband med magikerns död, precis det som Agdusths föräldrar gjorde för honom. Skulle en magiker stjälas på sina krafter däremot, var det detsamma som mord. Ingen magiker överlevde ett sådant övergrepp eftersom krafterna och magikern var ett. Det var också en av Agdusths huvudsysselsättningar nu för tiden, berättade Eadwig. Att stjäla andra magikers krafter.

"Vem vet hur många tatueringar som täcker hans kropp nu för tiden", var Eadwig snabb med att tillägga innan vi avslutade samtalet.

Eadwig såg min frågande min och förklarade att en magikers symboltatuering växte eller att det lades till nya vid intag av mer krafter. Eadwig lämnade sedan ämnet och gick ut från rummet med tunga, bestämda steg. De andra började också skingra sig. Eadwig var lätt upprörd efter sitt tal till mig och vår diskussion därefter, det tog inte lång tid innan jag kände cigarrdoften utifrån verandan. Själv satt jag kvar i soffan, jag drog upp knäna mot magen, och med armarna runt mina ben tryckte jag hakan mot knäna och suckade.

De sa att de kunde lämna mig ensam i huset om jag ville fundera för mig själv. Ville jag gå hem så var det inga problem det heller, jag var ju ingen fånge direkt, men jag bestämde mig för att stanna här ändå. Risken var för stor att jag skulle stöta på någon på vägen hem, särskilt Ewelyn. Jag visste inte vad jag skulle säga om jag träffade på någon. Det var en sak att dra en vit lögn över telefon, men att stå framför någon och dra en rövarhistoria ... Nej, de skulle genomskåda mig direkt.

Medan jag lutade mig tillbaka i soffan plockade Mary och Lynne undan i rummet. Inom fem minuter var jag ensam i huset, till och med Eadwig var snabb att komma därifrån. Christopher gav mig en puss på kinden innan han försvann med de andra.

Jane hade sagt att allt jag kunde tänkas behöva fanns i huset, det var bara att rota, och att jag skulle känna mig som hemma. De lovade att inte komma tillbaka förrän om tjugofyra timmar – tiden jag hade på mig att ta mitt livs största beslut någonsin eller ja, att *acceptera* det här.

Det blev en liten husesyn. Hittills hade jag varit i köket, vardagsrummet och toaletten i hallen. Verandan var det ingen idé att gå ut till igen eftersom det inte var mycket att se. Jag stängde igen dörren till uteplatsen och sedan fönstren innan jag gick upp på övervåningen. Källaren hade jag ingen lust att utforska på egen hand. Övervåningen var en lång korridor med sju dörrar, och i slutet av den var ytan större med tillgång till en balkong. Jag öppnade de sex första dörrarna. De visade sig vara trista mindre sovrum, men så öppnade jag dörren till det sista rummet, och det utsöndrade den fräschaste doften jag känt på länge. Det var det största rummet av de sju, med värmande kakelgolv och ett stort, djupt gammeldags badkar som stod centrerat längs den högra väggen. Jag drog bort gardinen som täckte ytterväggen. Men i stället för att mötas av en mörkbrun tegelvägg som i resten av rummet, möttes jag av stora glasfönster. En liten del av gräsplätten runt huset såg jag och sedan in mot skogen som var glesare på den här sidan. Hrm, det vore kanske aningen konstigt om jag ... och i ett hus som inte var mitt, i och för sig var det inte deras hus heller utan en hyresvilla. Men jag hade ju nyss träffat dem också ... Äsch! Min kropp och mitt sinne behövde det, och det var lika bra att passa på, med tanke på avsaknaden av badkar i min lägenhet! Full av barnslig iver vred jag om kranen och hällde i lite av badskummet som stod vid sidan.

Inlindad i en av de varma handdukarna som hängde på värmestången vid dörren skuttade jag omkring i huset, kollade så att alla dörrar och fönster verkligen var stängda, och låsta. Inte för att det skulle hindra Jane och de andra från att komma in, men jag ville helst inte ha andra oinbjudna gäster medan jag låg i badet. Och jag som var supernojig redan *innan* jag fick nys om denna klart obehagliga och läskiga nya värld.

På väg upp mot badrummet stannade jag till i köket. Där snodde jag till mig en ny flaska vin (behövligt för nerverna) och letade rätt på några kex och vindruvor. Jag kom precis lagom tills vattnet fyllts upp och doppade fingrarna i det, en rysande skön värme sträckte sig upp längs armen. Dörren lät jag stå på vid gavel så att jag skulle höra om någon kom. Och där gick alla år hos psykologen förlorade, jag skulle ju bli rädd för minsta lilla ting hädanefter.

Jag drog händerna längs gardinerna, jag lät dem hänga längs sidorna av glasväggen och la mig sedan till rätta i badkaret. Med blicken upp mot taket sjönk jag ner i vattnet och möttes av en bar himmel, det fanns visst ett takfönster precis ovanför badkaret. Här skulle jag kunna ligga i timmar, med värmen som mjukade upp varenda del i kroppen, med tilltugg och med vinglaset i min hand. En perfekt plats för egen tid med mina djupaste tankar, för både kropp och själ.

Min hud började forma sig som ett russin och jag hade fyllt på med varmvatten säkert fyra, fem gånger. I minst tre timmar måste jag ha legat där, mörkret hade börjat falla för länge sedan. Ett vackert månsken lyste upp över skogen och ett lättare snöväder kom förbi. Det var snöblandat regn, snöflingorna la sig på glaset medan jag hörde regndropparnas melodi. Det var knappt att jag ville gå upp, så jag blev nog kvar här en liten stund till.

Det var så skönt, jag hade verkligen hunnit njuta och slappna av denna stund och jag hade ägnat de flesta tankarna åt allt jag fått se, det jag upplevde i jakt på orden och allt jag fått berättat för mig. Jag hade funderat över vad som skulle hända om jag sa nej, vilket jag övervägde som mest nu. De hade ju sagt att de skulle tvinga mig om jag sa nej. De skulle säkerligen använda sig av tankekontroll. Deras liv och många andras hängde på mitt val och mina handlingar. Det räckte inte med att säga ja och se vad som hände, att ligga på latsidan. Gav jag mig in på det här så måste jag verkligen uppoffra allt, lägga hela min själ i deras tro, händer och träning, och jag ville inget annat än att det här skulle bli ett beslut som bara jag själv tog, jag ville vara fullt medveten om mina handlingar. Inget tankekontrollerande över huvud taget! Skulle det verkligen gå att säga nej utan att mista mig själv, som jag skulle göra om jag blev deras krigarrobotslav? Nej, jag hade nog inget val och måste säga ja för att rädda mig själv. Mina funderingar bytte hela tiden riktningar. Ena stunden skulle jag göra det och andra inte. Det var nog frustrationen inför allt detta som började göra om badrummet till en ångbastu ... Det snöblandade regnet hade upphört, men stjärnorna som började ploppa fram på himlen var rätt vackra att titta på. Nej, nu måste jag upp! Om jag nu inte ville förbli ett vandrande russin.

Torkad och klar och med en av deras morgonrockar på mig – som var aningen för stor – gick jag in till köket för att leta efter något mer mättande. Jag behövde inte leta särskilt länge. På bordet stod det en påse med kinamat och en flaska Coca-Cola, med en lapp överst.

> Vi kom på att vi inte hade något större middagsförråd i huset.
> Och att du antagligen var hungrig.
> Smaklig måltid.
> /Christopher

Han måste ha kommit medan jag legat i mina djupaste tankar på övervåningen. Ingen verkade vara kvar, så de höll sitt löfte om ensamheten i alla fall. Kinamaten kunde inte ha suttit bättre än nu, jag var så hungrig! Maten tog jag med mig in till vardagsrummet för att se om det var något roligt på teven som kunde distrahera mig. Det skulle vara skönt att vila tankarna på annat. Jag försökte hitta ett passande program eller en tisdagsfilm. Programmen var bara för tråkiga och filmerna påminde mig om magi och deras berättelse, så jag bytte till Animal Planet. Självklart handlade det om vilddjurens näringskedja och jakt, jag fick upp bilder i huvudet på mina nya vampyrvänner som jagade. Nä, Nickelodeon fick det bli. Äntligen kunde jag luta mig tillbaka med min mat i knät och med ögonen och tankarna vilande på Svampbob Fyrkant.

Nu lyssnade jag inte längre utan tittade bara på de fina färgerna i teven som mörknade alltmer, och till slut somnade jag, sittande med min tomma matkartong i famn.

En blinkande färgexplosion gick igenom mina ögonlock och väckte mig. Det var någon sorts diskodans för de allra minsta. Bröstkorgen kändes tung och luften tog sig inte fullt igenom, jag reste mig upp för att ta min medicin och en nypa luft. I farten tog jag med mig filten som låg i soffan och ställde mig lutad mot verandadörren som jag öppnade på glänt. Drömmen om Eriah på slottsgången hade besökt mig igen. Den här gången var jag mer tillfreds i drömmen och efteråt, det måste bero på att jag visste kopplingen nu.

Solen gick upp – så fint, jag tittade på den och gick sedan och la mig i soffan igen. Teven var fortfarande på, jag bytte till en av filmkanalerna som visade en riktigt klyschig kärleksfilm jag kunde somna om till men vaknade till eftertexterna från en annan film, så det var antagligen dags att gå upp.

Kaffe hade suttit bra nu, jag letade rätt på lite. Glasbordet gav ifrån sig högljudda vibrationer, med en tyst inandning hoppade jag till men kom snabbt på att det var min mobil som var på ljudlöst. Soey, stod det på skärmen innan den slocknade och vibrationerna avtog. Ett av många missade samtal från tjejerna, och jag ville så gärna ringa upp dem. Men jag kunde inte det nu. I stället ringde jag till Christopher, som hade lämnat sitt nummer innan de gick. Nu bad jag dem att komma tillbaka, jag hade fattat mitt beslut. Skakig i kroppen la jag ifrån mig telefonen, hjärtat slog hårt och jag blåste ut ett djupt andetag innan jag gick för att klä på mig.

Snabbt klädde jag på mig mina jeans sedan nu fyra dagar tillbaka, men var så fräck att jag snodde till mig en ren tröja från någon av vampyrtjejerna. Kläderna låg vikta i en fin stapel på en trästol i badrummet. Med tanke på storleken var det antagligen Lynnes, jag hoppades att hon inte skulle bli alltför arg.

Pigg och ivrig satte jag mig i soffan men ryckte till av en stark vindpust då alla förutom Eadwig stod framför mig. De satte sig på samma platser som innan, och väntade medan Eadwig hängde av sig ytterkläderna och gjorde oss sällskap. Inombords njöt jag av det här, jag såg hur ivern, längtan efter mitt svar nästan exploderade i dem och funderade på om jag skulle dra ut på det, för att jävlas. Men med hungern i deras ögon borde jag nog inte ta den risken. Mitt hjärta slog obehagligt hårt, jag tvingade ner en bit magsyra som tagit sig upp, jag var så nervös över deras reaktion på det jag hade att säga. De skulle inte gilla det. Men det här var mitt beslut, jag hade haft lång tid på mig att fundera och jag skulle göra allt för att få min vilja igenom. Ändå kunde jag inte sluta tänka på deras kommande reaktioner – jag var så nervös.

"Vi är redo att lyssna, Annabelle. Om du är redo att berätta förstås?" sa Christopher som lagt sin hand på mitt lår och spred ett lugn inom mig med hjälp av sin symb.

Jag nickade tacksamt mot honom och tog mig en titt på alla runt omkring, andades in ett djupt andetag genom näsan och pustade ut det ur munnen.

"Okej, Så här är det. Jag har verkligen funderat på det här fullt ut och är helt seriös i mitt svar. Det var därför jag ringde hit er tidigare, för att jag är så säker på mitt beslut. Jag kommer att göra det, men först och främst för min egen skull och sedan för er och det ödet ger mig. Jag måste erkänna att jag är rädd för hur ni skulle gått till väga om jag sagt nej. Att jag är rädd för att förlora mig själv till er tankekontroll, men det är inte därför jag väljer att utföra det ni ber mig om. Jag känner det inom mig, att mitt öde finns där. Det har jag egentligen gjort hela tiden, men jag fick inte själva uppenbarelsen förrän jag låg avslappnad, på en nästan själslig nivå, i badkaret. Jag känner magin inom mig och jag känner så mycket mer som jag måste få utlopp för. Jag försökte hitta andra lösningar, men det bästa jag kom fram till var att lyssna på er, att ha all min tillit till er. Om ni nu skulle ha låtit mig vara om jag sagt nej, så hade jag inte klarat av det heller. Vad skulle jag då göra av allt inom mig? Risken för att min magi skulle urarta utan din hjälp Eadwig, är bara ett stort konstaterande. Jag trodde att jag var fulländad, men så är inte fallet. När jag insåg vilket beslut jag skulle ta kände jag mig som en söndertrasad docka, och bara genom att följa er väg kan jag bli hel igen. Jag måste ut på jakt efter mitt nya rätta jag, och hitta det, med den hjälp som behövs. Inte förrän då, kan jag hjälpa er att fullfölja mitt öde, er hämnd", sa jag med en sådan bestämd röst och inlevelse jag kunde.

Eadwig tittade med spänd blick mot mig. "Det gör verkligen ont att medge. Men ja, tankekontroll skulle tas till om du sa nej. Vi skulle antagligen kunna leva vidare utan dig, men då i en värld som skulle mörkna alltmer. Och som du själv säger skulle nog mörkret omedvetet sluka dig med allt du har inom dig som du inte vet vad du ska göra av."

"Ja, då var det som jag misstänkte då. Men vänta, jag var inte klar", avbröt jag honom bestämt. "Jag har två krav för att fullfölja det här och det finns inte en chans att jag gör det utan dem! Mitt första krav är att jag vill filma precis allt jag gör. Jag vill kunna gå tillbaka, se och förstå. Jag behöver det. Men jag vill även dokumentera allt för mitt andra krav. Det kravet är att jag vill berätta allt för mina föräldrar och mina närmaste vänner, och då kan jag använda det vi filmat som bevis. Jag kan inte göra det här utan att de får en chans till sanningen, jag kan inte bara lämna mitt liv ovetandes om jag kunnat ta med mig dem som står mig närmast på vägen. Jag har funderat mycket på det här och jag vill ge dem alla en chans att förstå, att *acceptera*. Jag är nöjd så länge jag får chansen att berätta för dem. Skulle det spåra ur har ni mitt

medgivande att få dem att glömma allt jag sagt och även att få dem att ... glömma mig ..."
"Annabelle, att berätta för fler människor är uteslutet!" utbrast Richard. "Inte bara för att du äventyrar vår och alla naturväsens existens utan även deras egna liv. Är du verkligen villig att göra det?"

"Men andra människor vet ju, de som är medium och sånt!"

"Det är bara få av dem som vet sanningen fullt ut om vår värld, som har sett eller har delvis kännedom om den", sa Richard. "Och de som verkligen vet har också kännedom om hur viktigt det är att hålla världen hemlig från andra människor. De får då använda sina gåvor till den grad att det inte avslöjar för mycket. Sedan så handlar det väldigt mycket om vad människor väljer att tro också, och det är inte många som tror på dessa medium och människor med andra gåvor, utan de placeras ju oftast i fack som väldigt flummiga och lite *annorlunda* människor, och det blir i sin tur som ett kamouflage." Richard var ivrig på rösten och betonade alla ord.

"Men ni känner inte mina föräldrar och vänner som jag gör! Jag litar på dem fullt ut, allihop! De kommer inte avslöja er värld!" försökte jag övertala dem.

"Ju fler i din närhet som vet, desto fler blir det också att skydda. Det är dig Agdusth vill åt och kommer säkerligen försöka nå dig genom att skada dina närmsta om de håller till kring vår värld och har kännedom om oss", flikade Eadwig in.

"Men, det kommer han väl försöka med oavsett om de vet eller inte, i sådana fall?! Det minsta jag kan göra för dem är att berätta och att de själva får ta ett beslut om de vill följa med på min resa eller inte vill veta av den alls. Väljer de att inte följa mig, är de i alla fall värda en förklaring till varför jag för alltid kommer att försvinna. Jag kommer inte kunna leva resten av mitt liv och se mina vänner, nära och kära åldras vid sidan om, ovetandes om vart jag tog vägen, om jag ens är vid liv eller inte. Ni har ju själva varit människor, ni måste ju förstå hur jag tänker. Snälla, *Jane*, hjälp mig?!"

Jag hade fått ett utbrott av ren frustration och vände mig mot Jane som var den svagaste länken. I hennes ögon och ansiktsuttryck såg jag att hon förstod mig. Mary, Elizabeth och Lynne verkade också vara på min sida. Det spelade visst ingen roll om man var vampyr eller inte, vi kvinnor hade alltid nära till våra känslor.

"Jag tycker att vi ska ge det ett försök, att vi gör det här på hennes villkor. Det är väl ändå det minsta vi kan göra för henne", sa Jane, som mycket riktigt var på min sida.

Och med den makten vi kvinnor kunde ha, fick hon det sista ordet och alla gav med sig, även om alla kanske inte gillade det.

När diskussionen var avklarad verkade alla riktigt glada och planeringen började tas upp. Eadwigs telefon gick på högvarv då han ringde hit mina så kallade magisystrar. Richard pratade intensivt med någon i sin telefon.

"Hur ser planen ut, hur hade du tänkt dig, Annabelle?" frågade Jane.

Jag visste att de andra lyssnade likaväl som hon medan de höll på med sitt i huset.

"Jag tänkte åka till mina föräldrar till att börja med. Jag vill berätta för dem först och jag vill att ni följer med som stöd, eventuellt som bevis och om någon förklaring behövs. Jag vill även att omvandlingen ska ske hos dem, att de är närvarande hela tiden."

"Så länge de tror dig, på det här, och väljer att följa dig", invände Marc.

"Mm", svarade jag honom och vände bort blicken. "Om de nu går med på det, vill jag som sagt ha dem vid min sida. Jag vill verkligen att allting sker hos dem, och att vi filmar alla steg i omvandlingen, och allt som sker efter det. Då har jag bevis att visa upp när det är dags att berätta för mina vänner. Jag tänkte börja med Soey, träffa henne ensam och sedan ... Oavsett hur det går, ber jag de andra att komma till mina föräldrar där jag berättar hela sanningen för de vännerna och ger dem valet att följa eller att glömma. Sedan får vi ta allt efterhand. Det är min plan, för jag antar att ni inte tänker vänta med omvandlingen tills jag hunnit prata med alla ... Ja, och ni får ju lägga till med allt runt omkring som behövs."

Alla hade lyssnat. De sa inte särskilt mycket om min plan förutom att de förstått vad som gällde, och sedan fortsatte de alla med sitt. Det var kaos i mitt huvud, allt skulle ske på mina villkor, men jag hade ingen aning om vad som egentligen skulle ske. Nä, jag behövde lite frisk luft och gick ut på verandan.

"Hur är det?" frågade Christopher som gjorde mig sällskap där ute. Han försökte undvika solens sken genom att hålla sig intill husväggen.

"Jag är så förvirrad, jag har absolut ingenting under kontroll. Jag har gjort mig hörd och kommer stå kvar vid mina ord samtidigt som jag släppt på tyglarna helt."

"Det kommer att gå bra. Vi förklarar allt med tiden, låt oss göra vårt, och så gör du som vi säger åt dig. Vi kommer att hålla tyglarna åt dig, tills du själv är redo att ta över dem igen."

Det var ett svar som värmde mitt hjärta. Jag vände mig om för att krama om honom. Christopher stelnade till, men valde sedan att sluta sina armar om mig och fick mig att känna det som om han aldrig skulle släppa taget, och jag önskade att han aldrig skulle göra det heller, det kändes så naturligt att vara honom så nära. Medan Christopher gosade med hakan på mitt huvud och längs min kind, påminde jag mig själv om att lära känna denna man när allt lugnat ner sig. Lite konstigt kändes det att vara så pirrande förälskad i en så pass främmande man som han ändå var. Ja, jag var förälskad, och med tanke på hans beröringar och kindpussen i går måste han ju i alla fall känna någonting.

Egentligen ville jag inte avsluta vår stund här ute, men det började bli kyligt utan några ytterkläder. Lynne hade för övrigt inte brytt sig om att jag lånat hennes tröja, som tur var.

"Ska du gå in?" undrade Christopher när jag släppte taget om hans midja.

"Det är kallt och jag måste ringa mina föräldrar", sa jag och gick in för att hämta telefonen.

"Dina magisystrar anländer redan i kväll", sa Eadwig noterande.

"Och de andra kommer så fort de kan", sa Richard som inte ville säga vilka han ringt hit.

Jag tittade på dem utan att ge något svar och tog upp min egen telefon.

"Hej, du har kommit till Cathrine och John. Vi är inte hemma just nu, men lämna ett meddelande eller ett namn och nummer, så ringer vi upp." Pip.

"Hej, det är jag, Annabelle. Jag behöver prata med er, så jag kommer över till er redan nu i eftermiddag. Ni behöver inte ringa upp, jag åker ut till er i vilket fall, och jag har ju nycklar så jag väntar på er om ni inte är hemma. Jag älskar er!"

När jag lagt på satte jag mig ner i fåtöljen den här gången, lät blicken vandra runt på kaoset runt omkring samtidigt som jag försökte se min nya framtid framför mig.

KAPITEL 32

Eftersom min bil fortfarande var på service, lånade jag en av mina *nya* vänners gemensamma hyrbilar och var nu på väg till mina föräldrar. Där jag skulle släppa bomben. Flera gånger hade jag funderat över om jag verkligen skulle dra in dem och mina vänner i allt det här, men jag kunde inte gå ovetandes om ifall de faktiskt valde att följa mig. Eller om de nu valde att glömma ...

Det slog mig att det här var första gången på flera timmar som jag äntligen var ensam – okej, andra gången då. Men första gången låg jag i ett bad och hade ett enormt och ångestframkallande beslut att ta. För att njuta av tystnaden stängde jag av musiken, det underlättade även för tankarna så jag kunde reflektera över vad som egentligen hade hänt den senaste tiden. Nynnande slog jag händerna mot ratten medan jag började rabbla upp en lista i huvudet.

Ett: Jag hade i hela mitt liv trott att jag varit sinnessjuk och det på grund av mina förföljares ansikten och det påstådda ödet som gav mig de livliga fantasivärldarna och besattheten av naturväsendena.

Två: En olycksfågel hade jag varit så länge jag kunde minnas och blivit utsatt för mer än ett mordförsök! Senaste händelserna var ju mannen i gränden och pilen på ängen.

Tre: Sedan visade det sig att de så kallade förföljarna skulle bli mina nya *vänner*. Vem hade trott det? Ja, inte jag i alla fall!

Fyra: För att sedan få höra att jag var en magiker som sedan skulle omvandlas till en vampyr för att sedan försöka bli en *hybrid* mellan dessa två väsen – den första någonsin!

Fem: Och det tack vare att den så kallade djävulsängeln lät sitt mörker och tydligen en del utav sig själv, ta över naturväsendenas konung som sedan dödade drottningen – anledningen till att JAG nu var bärare av hennes krafter!

Sex: Och enligt ödet och den lagda profetian, var JAG nu den nya drottningen över all världens naturväsen. Eller skulle bli i alla fall ...

Sju: Och det var tydligen JAG som skulle döda den här kungen och mörkret runt omkring honom! Det var i alla fall det som den döda drottningens bror, Eadwig, hade sagt till mig för några timmar sedan …

Hjärtat slog snabbare, rosdoften fyllde bilen och mina ögon sved. I backspegeln såg jag mina lilalysande ögon medan vinden tilltog utanför. Med huvudet pressat mot tutan brast jag ut i ett skrik. När jag lyfte upp huvudet bländades jag av strålkastare, och ljudet från andra tutor ekade eftersom jag hade hamnat på fel körbana.

Jag väjde snabbt tillbaka. "Förlåt, förlåt, förlåt!"

Händelsen tog över ångesten eftersom mitt fokus hamnade på att få kontroll på bilen. Mina ögon blev normala och rosdoften tonades ner och försvann. Elizabeth och Philip var i sina örngestalter och någon av dem hade satt sig på min sidobackspegel, vilket fick mig att vingla till med bilen igen. När jag åter fått kontroll över mitt fordon gav jag en irriterad blick till örnen. Den skriade till och gjorde örnen ovanför sällskap. Jag störde mig på att jag inte kunde urskilja vem som var vem när de gestaltade sig som örnar.

"Se och lär, min nya värld. Naturväsen mitt bland ovetande människor! Varför, ödet, varför? Kunde jag inte fått förbli en av de ovetande?" utbrast jag sneglande upp mot skyn.

Det var ungefär tre, fyra timmar sedan jag tog beslutet, och förberedelserna inför omvandlingen var i full gång. Jag blev stressad över att allt verkade gå så snabbt. Till och med magikerna som Eadwig hittat som tydligen skulle stå vid min sida som mina magisystrar, var redan på väg. För sjutton, jag hade inte ens hunnit smälta deras livshistoria, och nu skulle jag själv bli delaktig i den. Även fast jag fått mina bevis skulle jag nog inte inse allvaret och sanningen i allt det här förrän det faktiskt hände.

Ja, jag fick ta en sak i taget och nu var jag dessutom framme hos mina föräldrar, så bäst vore det väl ändå att börja här, precis som planerat.

Ingen var hemma ännu, jag började leta efter min nyckel till deras hus när jag mindes att det var hemtelefonen jag lämnat meddelandet på om att jag skulle komma. Jag undrade om de hade lyssnat av meddelandet eller inte, jag ville ju inte skrämma dem genom att vara inne i huset när de kom hem. Trappan vid ytterdörren fick bli min sittplats medan jag försökte nå dem på deras mobiltelefoner. Inget svar. Lutande mot dörren satt jag kvar en stund, lät tankarna flyga långt tillbaka i tiden, till min barndom här.

Soeys och mina föräldrar flyttade hit tillsammans när de väntade oss. De köpte husen intill varandra, så man kan nog säga att jag vuxit upp med två familjer eftersom vi umgicks hela tiden. När Soey och jag var små hittade man oss oftast i skogen, lekande bland de höga tallarna eller vid den överdrivet stora mängden av kolonilotter. Vi älskade att så frön och fick alltid plocka bär hos dem där vi hjälpte till. Eftermiddagarna tillbringade vi ofta på puben – våra pappor som haft den tillsammans sedan många år tillbaka. Vi brukade sitta under bardisken och leka med barbiedockor eller fläta varandras hår. Det var verkligen starkt av pappa att han kunnat hålla kvar vid baren som nykter alkoholist, han bevisade verkligen att ingenting var omöjligt.

Minnena som blossade upp fick mig att le, jag tittade mot caféet över gatan. Våra mammor ägde det. Från början var det en liten byggnad som skulle rivas när de flyttade hit. I dag var det renoverat i gammeldags stil och de serverade Willofs godaste pajer, tårtor och bakelser. Hemliga recept de kokat ihop, det var knappt att jag och Soey fick ta del av dem. Garanterade sommarjobb hade vi i alla fall, år efter år. Men roligast i våra yngre år hade vi hos Soey. Deras tomt var full av höga träd och massvis av katter. Hennes föräldrar hade alltid haft intresse för katter och tagit hand om vanvårdade eller sådana som skulle omplaceras. De kunde springa ut och in hur mycket de ville. Konstigt nog var det aldrig någon som rymde, jag antog att de kände sig trygga där. Mina föräldrars tomt, den blomstrade under alla perioder, utom vintern då, i underbara färger från alla blommor och buskar. Det fanns också fyra äppelträd, ett i varje hörn, och mellan dem odlade mamma grönsaker, potatis och bär. Jag kunde se allt det här framför mig, och jag hade alltid trott att jag föredrog vintern bäst. Nu när jag tänkte efter var nog våren den allra bästa. Och den enda nackdelen jag kunde komma på med Dawnsee var att det låg en hel timma norr om innerstan med bil, vilket började tära alltmer på oss när vi blev tonåringar. Området var nog mer passande för små barn och äldre.

Mitt funderande avbröts av flaxande vingar högt upp i skyn. Det förde mig tillbaka till nuet.

Handen fick täcka solen när jag höjde blicken upp mot Elizabeth och Philip som vakande cirkulerade över mig. Jag hade bett dem alla att hålla sig i skymundan tills jag behövde dem. Eadwig och Jane var i väg för att hämta mina magisystrar vid flygplatsen en bit utanför Willof. Richard var fullt upptagen med att ständigt samtala med sina hemliga gäster. Han hade i och för sig förklarat att en av dem var en god vän till honom och att denna vän behövde närvara vid min omvandling av olika skäl. Jag kunde inte fatta att jag gått med på det här! Hade jag verkligen insett vad som skulle ske? En sak visste jag i alla fall och det var att min mage vände sig ut och in varje gång jag tänkte på framtiden.

Utan vidare resultat tittade jag runt efter de andra, de höll sig som lovat utom synhåll och de som behövde gömde sig antagligen från eftermiddagssolen. Men jag visste att om jag viskade deras namn skulle de stå vid min sida i samspel med min nästa blinkning. Så länge jag inte gick in i huset förstås, då måste de vädja om min inbjudan. Jag som trott att det bara var de som bodde i huset som kunde bjuda in en vampyr, men Mary hade förklarat att det räckte att en släkting till husägarna var inne i huset i fråga och bjöd in vampyren. *Så länge de har samma blodslinje*, hade hon charmigt poängterat. Hon berättade även att det däremot inte behövdes en inbjudan till ens eget hus om man var vampyr, hemmet den hade innan omvandlingen. Det lät ju skönt i alla fall, att fortfarande ha ett hem efteråt. Fatta den känslan annars, att omvandlas på annan plats och sedan aldrig kunna komma in i sitt hem, till allt där inne.

Mina tankar ändrade riktningar, jag tänkte faktiskt inte på något alls längre och började bli uttråkad, sneglande mot granntomterna. Soeys föräldrar var på utlandssemester, ingen att prata med där förutom med deras kattvakter. Shit, vad var det där för läte? Det small till, följt av ett hackande och dovt brummande motorljud.

Blicken drogs direkt mot de andra grannarna – Bowest. Den bilgalna familjen som älskade stora, höga solrosor lika mycket som bilar. Hela tomten var full av solrosplanteringar, och vad jag kunde se härifrån verkade det som om de köpt en till bil igen. Eller ja, de brukade investera i bra delar och byggde sedan själva.

De hade alltid något nytt, roligt projekt på gång eller så var de i väg på biltävlingar, både utställningar och olika race.

Jag gick till staketet som skilde tomterna åt. Mira, mamman i familjen, plockade i höga lådor hon ställt ut. Det låg jackor och västar vid sidan av ena lådan som verkade vara fylld med ytterkläder. Mira var rätt rund och kort, hon föll nästan i en av lådorna hon grävde i men kom upp med ett tunt diadem med en stor solros på. Hon drog bak sitt korta, bruna hår och tog på diademet och ropade till Johnny och Lindsey som meckade med den nya bilen, att de skulle kolla mot henne. Johnny skakade på huvudet åt Mira och fortsatte sedan med bilen.

"Heej!" Jag log och vinkade mot dem.

"Annabelle, hej! Tack för senast", sa Mira och drog genast av sig diademet och slängde det i lådan hon tog det ifrån. "John och Cathrine åkte i väg på storhandling i förmiddags. De borde vara tillbaka när som helst."

"Jaha, okej. Och du, tack själv! Det var jättekul att träffa er igen. Men det är betydligt skönare nu när det är så lugnt, jag blir så stressad av stora folksamlingar. Jag satt just och tog in lugnet som sträcker sig över området, det fick mig att tänka tillbaka på min barndom här."

Mira skrattade till. "Ja, i lördags var det vilda västern. Det behöver röras om i grytan ibland, du får komma och hälsa på lite oftare tycker jag!"

Jag skrattade med i hennes kommentar, höjde ögonbrynen pekande mot den grå och rosa bilen bakom henne. "Har Lindsey fått en ny bil?"

Jag hade missat hela familjen Bowest de senaste gångerna jag varit här, förutom i lördags då, men då snackade vi inte om bilar.

Johnny, pappan i familjen, slog huvudet i taket när han förde ut överkroppen från bilen och vände blicken mot mig. "Oj, aj. Inte lätt att vara så lång." Johnny skrattade medan han drog bak det långa bruna håret och gnuggade handen över huvudet.

"Lindsey och jag har byggt på den sedan förra vintern. Nu ska den köra sitt första dragrace, med Lindsey som juniorförare för första gången! Vi åker redan i kväll och blir borta i två veckor. Det är lite småjusteringar som ska fixas, men sedan bär det av till den årliga vinterfestivalen." Johnny log stort och torkade händerna mot sina jeans.

Lindsey hade haft huvudet gömt under motorhuven hela tiden, nu sträckte hon upp handen vinkande mot mig och gav sedan något tecken till Johnny som böjde sig in i bilen och vred om nyckeln. Motorn lät betydligt gladare den här gången. Lindsey stängde igen huven och släppte ut det blonda håret hon hade uppsatt i en knut och dolde de gröna ögonen med pilotsolglasögon. Hon vinkade mot mig igen innan hon försvann i samtal med Johnny.

"Nu kommer de", utbrast Mira och pekade över min axel.

"Annabelle, hej gumman. Vad kul att du är här!" Det var mammas röst som jag hörde bakom mig.

Jag vände mig om mot dem. "Hej, äntligen!"

Pappa var stiligt klädd som vanligt, med chinos, rock med en skjorta under och en sjal runt halsen. Mamma ... hon var insvept i något som påminde om en filt. Jag hade aldrig förstått hennes val av kläder. Många sa att mamma och jag var så lika varandra, både på rösten och till utseendet, vissa menade också att vi var likasinnade. Det stämde nog allt de sa. Envisheten, lokalsinnet, det tjocka håret och ögonen hade jag ärvt från pappa. När det gällde resten var jag nog mamma upp i dagen, bortsett från att hon var kortare än jag och betydligt rundare om magen – och så klädde jag mig inte som hon! Pappa, han var ju rätt lång och hade varit smal i många år men började allt få extra kilon han med, trots att han höll i gång med jobb, och fixade och donade överallt hemma också.

Mitt skratt ekade i tankarna, jag hade börjat tänka på en annan sak som kännetecknade mamma och mig – att vi båda hade lite för lätt till skratt, särskilt ihop med min moster Maryanne och mormor Ewa. Alla vi tjejer i samma rum … Jösses, alltså. Männens kommentarer brukade bli: *Jaha, då var det dags igen*, och så lämnade de rummet.

"Jag hjälper er att bära in kassarna", sa jag och gick fnissande mot deras bil efter att jag kramat om dem, jag hade svårt att få bort tillbakablickarna ur huvudet.

KAPITEL 33

Mamma drog pallen i köket till sig och började ställa varor i skåpen högre upp. Pallen hade fyra steg, trots det behövde hon stå på tå. Pappa kom in och tog över. Med honom som ett stöd tog hon sig ner från pallen. Mamma kastade en tom förpackning hårfärg som stod på köksbänken. Svartröd färg, den bet bra på mitt och hennes kastanjebruna hår, även om det var länge sedan jag använde just den nyansen. I tre år hade jag nu varit förtjust i mitt ljusa och mörka flerfärgade hår, och jag tror att pappa blev inspirerad av mig eftersom han året efter mig började slinga sitt redan blonda hår i andra blonda nyanser. Men mamma blev skitsnygg i den där svartröda, särskilt nu när hennes hår hade vuxit ner över axlarna.

"Tänkte du bara hälsa på eller ville du något särskilt? Mår du bättre nu förresten?" frågade mamma när vi satt oss ner vid köksbordet.

Hennes fråga fick mig att snabbt blicka tillbaka, jag mindes att jag dragit den vita lögnen om magsjukan tidigare, när jag i själva verket mött mina så kallade *förföljare* för första gången, svimmat och vaknat upp i deras hus. I samma veva insåg jag att jag egentligen inte kunde visa mig ute ännu, inte förrän den värsta stormen lagt sig. Så bilen, den fick ju vara kvar på service, och min lägenhet ... den skulle jag inte kunna gå till heller. Jag var socialt kidnappad och inlåst tills vidare. Det här påstådda ödet hade inte bådat gott än så länge! Snabbt blinkade jag några gånger i ett försök att få bort min frustration.

Stelt log jag mot dem. "Tack jag mår bra. Öhm, bättre", sa jag. "Jag är här för att berätta någonting för er."

Det var ingen idé att dra ut på det eller försöka formulera det på ett bättre sätt, jag sa helt enkelt precis som det var om mina fantasier och besatthet under senare år. De hade ju kännedom om det som skedde i mina yngre år och tonåren. Nu i vuxen ålder hade de legat lite lågt, låtit mig sköta det på egen hand. Men de hade hela tiden haft sina aningar och varit noga med att påpeka att de fanns där för mig om jag skulle behöva dem. Och mycket konstigt hade skett på senaste tiden ... Jag berättade om händelsen i gränden, om pilen förra söndagen och om allt annat som hade hänt. Ja, jag berättade om vad som fanns där ute och om mitt påstådda öde, och jag berättade varför jag hade kommit dit den här dagen – att jag ville att min omvandling skulle ske här hos dem och att jag ville att de skulle närvara.

"Jag berättar det här för att jag vill ha kvar er i mitt fortsatta liv. Jag älskar er! Jag vill ge er båda en chans att förstå, och ett val. Det jag har sagt kommer att ske med eller utan er. Väljer ni att inte tro på det här, eller om ni är för rädda, måste jag be dem att ta bort era minnen från detta samtal och jag kommer spårlöst att försvinna ut ur era liv, för alltid."

Jag var tårögd när jag sa de sista orden, det var tuffa, egoistiska ord men sanna.

De satt tysta med tomma blickar vid bordet. För att visa deras rätta jag, bjöd jag in Christopher, Mary, James och Richard. Mamma öppnade munnen gång på gång för att säga något men ångrade sig. Pappa drog handen genom håret. Han rättade till sin position på stolen och såg till att flikarna på skjortärmarna var vikta medan han med spända käkar mumlade för sig själv.

"Varför just hon, kan ni inte ta någon annan?" fick mamma till slut ur sig.
Pappas ögon spändes när han vände upp blicken i väntan på svar. Mammas ögon spändes även de, och tårar hade börjat följa hennes runda kinder.
"Mamma, det är inte de som valt mig. Ödet gjorde det. De är här för att hjälpa mig, de är alla på min sida och är inget hot varken för er eller för mig."
Jag försökte lugna ner henne så gott jag kunde med mina ord. Pappa hade flyttat blicken ner till sina knogar som han hårt höll samman. Jag kunde tänka mig att han var extremt orolig men samtidigt så förbannad för att något så löjligt i hans mening existerade och var på väg att förändra hans liv så drastiskt. Han hade aldrig trott på det övernaturliga, allt hade alltid haft en logisk förklaring. Han var nog den av oss som hade det tuffast just nu.
"Pappa ..."
Jag försökte få kontakt med honom. Hans blick gick inte att rubba.
"Låt mig tala med Cathrine, ensam tack!" Pappas röst var hård och bestämd, och han höjde aldrig blicken.
Vi lämnade dem ensamma och jag bad de andra att inte lyssna på deras samtal.

Tre gånger bytte jag plats i vardagsrummet medan de andra stod oberörda som statyer, väntande på nya order. Så sjukt hur de kunde stänga av sig själva sådär. Jag rös till av obehag. Skulle jag någonsin kunna vänja mig vid ett liv som det var nu? Eller nej förresten, skulle jag någonsin kunna vänja mig vid ett liv som en av dem?
Teven var i gång men på ljudlöst, jag var på tok för rastlös för att välja kanal och slängde fjärrkontrollen på platsen bredvid mig – ljudet sattes på. Suckande började jag fingra på min panna

när kanalen avbröt för en ny efterlysning gällande ytterligare ett överfall och ett flertal försvinnanden. Mina *nya vänner* tittade menande mot varandra, sneglande mot mig.

Egentligen ville jag bara skrika: *Ja, jag har förstått att det var mörkret och Agdusth som låg bakom allt och att det var JAG som skulle ordna upp skiten!* Men jag hejdade mig med en ytterligare djup, irriterad suck och vägrade möta deras blickar.

"Ni kan komma in nu." Det var mammas spända röst.

Mamma kollade på mig när vi gick in, pappa höll sitt huvud högt med blicken sneglande på de andra för att sedan etsa sig fast i min. Mitt hjärta rusade när jag satte mig ner framför dem vid köksbordet och väntade på att någon av dem skulle säga något. De andra stod bakom mig på avstånd för att inte tränga sig på.

"Jag säger inte att vi ... att jag tror på det här", började pappa. "Att vampyrer, häxor och andra väsen existerar. Din mor däremot tror blint på det efter att de visat sina huggtänder ... och blodsprängda ögon", sa han med stark betoning på de flesta orden.

Han suckade. "Vi älskar dig, Annabelle. Vi skulle göra precis allt för dig, det hoppas jag att du vet och att du förstår?"

Jag tog tag om deras händer och nickade mot dem.

"Även fast Cathrine tror på er så har hon en stor, väldigt stor, oro när det kommer till din ... omvandling. Att det kanske är påhitt alltihop eller att någonting går snett, att du dör utan att komma tillbaka i ett annat liv. Men mest av allt, oro inför att *vi* låter dig genomföra det, att *vi* låter dem döda dig. Vilket vi också aldrig kommer att få veta förrän handlingen väl är gjord", avslutade pappa sina ord till mig.

Mamma tog över. "Vi har lyssnat på allt ni har sagt, vi förstår vad som kommer att ske om vi inte stödjer det ni tänker göra. Annabelle, vi har båda, som John sa, en stor oro över det här men har valt att tro på er, på dig, hjärtat. Vi gillar det absolut inte!

Men vi förstår att det kommer att ske i vilket fall. Får vi chansen att behålla dig i vårt liv kommer vi självklart att ta den, oavsett konsekvenserna."

Mamma tryckte hårt om min hand ihop med de orden.

"Tack, ni vet inte hur mycket det här betyder för mig." Jag kände hur en tår rann ner och jag snyftade till.

"Från och med denna stund är ni, och alla som Annabelle säger är okej, välkomna i vårt hem. Vi kommer att göra som ni säger men ständigt vara på vår vakt och vid hennes sida som stöd. Vi vill inte veta mer än nödvändigt så länge det inte rör Annabelle", sa mamma till dem.

De log mot henne och mot pappa som fortfarande hade avvaktande blickar mot dem.

"Ni har vårt ord. Vi ska förklara allt vi planerar och tänker utföra med er dotter. Hon är i goda händer", sa Mary och gick ut ur rummet med de andra.

Mamma nickade osäkert mot henne. I mammas ögon, och säkerligen i alla andra människors också, såg Mary ut som en tonårsflicka, även om hon också lätt kunde se ut som en psykopat – både medvetet och omedvetet. Det var en skrämmande kontrast att se henne föra sig som en mogen kvinna. Men tja, hon var ju över femhundra år gammal, men det var ju inte så lätt för andra att veta.

Nu var det bara jag, mamma och pappa i köket. En lång tystnad följde. De kramade om mina händer ännu hårdare.

"Av alla dessa galenskaper, hjärtat mitt. Jag hoppas verkligen att vi gjort rätt i att lita på dig, men det får tiden utvisa", sa mamma med tårarna rinnandes på nytt.

En lång tystnad uppstod, men när mamma lyckats samla sig en aning frågade hon mig vad de åt för något, om hon skulle ordna någon form av fika? Varsamt och med en nästan viskande ton sa jag att det inte behövdes, att hon inte behövde anstränga sig eller låtsas om som om detta vore fullt normalt, som jag visste att hon gjorde. Storögt nickade hon mot mig, vände om utan att säga något, hämtade alla fotoalbum från när jag föddes fram tills förra året och drog med mig ut till vardagsrummet till de andra. Där satt de sedan med fotoalbumen och pratade minnen i över en timma. Mamma hade till och med ställt dem en massa frågor. Inte om deras levnadssätt utan om deras tidigare liv, som människor. Själv hade jag gett upp redan efter tio minuter och i stället gått för att hjälpa pappa med middagen, efter den hade han och jag tagit oss en kvällspromenad. Pappa var inte lika chockad som mamma, men man såg känslorna han försökte dölja via hans hårt sammanbitna käkar och den ovanliga tystnaden ifrån honom. I hans ögon såg man det som bäst, de var spända och tomma, så jag blev illa till mods och fick dåligt samvete bara av att titta på honom.

Vad utsatte jag dem för egentligen? Det kanske inte var en sådan bra idé det här trots allt, att berätta för dem.

Pappa och jag var tillbaka från promenaden, jag hade inte insett hur sent det blivit förrän jag såg klockan på väggen i hallen. Shit, hon var redan halv elva.

När jag hängt av mig ytterkläderna hörde jag nya röster i huset. Eadwig och Jane hade kommit tillbaka med mina så kallade magisystrar. Men jag blev faktiskt glad, jag hade varit nyfiken i smyg sedan Eadwig berättade om dem.

De hade såklart hört oss komma och mötte upp oss i allrummet, husets mittpunkt. Två långa blondiner, en smal afrikansk kvinna och den kortaste av dem såg ut att härstamma från Japan. Hade de inte kläder i utstickande färger var deras smycken färggranna och alla hade de synliga lila tatueringar tillsammans med elementens färger.

"Annabelle, HEJ! Vad kul att se dig! Eadwig har berättat så mycket om dig!" sa de i mun på varandra och överrumplade mig med kramar.

Glatt överraskad över deras bemötande fick jag fram mer skratt än ord. Och ingen av dem verkade bry sig om mina ärr för den delen heller, vilket var en stor lättnad. Eadwig avbröt mig i den dimmiga euforin genom att ta tag i min hand och skar ett djupt jack i den. Han lät blodet rinna ner i en skål som redan hade något mörkt innehåll. Eadwig mumlade tyst för sig själv under tiden, antagligen en formel, för hans ögon lös i lila.

"Aj, vad gjorde du så där för?" väste jag och ryckte åt mig handen.

"Lika bra att göra det så snabbt som möjligt, dina magisystrar har redan delat med sig av sitt blod i skålen", sa han och gav mig en kompress att trycka över såret.

"Göra vadå?"

"Binda ert syskonband såklart, bandet blir som bäst vid ett första möte. Nu har ni alla offrat blod i skålen och jag har läst en formel över den, det enda ni behöver göra nu är att dricka en stor klunk var. Seså, drick nu!"

Mina läppar blev spända och mungiporna sträckte sig nästan ner till käkbenen när jag tog emot skålen. Med rynkad näsa sneglade jag ner mot innehållet. Jag fick kväljningar och började tänka på minnesfärden där Sintz tvingade mig att dricka blod. Andas in ... andas ut, jag slöt ögonen. In ... ut, jag öppnade ögonen, tog en klunk och skickade vidare skålen, men jag var inte kapabel att svälja. Mina magisystrar hade redan svalt det de tagit och väntade ivrigt på mig. Jag såg på deras miner att de inte heller var så förtjusta i att dricka blod, men att det inte var första gången de gjort det heller. Sammanbitet tvingade jag ner blodet ihop med den lika otrevliga uppstötningen jag fick. Under minnesfärden hann jag inte reagera och svalde av ren rädsla till skillnad från nu.

Formeln verkade direkt. Fastän jag var en nyvetande magiker kunde jag avgöra det, jag kände bandet vi nu hade. En bekant, mycket bekant känsla men mer ... annorlunda. Den påminde mig om vänskapen mellan mig och mina vänner, framför allt om bandet mellan mig och Soey. Ett lätt skratt kom ur mig när jag insåg att jag fått systrar. Riktiga systrar, för det var så det kändes. Såklart var vårt band förstärkt av all magi, det rådde ingen tvekan om det, jag kände all deras kraft inom mig liksom de kände av varandras som min kraft. Främst var ju syskonskapet för min skull, eftersom jag tydligen behärskade Jordens fyra element och de andra magisyskonen behärskade ett av dem var. Tanken var att jag skulle kunna hämta mer kraft från ett specifikt element med hjälp av ett av syskonen eller från dem alla tillsammans. Vi kunde med andra ord både använda våra krafter enskilt och ihop. Det var i alla fall så Eadwig hade förklarat det medan vi drack ur skålen.

Mina magisystrar verkade ha samma min och funderingar som jag. Eadwig hade berättat för mig tidigare att de inte heller hade någon kännedom om varandra, det här måste vara lika konstigt för dem som det var för mig. Eadwig hade sökt upp dessa olika magiindivider med hjälp av en mängd olika kontakter, och nu var vi alla samlade, med Eadwig som vår ledare, vår lärومästare. I alla fall min.

Nu när den så kallade välkomstritualen var över kunde jag ta mig en närmare titt på mina magisystrar. Men först insisterade mamma på att få plåstra om min hand och tvingade mina magisystrar att åtminstone sätta på ett plåster eller två över sina sår. När det var klart satte vi oss ner vid bordet i allrummet medan de andra gick åt varsina håll och småpratade och planerade. Eadwig valde att sitta med oss, likaså mina föräldrar som inte vågade lämna mig ur sikte.

Som isbrytare gav jag en kort presentation av mig själv och mina föräldrar. Sedan skickade jag vidare ordet till nästa person vid bordet efter att vi hoppat över Eadwig, han sa att han inte hade något att tillägga för tillfället.

"Okej, då är det min tur då! Jag heter Mathilda Roe, född 1411, vilket betyder att jag i år blir 606 år gammal. Efter min sista åldersritual valde jag att stanna vid fyrtio års ålder. Jag har två söner och tre döttrar, alla magiker och nu flera hundra år gamla. De lever sina egna liv och hjälper mig på gården ibland. För att få ett litet bättre hum om mig så kanske ..." började Mathilda men avbröt sig själv med en funderande suck och snurrade fingret i sitt svarta hår, en kastanjebrun nyans framhävde alla lockar.

Hon snörpte på munnen, tittade snett upp mot taket. Hennes mörka ögon mötte min blick. "Så här kan jag säga, att jag ser mig själv som en lugn, vaksam och omtänksam människa. Plus att jag har ett stort intresse för voodoo och huskurer från förr, min tomt består till största del av örter och kryddor. Jag bryr mig nästan mer om trädgården än om min lilla stuga." Hon skrattade till och fortsatte sedan berätta. "Jag föddes i södra Amerika men har mina rötter i Afrika, och i dag bor jag i Windville, i Oregon. Och vi fyra som kallats hit har ju en särskild kraft bestående av elementen. Mitt element är jord", avslutade Mathilda sin presentation med ett brett leende.

Hennes hud var lika brun som mörk choklad, och längs hennes fingrar, händer och underarmar upp till armbågarna gick hennes lila symboltatuering med en touch av ljusgrönt, brunt och mörkgrönt – elementet jords tre färger. Många av mönstren i hennes tatuering påminde om naturen – skog, berg, blommor och växter.

"Hej! Jag heter Rebecka Bluefall. Jag bor med min man Eric precis vid en av de uråldriga bäckarna som slingrar sig igenom Waterfalls Ville, en av Arkansas mindre städer. Enligt Eric är jag rätt känslosam, och obalanserad påstår han också. Men det vet jag inte om jag håller med om direkt. Vi har en son ihop, också magiker, på 234 år som numera reser runt i världen. Mitt element är vatten och jag älskar allt liv där under ytan. Jag valde att stanna vid trettio års ålder, men är född 1637 och blir då 380 i år", sa hon kortfattat, ryckte på axlarna och log, mer med de mörkblåa ögonen än med munnen.

Rebecka förde det långa blonda håret bakom sina axlar. Det framhävde hennes lila symboltatuering med en touch av mörkblått, svart och ljusblått – elementet vattens tre färger – som gick runt handlederna och som ett vågmönster över bröstkorgen. Mönstren på handlederna påminde om havet och innehöll cirklar i olika mindre storlekar, som bubblor.

"Paulinah heter jag, Paulinah Vingfort. Lesbisk, inga barn, född år 1858, så jag blir 159 i år och stannade vid trettiofem års ålder. Jag bor i Waio Valley, som du kanske vet är en av Iowas största städer. Luft är mitt element. Jag pratar ofta först för att tänka efter sedan. Är även känd för att ha ett dåligt tålamod, och så älskar jag fåglar!"

Paulinah pratade så fort att jag hade svårt att hänga med, hennes höga röst och uppspärrade blågråa ögon gjorde mig klarvaken i alla fall. Paulinah var aningen rundare än de andra, och hon hade jätteblont hår. Mer vitt än blont faktiskt, och det var långt och uppklippt. Hennes lila symboltatuering med en touch av ljusblått, grått och vitt – elementet lufts tre färger – gick längs hennes axlar och vid tinningarna. Hennes mönster vet jag inte om de kunde liknas vid vinden direkt – med luft, hennes element. Mönstren påminde mer om sidendukar med fint broderi på.

"Hej Annabelle. Jag heter Oliwia Hatsburn och kommer från Shadows Ville i Pennsylvania. Jag bor där med min pojkvän Mike, inga gemensamma barn ännu men Mike har två tonårsdöttrar från ett tidigare förhållande, tyvärr besöker de oss inte så ofta då de anser att staden är för obehaglig, *skräckstaden* som den också kallas", sa hon gestikulerande, man såg hur exalterad hon var igenom hennes mörka ögon.

De andras städer kände jag till. Paulinahs hade jag till och med besökt. Men den här staden hade jag inte hört talas om. Jag gav Oliwia en frågade min.

"Åh, har du aldrig hört talas om Shadows Ville?" utbrast hon. "Staden är ju känd för sina höga tättbebyggda hus. Stadens alla lampor lyser upp husväggarna, trottoarerna och gångarna på ett sådant mystiskt sätt att det är skrämmande. Framför allt träden men även andra föremål och lamporna är placerade så att sagolika skräckskuggor framhävs." Oliwia log brett och hennes ögon glittrade, hon hade sådan inlevelse att jag nästan fick gåshud.

Med tanke på min besatthet och fantasi var det ett under att denna stad kunnat undgå mig, jag var helt ärligt riktigt förvånad över det.

"Det är ju bara ett element kvar. Eld, vilket är min enskilda kraft. I övrigt valde jag att stanna i tjugo års ålder och jag är född år 1510, så jag firade nyligen mitt 507:e år här på Jorden, men känner mig lika ung för det! Jag älskar rött, har mycket energi och största intresset för både mig och Mike är skräck, så vi stormtrivs i staden", tillade Oliwia. Hon såg sprudlande glad ut.

Oliwia var kortast av dem alla, i jämnhöjd med mig ungefär. Kanske något kortare förresten men med betydligt smalare figur än jag. Hennes röda frisyr var skitcool – snaggat på ena sidan med en pageliknande klippning på den andra. Och hennes lila symboltatuering med en touch av rött, orange och gult – elementet elds tre färger – gick längs hennes hals och axlar. Några av hennes mönster påminde om flammor. Man kunde även se ett litet spiralflammande mönster vid hårfästet ut mot pannan där hon var snaggad.

Efter presentationen småpratade vi intensivt fram till klockan blev tolv, halv ett mot natten och ställde fler, mer ingående faktafrågor om varandra. Jag frågade bland annat om deras partners och om inte Mathilda och Paulinah hade några. Oliwias partner var mänsklig och professor inom bland annat magi. Rebeckas partner var magiker, han var några hundra år yngre än henne. De hade träffats i slutet av 1800-talet när han hade stannat sitt åldrande som fyrtioåring och påbörjat en hantverksutbildning. Paulinah hade en mänsklig flickvän, men det var så nytt och lite ostadigt så det var inget att ta upp direkt tyckte hon. Mathilda däremot blev änka för snart ett år sedan, hon kunde inte hålla tillbaka tårarna när frågan landade hos henne. Hennes man, Nicolas, som också var magiker hade omkommit i en olycka, 620 år gammal. Han var pappa till hennes barn och de hade levt i flera hundra år ihop, hon sörjde fortfarande väldigt starkt. Mathilda tyckte ändå att det vore behövligt och skulle bli skönt att få lägga tankarna på lite annat ett tag. Hon log sammanbitet och torkade bort de nya tårarna.

Mina kinder blev varma, jag började ångra att jag varit så frågvis av mig och skämdes en aning, vi var även ganska trötta allihop och rundade av samtalet. Mina magisystrar hade ordnat med boende på ett motell ungefär tio minuter från hyresvillan, så ungefär trettio minuter härifrån. De hade checkat in och lämnat sin packning innan de kom hit. Jane erbjöd sig att köra dem till motellet. Resten av vampyrerna i huset begav sig ut till skogs för att fortsätta planera och för att gå på jakt, då blev det genast mer yta i huset när hela det gänget försvann. De och mina magisystrar skulle komma tillbaka strax efter soluppgången. Timmarna därpå skulle planeringen vara klar och omvandlingen ske, med eller utan Richards gäster som fortfarande inte hade kommit.

Innan jag la mig på soffan i mitt gamla rum skrev jag en lapp till mig själv, en påminnelse om att jag måste ringa till jobbet och meddela att jag fortfarande var *sjuk*. Det var nog lika bra att sjukanmäla mig hela fredagen också, då skulle jag ha morgondagen, fredagen och hela helgen på mig att fundera ut hur jag skulle gå till väga med jobbet. Liggande i soffan och stirrande upp i taket tänkte jag på mina vänner. De måste vara så arga på mig, jag hade ignorerat deras samtal ända sedan jag sagt att jag var sjuk och bett dem att inte ringa. Vänner var ju trots allt vänner och hörde av sig ändå, för att kolla läget. Med tanke på att en av mina närmaste vänner var min granne, var nog alla medvetna om att jag inte var hemma i min lägenhet just nu för den delen heller. Nej, jag kunde inte ligga och grubbla längre, jag fick ta tag i vänsituationen när den stunden var kommen.

KAPITEL 34

Det var torsdag morgon, nästan tio minuter i åtta. Halvt sovande, halvt vaken gick jag omkring i huset. Jag hade legat vaken sedan sex och mellan två och fyra på morgonen. Med andra ord var John Blund inte min bästa vän i natt. Inte mina föräldrars heller, redan innan jag gått upp hörde jag hur de skramlade i köket.

Alla var på plats i huset igen, alla förutom Mary och Lynne, var de nu hade tagit vägen? Richard var irriterad, hans gäster stod stilla på en mack med bilproblem. Richard sa att han inte visste när de skulle komma och att vi fick börja utan dem. Själv hade jag ringt till jobbet, som lappen påmint mig om. Så det slapp jag tänka på i alla fall, jag hade ju ett lite större problem som jag inte skulle kunna gömma mig ifrån, och det problemet var att jag skulle dö i dag ...

"Det kommer att gå bra. Det är lite rörigt just nu, bara vi kommer i gång så ska det nog flyta på ska du se", sa Christopher och la en lugnad arm runt min midja, han hade antagligen känt hur paniken steg inom mig.

"Javisst ja, vänta här", sa han och försvann men var tillbaka innan jag hunnit vända mig om efter honom. "Här, jag köpte den för ett halvår sedan, jag har knappt hunnit använda den. Den har mest tillbringat sin tid i min resväska i huset. En gåva till dig från mig, då vet jag att den i alla fall kommer till användning", flinade Christopher och räckte mig en filmkamera.

Den var av en nyare modell, liten och smidig, och ville man kunde man även ta stillbilder.

"Tack, du hade inte behövt. Jag hade tänkt använda mig av mina föräldrars kamera eftersom min pajade förra året och jag inte hunnit köpa någon ny. Men deras är uråldrig så tack, verkligen, tack!"

Ihop med en kram gav jag Christopher en puss på kinden. Hans flin blev betydligt bredare.

"Lugna ner dig Lynne, jag ska kolla om de andra har några extra blodpåsar med sig", hörde jag Mary hojta roat.

De var visst tillbaka från sitt eget lilla äventyr.

"Påsar? Ta hit människorna för sjutton, det finns ju sju av dem i huset!" väste Lynne.

"Vad är det frågan om, behöver ni hjälp?" frågade jag Mary när jag mötte upp dem i hallen.

Båda två kom bärande på apparater med en massa sladdar. Mary såg exakt ut som senast jag såg henne, söt och halvgalen. Lynne däremot såg besvärad ut. Hon hade kavlat upp ärmarna och dragit av luvan på sin huvtröja som såg missfärgad ut, smutsig och med en massa hål. Trekvartsbyxorna var lika illa däran. Man såg tydligt små brännsår på hennes bara delar. Och från hennes smala flätor stack det ut sönderbrända hårstrån, i den löst åtsittande hästsvansen.

"Du kan väl unna mig en droppe eller två så att jag läker fortare", slängde hon ur sig.

Såren hade redan börjat läka, men jag såg på henne att smärtan hon hade inte var att leka med. Lynne vädrade i luften. I ögonvrån såg jag att min pappa skurit sig på en kniv under diskningen. Han hade också hört deras gräl och sluntit med kniven när Lynne skrikit efter människor att sätta tänderna i. Elizabeth hade snabbt kommit till undsättning, hon manade fram två tjockare huggtänder. Pappa ryggade bakåt, Elizabeth bet sig själv i handleden och manade honom att dricka ifrån henne. I chock gjorde han som hon sa och hans sår efter kniven läkte igen.

Så deras blod kunde läka andras sår? Det hade jag ingen aning om, att den teorin stämde.

"Om människor skulle vara medvetna om vampyrblodets helande kraft, skulle vampyrerna bli tillfångatagna för att sedan själva tömmas på blod", mumlade jag för mig själv.

"Människorna skulle inte få ut så mycket av det", sa Christopher bakom mig. Han hade obemärkt följt mig ut till hallen, vilket fick mig att rycka till med en högljudd inandning.

Han omfamnade mig och viskade: *"Det är bara vi själva som kan locka fram det helande blodet ur vårt system. De kan ge oss djupa sår och låta oss förblöda, ut skulle bara våra offers blod sippra fram."*

Christopher nafsade mig på halsen och upp över örat, jag fnittrade till och försökte vrida mig ur hans famn när hans förförande blåsningar nådde min hud – det kittlades! Christopher skrattade och lugnade ner sig, han gav mina rodnande kinder en varsin puss innan han satte sig ner på prydnadspallen intill oss.

"Vi använder våra tjockaste huggtänder – gifttänderna. Samma tänder som vi använder vid en omvandling, som Marc berättade för dig", sa Christopher. "Giftet drar det helande blodet till sig och ut mot det tillfälliga öppna såret. Det helande blodet gör sitt jobb som bäst om den skadade får i sig av det helande blodet så fort som möjligt. Ju längre skadan finns, desto mer intag av det helande blodet krävs. Och antagligen mer kontinuerligt. För att läka dina ärr, till exempel, skulle jag tro att ... en deciliter av det helande blodet om dagen under två, tre dagar kanske skulle göra susen. Men nu kommer ju din omvandling ta hand om det där. Så kortfattat kan det helande blodet läka de flesta skador, så länge de inte är för omfattande i och för sig, då finns det ingenting vi kan göra. Förutom en omvandling då, om det handlar om en människa. Precis som i mitt fall och i Janes, Marys,

Lynnes och James. Vi hade aldrig överlevt med hjälp av det helande blodet, inte ens från en större mängd. En omvandling var det enda som kunde ge oss en ny chans. Men risken finns att det inte heller fungerar om människan är för svag, men då på en själslig nivå."

Christopher mjuknade i sin blick, la huvudet på sidan och suckade sorgset.

Han öppnade munnen så att jag tydligt såg hans tänder och kunde se hur han skiftade från basformationen till gifttänderna. Han pressade sin tunga mot spetsen från ena huggtanden så att det började blöda – med vampyrfart stod han framför mig med sina händer slutna om mitt ansikte, och kysste mig. Christopher avslutade kyssen och drog bort förbandet över såret i min hand. Såret var borta och sårskorporna som hade lagt sig på min arm efter Lynnes bett omvandlades till bleka ärr. Lite till av det helande blodet så hade märkena från Lynnes bett också försvunnit. Så. Sjukt. Galet. Imponerande!

Den där kyssen tvingade ner min blick för att dölja mina på nytt rodnande kinder, jag blev tacksam för att Mary och Lynne tog vid där de slutade. I ögonvrån såg jag att Elizabeth gav av sitt helande blod till mina magisystrar så att deras små jack i händerna också läkte samman.

Mary och Lynnes bråk överröstade oss.

"Det är inte deras problem! Jag sa åt dig att inte följa med, det har ju knappt varit ett enda moln på himlen under hela morgonen", utbrast Mary, fortfarande lika road.

"Ingen annan kunde ju följa med, då hade du ju fått klara dig själv, så VARSÅGOD!" Lynne morrade till henne.

"DU, det hade gått betydligt snabbare utan en som behövde stanna var hundrade meter vid närmsta skugga för att läka ihop sig själv!" skrattade Mary.

"Nu sluter vi fred här. Lynne, du har hunnit läka ihop fint under tiden ni grälat, så du behöver *inte* dricka från någon av människorna i huset", sa Jane bestämt. "Det finns en kanna med donerat blod i köket, du kan ta därifrån", tillade hon.

"Okej, ska alla samlas här i vardagsrummet då!" ropade Richard.

Vi rörde oss ditåt, mina föräldrar höll sig i skymundan men svansade efter för att vara så uppdaterade de kunde om min tillvaro. Lynne hade tagit sig ett glas från köket och såg mer tillfreds ut och fejden mellan henne och Mary var över.

"Jag har pratat klart med Eadwig och de andra magikerna. Vi har kommit fram till en lösning och tänkte förklara den för er här och nu och därefter påbörja Annabelles omvandling", sa Richard så fort vi kom in i rummet. Han hade släppt ut sitt ljusbruna hår som vilade över axlarna och nästan gick samman med det trimmade men stora skägget.

"Vi börjar med det oväsentligaste, som att välja ut en plats eller ett rum", fortsatte han medan vi valde platser att sitta på.

"Ni kan ta vårt sovrum, det är ett stort rum med lite möbler och en stor säng", sa mamma.

"Okej, ert sovrum blir bra. Annabelle, vem av oss ska omvandla dig, vem ska bli din skapare? Det är en ganska viktig fråga och det är inte alla som får chansen att faktiskt välja", sa Richard med en helt annan ton.

Hans röda ögon tittade frågande på mig medan jag sjönk ner i pappas på tok för nersuttna fåtölj.

"Öhm ... Jag har ju kommit Christopher närmast. Är det okej för honom, för dig Christopher, så vill jag gärna att du gör det."

Det kändes som om mina ögon darrade när jag ryckigt log mot honom.

"Mm. Okej. Jag kan göra det." Han var spänd på rösten.

"Du behöver inte vara orolig Christopher, du kommer känna hur du ska gå till väga, det är instinktivt. Och vi finns där och leder dig", sa Jane.

Christopher hade nog helst sett att Richard eller Jane gjorde min omvandling, han visste inte ifall han var redo att bli en skapare ännu med allt ansvar det faktiskt innebar. Men Christopher hade inte styrka nog att säga nej när förfrågan kom direkt från mig.

Richard tog till orda. "Okej, så här kommer vi att gå till väga. Annabelle, du ligger i sängen med Christopher. Philip har erbjudit sig att filma, så det blir hans uppgift. Marys och Lynnes lilla äventyr i morse var helt på eget bevåg, de ville spetsa till din film och har fixat monitorer från sjukhuset i närheten. Så vi kopplar ihop en av monitorerna med dig, då kan vi både se och höra dina hjärtslag under hela omvandlingens gång. Är ni med så här långt?"

"Japp, det låter bra", svarade jag, och de andra nickade instämmande.

Idén med monitorn var lite väl larvig kanske, men ju mer jag tänkte på det desto mäktigare och häftigare blev det.

Richard tog till orda igen. "Christopher, du börjar med att tömma Annabelle på nästan allt blod. När hon nästan är tömd skiftar du till dina huggtänder med gift, du biter henne med de tänderna i såret du redan gjort och låter giftet ta sig in i hennes blodomlopp. Hennes hjärta kommer att stanna omedelbart av giftet. Direkt efter ger du henne av ditt helande blod som kommer att starta upp hjärtat igen. Lyckas vi med det på rätt sätt, sker resten av sig själv. Det helande blodet kommer att ha ett inbördeskrig med giftet, där hennes kropp är själva slagfältet. De kommer att hålla på tills någon av dem vinner eller tills en kompromiss görs. Vi hoppas på det sistnämnda, men risken finns att någon av dem får ett övertag och vinner, vilket då betyder att omvandlingen inte kommer fullborda sitt första steg och hon blir utom räddning. Att hon dör på riktigt. Men det händer ytterst sällan, personerna som inte överlevt en omvandling har ofta varit mycket svaga i själen och mörkret har kunnat locka till sig dem, eller så har ljuset lyckats få över dem till Himmelriket och Andra sidan."

Richard hade mest tittat på Christopher och lite runt på oss andra medan han talade men fokuserade nu endast på mig.

Han suckade. "Jag ska inte ljuga, Annabelle, en omvandling är mycket smärtsam och är en prövning både för kropp och för själ. När Christopher gjort sitt hänger resten på dig. När ditt hjärta slutat slå, väntar vi på ditt uppvaknande."

Richard tystnade en stund. Han betraktade mig varsamt, antagligen för att ge mig en chans att ta in alltihop.

Han fortsatte: "I vanliga fall måste du påbörja steg två i omvandlingen inom ett dygn efter det att du vaknat upp. Men ditt fall är ett av de ovanliga. Du är trots allt en magiker och med redan stora krafter. Det ska egentligen inte gå att omvandla dig med krafterna i behåll. Som du kanske minns så förlorar en magiker sina krafter till de olika kraftfälten när magikern dör. Det är huvudorsaken till varför dina magisystrar är här just i dag. Tillsammans med Eadwig ska de göra allt för att behålla dina krafter åt dig från den stund ditt hjärta slår sitt sista slag. Men ingenting är garanterat, för det här har aldrig prövats förut. Eadwig har hittat en formel de ska uttala över dig och under din omvandling. Den kommer kräva all deras fokusering och energi och de kan inte sluta förrän du är helt omvandlad till vampyr, tills det allra sista steget är fulländat. Därför, för dina systrar, för Eadwig och dina krafters skull, måste du få i dig mänskligt blod så fort du vaknar upp, så att steg två kan ta sin början. Risken är också stor att du kommer vakna upp förvirrad, du kanske inte kommer att minnas någon av oss eller vad som skett."

"Men varför berättar du det här nu då, om jag ändå kommer ha glömt allt när jag vaknar upp och ni får förklara det igen?" avbröt jag Richard.

"Så fort du fått i dig den mängd blod du behöver och steg två tar sin början, kommer du även att börja minnas igen. Jag säger det här nu, så att du kan minnas detta samtal efter att vi kanske har tvingat i dig blod för att fullborda omvandlingen."

Richards svar fick mig att rygga undan.

"Okej ... Men vad händer i steg två då?" frågade jag honom misstänksamt och fick en tillbakablick från minnesfärden. En tillbakablick på Richard och Janes ruttnande likkroppar under deras steg ett i omvandlingsprocessen. Fy! Magsyran nådde upp till svalget medan jag lyssnade på Richard som hade börjat besvara min fråga.

"Du kommer att vakna upp ur steg ett med ett hjärta som inte slår och utan att behöva syre. Du kommer vara förvirrad, svag och dina sinnen kommer att vara sämre. För när du vaknar upp är du fortfarande död, men samtidigt mänsklig. Din kropp kommer att stöta bort de första dropparna av blodet eller de första klunkarna beroende på hur mycket du behöver få i dig. Med tanke på att du är en magiker kan jag föreställa mig att du behöver dricka en hel del innan steg två tar vid. Jag tror att den delen av dig kommer att göra allt i sin väg för att motstå en omvandling. Men det är bara spekulationer. Och varför du måste dricka just blod för att fullborda din omvandling, är för att både det helande blodet och giftet som är din kropp efter steg ett behöver blodet för att styrka kroppen på olika sätt. Det är med hjälp av giftet som vårt skelett, tänder, naglar och ögon har sin skyddshinna och är okrossbara. Men giftet behöver regelbundet blod för att kunna behålla dem i dess skick. Och det helande blodet sköter nu blodflödet i kroppen i stället för i hjärtat, men för att det också ska kunna fungera korrekt behöver även det tillgång till blod regelbundet. Så vad vore då inte bäst och starkast för oss än att dricka vårt ursprungsblod, blod från människan, för att behålla oss *okrossbara* och *levande* döda."

Richard gav mig ett finurligt leende, han tyckte antagligen att han var rolig med betoningen på orden ... men jag var mer i chocktillstånd än road, så jag gav honom ett spänt halvdant leende tillbaka.

Richard blev allvarlig igen, han fortsatte: "Det helande blodet och giftet kommer alltid att vara i din kropp Annabelle, och du kan därför inte dö av svält, men om någon *eller du själv* försöker svälta dig ändå, får ju inte det helande blodet eller giftet något att arbeta med och din kropp försvagas alltmer, tills den till slut stelnar, liknande en mumifiering. Men du vaknar såklart till liv igen vid första droppe blod som vidrör ditt stelnade blodomlopp", förklarade han.

"Regel nummer ett: Blod är nyckeln till allt", utbrast Philip.

Elizabeth spände ögonen i honom.

Richard suckade, han la sina händer på mina axlar. "Annabelle, så fort rätt mängd blod för dig har tagit sig in i ditt system efter uppvaknandet av steg ett påbörjas den slutliga förvandlingen, steg två, där en fantastisk förändring äger rum. Det är något som jag tänker överlåta till dig själv att upptäcka. Men jag borde varna dig ... det kommer att kännas när huggtänderna växer ut för första gången. Dina sinnen och alla känslor kommer att vara upphöjda. Som vampyr blir en lätt romans till kärlek, ilska blir till hat och smärta till tortyr. Tänk dig att du som människa drar ut dina tänder utan bedövning. Den känslan, fast kanske tre gånger mer, kommer du att känna. Men det är det sista steget. Sedan är det klart. Så har det varit för alla oss här i alla fall, mer än så kan jag, kan vi, inte hjälpa dig."

Med uppspärrad blick tittade jag på Richard medan jag fingrade på mina tänder.

"Hur kommer det bli för oss, för mig och Cathrine, när omvandlingen är klar?" frågade pappa. "Vi vill såklart vara vid hennes sida hela vägen ut, men vi måste få veta. Finns risken att hon kan döda oss? Ursäkta uttrycket, men ni är ju tämjda vampyrer som vet era begränsningar. Vi och magikerna kommer ju vara det första hon antagligen sniffar rätt på när hon är fullbordad, eller hur?"

Pappa chockade oss med sin oväntade fråga.

"Självklart finns det en risk. Annabelle kommer vara nästintill galen av törst, men hon har valt att ha er med så det är en risk ni får ta. Vi är ju nio vampyrer här som kan skydda er om hon går till attack, plus fem magiker som säkert kan låsa henne på något sätt om det behövs", svarade Marc.

"Glömmer ni inte att hon också är en magiker? Vem vet vilka extra krafter eller extra styrkor hon kommer få när omvandlingen är klar? Vi ... ni, har ingen som helst aning om vad som väntar. Min dotter blir en försökskanin i ert lilla experiment. Det kan ju bli vad som helst av det här! Jag backar inte ur nu, jag vill bara varna er", sa pappa irriterat.

"Okej, du har en poäng där", tillade Marc. "Annabelle kan bli precis som en av oss, men som John säger vet vi inte vad hennes krafter gör eller hur de påverkas under och av omvandlingen. Vi måste alla vara på vår vakt, utifall det är ett monster som vi skapat, då måste vi alla vara beredda att ingripa på ett eller annat sätt. Men vi kan inget veta förrän omvandlingen väl är gjord."

Trots Marcs överlägsna ton instämde de andra.

"Bra, då börjar vi", sa Richard och gick mot mina föräldrars sovrum.

"Vi tar det här i den takt som behövs för att inte stressa fram något, men det måste ske nu så att jag och Annabelles magisystrar kan börja lösa pusslet med orden för att få kraftfältet till henne", inflikade Eadwig medan han gick om Richard.

Mina ögon sved till, ögonlinserna lös upp i lila, jag stod som fastfrusen i golvet med skrikande vindar och slående grenar mot fönstren bakom mig. Den bekanta rosdoften var där, som alltid nu för tiden när mina känslor gick över styr. Men den här gången lugnade doften mig, jag lyckades samla mina sinnen och den tillfälliga stormen utanför lugnades ner. Mina magikerögon och rosdoften försvann, men jag kunde fortfarande inte röra mig. De andra hade redan gått till mina föräldrars sovrum där det skulle ske. Mamma såg att jag stod kvar, jag hörde hennes spända röst, att de skulle ge mig en minut eller två. En minut ... jag skulle behöva mer än så. Gärna några extra år till godo tack! Paniken var tillbaka, mina lilalysande ögon likaså. Alla lampor i huset samspelade med min hjärtrytm, vinden hade jag i alla fall lyckats lämna utanför den här gången. Jag slöt mina ögon. Andas in ... andas ut. In ... ut.

Fokusera nu Annabelle, fokusera.

Det fungerade och jag blev lugnare, mina magikerögon försvann och jag kunde samla tankarna igen.

Borde jag äta något innan? Och borde jag byta kläder, ta en dusch – ett bad igen kanske? Vad borde man göra innan sin död egentligen? Visserligen var det här ingen vanlig död, jag skulle ju vakna upp igen om nu allt gick som planerat.

Om allt gick som planerat ja ...

> Jag vill bara tacka för du är en sådan underbar vän, för allt du har gjort för mig och för våra minnen ihop.
> Jag säger det inte så ofta, men jag menar det varje dag och natt och jag säger det nu. Jag älskar dig!
> /Annabelle.

Sms:et skickade jag till Soey, Jen, Sam, Ewelyn och Sonja innan jag stängde av mobilen helt. I efterhand kom jag på att ett sådant sms lätt kunde misstolkas. Borde jag slå på mobilen igen och skicka ett nytt? Jane avbröt mina funderingar genom att ropa på mig att allt var klart. Var mina vänner inte oroliga innan så var de garanterat det nu, så klantigt av mig. Å andra sidan ville jag ha det sagt, om det nu inte skulle gå som planerat menade jag.

Nej, jag kunde inte stå här och vela längre, de väntade på mig där inne. Lite filmjölk var det enda jag fått i mig, jag la händerna om min kurrande mage – jag fick väl mätta hungern på ett annat sätt efter döden ... jag hade fortfarande sovkläderna på mig dessutom. Ett vitt spetslinne som slutade strax ovanför knäna, jag antog att det fick duga som omvandlingskläder. Elizabeth hade i alla fall roat sig med att borsta mitt hår medan jag fick i mig filmjölken och sminkade mig, så helt förfallen såg jag förhoppningsvis inte ut inför mitt möte med döden.

KAPITEL 35

Känslan jag hade när jag klev in i mina föräldrars sovrum, den var precis som i en film. Som när den där snygga tjejen eller killen gjorde sin entré på en fest.

När jag närmade mig rummet hörde jag allas röster prata i mun på varandra, men så fort jag var synlig vid dörrkarmen tystnade de med blickarna djupt koncentrerade på mig. Försiktigt tog jag ett steg in i rummet och ytterligare ett, sedan var vi tillbaka i rörlig bild igen.

Min så kallade dödsbädd var vacker, mjuk och stor men inte alls särskilt lockande just nu. Inte ens när mina drömmars man låg i den, lutande mot den höga trägaveln. Sängen stod i mitten av rummet med ett fönster ovanför huvudänden, persiennerna var nerdragna men öppna på glänt så att solens strålar försiktigt kikade in. Mina föräldrar hade en mindre bokhylla på varsin sida av rummet och mitt emot sängen stod det fem garderober. Dörr två och fyra var spegeldörrar, den tredje dörren var större än de andra, där gömde jag mig ofta som liten när vi lekte kurragömma.

Tillgjort log jag mot mina magisystrar som stod uppradade vid garderoberna. Eadwig stod i ena hörnet bredvid med sin formelbok redo för läsning. Mina föräldrar hade tagit plats på varsin sida av sängen. Philip stod vid sängens ena hörn, redo med filmkameran som jag fick av Christopher tidigare, och Jane stod redo vid monitorn som Mary och Lynne fixat till detta tillfälle medan de andra stod i skymundan längs väggarna. På bordet de ställt monitorn låg det även ett flertal påsar med blod, blodpåsar redo för mig – men jag var inte redo! Det var ett falskt agerande från min sida, allt jag gjorde nu kändes som om det skedde i någon sorts trans. Som de där gångerna när man verkligen inte ville göra något. Man var för rädd eller orkade helt enkelt inte. Men där var man ändå och gjorde det man skulle bara för att bli av med det.

Ungefär så kände jag mig, att nu fick vi det här överstökat utan några som helst känsloanvisningar från min sida, jag var en känslokall robot, just nu i alla fall.

Med en stor klump i magen flätade jag in mitt hår i en halvdan sidofläta medan jag la mig till rätta i Christophers famn. Jane räckte mig en hårsnodd innan hon satte fast några sladdar på min bröstkorg. Hon slog på monitorn som började pipa i takt med mina hjärtslag, även monitorns bildskärm återspeglade mitt hjärta i form av en pulserande linje med spetsar. Philip hade redan börjat filma och det såg ut som om han pratade med sig själv, jag antog att han pratade in i kameran och med framtida tittare. Eadwig och mina magisystrar gjorde tecken att de var klara, och Christopher nickade när han fick klartecken att börja. Mamma och pappa la sin ena hand på mina axlar, de sa att de älskade mig och att jag skulle vara stark. Då brast det för mig.

"NEJ, SLUTA! Jag är inte redo, jag vill inte! SNÄLLA, SLUTA! En av mina största rädslor är faktiskt att dö!" skrek jag i panik och försökte slita mig ur Christophers famn. Det var lönlöst, Christopher tänkte inte släppa taget.

Det sved till i ögonen och den smygande rosdoften kom fram – då var det dags igen. Mina magikerögon var framme, som alltid när jag brukade magi. Monitorn pep snabbt och högt, precis som mitt hjärta kände sig. Stormbyn jag skapade utanför huset var makalös, för att inte tala om allt eldrivet här inne som spårade ur.

"Det är sant, hon är otroligt rädd för att dö!" utbrast mamma med ena handen över sitt hjärta. Den andra höll hon nu hårt om min hand.

Hon och pappa tittade på mig med tårfyllda ögon och sedan på de andra, jag hade äntligen sagt ifrån, som mina föräldrar hade hoppats på. Men ingen i rummet lyssnade på oss.

"Du måste göra det Christopher, du har inget annat val", sa Richard via deras tankar.

"Men hon är ju så rädd, hon vill inte. Jag vet inte om jag kan ..."

"Som din skapare beordrar jag dig att fortsätta!" avslutade Richard deras tankekommunikation.

Christopher gav Richard en hatisk och sorgsen blick innan han motvilligt fortsatte det han skulle göra – påbörja omvandlingen.

Christopher smekte sin lediga hand längs min kind. Med sin symb pressade han in ett lugn i mig, men mina lilalysande ögon förblev kvar. När monitorn återgått till sitt normala läge började han kyssa mig på halsen och nafsade på min örsnibb. Det fick stormbyn där ute att lugnas ner medan lamporna fortsatte att flacka, nu med ett mer dämpat sken. Jag log och började fnittra. Christopher fortsatte att kyssa mig på halsen och på munnen för att sedan föra kyssarna mot min hals igen. Han fick mig att glömma bort de andra i rummet. Nu var det endast han, jag och mina sexlustar som tog sig an mina tankar från där de senast slutade. Men mitt njutningsfulla leende försvann när Christophers grepp om mig blev en aning hårdare och hans läppar fortfarande vidrörde min hals. Monitorn löpte amok, inte en chans att Christopher kunde styra min panik, min rädsla som så snabbt var tillbaka, likaså stormbyn där ute som hade hittat in ihop med all elektronik i huset. Kaoset jag skapade blev alltmer intensivt, jag kände att det skulle bli värre ju längre in i omvandlingen vi kom. Ihop med de hårda vindarna, mörka molnen med den ihållande åskan och blixtarna insåg jag att jag hade tappat kontrollen helt.

Det spelade ingen roll hur rädd jag var, det fanns ingenting jag kunde göra, instinktivt slog jag ändå på hans armar och mot hans huvud. Christopher tog ett hårdare tag om mig, jag kände hur hans tänder trängde genom min hud och blodet som pulserade ut. Det här var inte alls som första gången han drack av mig, när han bevisade sitt rätta jag. Då var han ödmjuk och försiktig, nu var det med en helt annan kraft och explosion. Mitt blod letade sig till hans bett och forsade ut till hans mun, som om han vridit på en kran. Jag fortsatte att slå med mina händer och sparkade med benen. Mina händer möttes av något vått när jag försökte pressa bort hans huvud med kraften mot hans kinder. Mina händer var täckta av blod – Christophers tårar. Men det var ju han som var boven i dramat, om någon skulle gråta så var det väl ändå jag? Mitt känslomässiga utbrott över Christophers blodtårar sög ur det sista av mina krafter. Mina rörelser försvagades samtidigt som ljudet på monitorn och jag började få svårt att behålla medvetandet, jag gjorde inget motstånd längre. De susande vindarna påminde mig om nuet medan de blinkande lamporna gav mig yrsel. Jag lyckades aldrig få ett stopp på kaoset i mig som orsakade allt kaos runt om och utanför.

Christophers hårda grepp om min midja lättade, han lät mig vila upprätt mot sin bröstkorg. Mina magikerögon var fortfarande kvar, min syn gick från klarhet till en tunnare dimma, fram och tillbaka. Philips röst var den enda jag lyckades uppfatta i det fortsatta kaoset runt omkring.

"Nu har Christopher tömt Annabelle på nästan allt hennes levnadsblod. Nästa steg är dödsstöten!"

Philip var bara tvungen att göra det mer dramatiskt än det redan var ... men jag förstod vad han menade. Ändå lyckades jag aldrig uppmärksamma att Christopher skiftat till sina större gifttänder, men jag kände dem. Han tryckte in dem på samma ställe som han druckit av mig. Det sved inte lika mycket, men det gjorde ont, riktigt ont. Lika fort som han satte dem i mig var de ute. Jag förstod inte vilken typ av smärta jag skulle leta efter förrän kroppen ryckte till en gång som om den fått en riktigt kraftig stöt, jag hann inte ens ta ett andetag, mitt hjärta slutade omedelbart att slå. Sekunder senare vaknade jag upp igen, kippande efter luft och med blodsmak i munnen. Christopher hade utfört nästa steg, som var att ge mig av hans helande blod. Giftet hade omedelbart tagit död på mitt hjärta, det var giftets huvudsakliga mål, men så fort det helande blodet kom in i systemet var giftet inte *herre på täppan* längre. Det helande blodet tog sig direkt till hjärtat för att hela det, men det slog inte med samma kraft och hade inte samma rytm som tidigare.

"Nu är både giftet och det helande blodet i Annabelles kropp, tillsammans ska de utkämpa en kamp och hennes kropp är deras slagfält. Låt striden börja!" sa Philip in i kameran.

Nog märkte jag att striden var i gång allt, jag hörde hur monitorns snabba pip varvades med lite för långa tystnader. Och nog kände jag mig som monitorn och kaoset runt omkring mig visade, jag höll på att försvinna bort flera gånger om men vaknade till varje gång, som om någon gav mig stötar för att hålla mig vaken. Det var som om jag aldrig lyckades hämta andan. Mina ögon började rulla och jag fick flera krampanfall. De gånger jag var vid medvetande ville jag skrika men fick knappt fram något ljud, det enda man hörde ifrån mig var mina växlande andetag.

Det var verkligen ett inbördeskrig i min kropp, jag kände det från topp till tå. Hur giftet tillsammans med det helande blodet studsade mot min hud, mot mitt skelett och mina organ. Det kändes som om de var gjorda av syra, som om varje ställe som vidrördes skulle upplösas, som om de lämnade efter sig ett frätande revir som de lockade till sig den andre med och som om de hade en brinnande svans i följd. De tog sig ända ut i fingertopparna, utmed hjärnan och ner till tårna. Aldrig förr har jag kunnat känna mig så medveten om mitt inre. Det var till och med som om jag kunde höra dem, hur de forsade och pulserade fram. Det var som om jag kunde höra hur de talade till varandra, än så länge var det för otydligt för att jag skulle kunna höra vad de sa, ett ekande mummel var det bara.

"Ska det vara såhär? Hon ser ut att plågas så mycket, finns det ingenting ni kan göra?"

Mamma brast ut i tårar där hon satt bredvid mig, störd av allt oväsen jag skapade. Pappa sa ingenting, men av hans blick att döma ställde han samma frågor.

"Det finns ingenting vi kan göra. Det är bara att vänta på att det ska ta slut", sa Christopher som försiktigt tog bort mig från sin famn och klev ut ur sängen.

Nu hade det gått så långt att jag lyckats lära mig att skilja på giftet och det helande blodets vägar. Giftet var snabbt och explosivt med en aggressiv, brinnande svans. Det kändes som om jag hade extremt torr hud och drog hårt sandpapper över huden när giftet tog sig framåt. Det helande blodet var mer avvaktande och tyngre, med en glödande svans. Varför visste jag inte riktigt, men det enda jag kunde likna det helande blodet vid, var asfalt. Ord som tungt, varmt och hårt kom upp i tankarna. Shit, nu hände det något, satan vad ont det gjorde! Det kändes som om de cirkulerade runt bröstkorgen på mig, som en katt-och-råtta-lek.

"Ni kanske inte hör det, men vi gör det. Titta på hennes bröstkorg och lyssna till ljudet från monitorn så ska ni få se. Giftet och det helande blodet har nu ansett sig jämbördiga och en kompromiss kommer att ske. Lyssna och se", sa Philip in till kameran medan han höll den mot mig och lät monitorn hela tiden vara synlig i bild.

Smärtan var så extrem att jag tappade medvetandet, jag visste inte om den hade gjort mig galen, för nu kunde jag höra hur det helande blodet och giftet talade till varandra inuti min kropp. Det var som om jag var där inne med dem, jag såg dem framför mig, eller i alla fall som jag föreställde mig dem, och jag kunde se och höra dem så pass tydligt att jag själv måste vara mitt hjärta de cirkulerade runt. De var som skuggor båda två, giftet i flammande orange och silver, det helande blodet flammade upp i sotande svart och glödande av rött och orange.

"Vi kan strida i all evighet du och jag. Varför vill du hålla kroppen vid liv? Låt mig ta död på den så kan vi få den här striden överstökad!" väste giftet till det helande blodet.
"Tänk vad vi kan åstadkomma du och jag. Vad vi kan skapa om vi samarbetar i denna kropp. Med din styrka, smidighet och snabbhet och med mitt helande och breda intellekt", sa det helande blodet.
"Och hur skulle det gå till hade du tänkt dig? Jag vill döda kroppen medan du vill rädda den!" väste giftet till det helande blodet, men denna gång med ett intressantare tonfall.
"Du får stoppa hennes hjärta en gång till, på ett endaste villkor! När du tagit död på hjärtat vill jag själv ersätta dess funktion, föra blodet vidare runt i hennes kropp, precis som när hon levde", sa det helande blodet.
"Så då blir hon levande död med andra ord", avbröt giftet det helande blodet. *"Du skulle kunna göra det på egen hand. Låta mig ta död på henne och sedan återskapa henne själv efter att jag gett mig av. Men då skulle du bara få ett vandrande försvagat skal. Du behöver mina egenskaper för att kunna återskapa den perfekta kroppen till toppen av näringskedjan. Det ultimata vapnet"*, fortsatte giftet dramatiskt och med överlägsen ton.
"Jag behöver dig lika mycket som du behöver mig om du väljer att stanna kvar. Jag måste tillägga att det vi gör bara är grunden, resten hänger på kroppens ägare och dess själ. Hon måste fullborda omvandlingen. Det är mänskligt blod hon består av och det är mänskligt blod vi båda behöver för att kunna skapa våra visioner och behålla dem

starka. Så hur ska du ha det, herr gift?" undrade det helande blodet.
"Jag accepterar ditt förslag, fru blod", avslutade giftet dialogen, och jag försvann bort ifrån dem.

Mitt medvetande var tillbaka, men jag kunde inte tala eller öppna ögonen. Det var som i en sådan där konstig dröm. När man var så pass vaken att man visste att man drömde, men ändå kunde man inte vakna, hur mycket man än försökte.

Just nu rusade mitt hjärta så fort att det kändes som om det skulle springa ifrån kroppen. Hjärtat slog allt fortare. En greppande krampkänsla tog över. Som om jag höll andan, knep ihop och pressade på samma gång.

"Var beredda", hörde jag Eadwig säga.

Mina magisystrar samlade sin magi mellan dem och fram till mig. Det kändes som om de höll mig fast med flera rep, som om det vore en dragkamp som skulle börja, och på sätt och vis var det ju så. Deras uppgift var att hålla kvar mina krafter när jag dog, oavsett vilken motkraft de skulle stöta på.

Nu hade det helande blodet och giftet täckt sitt frätande revir över hela mitt hjärta, tro mig, jag kände det. Hade jag kunnat skulle jag ha tagit med mig kroppen och lämnat hjärtat där! I panik hade jag lyckats öppna ögonen. Jag förde blicken runt om i rummet avslutande på min mor och på min far innan den sista explosiva stöten träffade mitt hjärta. Stöten hade pågått under flera sekunder, när skulle den sluta?! I reflektionen från spegelskivan runt taklampan såg jag hur mina magikerögon bleknade och hur linsen smälte samman med ögonvitan. Allt kaos jag skapat lugnades ner och min blågråa ögonfärg kom tillbaka i sin normala form. Alldeles tom och orkeslös i kropp och sinne hann jag ta ett andetag ihop med mitt sista dämpade hjärtslag.

૭ ✧ ૯૩

ಐ*ಐ

"Du kommer bli författare en dag", sa Johannas lärare i årkurs sex när de övade på att skriva berättelser.

ಐ*ಐ

Dessa ord har legat kvar i hennes minne och hjälpt henne att skapa liv i dikter och texter till sig själv och andra genom åren.

Under hundpromenader en period när Johanna hade det tufft, hjälpte hennes fantasi henne att ta sig igenom det jobbiga i vardagen. Karaktärer, städer och naturväsen skapades. Olika scener och händelseförlopp från de olika berättelserna spelades upp i hennes inre, om och om igen. En dag satte Johanna ihop dessa berättelser till en, och Moonrose tog sin början.

Johanna debuterar med första delen av serien Moonrose. Även spinoffböcker tillhörande serien är planerade. Utöver det har Johanna flertalet manusidéer hon vill omvandla till böcker.

Och när Johanna inte skriver så målar hon – digitalt eller på duk, papper och pannåer, och oftast genom mixed media.

ಐ*ಐ

"Skrivandet är min passion och målandet min terapi."

ಐ*ಐ

Mer om författaren:

Johanna Eisene har arbetat i flera butiker inom 7-eleven och Pressbyrån sedan många år och är även utbildad ekonomi- och löneadministratör och är nu på väg mot en egen butik, som köpman. Johanna är även en före detta idrottare, med intresse för skrivande och konst sedan barnsben och med ett medialt sinne. Naturen, särskilt fjällvärlden, ligger henne väldigt varmt om hjärtat. Johanna är döpt i Idre kyrka men född i Gamla Enskede 1987 och har sedan dess bott i Älta, Tyresö och Nynäshamn. I dag är hon tillbaka i Tyresö, där hon bor med sin sambo. Och fjällvärlden besöker hon så ofta hon kan. Utöver det har Johanna ridit mycket och även tävlat i sprint, men den idrott hon satsat mest på är handboll – som målvakt – en karriär som tyvärr fick avslutas på grund av skada och sjukdomar. Ljuset i det mörkret blev att Johannas kreativa sida fick desto mer tid.

✧

Du kan följa Johannas skrivande, andliga resa och utveckling, och hennes konst och livspussel på dessa sidor:

Hemsida
www.johannaeisene.se

Instagram
johanna_eisene_the_author

johanna_eisene_the_creator

johanna_eisene_the_photographer

Dabel – magikernas språk. Dabel - **Magin**

Dabel är skapat med fantasi – med svenska alfabetet som grund. Vokalerna har bytt plats med varandra och likadant med konsonanterna, bortsett några undantag, och z togs bort.

Alla bokstäver ska betonas i orden som skapas, även där det krävs en kort paus för att betona bokstaven innan eller efter. Med undantag där det inte går för att tungan får en knut eller käken sätts ur led ... dessa bokstäver blir då stumma.

A = A	N = L	Jord – **Humg**
B = P	O = U	Luft – **Nojr**
C = S	P = T	Eld – **Yng**
D = G	Q = K	Vatten – **Warryl**
E = Y	R = M	Ande – **Algy**
F = J	S = X	
G = B	T = R	Kom till mig – **Qud renn deb**
H = F	U = O	Jag befaller dig att sluta
I = E	V = W	– **Hab pyjannym geb arr xnora**
J = H	X = C	
K = Q	Y = I	Liv – **New**
L = N	Å/Ä = Å/Ä	Kärlek – **Qämnyq**
M = D	Ö = Ö	Död – **Gög**

୪୦✧୦ଃ

Allapynny Duulmuxy, gyl lia gmurrlelbyl öwym ann wämngylx laromwäxyl.

୪୦✧୦ଃ